LA PREUVE PAR LE SANG

Jonathan Kellerman

LA PREUVE PAR LE SANG

roman

TRADUIT DE L'ANGLAIS (ÉTATS-UNIS)
PAR WILLIAM OLIVIER DESMOND

ÉDITIONS DU SEUIL
27, rue Jacob, Paris VIe

COLLECTION DIRIGÉE
PAR ROBERT PÉPIN

Titre original : *Blood Test*
Éditeur original : Atheneum Publishers
ISBN original : 0-451-15929-2

ISBN 2-02-087119-X

www.seuil.com

Pour Faye, Jesse et Rachel… comme toujours
Et bienvenue à Ilana

I

Assis dans la salle d'audience, je regardais Richard Moody apprendre la mauvaise nouvelle de la bouche de Mme la Juge.

Pour l'occasion, il s'était présenté vêtu d'un costume en synthétique couleur chocolat, d'une chemise jaune canari fermée par une cravate ficelle et de bottes en peau de serpent. Il avait fait la grimace, s'était mordu la lèvre et avait tenté de soutenir le regard de la juge, mais celle-ci ayant eu le dessus, il s'était mis à contempler ses mains. L'huissier, au fond de la salle, ne le quittait pas des yeux. Il avait suivi mes conseils et soigneusement tenu les Moody à l'écart l'un de l'autre pendant tout l'après-midi, allant jusqu'à fouiller Richard.

La cinquantaine juvénile, Diane Severe, la juge, avait des cheveux blond cendré encadrant un visage aux traits marqués, mais avenant; elle parlait d'un ton neutre et sans élever la voix. C'était la première fois que je la voyais siéger, mais je la connaissais déjà de réputation. Elle avait été travailleuse sociale avant de poursuivre des études de droit; après dix ans passés au tribunal pour mineurs et six ans comme juge familial, elle était un des rares magistrats à comprendre vraiment les enfants.

– Monsieur Moody, lança-t-elle, je voudrais que vous écoutiez très attentivement ce que je vais vous dire.

Moody commença à prendre une posture agressive, les épaules levées et les yeux réduits à une fente, comme dans une rixe de bar, mais, son avocat lui donnant un coup de coude, il se détendit et réussit même à sourire.

– J'ai écouté les interventions de MM. Daschoff et Delaware, les deux experts qualifiés auprès de ce tribunal. J'ai parlé à huis clos avec vos enfants. J'ai observé votre comportement cet après-midi et j'ai pris note de vos allégations à l'encontre de Mme Moody. Je sais de plus que vous aviez donné pour instruction à vos enfants de s'enfuir de chez leur mère pour que vous puissiez les reprendre. (Elle marqua un temps d'arrêt et se pencha vers l'inculpé.) Vous souffrez, monsieur, de sérieux problèmes affectifs.

Moody afficha un sourire suffisant qui ne dura pas plus d'un dixième de seconde, mais elle le vit.

– Je suis navrée que vous trouviez cela comique, monsieur Moody, parce qu'en réalité, c'est tragique.

– Votre honneur… commença Durkin, l'avocat de Moody, aussitôt interrompu par le stylo en or que brandit la juge.

– Pas maintenant, maître. J'ai entendu suffisamment de baratin aujourd'hui. C'est mon dernier mot et je voudrais que votre client soit attentif. (Elle se tourna vers Moody.) Il est possible que ces problèmes puissent faire l'objet d'un traitement. Il ne fait aucun doute dans mon esprit qu'il est essentiel que vous suiviez une psychothérapie… et une psychothérapie sérieuse. Des médicaments seront peut-être même nécessaires. Pour votre bien et pour celui de vos enfants, j'espère que vous suivrez le traitement dont vous avez besoin. Vous avez ordre de ne plus voir vos enfants jusqu'à ce que les psychiatres m'apportent la preuve que vous n'êtes plus un danger pour vous-même ni pour les autres, autrement dit quand vous cesserez de proférer des menaces de mort et de suicide, quand vous aurez accepté la réalité de votre divorce et quand vous serez en mesure de soutenir financièrement Mme Moody afin qu'elle élève correctement vos enfants.

« Le jour où vous en serez là – et croyez-moi, monsieur Moody, je ne me contenterai pas de votre parole –, la cour fera appel au Dr Delaware pour mettre au point un programme limité de visites contrôlées.

Moody encaissa le coup, puis fit un brusque mouvement en avant. L'huissier bondit de son siège et fut à ses côtés en un instant. Moody le vit, eut un sourire désabusé et baissa les bras. Les larmes coulaient le long de ses joues. Durkin prit un mouchoir, le lui tendit et souleva une objection, ce jugement constituant selon lui « une intrusion dans la vie privée de son client ».

– Vous êtes libre de faire appel, reprit la juge Severe du même ton égal.

– Madame la Juge ?

Moody parlait d'une voix basse et tendue, l'accent toujours aussi traînant.

– Oui, monsieur Moody ?

– Vous comprenez pas, dit-il en se tordant les mains. Ces enfants, c'est tout' ma vie.

Je crus un instant qu'elle allait le remettre vertement à sa place. Elle le regarda au contraire avec compassion.

– Si, monsieur, dit-elle, je comprends. Je comprends que vous aimez vos enfants. Que votre vie est un désastre. Mais ce que vous devez comprendre, vous – et c'est ce qu'ont parfaitement montré les rapports psychiatriques –, c'est qu'on ne peut pas rendre des enfants responsables de la vie d'un adulte. C'est un fardeau bien trop lourd pour eux. Ce n'est pas à eux de vous élever, monsieur Moody. C'est à vous d'être capable de les élever, eux. Et pour l'instant, vous ne l'êtes pas. Vous avez besoin d'aide.

Il voulut dire quelque chose, mais le ravala. Il hocha la tête, vaincu, rendit le mouchoir à Durkin et essaya de sauver un reste de dignité.

Le quart d'heure suivant fut consacré à régler des questions d'ordre matériel. Je n'avais nul besoin de savoir comment allaient être répartis les maigres biens de Darlene et de Richard Moody, mais Malcolm Worthy avait dit qu'il voulait me parler.

Lorsqu'elle en eut terminé avec tout le boniment juridico-légal, la juge Severe ôta ses lunettes et déclara que l'audience était levée. Puis elle regarda dans ma direction et sourit.

– J'aimerais vous voir un moment dans mon bureau, si vous avez une minute, docteur Delaware.

Je souris à mon tour et acceptai d'un hochement de tête. Elle quitta rapidement le tribunal.

Durkin fit sortir Moody sous le regard toujours attentif de l'huissier.

À la table voisine, Malcolm s'efforçait de remonter le moral de Darlene, tapotant son épaule grassouillette et rassemblant les documents épars avant de les fourrer dans l'une des deux valises qu'il avait apportées. Malcolm était un obsessionnel, et là où un autre avocat se contentait d'un attaché-case, il trimbalait partout des valises de documents sur un chariot chromé pliable.

L'ex-Mme Moody le regardait, l'air hagard, les joues enfiévrées d'un rose malsain, et hochait mécaniquement la tête à tout ce qu'il disait. Elle avait emballé son corps plantureux dans une robe estivale d'un bleu aussi écumeux que la mer à marée haute et coupée pour une femme qui aurait eu dix ans de moins qu'elle ; je me demandai si elle ne confondait pas sa liberté récemment retrouvée avec l'état d'innocence.

Malcolm portait la tenue classique de tout avocat chic de Beverly Hills : costume italien, chemise et cravate en soie, richelieus en chevreau avec lacets à glands. Coiffé à la dernière mode (cheveux longs et frisés), il portait une barbe taillée très court. Ses ongles brillaient, il avait des dents parfaites et un bronzage signé Malibu. Il m'adressa un clin d'œil et un petit signe de la main et tapota une dernière fois l'épaule de Darlene. Puis il lui prit les deux mains dans la sienne et la reconduisit jusqu'à la sortie.

– Merci pour ton aide, Alex, dit-il en revenant.

Des piles de papier se trouvant encore sur la table, il se mit à les ranger.

– Ce n'était pas drôle, dis-je.

– Non. Ces affaires ne le sont jamais.

Il pensait ce qu'il disait, mais il y avait tout de même quelque chose de joyeux dans sa voix.

– N'empêche, tu as gagné.

Il s'arrêta un instant d'empiler ses papiers.

– Oui. Mais bon, c'est mon métier. Me bagarrer. (D'un geste sec du poignet, il fit apparaître sa montre, un disque d'or aussi épais qu'une gaufre.) Je n'irai pas jusqu'à dire que ça m'a fait mal au cœur de régler son compte à un enfoiré comme Mister M.

– Tu crois qu'il va l'accepter ? Juste comme ça ?

Il haussa les épaules.

– Qui sait ? S'il ne le fait pas, on sortira l'artillerie lourde. À deux cents dollars de l'heure.

Il arrima ses valises au porte-bagages.

– Écoute-moi, Alex, reprit-il. Ce n'était pas une affaire pourrie. Quand c'est le cas, je ne t'appelle pas – j'ai mon équipe de flingueurs. C'était correct, aujourd'hui, non ?

– On était du bon côté.

– Rien de plus vrai. Et je te remercie encore. Mes amitiés à Mme la Juge.

– À ton avis, qu'est-ce qu'elle veut ?

Il sourit et me donna une tape sur l'épaule.

– Elle aime peut-être ton style. Elle est pas si mal, hein ? Sans compter qu'elle est célibataire, tu sais.

– Vieille fille ?

– Que non ! Divorcée. C'est moi qui l'ai défendue.

Le bureau de la juge, en acajou et bois de rose, était imprégné du parfum des fleurs. Elle-même s'était installée derrière un bureau en bois sculpté à plateau de verre, sur lequel était posé un vase de cristal rempli de hautes tiges de glaïeuls. Derrière, sur le mur, plusieurs photos représentaient deux adolescents blonds, deux balèzes en tenue de football ici, en combinaison de plongée là – et même en tenue de soirée.

– Mes deux affreux, dit-elle en suivant mon regard. L'un est en fac à Stanford, l'autre vend du bois de chauffage à Arrowhead. Un monde, non, docteur ?

– Un monde, oui.

– Je vous en prie, asseyez-vous. (Elle m'indiqua un canapé recouvert de velours et attendit que je m'installe.) Désolée si je vous ai un peu bousculé par moments.

– Pas de problème.

– J'aurais bien aimé savoir si le fait que M. Moody se promène en sous-vêtements féminins avait quelque chose à voir avec son état mental, mais vous n'avez rien voulu répondre.

– Je ne crois pas que ses choix en matière de lingerie aient beaucoup de rapport avec le problème de la garde des enfants.

Elle éclata de rire.

– J'ai affaire à deux types d'experts en matière de psychologie, dit-elle. Ceux qui se prennent pour des sommités et sont si imbus de leur personne qu'ils imaginent que leur opinion, quel que soit le sujet, est parole d'évangile, et les prudents, comme vous, qui ne donnent la leur que sur la foi d'une étude en double aveugle.

Je haussai les épaules.

– Au moins, vous ne risquez pas que je vous présente une défense pour facultés diminuées au moment des faits pour abus de sucreries.

– Ah, l'affaire Dan White ! Touché... Que diriez-vous d'un peu de vin ?

Elle ouvrit les portes d'une crédence assortie au bureau et en sortit une bouteille et deux verres à pied.

– Avec plaisir, Madame la Juge.

– Ici, c'est Diane. Et vous, c'est bien Alexander ?

– Alex ira très bien.

Elle versa le vin rouge dans les verres.

– C'est un cabernet d'une grande suavité que je réserve à ce genre d'occasions... fin d'une procédure particulièrement odieuse. Renforcement positif, si vous voulez.

Je pris le verre qu'elle me tendait.

– À la justice, dit-elle en levant le sien.

Nous trinquâmes. Le vin était excellent et je le lui dis. Cela parut lui faire plaisir.

Nous bûmes en silence. Elle finit avant moi et reposa son verre.

– Je voulais vous parler des Moody. Ils ne sont plus de mon ressort, mais je ne peux pas m'empêcher de penser aux enfants. J'ai lu votre rapport et je dois dire que vous avez exprimé des opinions judicieuses sur la famille.

– Il m'a fallu un moment, mais ils ont fini par parler.

– Ces enfants... comment vont-ils s'en sortir ? Bien ? (Elle fit cliqueter ses ongles contre le bord de son verre.) Croyez-vous qu'il va la tuer ?

La question me prit au dépourvu.

– Ne me dites pas que vous n'y avez pas pensé, reprit-elle, avec l'avertissement que vous avez donné à l'huissier et tout le reste...

– C'était destiné avant tout à éviter une scène trop pénible.

Mais c'est vrai, je l'en crois capable. C'est un individu instable et profondément déprimé. Quand il va vraiment mal, il devient mauvais, et il n'a jamais été aussi mal que maintenant.

– Et il porte des petites culottes de femme.

Je ris.

– Oui, ça aussi.

– Un deuxième verre ?

– Volontiers.

Elle mit la bouteille de côté et croisa les doigts sur le pied du verre. Plus toute jeune, elle restait séduisante malgré ses traits anguleux et ne craignait pas de laisser voir quelques rides.

– Le raté intégral, ce Richard Moody. Et peut-être un tueur.

– Si jamais il était d'humeur à tuer, elle serait évidemment sa première cible. Et peut-être aussi le petit ami… Conley.

– Eh bien, dit-elle en se passant la langue sur les lèvres, il faut rester philosophe dans des cas comme celui-ci. S'il la tue, c'est parce qu'elle aura baisé avec qui il ne fallait pas. Tant qu'il ne tue pas un innocent, comme vous ou moi…

J'aurais eu du mal à dire si elle plaisantait ou était sérieuse.

– C'est une question à laquelle j'ai pensé, voyez-vous. Un raté doublé d'un tordu venant s'en prendre à moi à cause de ses ennuis… Les ratés refusent toujours de prendre la responsabilité de leur petite vie merdique. Ça ne vous a jamais tracassé ?

– Pas vraiment. Lorsque j'avais ma clientèle privée, la plupart de mes patients étaient des gosses très chouettes appartenant à de chouettes familles ; pas trop le genre à faire parler la poudre. J'ai pratiquement pris ma retraite depuis deux ans.

– Je sais. J'ai lu votre CV. Tous ces diplômes, et ce blanc. C'était avant ou après l'affaire de la Casa de Los Niños ?

Je ne fus pas surpris qu'elle en ait entendu parler. L'affaire datait d'un peu plus d'un an, mais les manchettes avaient été fracassantes et les gens se les rappelaient. J'avais, moi, de bonnes raisons personnelles de m'en souvenir : une mâchoire démolie et refaite qui me faisait mal quand le temps tournait à la pluie.

– Un an et demi avant. Après, je n'ai pas eu trop envie de remettre ça.

– Ce n'est pas amusant d'être un héros ?

– Je ne sais même pas ce que veut dire ce mot.

– Vous m'en direz tant… (Elle me regarda sans ciller et tira sur l'ourlet de sa jupe.) Et, à présent, vous faites des expertises.

– Oui, mais limitées. J'accepte de consulter pour des avocats en qui j'ai confiance, ce qui raccourcit singulièrement la liste, ou bien je travaille directement pour des juges.

– Lesquels ?

– George Landre, Ralph Siegel.

– Deux types bien. J'ai été à la fac avec George. Voudriez-vous travailler un peu plus ?

– Je ne cours pas après les affaires. Si une se présente, très bien. Sinon, je trouve de quoi m'occuper.

– Gosse de riche, hein ?

– Loin de là. Mais j'ai fait quelques investissements judicieux qui continuent à payer. Je n'ai pas envie d'être happé par le syndrome de Dallas.

Elle sourit.

– En tout cas, si vous voulez traiter d'autres dossiers, je ferai passer l'info. Les psy assermentés sont tous surchargés de travail et nous sommes constamment à la recherche de types capables de penser correctement et de mettre les choses en mots suffisamment simples pour qu'un juge puisse comprendre. Votre rapport était vraiment très bien.

– Merci. Si vous m'envoyez une affaire, je ne refuserai pas.

Elle finit de vider son deuxième verre.

– Beaucoup de rondeur, vous ne trouvez pas ? Il vient d'une minuscule propriété dans la vallée de la Napa. Elle n'existe que depuis trois ans et continue de travailler à perte, mais elle produit de petites quantités d'un rouge vraiment remarquable.

Elle se leva et se mit à aller et venir dans la pièce. De la poche de sa robe, elle sortit un paquet de Virginia Slim et un briquet. Elle resta un moment en contemplation devant un mur couvert de diplômes et d'attestations, tirant de profondes bouffées sur sa cigarette.

– C'est fou comme les gens font tout ce qu'il faut pour foutre leur vie en l'air, non ? reprit-elle, toujours tournée vers les photos. La petite mère Moody et ses grands yeux, par exemple.

Une jolie fille de la campagne qui débarque à Los Angeles à la recherche de la vie excitante de la ville, qui trouve un petit boulot de caissière dans un Safeway et tombe amoureuse de Mister Macho soi-même… Mister Macho et ses sous-vêtements en dentelle… ouvrier du bâtiment, n'est-ce pas ?

– Charpentier. Pour les studios Aurora.

– Exact. Ça me revient. Il construit des décors. Le prototype du parfait raté, mais il faut douze ans à cette nana pour s'en rendre compte. Maintenant qu'elle a réussi à s'arracher à ses griffes, avec qui va-t-elle se coller ? Avec le clone du raté.

– Conley est mentalement en bien meilleur état.

– Admettons. Mais mettez-les côte à côte. Des jumeaux. Elle est toujours attirée par le même type d'hommes. Qui sait ? Moody était peut-être un vrai séducteur, au début. Je vous parie que, dans quelques années, votre Conley ne vaudra guère mieux. Rien que des ratés.

Elle se tourna alors pour me faire face. Ses narines frémissaient et la main qui tenait la cigarette tremblait, presque imperceptiblement : l'alcool, l'émotion, ou les deux.

– Je me suis amourachée d'un trouduc et il m'a fallu un moment pour m'en sortir, Alex, mais au moins je n'ai pas recommencé la même connerie à la première occasion. À se demander si les femmes finiront par comprendre un jour.

– Je ne parierais pas cher sur Malcolm Worthy s'il devait se séparer de sa Bentley, lui dis-je.

– Moi non plus. Malcolm est un surdoué. C'est lui qui s'est occupé de mon divorce. Vous le saviez ?

Je feignis l'ignorance.

– Il y avait probablement un conflit d'intérêts dans cette affaire, mais peu importe, maintenant qu'elle est close. Ce Moody est un cinglé, il bousille ses enfants et mon jugement était ce qu'on pouvait faire de mieux pour essayer de le sortir de là. Y a-t-il une chance qu'il suive une thérapie ?

– J'en doute. Il trouve qu'il va très bien.

– Bien entendu. C'est le cas de tous les vrais cinglés. Le saucisson qui a peur du couteau… En supposant qu'il ne la tue pas, vous savez ce qui va se passer, n'est-ce pas ?

– Nouvelles séances au tribunal ?

– Exactement. Cet idiot de Durkin va débarquer ici tous les quinze jours avec un nouveau prétexte pour faire annuler le jugement. En attendant, Moody va harceler Miss Grands Yeux et, s'il y met assez d'énergie, les enfants en resteront marqués à vie. (Elle revint à son bureau en quelques enjambées gracieuses, prit un poudrier dans son sac et rectifia son maquillage.) Et ça va traîner sans fin. Il utilisera toutes les ficelles du système, elle bêlera et pleurera, mais elle n'aura pas le choix. (Son expression se durcit.) De toute façon, je n'en ai rien à cirer. Dans quinze jours, je ne suis plus dans le coup. Je prends ma retraite. Moi aussi, j'ai fait quelques investissements. Des bons, et un qui me coûte la peau des fesses. Une minuscule propriété viticole dans la Napa. (Elle sourit.) L'année prochaine, à la même époque, je serai dans mon chai, occupée à goûter la nouvelle vendange jusqu'à rouler par terre. Si vous passez dans la région, n'hésitez pas à venir me voir.

– Je n'y manquerai pas.

Elle se détourna pour s'adresser à nouveau à ses diplômes.

– Vous avez une petite amie, Alex ?

– Oui. En ce moment, elle est au Japon.

– Elle vous manque ?

– Beaucoup.

– Je me disais aussi, dit-elle avec bonne humeur. Les bons sont toujours pris. (Elle se leva pour montrer que l'audience était terminée.) Ça m'a fait plaisir de vous rencontrer, Alex.

– Et moi de même, Diane. Bonne chance avec votre vignoble. L'échantillon que vous m'avez fait goûter était sensationnel.

– Il sera de mieux en mieux. Je le sens.

Elle avait une poignée de main ferme et sèche.

Mon antique Cadillac Seville ayant eu tout le temps de mijoter au soleil dans le parking, je me brûlai en en touchant la poignée. Je sentis une présence derrière moi alors que je retirais vivement la main et me retournai.

– S'cuscz, Doc.

Il tournait la tête vers le ciel et plissait les yeux. De la sueur perlait à son front et sa chemise jaune canari avait pris une nuance moutarde sous ses bras.

– Je n'ai pas le temps de parler, monsieur Moody.

– Juste une seconde, Doc. Histoire de prendre contact avec vous. De soul'ver quelques points importants. De communiquer, vous savez.

Il avait parlé d'un ton précipité, me jetant de brefs coups d'œil entre ses paupières à demi fermées, tandis qu'il se balançait sur les talons de ses bottes. Il sourit, grimaça, hocha la tête, se gratta la pomme d'Adam et se pinça le nez – tout ça en une rapide succession. Une symphonie discordante de tics et de tressaillements. Je ne l'avais jamais vu dans cet état, mais j'avais lu le rapport de Larry Daschoff et avais une idée assez précise de ce qui se passait.

– Je suis désolé, repris-je. Pas maintenant.

Je regardai autour de moi dans le parking, mais j'étais seul. L'arrière du tribunal, dans ce quartier peu reluisant, donnait sur une rue tranquille. Le seul signe de vie était un chien efflanqué fouillant du museau au milieu d'un carré d'herbes folles, de l'autre côté de la rue.

– Allons, voyons, Doc. Laissez-moi just' souligner deux ou trois trucs, laissez-moi m'exprimer, laissez-moi mettre les principaux faits en évidence, comme disent les avocaillons.

Il parlait de plus en plus vite.

Je me détournai, mais sa main brune et dure se referma sur mon poignet.

– S'il vous plaît, lâchez-moi, monsieur Moody, dis-je en m'efforçant de prendre un ton patient.

Il sourit.

– Hé, Doc, je veux just' parler. Défend' mon point de vue.

– L'affaire est close. Je ne peux plus rien pour vous. Lâchez mon poignet.

Il resserra sa prise, sans que la moindre tension apparaisse sur son visage. Un visage allongé, tanné et parcheminé par le soleil, avec un nez cassé en patate au milieu, une bouche aux lèvres fines et une mâchoire démesurée – du genre de celles qu'on se fabrique en chiquant du tabac ou en grinçant des dents sans arrêt.

Je remis mes clefs dans ma poche et voulus détacher ses doigts de mon bras, mais il avait une force phénoménale. Voilà aussi qui était logique, si ce que je soupçonnais était vrai. On aurait dit qu'il avait la main soudée à mon poignet, et il commençait à me faire mal.

Je me surpris à évaluer mes chances en cas de bagarre : nous avions à peu près la même taille et sans doute aussi un poids voisin. Des années passées à soulever du bois de charpente lui donnaient l'avantage dans le rayon de la force physique, mais j'avais fait du karaté avec assez d'assiduité pour maîtriser quelques bons mouvements. Je n'avais qu'à lui marcher brutalement sur le pied, le frapper pendant qu'il serait en déséquilibre et filer pendant qu'il se tordrait par terre… Je mis fin à ce train de pensée, c'était honteux, en me disant qu'il n'y aurait rien de plus absurde que de me battre avec lui. Ce type était perturbé, et si quelqu'un était bien capable de désamorcer sa colère, c'était moi.

Je laissai retomber mon bras libre.

– D'accord, je vous écoute. Mais commencez par me lâcher, que je puisse me concentrer sur ce que vous avez à dire.

Il réfléchit une seconde et afficha un grand sourire. Il avait les dents en mauvais état, et je m'étonnais de ne pas l'avoir remarqué pendant l'évaluation ; mais il avait eu un comportement bien différent alors – il était resté morose, abattu, à peine capable d'ouvrir la bouche pour parler.

Il relâcha mon poignet. La manche de ma chemise était sale et chaude à l'endroit où il l'avait tenue.

– Je vous écoute.

– D'accord, d'accord, d'accord, dit-il en continuant de hocher la tête. Just' pour entrer en contact avec vous, Doc. Pour vous montrer qu'j'ai des plans. Pour vous dire qu'elle vous a fait marcher à la baguette, comme moi. Il se passe des trucs pas bien dans cette maison ; mes mômes m'ont dit comment ce type les oblige à faire les choses à sa manière, et elle laisse faire, elle dit OK, OK. Pour elle, ça lui va très bien, qu'ils fassent le ménage derrière un bâton merdeux comme ça, mais qui sait l'genre de saloperies qu'il laisse traîner, hein ? Ce type n'est pas normal, vous savez. Il veut jouer au patron dans la maison et tout le truc, et moi ça m'fait marrer.

« Et vous savez pourquoi j'me marre, Doc ? Pour pas pleurer, voilà… pour pas pleurer. À cause de mes petits. Le garçon et la fille. Mon garçon m'a dit qu'ils avaient couché dans le même lit et que lui voulait jouer les papas, être le patron dans la maison que j'ai bâtie de mes deux mains.

Il tendit vers moi ses deux grosses paluches aux doigts couturés et aux articulations saillantes. Il portait une bague indienne énorme à chaque annulaire, l'une en forme de scorpion, l'autre de serpent, les deux autour d'une turquoise.

– Vous comprenez, Doc ? Vous pigez ce que je vous raconte ? Ces gosses sont ma vie, je porte le fardeau et moi seul le porte, c'est c'que j'ai dit à la juge, cette salope en robe noire. J'le porte. Ils viennent de moi, d'ici, ajouta-t-il en s'attrapant l'entrejambe. Mon corps dans le sien quand elle était encore une chouette fille – elle pourrait redevenir une chouette fille, vous savez, pour peu que j'arrive à reprendre le dessus sur elle, à lui faire comprendre, à la remettre dans le droit chemin, pas vrai ? Mais pas tant qu'y aura ce Conley dans les parages, pas moyen, aucune chance, bon Dieu. Mes gosses, ma vie…

Il se tut pour reprendre haleine, j'en profitai.

– De toute façon, vous serez toujours leur père, lui dis-je en m'efforçant d'être rassurant. Personne ne pourra vous enlever ça.

– C'est vrai. Cent pour cent vrai. Alors maintenant, vous entrez là-dedans et vous en parlez à cette salope en noir. Vous lui faites la leçon. Vous lui dites qu'y faut que j'aie ces enfants.

– Il n'en est pas question.

Il fit la moue d'un enfant privé de dessert.

– Faites-le. Tout de suite.

– Non. Vous êtes trop stressé. Vous n'êtes pas prêt à vous occuper d'eux. Vous êtes en plein épisode maniaque, monsieur Moody. Vous souffrez d'un syndrome maniaco-dépressif et vous avez grandement besoin d'aide…

– J'peux y faire face, j'ai des plans. Trouver un mobil-home, ou trouver un bateau et les sortir de cette ville pourrie, de ces nuages de pollution, les amener à la campagne, pêcher la truite, chasser, leur apprendre comment survivre. Comme le dit Hank Junior, les p'tits campagnards survivront. Leur apprendre à pelleter la merde et à manger de bons petits déj', à éviter des ordures comme ce type et elle jusqu'à ce qu'elle en soit revenue et qui sait si elle ne va pas finir, en restant avec lui, par se faire sauter par c'type sous leurs yeux... quel scandale!

– Essayez de vous calmer un peu.

– Regardez, j'me calme.

Il inhala à fond et expira l'air bruyamment. Son haleine empestait. Il fit craquer ses articulations, et ses bagues d'argent brillèrent dans le soleil.

– Je suis relax, je suis à jeun, je suis prêt à l'action, je suis leur père, allez donc lui dire, reprit-il.

– Ce n'est pas comme ça que ça marche.

– Et pourquoi pas? gronda-t-il en m'agrippant par ma veste.

– Lâchez-moi. Nous ne pouvons pas parler si vous vous y prenez comme ça, monsieur Moody.

Ses doigts se détendirent lentement. J'essayai de m'écarter de lui, mais j'étais adossé à la voiture. Nous étions à distance de slow.

– Allez lui dire! Vous m'avez baisé, c'est un coup monté, espèce de psy à la mords-moi-le!

Le ton, cette fois, était carrément menaçant. Un maniaque peut faire des dégâts quand il est remonté. Autant qu'un schizophrène paranoïaque. Il était évident que mes pouvoirs de persuasion avaient atteint leurs limites.

– Voyons, monsieur Moody... Richard... vous avez besoin de soins. Je ne ferais rien pour vous tant que vous n'aurez pas suivi un traitement.

Il se mit à crachouiller, m'aspergeant de sa salive, et voulut me donner un vilain coup de genou dans l'entrejambe – un classique de la bagarre de rue. C'était un des gambits que j'avais anticipés: je pivotai, il n'entra en contact qu'avec ma gabardine.

Le coup raté lui fit perdre l'équilibre et il trébucha. Consciemment affligé, je le pris par le coude et le balançai par-dessus ma hanche. Il atterrit sur le dos, resta allongé un quart de seconde et bondit sur ses pieds pour se jeter à nouveau sur moi, pistonnant des bras comme une batteuse en surrégime. J'attendis jusqu'au dernier instant, m'effaçai et le frappai au ventre, juste assez fort pour lui couper la respiration. M'écartant alors de lui, je le laissai se plier en deux dans l'intimité.

– Je vous en prie, Richard, calmez-vous et reprenez vos esprits.

Il réagit par un grognement et un reniflement, puis par une tentative pour m'attraper par les jambes. Il réussit à saisir un instant l'ourlet de mon pantalon. Le moment aurait été bien choisi pour bondir dans la voiture et filer, mais il se tenait entre la portière et moi. J'envisageai un instant de courir jusqu'au côté passager, mais j'aurais dû lui tourner le dos et ce type était non seulement cinglé, mais costaud et rapide.

Il profita de mon hésitation pour sauter à nouveau sur ses pieds et se jeter sur moi en hurlant des propos incohérents. Mon apitoiement m'ayant fait baisser la garde, il parvint à me porter un coup de poing à l'épaule qui me secoua de la tête aux pieds. Un peu sonné, j'eus juste le temps de retrouver une vision normale pour comprendre la suite du programme : un crochet du gauche en direction de ma mâchoire retapée. Le besoin de me protéger l'emporta sur la pitié. Je fis un pas de côté, le saisit par le bras et l'expédiai de toutes mes forces contre la voiture. Avant qu'il ait pu se ressaisir, je le relevai et lui tordis le bras derrière le dos jusqu'à frôler le point de rupture. La prise devait être horriblement douloureuse, mais il paraissait ne rien sentir. C'est souvent le cas avec les maniaques en pleine crise : ils sont tellement speedés qu'ils restent tout à fait indifférents à des détails aussi insignifiants que la douleur.

Je lui bottai les fesses aussi fort que je pus, il partit en vol plané. M'emparant de mes clefs, je sautai dans la Seville et fonçai hors du parking.

Je l'aperçus un bref instant dans le rétroviseur, juste avant de m'engager dans la rue. Assis sur l'asphalte, la tête dans les mains, il se balançait d'avant en arrière. En pleurant, j'en étais à peu près sûr.

2

Le grand koï noir et or fut le premier à faire surface, mais, les autres suivant le mouvement, en quelques secondes ils étaient au grand complet, quatorze poissons sortant des mufles moustachus hors de l'eau pour avaler les boulettes de nourriture aussi vite que je les jetais. Je m'agenouillai à côté d'un gros rocher lisse bordé d'un genévrier rampant et d'azalées couleur lavande, tenant entre mes doigts trois boulettes sous la surface de l'eau. Le grand koï sentit l'odeur et hésita, mais la gloutonnerie fut la plus forte et son corps musculeux et luisant ondula dans ma direction. Il s'arrêta à quelques centimètres de ma main et me regarda. Je m'efforçai d'avoir l'air digne de confiance.

Le soleil était sur le point de passer sous l'horizon, mais il restait assez de lumière sur les collines pour faire briller les écailles d'or du koï que faisaient ressortir les taches noires et veloutées de son dos. C'était un magnifique échantillon de kin-ki-utsuri.

Soudain, la grosse carpe fonça et les boulettes disparurent de ma main. J'en pris d'autres. Un kohaku rouge et blanc vint participer au festin, puis ce fut un ohgon couleur platine... impression de brouillard au clair de lune. Bientôt tous les poissons vinrent me suçoter les doigts d'une bouche aussi douce que des baisers d'enfant.

Le bassin et le jardin qui l'entourait étaient le cadeau que Robin m'avait fait pendant la douloureuse période de récupération qui avait suivi mes opérations à la mâchoire, sans parler du battage publicitaire dont je me serais bien passé. C'était elle qui en avait eu l'idée, connaissant mon goût pour tout ce qui était oriental et pressentant l'effet apaisant que la contemplation des poissons aurait pour moi pendant ces mois d'inactivité forcée.

J'avais tout d'abord pensé que ce serait infaisable. Création typique de la Californie du Sud, notre domicile est encastré dans le flanc de la colline selon un angle improbable. Bijou d'architecture, il jouit d'une vue sensationnelle sur trois côtés, mais ne dispose que de très peu de terrain plat, et je ne voyais pas où on pourrait y creuser un bassin.

Cela n'avait pas empêché Robin de faire des recherches et de sonder plusieurs de ses amis artisans, lesquels avaient fini par la mettre en contact avec un drôle de type d'Oxnard, un type qui avait l'air tellement hébété et ahuri qu'on l'avait surnommé Clifton l'Embrumé. Il avait débarqué un jour avec sa bétonneuse, des formes en bois, une tonne ou deux de gravier calibré, et avait créé un bassin sinueux et élégant qui donnait l'impression d'avoir toujours été là; il n'y manquait ni la cascade ni les bordures de pierre et il suivait habilement la courbe de niveau de notre terrain en pente.

Un gnome asiatique fort âgé avait fait son apparition après le départ de Clifton l'Embrumé et s'était employé à surbroder le travail artistique de son prédécesseur avec des bonsaïs, de l'herbe zen, des genévriers, des liquidambars, des lis à haute tige, des azalées et des bambous. Des rochers stratégiquement disposés avaient bientôt créé des lieux de méditation, les secteurs recouverts de gravillons d'un blanc neigeux invitant à la sérénité. En une semaine, ce jardin paraissait séculaire.

De la terrasse suspendue qui faisait l'interface entre les deux niveaux de la maison, je pouvais regarder le bassin, laisser mes yeux suivre les contours creusés dans le gravier par le vent ou observer les koïs, joyaux aux mouvements languides; ou encore, descendre au jardin, m'asseoir au bord de l'eau et donner à manger aux poissons, tandis que la surface se parait de vagues concentriques paresseuses.

C'était devenu un rituel: tous les soirs, juste avant le coucher du soleil, j'allais jeter des boulettes aux koïs et méditais sur les bons côtés qu'avait parfois la vie. J'avais même appris à chasser les images indésirables – de mort, de mensonges, de traîtrises – de mon esprit avec une efficacité toute pavlovienne.

J'écoutai le gargouillis de la cascade et renvoyai au néant le souvenir de la dégradante conduite de Moody.

Le ciel s'assombrissant, les poissons mordorés virèrent au gris pour finir par se fondre complètement dans l'obscurité de l'eau. Je restai assis dans le noir, satisfait, la tension n'étant plus qu'une ennemie vaincue.

La première fois que le téléphone avait sonné, j'étais en plein repas et je n'avais pas décroché. Il sonna à nouveau vingt minutes plus tard et cette fois-ci je répondis.

– Docteur Delaware ? C'est Kathy, de votre service téléphonique. J'ai eu un appel urgent pour vous il y a un moment, mais vous n'étiez pas là.

– Quel était le message, Kathy ?

– De la part d'un M. Moody. Il a dit que c'était urgent.

– Eh, merde !

– Docteur Delaware ?

– Non, rien, Kathy. S'il vous plaît, donnez-moi son numéro.

Elle me le dicta et je lui demandai si Moody ne lui avait pas paru bizarre.

– Il était dans tous ses états. Il parlait à toute vitesse… j'ai même dû lui demander de ralentir pour comprendre ce qu'il voulait dire.

– Très bien. Merci d'avoir appelé.

– J'en ai un autre, qui est arrivé cet après-midi. Le voulez-vous ?

– Un seul ? Oui, bien sûr.

– C'est de la part d'un médecin. Un certain, attendez… Melendrez… non, Melendez-Lynch. Avec un trait d'union.

Parlez-moi du passé qui ressurgit sans crier gare !

– Il m'a donné un numéro. (Elle me le dicta et je reconnus celui du bureau de Melendez-Lynch à Western Pediatrics.) Il a dit qu'il y serait jusqu'à onze heures ce soir.

Rien d'anormal. Raoul était connu pour être un bourreau de travail dans un domaine d'activité où ceux-ci étaient légion. Je me rappelai avoir toujours vu sa Volvo dans le parking de l'hôpital, quelle que soit l'heure à laquelle j'arrivais ou repartais.

– C'est tout ?

– Oui, c'est tout, docteur Delaware. Bonne soirée et merci pour les cookies. Avec les filles, on les a liquidés en une heure !

– Content que vous les ayez aimés. (Elle parlait d'une boîte de plus de deux kilos !) D'autres au chocolat la prochaine fois ?

– Qu'est-ce que vous voulez que je vous réponde ? dit-elle en pouffant.

Incroyable. Tout un standard abonné à la fumette, et jamais elles ne sabotaient un message. Ça méritait une recherche, un truc pareil.

Je vidai une bière avant d'aborder le problème de savoir si je devais ou non rappeler Moody. La dernière chose dont j'avais envie était de subir un feu roulant d'imprécations maniaques. Par ailleurs, il s'était peut-être calmé et serait dans ce cas-là plus réceptif à l'idée de suivre un traitement. C'était peu probable, en réalité, mais le thérapeute, toujours bien vivant en moi, avait tendance à être optimiste au-delà du raisonnable. Le souvenir de notre pugilat dans le parking me donnait l'impression d'être un crétin, même si je ne voyais pas comment, ma vie en eût-elle dépendu, j'aurais pu éviter d'en arriver là.

Après avoir réfléchi un moment, je l'appelai ; je devais aux enfants des Moody de tout essayer.

Le numéro que Kathy m'avait donné correspondait à un secteur peu reluisant de Sun Valley et la voix qui me répondit était celle de l'employé de nuit du Bedabye Motel. On pouvait dire que Moody avait trouvé le coin idéal pour sombrer un peu plus dans sa dépression.

– M. Moody, s'il vous plaît.

– Une seconde.

Il y eut une série de cliquetis et de bourdonnements, puis j'entendis la voix de Moody.

– Monsieur Moody ? C'est le Dr Delaware.

– Salut, Doc. Ch'ais pas ce qui m'a pris, j'voulais juste vous dire que j'étais désolé. J'espère que je vous ai pas trop esquinté.

– Non, ça va. Et vous ?

– Oh, ça va aussi, ça va. J'ai des plans, faut que j'me ressaisisse.

Je l'vois bien. Si c'est ce que tout l'monde dit, c'est qu'il doit y avoir du vrai là-d'dans.

– Bien. Je suis content que vous compreniez.

– Oh ouais, ouais. J'remonte la pente, faut juste me laisser un peu d'temps. Comme la première fois, avec la scie circulaire. Le contremaître m'a dit Richard… j'étais encore môme, à l'époque, je commençais juste à apprendre le métier… faut que tu prennes ton temps, vas-y en douceur, concentre-toi, sans quoi tu vas t'faire bouffer par ce truc. Et il m'a montré sa main gauche, où le pouce avait disparu et il a dit: « Ça, Richard, c'est pas la meilleure méthode pour apprendre. » (Il partit d'un rire enroué et s'éclaircit la gorge.) Je crois que parfois j'emploie pas la bonne méthode, hein? Comme avec Darlene. J'aurais peut-êt' dû l'écouter avant qu'elle se colle avec ce trouduc.

Il avait tendance à s'étrangler dès qu'il parlait de Conley, j'essayai donc de l'écarter de ce sujet.

– L'important est que vous commenciez à apprendre. Vous êtes encore jeune, Richard, et vous avez l'avenir devant vous.

– Ouais, peut-êt'... on a l'âge de comme on s'sent, vous savez, et moi j'ai l'impression d'avoir quatre-vingt-dix ans.

– C'est le moment le plus difficile, avant le jugement final. Les choses peuvent finir par s'arranger.

– Ouais, c'est c'qu'on dit. L'avocat aussi me l'a dit. Mais j'le sens pas. J'me sens comme si on m'avait chié dessus, et pas qu'un peu.

Il se tut, mais je gardai le silence.

– En tout cas, merci de m'avoir écouté. Maintenant, vous allez pouvoir dire à la juge que je peux voir les mômes et les amener pêcher avec moi pendant une semaine.

Optimiste, tu parles!

– Je suis content de voir que vous appréciez mieux la situation, Richard, mais vous n'êtes pas encore prêt à vous occuper des enfants.

– EtpourquoipasbordeldeDieu?

– Vous avez besoin qu'on vous aide à stabiliser votre humeur. Il existe des médicaments efficaces pour ça. Et il faut aussi que vous parliez, comme vous me parlez en ce moment.

– Ah ouais ? répliqua-t-il avec un ricanement. Si c'est des troudu̧cs dans vot'genre, des branleurs qu'en veulent qu'à mon fric, ça risque pas de m'faire de bien de leur parler. J'vais vous dire, moi ! J'vais m'occuper du problème tout de suite et pas la peine de m'sortir vos conneries, pour qui qu'vous vous prenez, bordel, pour m'dire si je peux voir ou pas voir mes gosses ?

– Cette conversation ne mène nulle part…

– Tout juste, psy d'mes deux. Écoutez-moi, et écoutez-moi bien, ça va coûter très cher si je reprends pas ma place légitime de père…

Sur quoi il entreprit de déverser sur moi un tombereau d'injures et je raccrochai rapidement pour ne pas en être souillé.

Dans le silence de la cuisine, je pris conscience des battements violents de mon cœur et de l'envie de vomir qui me soulevait l'estomac. J'avais peut-être perdu la technique, la capacité que doit avoir tout bon thérapeute de maintenir assez de distance entre lui et ceux qui souffrent pour éviter de se retrouver sous un orage de grêle psychologique.

Mon regard tomba sur le relevé des messages. Raoul Melendez-Lynch. Sans doute voulait-il que j'organise un séminaire pour ses internes sur les aspects psychologiques des maladies chroniques, ou sur l'approche comportementaliste du contrôle de la douleur. C'était là un sujet sympa et académique qui me permettrait de me planquer derrière un rétroprojecteur et un écran vidéo et de jouer à nouveau les profs.

Dans ces circonstances, cette perspective me parut des plus séduisantes ; je composai son numéro.

Une jeune femme essoufflée décrocha.

– Labo d'oncologie.

– Le Dr Melendez-Lynch, s'il vous plaît.

– Il n'est pas ici.

– Je suis le Dr Delaware. Il a essayé de me joindre.

– Je crois qu'il est à l'hôpital, dit-elle d'un ton préoccupé.

– Pouvez-vous me mettre en relation avec le standard ?

– Je ne sais pas comment on s'y prend. Je ne suis pas sa secrétaire, docteur Delray. Je suis en plein milieu d'une expérience et faut que j'y aille. D'accord ?

– D'accord.

Je coupai la communication, composai le numéro du standard du Western Pediatrics, et fit biper Melendez-Lynch. Cinq minutes plus tard, l'opératrice me dit qu'elle n'arrivait pas à le joindre. Je lui laissai mon nom et mon numéro et raccrochai en me disant qu'il n'avait pas changé depuis toutes ces années. Travailler avec Raoul avait été stimulant, un vrai défi à relever, mais avait également comporté son lot de frustrations. Le coincer était aussi difficile que de faire une sculpture en mousse à raser.

Je gagnai la bibliothèque et m'installai dans mon gros fauteuil de cuir avec un thriller en édition de poche. Alors que je commençais à me dire que l'intrigue était un peu tirée par les cheveux et que les dialogues étaient trop habiles, le téléphone sonna.

– Allô ?

– Salut, Alex ! (Avec son accent, ça devenait quelque chose comme Alix.) Je suis content que vous ayez rappelé.

Comme à son habitude, il parlait à toute vitesse.

– J'ai essayé de vous joindre au labo, mais la fille qui m'a répondu ne s'est pas montrée très coopérative.

– La fille ? ah, oui, Helen, sans doute. Ma nouvelle doctorante. Une jeune femme brillante. Sort de Yale. Nous travaillons ensemble sur une étude du NIH* visant à clarifier le processus de métastase. Elle a déjà travaillé avec Brewer, à New Haven, à la reconstruction de parois cellulaires synthétiques, et on examine le degré relatif, en termes d'envahissement, des différentes formes de tumeurs sur des modèles spécifiques.

– Ça paraît fascinant.

– Ça l'est. (Il marqua une pause.) Et vous, mon ami, comment ça va ?

– Bien. Et vous ?

Il eut un petit rire.

– Il est presque dix heures et je n'ai même pas fini mes relevés. Voilà qui devrait vous dire comment je vais.

– Allons, Raoul, voyons ! Vous adorez ça.

* National Institute of Health, Institut national de santé. *[NdT]*

– Ah ! Oui, c'est vrai. Comment m'aviez-vous défini dans le temps ? La quintessence de la personnalité de type A, non ?

– A *plus*.

– Je mourrai d'un infarctus, mais mon article sera achevé.

Ce n'était pas tout à fait une plaisanterie. Son père, alors qu'il était doyen de la faculté de médecine de La Havane (avant Castro) s'était effondré sur un court de tennis et était mort ainsi à quarante-huit ans. Raoul était à cinq ans de cet âge et non seulement il avait hérité du style de vie de son géniteur, mais aussi de quelques-uns de ses mauvais gènes. J'avais cru qu'on pourrait le changer, au début, mais il y avait beau temps que j'avais renoncé à le faire ralentir. Si quatre mariages ratés n'y étaient pas arrivé, rien ne le pouvait.

– Vous allez décrocher le Nobel, lui dis-je.

– Ouais, et tout le fric ira en pensions alimentaires !

Il trouva sa répartie extrêmement drôle et quand il eut fini de rire, il reprit en ces termes :

– J'ai besoin d'un service, Alex. J'ai une famille qui nous pose quelques problèmes – en gros, refus de traitement – et je me demandais si vous ne pourriez pas leur parler.

– Je suis flatté, mais vous n'avez pas déjà quelqu'un dans votre équipe ?

– Ceux de mon équipe ont saboté le travail, répondit-il, irrité. Vous savez la haute opinion que j'ai de vous, Alex… je ne comprends d'ailleurs toujours pas pourquoi vous avez abandonné une carrière aussi prometteuse, mais là n'est pas la question. Les gens que m'envoient les services sociaux sont des amateurs, mon ami. Des amateurs partiaux, en plus. Des travailleurs sociaux naïfs qui se voient comme les avocats des patients… des provocateurs. Les psys ne veulent rien savoir de nous parce que Boorstin est un phobique que le mot cancer terrifie.

– Quels progrès, hein ?

– Rien n'a changé depuis cinq ans, Alex. À vrai dire, les choses auraient plutôt empiré. Je commence même à écouter les propositions qu'on me fait ailleurs. La semaine dernière, on a été jusqu'à m'offrir la direction de tout un hôpital à Miami. Patron de l'équipe médicale. Un plus gros salaire et le professorat à part entière.

– Vous êtes tenté ?

– Pas vraiment. Les labos de recherches sont du niveau Disneyland et je les soupçonne de les intéresser davantage en tant qu'hispanique qu'à cause de mes talents de médecin. Bref, que diriez-vous de donner un coup de main au département… vous faites toujours officiellement partie de nos consultants, vous savez.

– Pour être honnête, je ne fais plus de thérapie, Raoul.

– Je sais, je sais, répliqua-t-il avec impatience, mais justement, il ne s'agit pas de thérapie. Plutôt d'une consultation, une mission de courte durée. Je ne voudrais pas faire de mélo, Alex, mais la vie d'un petit garçon très malade est en jeu.

– Quand vous parlez de refus de traitement, que voulez-vous dire au juste ?

– Ce serait trop long à expliquer par téléphone, Alex. Je déteste me montrer impoli, mais il faut que j'aille au labo voir comment s'en sort Helen. Nous contrôlons l'évolution *in vitro* d'un hépatoblastome au moment où il approche du tissu pulmonaire. C'est un travail pénible et qui demande une vigilance constante. Parlons-en demain matin à mon bureau, neuf heures… ça vous va ? Je ferai monter un petit déjeuner et préparer un ordre de mission. Nous avons prévu de vous payer.

– Entendu, Raoul. J'y serai.

– Parfait.

Et il raccrocha.

Sortir d'une conversation avec Melendez-Lynch était une expérience brutale – comme si l'on passait soudain d'un mode en surrégime à la petite vitesse. Je reposai le combiné, repris mes esprits et me mis à réfléchir à la complexité du syndrome maniaque.

3

L'hôpital des enfants – officiellement Western Pediatrics Medical Center, Western Peds en abrégé – occupe un pâté de maisons carré en plein Hollywood, dans un quartier jadis ultrachic, mais qui est aujourd'hui le territoire de drogués, de prostituées, de drag-queens et de gogo-girls de tout acabit. Les gagneuses s'étaient levées de bonne heure, ce matin-là ; en débardeur moulant et microjupe, elles surgissaient des allées et de la pénombre des entrées, tortillant des fesses et me sifflant, tandis que je remontais Sunset vers l'ouest dans la Seville. Les putes faisant tout autant partie de la couleur locale de Hollywood que les étoiles en laiton incrustées dans les trottoirs, j'aurais juré reconnaître certains des visages peinturlurés que j'avais vus trois ans auparavant dans le secteur. Les péripatéticiennes paraissaient se diviser en gros en deux catégories : les fugueuses au visage mou de Bakersfield, Fresno ou de la campagne environnante, et les filles noires, minces, tout en jambes, usées par le boulot, de Los Angeles centre. Et toutes prêtes à attaquer dès avant neuf heures du matin. Si par miracle tout le pays devenait aussi assidu qu'elles au boulot, les Japonais n'auraient pas une chance.

L'hôpital en imposait, avec ses bâtiments de pierres rendues grises par les intempéries et sa tour toute neuve en béton et verre. Je garai la Seville dans le parking réservé aux médecins et me rendis à pied jusqu'au pavillon Prinzley, l'édifice moderne.

Le département d'oncologie se trouvait au cinquième. Les bureaux des médecins, à peine plus grands que des placards, étaient disposés en U autour du secrétariat. En tant que chef de département, Raoul disposait de quatre fois plus de place que les autres spécialistes, en plus d'une certaine intimité. Son repaire était situé à l'autre bout du corridor, protégé par des portes à double vitrage. Je les franchis et entrai dans la réception. N'y voyant personne, je poursuivis mon chemin et ouvris la porte sur laquelle était marqué « privé ».

Il aurait pu se faire offrir une véritable suite, mais avait préféré consacrer l'essentiel de l'espace à son labo. Son bureau lui-même devait faire tout au plus une douzaine de mètres carrés. La pièce était comme dans mon souvenir, le plateau du bureau encombré de piles de lettres, de journaux, de messages en attente de réponse, mais tout cela disposé dans un ordre précis. Il y avait trop de livres pour les étagères, qui allaient pourtant du sol au plafond, et leur flot débordait en piles bien rangées sur le plancher. Des flacons de Maalox* encombraient une étagère. Des rideaux beiges fanés cachaient la vue sur les collines environnantes, la fenêtre étant perpendiculaire au bureau.

Je connaissais bien cette vue pour avoir passé une partie non négligeable de mon temps, quand j'étais à Western Peds, à contempler les lettres géantes en voie d'effondrement du panneau HOLLYWOOD, tandis que j'attendais Raoul pour la réunion qu'il avait convoquée et évidemment oubliée, ou en patientant pendant ses interminables coups de téléphone.

Je cherchai des indices de sa présence et trouvai une tasse à café en plastique à demi remplie de café froid et un veston en soie couleur crème soigneusement posé sur le dossier du fauteuil, derrière le bureau. Il n'y eut aucune réaction quand je frappai à la porte du labo fermée à clef. Je tirai les rideaux, attendis quelques minutes, essayai de le biper et n'eus pas de réponse. Ma montre indiquait neuf heures dix. De vieux sentiments d'impatience et de ressentiment se mirent à refaire surface.

Encore un quart d'heure, et je fiche le camp, me dis-je. Trop, c'est trop.

Quatre-vingt-dix secondes avant l'expiration du délai, il entra en coup de vent.

* Contre les maux d'estomac. *[NdT]*

– Alex, Alex ! lança-t-il en me secouant vigoureusement la main. C'est sympa d'être venu !

Il avait vieilli. Sa bedaine, devenue nettement ovoïde, tirait sur les boutons de sa chemise. Les dernières mèches de cheveux avaient disparu sur le dessus de sa tête, la couronne sombre et frisée qui restait entourant un crâne élevé, bosselé et brillant. Son épaisse moustache, jadis noir d'ébène, allait du blanc au noir en passant par l'argenté et toute une palette de gris. Seuls ses yeux en grains de café, vifs et constamment en mouvement, paraissaient toujours aussi jeunes et trahissaient le feu qui le brûlait intérieurement. De petite taille et ayant tendance à grossir facilement, il s'habillait chez les meilleurs faiseurs, mais la stratégie de ses choix vestimentaires n'avait pas pour but de l'amincir. Ce matin-là, il portait ainsi une chemise rose pâle, une cravate noire ornée d'horloges roses et un pantalon crème assorti au veston posé sur le fauteuil. Ses chaussures, une variété de richelieus pointus à trous-trous couleur fauve, étaient parfaitement cirées. Sa longue blouse blanche amidonnée était immaculée, mais d'une taille trop grande. Il avait un stéthoscope autour du cou et les poches de sa blouse ployaient sous l'accumulation de stylos et de documents qu'il y avait fourrés.

– Bonjour, Raoul.

– Vous avez pris votre petit déjeuner ?

Il me tourna le dos et se mit à feuilleter rapidement de ses doigts épais les piles de papiers sur son bureau, tel un aveugle déchiffrant du braille à toute vitesse.

– Non, vous m'aviez dit que…

– Que diriez-vous d'aller jusqu'à la salle à manger des médecins pour le prendre aux frais du département ?

– Ce sera parfait, dis-je avec un soupir.

– Bien, bien. (Il se tapota les poches, les fouilla et marmonna un juron en espagnol.) Juste le temps de passer un ou deux coups de fil, et on y va.

– Je suis relativement pressé, Raoul. J'apprécierais beaucoup que nous y allions tout de suite.

Il se tourna vers moi et me regarda, l'air très étonné.

– Quoi ? Ah, oui, bien sûr. Tout de suite. Bien sûr.

Un dernier regard au bureau, où il s'empara tout de même du dernier numéro de *Blood*, et nous partîmes.

Il avait beau avoir les jambes plus courtes que les miennes d'une bonne dizaine de centimètres, je fus obligé de trottiner pour rester à sa hauteur, tandis que nous foncions par la passerelle vitrée qui joint le Prinzley au bâtiment principal de l'hôpital. Et comme il parlait en marchant, rester à sa hauteur était primordial.

– La famille... ce sont les Swope, commença-t-il en épelant ce nom. Le prénom du garçon est Heywood, mais on l'appelle Woody. Il a cinq ans. Lymphome non hodgkinien, localisé. Emplacement initial dans le gros intestin avec nodule localisé. Le scanner était superbe – très propre, pas de métastases. Le diagnostic histologique ? Non lymphoblastique, ce qui est excellent, étant donné que le protocole de traitement, dans ces cas-là, est bien établi.

Arrivé à l'ascenseur, il me parut hors d'haleine ; il tirait sur le col de sa chemise et finit par desserrer son nœud de cravate. La cabine arriva et nous descendîmes en silence jusqu'au rez-de-chaussée. En silence, mais pas dans la sérénité, car il était incapable de rester tranquille : il pianota ainsi sur la paroi de la cabine et tripota sa moustache en faisant en même temps surgir et disparaître machinalement la pointe de son stylo à bille.

Le couloir du rez-de-chaussée était un tunnel bruyant qui grouillait de médecins, d'infirmières, d'employés et de patients. Il s'était remis à parler et je dus lui taper sur l'épaule et lui dire que je n'entendais rien dans tout ce boucan. Il répondit d'un bref hochement de tête et accéléra le pas. Nous traversâmes la cafétéria en quelques zigzags pour nous retrouver dans le refuge élégant et aux lumières tamisées de la salle à manger réservée aux médecins.

Un groupe de chirurgiens et d'internes mangeaient et fumaient autour d'une table circulaire, en blouse verte de salle d'op, leurs bonnets leur pendant sur la poitrine comme des serviettes de bébé. En dehors d'eux, il n'y avait personne.

Raoul m'entraîna jusqu'à une table d'angle, fit signe à la

serveuse et déplia la serviette en tissu sur ses genoux. Puis il saisit un paquet d'édulcorant en poudre et le bascula de côté, le produit se déplaçant à l'intérieur avec un léger crissement, comme du sable dans un sablier. Il répéta le geste une demi-douzaine de fois et se remit à parler, ne s'interrompant qu'à l'arrivée de la serveuse.

– Vous souvenez-vous du protocole COMP, Alex ?

– Oui, vaguement. Cyclophosphamide, euh... méthotrexate et prednisone, c'est ça ? Pour le O, j'ai oublié.

– Pas mal du tout. Oncovin. Nous l'avons amélioré pour les non-hodgkiniens. Il fait des merveilles associé à du méthotrexate intrathécal et à une irradiation. Quatre-vingt-un pour cent des patients bénéficient d'une rémission de trois ans sans rechute. C'est une statistique nationale – les chiffres pour mes patients sont encore meilleurs : plus de quatre-vingt-dix pour cent. Je suis un nombre croissant d'enfants entre cinq et sept ans qui ont l'air en pleine forme. Pensez-y un peu : une maladie qui tuait pratiquement tous les gosses qu'elle touchait il y a dix ans est devenue potentiellement guérissable.

La lumière au fond de ses yeux doubla d'intensité.

– C'est un résultat fantastique, dis-je.

– C'est exactement le mot, « fantastique ». Le secret, c'est la chimiothérapie multimodale. Davantage de médicaments, plus efficaces et mieux combinés.

Notre commande arriva. Il mit deux bagels dans son assiette, les débita en portions minuscules et se les jeta dans la bouche à un tel rythme qu'il finit avant que j'aie pu avaler la moitié du mien. La serveuse nous ayant versé du café, il inspecta le sien, y ajouta de la crème, le remua et l'engloutit rapidement. Puis il se tapota les lèvres avec sa serviette et enleva des miettes imaginaires de sa moustache.

– Vous remarquerez que j'ai utilisé le terme guérissable, sans prendre de précaution oratoire du genre rémission prolongée. Nous avons vaincu le néphroblastome, nous avons vaincu la maladie d'Hodgkin. Le lymphome non hodgkinien est le prochain sur la liste. Retenez bien ce que je vous dis : on en guérira dans un futur très proche.

Un troisième bagel fut disséqué et avalé. Il fit signe à la serveuse pour avoir un peu plus de café.

Il reprit la parole lorsqu'elle fut partie.

– Ce n'est pas du vrai café, ce truc-là, mon ami. Juste une boisson chaude. Ma mère, elle, savait faire un bon café. Quand nous étions à Cuba, nous avions le meilleur de la récolte. L'un des domestiques, un vieux Noir du nom de José, broyait les grains dans un moulin à main, très fin – cette mouture est essentielle – et là, nous avions un café ! (Il but un peu plus du sien et repoussa la tasse, prenant à la place un verre d'eau qu'il vida d'un trait.) Venez donc chez moi, et je vous ferai un vrai café !

Je pris conscience que bien qu'ayant travaillé trois ans à ses côtés et le connaissant depuis deux fois plus de temps, je n'avais jamais visité son domicile.

– Je risque de vous prendre au mot, un de ces jours. Où habitez-vous ?

– Pas loin d'ici. Dans un appartement de Los Feliz. Une seule chambre. Ce n'est pas très grand, mais ça suffit à mes besoins. Quand on vit simplement, il vaut mieux aller au plus simple, vous ne croyez pas ?

– J'imagine.

– Vous vivez seul, vous aussi, non ?

– Plus maintenant. Une femme merveilleuse est entrée dans ma vie.

– C'est bien, c'est bien, dit-il, un nuage passant dans ses yeux sombres. Les femmes… Elles ont enrichi ma vie, mais elles l'ont aussi fichue en l'air. La dernière, Paula, a gardé la grande maison de Flintridge. Une autre est à Miami, et les deux dernières Dieu seul sait où. Jorgé, mon deuxième fils, celui que j'ai eu avec Nina, m'a dit que sa mère était à Paris, mais elle ne reste jamais très longtemps quelque part.

Son visage paraissant s'affaisser, il pianota sur la table avec sa cuillère. Puis il pensa à quelque chose qui lui rendit sa bonne humeur.

– Jorgé entre en première année de médecine l'année prochaine à Hopkins.

– Mes félicitations.

– Merci. C'est un garçon brillant, et depuis toujours. Il vient tous les étés me donner un coup de main au labo. Je suis fier qu'il ait voulu suivre mon chemin. Les autres n'ont pas la même envergure, et qui sait ce qu'ils vont faire ? Mais leurs mères n'étaient pas comme Nina ; c'est une violoncelliste soliste.

– Je l'ignorais.

Il prit un autre bagel et l'expédia.

– Vous ne buvez pas votre eau ?

– Je vous en prie.

Il vida mon verre.

– Parlez-moi des Swope, repris-je. Quel est exactement le problème que vous avez avec eux ?

– Le pire, Alex. Ils refusent tout traitement. Ils veulent ramener le gosse chez eux et le soumettre à Dieu sait quels exorcismes.

– On ferait dans le holisme ?

Il haussa les épaules.

– Ce n'est pas exclu. Ils sont de la campagne. De La Vista, un petit patelin près de la frontière mexicaine.

– Je connais la région. Avant tout agricole.

– Oui, je crois. Mais, plus important, proche du pays du Laetrile*. Le père est cultivateur ou arboriculteur. Un individu grossier, cherchant toujours à vous impressionner. J'ai cru comprendre qu'il avait eu une formation scientifique à un moment de sa vie… il aime bien balancer des termes savants de biologie. Un grand costaud, la cinquantaine.

– Un peu âgé pour avoir un gamin de cinq ans.

– Oui. La mère a plus de quarante-cinq ans. À se demander si ce gosse n'a pas été un accident. C'est peut-être la culpabilité qui les rend cinglés. Comme s'ils s'accusaient d'être responsables de ce cancer.

– Ce serait assez banal, dis-je. Il n'y a pas grand-chose de plus cauchemardesque pour des parents que d'apprendre que leur

* Pseudo-remède contre le cancer qui a fait les beaux jours des charlatans depuis son apparition dans les années cinquante et qu'on peut encore trouver au Mexique ; une de ses molécules est tirée des noyaux d'abricots. *[NdT]*

enfant a un cancer. Et une partie du cauchemar est la culpabilité dont ils s'accusent quand ils se mettent à chercher la réponse à cette question qui n'en a pas : pourquoi nous ? Ce n'est pas un processus rationnel. Les médecins et les biochimistes en sont aussi victimes, eux qui pourtant savent ce qu'il en est. On se fait des reproches, on se dit j'aurais dû faire ceci ou cela, j'aurais pu faire ceci ou cela... La plupart des parents finissent par dépasser ça. Ceux qui n'y arrivent pas sont très mal en point.

– Dans leur cas, évidemment, dit-il, ils ont davantage de raisons de s'en vouloir, non ? Des ovaires vieillissants, etc. Bon, assez de conjectures, laissez-moi continuer. Où en étais-je ? Ah oui, Mme Swope... Emma. Une vraie petite souris, jusqu'à l'obséquiosité. C'est le père, le patron. Ils ont une grande fille d'environ dix-neuf ans.

– À quand remonte le diagnostic pour le gamin ?

– Officiellement, à deux jours seulement. Un généraliste de leur patelin a été intrigué par son abdomen distendu lors d'un examen. Il avait mal depuis une ou deux semaines et de la fièvre depuis cinq jours. Le toubib a été pris de doute – pas si mal, pour un médecin de campagne – et comme il n'avait pas trop confiance dans l'hôpital du coin, il nous l'a envoyé. Nous avons dû procéder à un bilan complet : examen clinique, bilan sanguin, ECBU, acide urique, myélogramme et biopsie médullaire, marqueurs immunologiques. C'est exigé par le protocole du non-Hodgkin. Bref, ça ne fait que deux jours que nous sommes fixés. Tumeur localisée, pas de dissémination métastatique.

« J'ai eu un entretien avec les parents. Je leur ai dit que c'était de bon pronostic puisque la tumeur ne s'était pas étendue ailleurs ; ils ont rempli les formulaires d'acceptation et nous étions prêts à commencer. Le gamin ayant fait des infections à répétition récemment et des pneumocytes se baladant dans son sang, nous l'avons mis en isolation avec l'idée de l'y maintenir pendant la première chimiothérapie, puis de vérifier comment fonctionnait son système immunitaire. Tout allait comme à la parade, lorsque je reçois un coup de fil de mon chef de clinique, Augie Valcroix, je vais vous parler de lui dans une minute, Valcroix qui me dit que les parents se dégonflent.

– Vous n'avez pas senti qu'il y avait un problème lorsque vous leur avez parlé la première fois ?

– Pas vraiment, Alex. C'est le père qui tient toujours le crachoir dans cette famille. La mère n'arrêtait pas de pleurer et j'ai fait de mon mieux pour la consoler. Lui m'a posé pas mal de questions pointues... comme je vous l'ai dit, il voulait m'impressionner... mais tout est resté très amical. Ils me donnaient l'impression de gens intelligents, pas délirants pour un sou. (Il hocha la tête d'un air incrédule.) Après le coup de téléphone de Valcroix, je suis allé tout de suite leur parler en supposant que c'était une crise d'angoisse passagère ; vous savez bien comme moi que parfois, quand les parents entendent parler du traitement, ils se fourrent dans la tête qu'on va torturer leur enfant. Et ils se mettent à chercher des choses simples, genre noyaux d'abricots. Si le médecin prend le temps de leur expliquer l'intérêt de la chimio, ils finissent en général par l'accepter. Mais pas les Swope. Leur religion était faite.

« Je suis même passé au tableau noir pour dessiner les graphiques des taux de survie – ce chiffre de quatre-vingt-un pour cent que je vous ai donné concernait précisément les tumeurs localisées. Ce taux tombe à quarante-six pour cent lorsqu'il y a dissémination. Ça ne les a pas impressionnés. Je leur ai dit qu'il était vital d'intervenir le plus vite possible. J'ai tout essayé, le charme, les cajoleries, les supplications, les menaces. Ils ne discutaient même pas. Ils refusaient, point final. Ils veulent le ramener chez eux.

Il déchiqueta un bagel en menus morceaux et en disposa les fragments en demi-cercle dans son assiette.

– Je vais m'envoyer des œufs, annonça-t-il.

Il fit signe à la serveuse. Celle-ci prit la commande et me jeta un coup d'œil, dans le dos de Melendez-Lynch, comme pour dire : « J'ai l'habitude. »

– Des hypothèses sur les raisons de cette volte-face ? lui demandai-je.

– Oui, deux. Dans la première, Augie Valcroix a saboté l'affaire. Dans la deuxième, ces maudits Palpeurs ont empoisonné l'esprit des parents.

– Qui ça ?

– Les Palpeurs. C'est comme ça que je les appelle. Ce sont les membres d'une secte dont le quartier général est situé non loin de chez les Swope. Ils sont en adoration devant leur gourou, qui se pare du titre de « Noble Matthias ». Eux-mêmes s'appellent les Toucheurs, d'après ce que m'a dit notre travailleuse sociale. (Sa voix était pleine de mépris.) Madre de Dios, Alex, à croire que la Californie est devenue la déchetterie sanctuarisée de tous les délires religieux de la planète !

– Et ce sont des adeptes du holisme ?

– D'après la travailleuse sociale, oui. Quelle surprise, hein ? On devrait plutôt dire « folisme ». Le genre à soigner toutes les maladies avec du jus de carottes et du son ou des herbes puantes qu'on jette par-dessus son épaule à minuit. L'aboutissement de siècles de progrès scientifiques… une vraie régression culturelle volontaire !

– Qu'est-ce qu'ils font exactement, ces Toucheurs ?

– Rien qu'on puisse prouver. Tout ce que je sais, c'est que tout se passait aussi bien que possible, qu'ils avaient signé leur consentement lorsque deux de ces enfoirés, un homme et une femme, sont venus leur rendre visite et patatras !

Une assiette d'œufs brouillés arriva, accompagnée d'une louche de sauce de couleur jaune. Je me souvins de son goût immodéré pour la hollandaise. Il noya les œufs sous la sauce et, de sa fourchette, les divisa en trois portions. Il commença par celle du milieu, fit un sort à celle de droite et finit par celle de gauche. Et une fois de plus, petits coups de serviette sur les lèvres et chasse à d'imaginaires miettes dans la moustache.

– Et qu'est-ce que votre chef de clinique a à voir avec ça ?

– Valcroix ? Pas mal de chose, probablement. Permettez que je vous parle un peu du personnage. Sur le papier, il a l'air sensationnel : diplômé de médecine de l'université McGill… il est canadien français. Il a été interne à Mayo et a fait un an de recherche dans le Michigan. Il approche de la quarantaine et je me disais qu'étant plus âgé que tous les autres candidats, il aurait davantage de maturité. Pensez donc ! Lors de notre entretien, j'ai eu affaire à un type d'aspect soigné et intelligent. Ce que j'avais six mois plus tard, c'était une espèce de hippie prenant de la bouteille.

« Certes, il est brillant, mais il n'est pas professionnel. Il parle, s'habille comme un ado et essaie de se mettre au niveau des patients. Les parents ne peuvent pas établir de bonnes relations avec lui et les enfants finissent eux aussi par voir dans son petit jeu. Sans compter qu'il y a d'autres problèmes. Il a couché avec au moins une des mères de nos petits malades ; je soupçonne fortement qu'il y en a eu d'autres. Quand je lui ai balancé l'affaire en pleine figure, il m'a regardé comme si j'étais cinglé de m'en faire pour ça.

– Pas très regardant question éthique, hein ?

– Il n'en a pas. J'ai souvent l'impression qu'il a bu ou a pris quelque chose, mais je n'arrive pas à le coincer. Il est sur ses gardes et a toujours une bonne réponse toute prête. Mais ce n'est pas un médecin… ce n'est rien qu'un hippie trop instruit.

– Comment s'entend-il avec les Swope ?

– Trop bien, peut-être. Il était très copain avec la mère et paraissait s'entendre aussi bien qu'il était possible avec le père. (Il examina sa tasse de café vide.) Je ne serais pas surpris s'il essayait de coucher avec la sœur. Très sexy, la minette. Mais ce n'est pas ce qui me turlupine pour le moment. (Il plissa les paupières.) J'ai bien l'impression que M. Valcroix a un faible pour les charlatans. Il a défendu l'idée, pendant des réunions d'équipe, que nous devrions nous montrer plus tolérants envers ce qu'il a appelé une « approche alternative » des soins médicaux. Il a passé pas mal de temps dans une réserve indienne et a été impressionné par un guérisseur. Tout le monde discute de ce qu'il a lu dans le *New England Journal**, mais lui radote sur des histoires de chaman et de poudre de serpent. Incroyable. (Il eut une grimace de dégoût.) Quand il m'a dit que les parents refusaient notre traitement, je n'ai pas pu m'empêcher d'avoir l'impression qu'il bichait.

– Pensez-vous qu'il ait concrètement fait quelque chose pour saboter votre travail ?

– L'ennemi intérieur ? (Il réfléchit un instant.) Non, pas ouvertement. J'ai simplement le sentiment qu'il n'a pas soutenu le projet de traitement comme il aurait dû le faire. Bon Dieu,

* Revue médicale américaine. *[NdT]*

Alex, ce n'est pas un séminaire de philosophie sur le sexe des anges ! On a un petit garçon malade que je peux traiter et même guérir, et eux veulent m'empêcher de le soigner ! C'est de l'assassinat !

– Vous pourriez les assigner devant un tribunal, lui suggérai-je.

Il hocha la tête, l'air triste.

– J'en ai déjà parlé à l'avocat de l'hôpital ; il pense que nous pourrions gagner. Mais ce serait une victoire à la Pyrrhus. Vous rappelez-vous l'affaire Chad Green ? Le gamin avait une leucémie et les parents l'ont sorti de l'hôpital pour aller au Mexique lui faire prendre du Laetrile. Le truc s'est transformé en un véritable cirque médiatique. Les parents sont devenus des héros et les médecins et l'hôpital les méchants de l'histoire. Et en fin de compte, en dépit de multiples injonctions de la cour, le gosse n'a jamais été traité. Et il est mort.

Il posa un index sur chacune de ses tempes et appuya. Il y avait un frémissement de pouls sous chacun de ses doigts.

– Migraine ?

– Commence juste. Je peux faire avec. (Il prit une profonde inspiration, et sa bedaine ondula.) Je vais peut-être être obligé de les traîner devant un tribunal, mais je préférerais l'éviter. Et c'est pour cette raison que je fais appel à vous, mon ami.

Il se pencha et posa sa main sur la mienne. Elle était anormalement chaude et un peu moite.

– Parlez-leur, Alex. Servez-vous de tous les tours que vous avez dans votre sac. Jouez l'empathie, la sympathie, n'importe quoi. Essayez de leur faire saisir les conséquences de ce qu'ils font.

– Dites, c'est un peu mission impossible, ça.

Il retira sa main et sourit.

– Le seul genre de mission que nous connaissions par ici.

4

Le papier peint sur les murs du pavillon était d'un jaune éclatant avec des motifs d'ours en peluche dansant et de poupées de chiffon souriantes. Les odeurs d'hôpital auxquelles je m'étais habitué lorsque j'y travaillais – désinfectant, remugles corporels, fleurs fanées – agressaient mes narines et me rappelaient que j'étais un étranger dans ces lieux. J'avais beau avoir arpenté ces couloirs un millier de fois, le malaise glacial qu'évoque inévitablement l'hôpital me saisissait.

L'unité de « Flux d'air laminaire » se trouvait à l'extrémité est du pavillon, derrière une porte grise sans vitre. Au moment où nous nous en approchions, elle s'ouvrit et une jeune femme sortit dans le couloir. Elle s'arrêta le temps d'allumer une cigarette et repartit, mais Raoul la héla. Elle s'arrêta, se tourna et, ployant un genou, resta immobile dans une pose où elle tenait sa cigarette d'une main tandis que l'autre était posée sur le déhanchement de sa taille.

– La sœur, murmura-t-il.

Sa description – une nana sexy – était très au-dessous de la vérité. Cette fille avait une allure absolument sensationnelle.

Elle était grande, un mètre soixante-quinze environ, avec un corps qui parvenait à être féminin tout en évoquant celui d'un éphèbe. Elle avait de longues jambes nerveuses et musclées, les seins hauts et petits et un cou de cygne, long et délicat. Ongles laqués d'écarlate. Elle portait une robe blanche, faite en réalité d'un T-shirt serré à la taille par un cordon argenté qui mettait en valeur la finesse de sa taille et son ventre plat. Le tissu fin épousait étroitement ses formes et s'arrêtait à mi-cuisses.

L'ovale de son visage se terminait sur un menton nettement partagé en deux. Elle avait des pommettes saillantes et une ligne de mâchoire très pure, aboutissant à de petites oreilles presque dépourvues de lobes. Chacun était percé et portait un double fil d'or martelé en guise de boucles. Elle avait les lèvres bien dessinées et pleines, d'un rouge assorti à celui de ses ongles – une bouche généreuse.

C'était cependant sa crinière qui frappait le plus.

Elle avait des cheveux longs, brillants, couleur cuivre et simplement rejetés en arrière, dégageant ainsi le front qu'elle avait bombé et lisse. Mais, contrairement à la plupart des rouquines, elle n'avait ni taches de rousseur ni le teint laiteux caractéristique. Sa peau sans défaut présentait un bronzage profond, très californien. Elle avait les yeux écartés, les cils fournis et les iris d'un noir d'encre. Elle était un peu trop maquillée, mais n'avait pas touché à ses sourcils sombres ; naturellement arqués, ils lui donnaient une expression sceptique. C'était le genre de fille qu'on ne peut pas ne pas remarquer, mélange étrange de simplicité et de clinquant, le tout débordant sans le vouloir d'une présence physique intense.

– Bonjour, lui dit Raoul.

Elle fit porter son poids sur son autre jambe et nous examina tous les deux.

– Salut.

Elle avait répondu d'un ton boudeur et nous regardait d'un air ennuyé. Comme pour souligner son apathie, elle se mit à contempler derrière nous et tira sur sa cigarette.

– Nona, je vous présente le Dr Delaware.

Elle hocha la tête, nullement impressionnée.

– Il est psychologue et c'est un expert en matière d'enfants atteints de cancer. Il a déjà travaillé ici, dans l'unité de confinement.

– Bonjour, dit-elle par politesse. Si vous voulez qu'il parle à mes parents, ils ne sont pas ici.

Elle avait une voix douce, aux intonations plates, presque un murmure.

– Euh, oui… nous aurions bien aimé. Quand doivent-ils revenir ?

Elle haussa les épaules et fit tomber de la cendre par terre.

– Ils ne me l'ont pas dit. Ils ont dormi ici et ils sont sans doute allés au motel pour se doucher. Peut-être ce soir, peut-être demain.

– Je vois. Et vous, comment ça va ?

– Bien.

Elle se mit à regarder le plafond et à taper du bout de son pied.

Melendez-Lynch leva la main pour lui tapoter l'épaule – le geste de réconfort classique du médecin –, mais elle eut un regard qui lui fit immédiatement interrompre son geste.

– Comment va Woody ? demanda-t-il.

La question eut le don de la rendre furieuse. Son corps mince se tendant, elle laissa tomber sa cigarette par terre et l'écrasa sous son talon. Des larmes grossirent dans ses yeux aux reflets nocturnes.

– C'est vous, le docteur, bon sang ! C'est à vous de me le dire ! cria-t-elle, le visage crispé.

Puis elle se tourna et partit en courant.

Raoul évita de croiser mon regard. Il ramassa le mégot écrasé et le déposa dans un cendrier. Se mettant la main sur le front, il inspira profondément et eut la grimace typique des migraineux. Il devait souffrir abominablement.

– Allons-y, dit-il, entrons.

Une inscription à la main, sur une affichette du bureau des infirmières, proclamait : « Bienvenue en science-fiction thérapie ! »

Des strates de feuilles volantes étaient agrafées ou punaisées au tableau d'activité : horaires des gardes, blagues découpées dans des revues, dosage des chimio, sans parler d'une photo avec autographe d'un célèbre joueur des Dodgers en compagnie d'un enfant chauve en fauteuil roulant. Le gamin tenait une batte de base-ball à deux mains et levait les yeux sur la star, laquelle paraissait mal à l'aise au milieu des flacons de goutte-à-goutte.

Raoul prit un dossier médical dans une corbeille et commença à le parcourir. Il émit un grognement et appuya sur un bouton situé au-dessus du bureau. Quelques secondes plus tard, une femme corpulente habillée de blanc passait la tête par l'entrebâillement de la porte.

– Oui ? Oh, bonjour, docteur Melendez.

Elle me vit et m'adressa un signe de tête interrogatif.

Raoul me présenta ; l'infirmière s'appelait Ellen Beckwith.

– Le Dr Delaware a dirigé autrefois le service de psychologie de ce département. C'est un expert international en matière d'effets psychologiques du confinement.

– Ah, génial. Ravie de vous rencontrer.

Je pris la main replète qu'elle me tendait.

– Dites-moi, Ellen, quand doivent revenir les parents du gamin ?

– Fichtre, je n'en sais rien, docteur. Ils ont passé toute la nuit ici et ils sont partis. Ils viennent en principe tous les jours et on a donc des chances de les revoir à un moment ou à un autre.

La mâchoire de Raoul se crispa.

– Voilà qui nous aide beaucoup, Ellen.

L'infirmière se troubla et son visage à double menton prit l'expression d'un animal acculé dans un enclos qui n'est pas le sien.

– Je suis désolée, docteur, mais ils ne sont pas obligés de nous dire…

– Laissez tomber. Quelque chose de nouveau pour le garçon ? Quelque chose qui ne serait pas encore au dossier ?

– Non, monsieur, nous attendons simplement… (Elle vit le visage de Melendez-Lynch qui se durcissait et s'arrêta.) Euh, j'allai juste changer les draps dans l'unité trois, docteur. Alors s'il n'y a rien d'autre…

– Allez-y. Mais d'abord envoyez-moi Beverly Lucas.

L'infirmière jeta un coup d'œil au tableau noir de l'autre côté de la pièce.

– Il va falloir la biper, monsieur.

Raoul releva la tête et se caressa la moustache. Le seul indice de ce qu'il endurait était le léger tremblement qui l'agitait sous ses poils hérissés.

– Eh bien, bipez-la, bon sang !

Elle se précipita.

– Et ils se prennent pour des professionnels, marmonna-t-il. Prétendent travailler avec les médecins sur un pied d'égalité. Grotesque.

– Vous ne prenez rien contre la douleur ? lui demandai-je.

La question le prit au dépourvu.

– Qu'est-ce que… oh, ça. Ce n'est pas si terrible. (Il mentait.) Si, de temps en temps, je prends quelque chose.

– Jamais essayé le biofeedback ou l'hypnose ?

Il hocha la tête.

– Vous devriez. C'est efficace. On apprend à vasodilater et vasocontracter ses vaisseaux soi-même.

– Pas le temps d'apprendre.

– Ça ne prend pas longtemps, si on est motivé.

– Oui, bien sûr, mais… (Le téléphone l'interrompit. Il répondit, aboya des ordres et raccrocha.) Beverly Lucas, notre travailleuse sociale. Elle va arriver dans une minute et vous fera le topo de la situation.

– Je vois qui c'est. Elle était étudiante à l'époque où j'étais interne.

Il eut un mouvement d'oscillation de la main.

– Comme ci, comme ça, non ?

– Elle m'a toujours paru tout à fait intelligente.

– Si vous le dites, répondit-il, dubitatif. Elle n'a pas servi à grand-chose avec les Swope.

– Je ne ferai peut-être pas mieux, Raoul.

– Vous êtes différent, Alex. Vous pensez en scientifique tout en étant capable d'établir une relation personnelle et humaine avec les patients. C'est une combinaison rare. C'est pour cette raison que je vous ai choisi, mon ami.

Il ne m'avait jamais choisi, mais je ne contestai pas cette affirmation. Il avait peut-être oublié comment les choses s'étaient passées.

Quelques années auparavant, il avait reçu une bourse du gouvernement pour étudier la valeur thérapeutique du confinement des enfants atteints de cancer dans un milieu stérile. Les « cellules d'isolement » venaient de la NASA : des modules en plastique utilisés pour empêcher les astronautes de retour de mission de contaminer la planète avec d'éventuels éléments pathogènes rapportés du cosmos. Les modules étaient filtrés en permanence, l'air était renouvelé rapidement et en douceur *via* un système de flux laminaire; ce procédé était important parce qu'il empêchait la création des poches de turbulence où les germes infectieux peuvent se rassembler et se reproduire.

La valeur d'une bonne protection des patients contre les microbes était évidente pour quiconque avait une idée de ce qu'est la chimiothérapie. Nombre de médicaments utilisés pour détruire les tumeurs ont aussi comme effet secondaire un important affaiblissement des défenses immunitaires. Il était aussi courant que les patients meurent d'infections provoquées par le traitement que de la maladie elle-même.

La réputation de chercheur de Melendez-Lynch était grande et le gouvernement lui avait envoyé plusieurs modules et en avait budgétisé le fonctionnement. Il avait mis sur pied un protocole d'étude en divisant les enfants au hasard en groupe expérimental et groupe de contrôle; ces derniers étaient traités dans des salles d'hôpital normales et en utilisant les procédures habituelles comme les masques et les blouses. Il avait engagé des microbiologistes pour assurer le contrôle des microbes. Il avait obtenu des heures sur un ordinateur du CalTech pour analyser les données. Bref, il était prêt à se lancer.

C'est alors que quelqu'un avait soulevé la question des effets psychologiques du confinement.

Melendez-Lynch aurait bien traité ce risque par le mépris, mais tout le monde n'était pas du même avis. Après tout, faisait-on observer, le programme prévoyait de soumettre des enfants qui n'avaient parfois pas plus de deux ans à quelque chose qu'on ne pouvait appeler autrement que de la privation sensorielle: des mois entiers dans une bulle en plastique, sans aucun contact physique direct avec d'autres êtres humains, coupé de toutes les activités normales de la vie. Un environnement protecteur, certes, mais qui pouvait être aussi pernicieux. Il fallait étudier le problème.

À l'époque, je débutais comme psychologue et l'on m'avait offert le poste parce qu'aucun des autres thérapeutes ne voulait être confronté de près ou de loin avec le cancer – et encore moins avoir affaire, professionnellement, à Raoul Melendez-Lynch.

J'y avais vu l'occasion d'effectuer une recherche fascinante et d'empêcher des catastrophes psychologiques. La première fois que je rencontrai Raoul et voulus lui faire part de mes idées, il me lança un rapide coup d'œil, se replongea dans la lecture du *New England Journal* et se contenta de hocher la tête d'un air absent.

Quand j'eus terminé mon laïus, il me regarda et dit :

– J'imagine que vous allez avoir besoin d'un bureau.

Ce n'était guère encourageant comme prise de contact, mais il avait peu à peu compris quelle pouvait être la valeur de la consultation psychologique. Je lui avais fait la guerre pour obtenir que les modules aient chacun accès à une fenêtre et à une horloge, et pour qu'il obtienne assez de fonds pour engager une éducatrice (spécialiste en jeux) et une travailleuse sociale pour les familles. J'avais réussi à me faire octroyer ce que je voulais en heures d'ordinateur. Tout cela, en fin de compte, avait fini par payer. Les autres hôpitaux devaient souvent renoncer à laisser les patients en confinement à cause de problèmes psychologiques, alors que nos enfants s'adaptaient bien à la situation. J'avais recueilli des montagnes de données et publié plusieurs articles ainsi qu'une monographie cosignée par Melendez-Lynch. Les découvertes psychologiques avaient reçu plus d'attention, de la part de la communauté scientifique, que les articles médicaux et, au bout de trois ans, Raoul avait viré au partisan enthousiaste du soutien psychologique et s'était lui-même quelque peu humanisé.

Nos relations étaient devenues amicales, mais sans réelle profondeur. Il me parlait parfois de son enfance. Sa famille, d'origine argentine, s'était fixée à Cuba ; ils avaient fui La Havane sur un bateau de pêche après que Castro eut nationalisé leur plantation et l'essentiel de leurs biens. Il était fier d'une tradition familiale de médecins et d'hommes d'affaires. Tous ses oncles et la plupart de ses cousins étaient médecins et nombre d'entre eux professeurs (tous de parfaits gentlemen, à l'exception de son cousin Ernesto, qui n'était qu'un sale cochon de communiste. Bien que médecin, Ernesto avait abandonné sa famille et sa profession pour mener l'existence d'un assassin extrémiste. Peu lui importait qu'il soit adoré par des millions de fous sous le nom de Che Guevara. Pour lui, il avait été et serait toujours ce très méprisable Ernesto, le mouton noir de la famille).

Si la réussite professionnelle de Melendez-Lynch comme cancérologue était exceptionnelle, sa vie personnelle était un désastre. Les femmes commençaient par être fascinées par lui avant d'être finalement dégoûtées par son caractère obsessionnel. Elles avaient été quatre à le supporter comme époux légitime et il était père de onze enfants qu'il ne voyait jamais, pour la plupart.

Complexe et difficile, cet homme-là.

Assis sur une chaise en plastique dans un bureau sinistre, il essayait de résister en macho à la scie circulaire qui lui entamait le cerveau.

– Je voudrais voir l'enfant, dis-je.

– Bien sûr. On peut y aller tout de suite, si vous voulez.

Beverly Lucas entra au moment où il se levait.

– Bonjour, messieurs, dit-elle. Ça me fait plaisir de vous voir, Alex.

– Bonjour, Bev.

Je me levai et l'embrassai sur les deux joues.

Elle avait l'air en forme, bien que beaucoup plus mince que dans mon souvenir. Je me souvenais d'une étudiante au caractère jovial, quelque peu innocente et pleine d'enthousiasme. Du genre à se faire élire Miss Bonne-Humeur au lycée. Elle devait avoir à peu près trente ans à présent, et son côté un peu garçonnier s'était transformé en une détermination bien féminine. Petite, cheveux couleur paille portés en longues ondulations et les joues roses, elle avait un visage rond et ouvert, dominé par de grands yeux noisette et sans le moindre maquillage. Elle ne portait aucun bijou et était habillée simplement – jupe bleu marine arrivant au genou, blouse écossaise bleu et rouge à manches courtes, chaussures de marche à talons plats. Elle jeta son sac à main taille XXL sur le bureau.

– Vous avez minci, lui dis-je.

– Le jogging. Je fais même de la course de fond maintenant.

Elle fléchit le biceps et rit.

– Très impressionnant.

– Ça m'aide pour mon équilibre. (Elle s'assit sur le rebord du bureau.) Qu'est-ce qui vous amène ici, après tout ce temps ?

– Raoul m'a demandé de lui donner un coup de main avec les Swope.

Elle changea brusquement d'expression ; ses traits se durcirent, elle parut plus vieille de quelques années et ce fut avec une amabilité forcée qu'elle me dit :

– Bonne chance.

Raoul se leva et commença à vouloir lui faire un cours.

– Alex Delaware est le grand spécialiste des soins psychologiques aux enfants atteints d'un cancer et…

– Raoul, l'interrompis-je, vous devriez laisser Beverly me présenter les choses. Il est inutile que vous perdiez davantage de temps, pour le moment.

Il consulta sa montre.

– Oui. Bien sûr. Vous lui ferez un topo complet ? ajouta-t-il à l'intention de Beverly.

– Bien entendu, docteur Melendez-Lynch, répondit-elle avec douceur.

– Voulez-vous que je vous présente à Woody ? me demanda-t-il.

– Ne prenez pas cette peine. Bev s'en chargera.

Son regard alla vivement de moi à la jeune femme et revint sur sa montre.

– Parfait. Je suis parti. Appelez-moi en cas de besoin.

Il enleva le stéthoscope qu'il avait autour du cou et s'éloigna en le balançant à bout de bras.

– Je suis désolé, dis-je quand nous fûmes seuls.

– Laissez tomber, vous n'y êtes pour rien. C'est un bel enfoiré.

– Vous êtes la deuxième personne qu'il a prise à rebrousse-poil, ce matin.

– Et il y en aura beaucoup d'autres avant la fin de la journée. Qui était la première ?

– En fait, il y en a même eu deux avant vous. L'infirmière, Ellen, mais il avait commencé avec Nona Swope.

– Oh, Nona est en guerre contre la terre entière.

– Ça doit être dur pour elle.

– Je n'en doute pas. Mais je crois qu'elle était déjà une jeune fille très en colère avant le cancer de son petit frère. J'ai essayé de nouer des liens avec elle… comme avec ses parents… mais ils se sont barricadés. Évidemment, ajouta-t-elle avec amertume, il n'est pas impossible que vous fassiez beaucoup mieux.

– Je ne prétends nullement être le docteur miracle, Bev. Raoul m'a appelé en désespoir de cause, sans me donner le contexte, et je ne suis ici que pour faire une fleur à un ami.

– Vous devriez mieux choisir vos amis.

Je ne répondis pas, la laissant mesurer l'écho de ce qu'elle venait de déclarer.

Ce fut efficace.

– Bon d'accord, Alex, excusez-moi d'avoir été aussi agressive. Mais c'est tout simplement impossible de travailler pour lui. Il ne dit jamais merci quand on fait du bon boulot et pique des crises insensées si quelque chose va mal. J'ai fait ma demande de transfert, mais tant qu'ils n'auront pas trouvé un pigeon pour me remplacer, je suis coincée ici.

– Personne ne peut faire ce genre de boulot très longtemps, lui fis-je observer.

– Comme si je ne le savais pas ! La vie est trop courte. C'est pour ça que je me suis mise à courir. Ces temps derniers, j'ai perdu l'appétit… Bon Dieu, je dois avoir l'air d'une vraie égocentrique, à pleurer sur mon sort alors que je suis entourée de gens dont la vie est en jeu.

– Il est de droit divin de pouvoir pleurer sur son sort.

– J'essaierai de le voir comme ça à l'avenir. (Elle sourit et prit un carnet de notes dans son sac.) J'imagine que vous voulez connaître tout le contexte social des Swope ?

– Ce ne sera pas de trop.

– Bizarre, tel est le maître mot avec eux. Ce sont des gens bizarres, Alex. La mère ne parle jamais, le père parle tout le temps et la sœur ne supporte ni l'un ni l'autre.

– Qu'est-ce qui vous fait dire ça ?

– La manière dont elle les regarde. Et le fait qu'elle ne soit jamais ici quand eux y sont. Elle ne s'occupe pas beaucoup de Woody quand elle vient... et elle débarque à des heures inhabituelles, tard le soir, ou très tôt le matin. D'après l'équipe de nuit, elle se contente de rester assise et de le regarder... mais comme la plupart du temps il dort de toute façon... Il lui arrive de lui lire une histoire de temps en temps, mais c'est à peu près tout. En matière de stimulation, le père ne fait pas très fort, lui non plus. Ce qui lui plaît, c'est de flirter avec les infirmières. Il se comporte comme s'il savait tout.

– C'est ce que m'a dit Raoul.

– Raoul est capable d'avoir de bonnes intuitions, parfois, répliqua-t-elle avec un rire sarcastique. Non, sérieusement, M. Swope est un drôle d'animal. Un grand costaud, les cheveux gris, une bedaine de buveur de bière et un petit bouc au menton. Le genre Buffalo Bill sans les cheveux longs. C'est le black-out total sur ce qu'il ressent. Bien entendu, il s'agit de déni pur et simple ; je sais que c'est un comportement qui n'a rien d'exceptionnel mais, chez lui, la chose prend des proportions... c'est du jamais vu. On lui dit que son fils a le cancer, il rit et plaisante avec les infirmières, essayant de se faire bien voir d'elles, leur parlant de son verger et de ses plantes chéries, farcissant ses commentaires de termes savants d'horticulture. Vous savez ce qui peut arriver à des types comme ça ?

– Effondrement brutal.

– Exactement.

– Ça leur tombe dessus d'un seul coup et badaboum ! Réaction pathologique au chagrin.

– À vous entendre, on a l'impression que personne ne vient en aide à l'enfant.

– Si, la mère. Dans le genre pas libérée, mais alors là, pas du tout, elle tient le pompon ; mais elle donne l'impression d'être une bonne mère. Elle est attentive, elle le prend souvent dans ses bras et le couvre de baisers, entre souvent et sans hésitation dans la bulle. Vous savez combien les parents redoutent d'enfiler ces combinaisons spatiales. Elle, elle saute dedans. Les infirmières l'ont vue se réfugier dans un coin pour pleurer quand elle croit que personne ne l'observe, mais lorsque Garland arrive, elle est tout sourire et déborde de « oui, mon chéri oui, mon chéri ». C'est vraiment triste.

– À votre avis, pourquoi veulent-ils retirer l'enfant ?

– Je sais que Raoul croit que c'est à cause de cette secte, les Toucheurs... tout ce qui se rapporte aux théories holistes le rend parano, mais comment savoir ? C'est peut-être lui qui a tout fichu en l'air et qui n'a pas su communiquer avec eux ; il est très agressif quand il décrit les protocoles de traitement et il s'aliène souvent les gens.

– Il a l'air de penser que c'est de la faute de son chef de clinique.

– Valcroix ? D'accord, Augie a sa façon de voir les choses, mais c'est un bon gars. Un des rares médecins qui prend le temps de s'asseoir pour parler aux familles et qui se comporte en être humain. Lui et Raoul ne peuvent pas se sentir, ce qui paraît logique quand on les connaît. Augie trouve que Raoul est un fasciste et Raoul considère qu'Augie a une influence subversive. On a bien du plaisir à travailler dans ce département, Alex.

– Et ceux de la secte ?

Elle haussa les épaules.

– Que voulez-vous que je vous dise ? Encore une bande d'âmes perdues. Je ne sais pas grand-chose d'eux ; on trouve tellement de ces groupes marginaux que seul un spécialiste pourrait s'y retrouver. Deux d'entre eux sont passés, il y a deux jours. L'homme avait une allure de prof, avec ses petites lunettes, sa barbichette, ses manières de chochotte et ses oxfords marron. La femme était plus âgée, la cinquantaine à peu près, sur le modèle de celles qui ont pas mal couru quand elles étaient jeunes, mais qui ont été obligées de se calmer ensuite. Ils avaient tous les deux le regard embrumé, la transe « je connais le secret de l'univers mais je vous le dirai pas ». Les Moon, les Krishna, les Toucheurs... ils sont tous pareils.

– Vous ne pensez pas que ce sont eux qui ont fait changer les Swope d'avis ?

– Ils ont peut-être joué le rôle de la goutte d'eau, me concéda-t-elle, mais je ne vois pas comment ils pourraient en être entièrement responsables. Raoul aimerait bien avoir un bouc émissaire, une réponse facile. C'est son style. La plupart des médecins sont comme ça. Des solutions simples pour des problèmes compliqués.

Elle détourna les yeux et croisa les bras.

– J'en ai vraiment marre de tout ce cirque, ajouta-t-elle d'une voix douce.

Je la ramenai aux Swope.

– Raoul se demandait si l'âge avancé des parents n'y serait pas pour quelque chose. Il n'y a pas d'éléments qui pourraient laisser penser que la naissance du garçon aurait été un accident?

– Je suis encore trop loin d'eux pour aborder ce genre de question. J'ai déjà eu de la chance d'avoir appris ce que j'ai appris, qui est des plus sommaires. Le père n'arrête pas de m'appeler « ma chère » et s'arrange pour que je ne sois jamais seule avec sa femme assez longtemps pour développer une relation personnelle. C'est une forteresse, cette famille. Ils donnent l'impression d'avoir des tas de secrets qu'ils ne veulent pas dévoiler.

Pas impossible. À moins qu'ils ne soient terrifiés d'être loin de chez eux, dans un environnement aussi bizarre, avec un enfant gravement malade, et qu'ils ne veuillent pas se déshabiller devant des étrangers. Peut-être n'aiment-ils pas les travailleuses sociales. Peut-être sont-ils simplement des gens particulièrement discrets… cela faisait bien des peut-être.

– Et Woody?

– Il est trop mignon, ce gamin. Comme je ne l'ai jamais vu que malade, il m'est difficile de dire quel genre de gosse il est exactement. Il me fait l'effet d'un enfant adorable et doux… mais est-ce que ce ne sont pas toujours ceux-là qui souffrent? (Elle prit un Kleenex et se moucha.) Je suis allergique à l'air, là-dedans. Woody est un merveilleux petit garçon, peut-être un peu passif, mais qui plaît à tout le monde. Il pleure pendant le traitement – la ponction lombaire lui fait très mal –, mais sinon, il se tient tranquille et ne crée pas de problème sérieux. (Elle se tut un instant, luttant contre ses larmes.) C'est un véritable crime que d'arrêter le traitement. Je n'aime pas beaucoup Melendez-Lynch, mais bon Dieu, pour une fois il a raison ! Ils vont tuer ce petit garçon parce qu'à un moment ou un autre, on a raté notre coup, et ça me rend folle.

Elle donna un coup de son petit poing sur le bureau, se remit debout et commença à arpenter la pièce encombrée. Sa lèvre inférieure tremblait.

Je me levai, lui passai un bras autour des épaules, et elle enfouit son visage dans la chaleur de mon veston.

– Je me sens vraiment idiote !

– Mais non, dis-je en la serrant dans mes bras. Rien de tout cela n'est votre faute.

Elle s'écarta de moi et se tamponna les yeux. Lorsqu'elle se fut un peu reprise, je lui dis que j'aimerais rencontrer Woody.

Elle acquiesça et me conduisit jusqu'à l'unité de flux laminaire.

Le service comprenait quatre modules, des bulles montées en série comme les compartiments d'un wagon et séparées les unes des autres par des rideaux qu'on pouvait ouvrir ou fermer électriquement de l'intérieur. Les parois étant en plastique transparent, chacun des modules faisait penser à un glaçon géant de quelques mètres carrés.

Trois des bulles étaient occupées. La quatrième était remplie de matériel – des jouets, des lits d'enfant, des sacs de vêtements. Les parois derrière les rideaux étaient faites de panneaux gris perforés – les filtres par lesquels passait l'air dont on entendait le souffle. Chaque porte de bulle était en deux parties, l'inférieure en métal et fermée, la supérieure en plastique et laissée entrouverte. Les microbes étaient maintenus à l'extérieur grâce à la vitesse à laquelle l'air était expulsé.

Il y avait deux couloirs de part et d'autre de la rangée de bulles, l'un réservé au personnel médical, l'autre aux visiteurs.

Une bande adhésive rouge placée à soixante centimètres des entrées sur le sol en vinyle marquait la limite à ne pas dépasser. C'était là que je me tenais, devant le deuxième module, pour prendre contact avec Woody Swope.

Il était couché sous ses couvertures et nous tournait le dos. Des gants en plastique étaient pris dans la paroi de façon à pouvoir pénétrer manuellement dans l'environnement stérile. Beverly y passa une main et caressa doucement la tête de l'enfant.

– Bonjour, mon petit cœur.

Lentement, avec un effort apparent, le garçonnet roula sur lui pour nous regarder.

– Bonjour.

Une semaine avant le départ de Robin pour le Japon, nous étions allés voir tous les deux des clichés pris dans les ghettos juifs de l'Europe de l'Est très peu de temps avant la Shoah. Il y avait beaucoup de portraits d'enfants et l'objectif du photographe avait saisi les petits visages par surprise, éternisant ainsi tout ce qui régnait de terreur et de confusion dans ces endroits. Ces images étaient obsédantes et nous en avions eu les larmes aux yeux.

Ces mêmes impressions me submergèrent brutalement en voyant les grands yeux sombres de l'enfant prisonnier de sa bulle en plastique.

Il avait un petit visage fin et sa peau, tendue sur une ossature délicate, était pâle jusqu'à en devenir translucide dans la lumière artificielle du module. Ses yeux, comme ceux de sa sœur, étaient noirs et rendus vitreux par la fièvre. Ses cheveux lui faisaient une épaisse tignasse bouclée couleur de henné. La chimiothérapie, si on la pratiquait, ferait brutalement mais temporairement disparaître ces boucles, comme un rappel de la maladie.

Beverly arrêta de lui caresser la tête et tendit son gant. Il le prit et réussit à esquisser un sourire.

– Comment tu te sens ce matin, mon chéri ?

– Ça va.

Il avait répondu d'une voix douce, à peine audible à travers le plastique.

– Je te présente le Dr Delaware, Woody.

À la mention de mon titre, il se contracta et eut un mouvement de recul dans son lit.

– N'aie pas peur, ce n'est pas le genre de médecin qui fait des piqûres. Il parle simplement aux enfants. Comme moi.

Il parut se détendre légèrement, mais continua néanmoins à m'observer avec une certaine appréhension.

– Salut, Woody, dis-je. On peut se serrer la main ?

– D'accord.

J'enfilai une main dans le gant que Bev n'avait pas utilisé. Il était chaud et sec, à cause de la présence du talc. J'enfonçai le bras dans la bulle à la recherche de la menotte que je trouvai, minuscule trésor. Je la retins quelques instants dans ma main et la lâchai.

– Je vois que tu as toutes sortes de jeux, ici. Lequel préfères-tu ?

– Les échecs.

– Ah, moi aussi, j'aime bien les échecs. Tu joues beaucoup ?

– Plus ou moins.

– Mais, dis-moi, c'est que tu dois être drôlement intelligent pour savoir jouer aux échecs.

– Plus ou moins, répondit-il avec une nouvelle esquisse de sourire.

– Je parie que tu gagnes souvent.

Le sourire s'élargit. Il avait des dents blanches et bien plantées, mais ses gencives étaient gonflées et enflammées.

– Et je parie aussi que tu aimes bien gagner.

– Sûr. Je gagne toujours avec maman.

– Et pas avec ton père ?

Il eut un froncement de sourcils perplexe.

– Il ne joue pas aux échecs.

– Je vois. Mais s'il jouait, c'est probablement toi qui gagnerais.

Il digéra cette idée pendant une minute.

– Oui, probablement. Il ne s'y connaît pas beaucoup en jeux.

– Y a-t-il d'autres personnes avec qui tu joues, en plus de ta mère ?

– Il y avait Jared, mais ils ont déménagé.

– Et en dehors de Jared ?

– Michael et Kevin.

– Ce sont des copains de l'école ?

– Oui. J'ai fini la maternelle. L'année prochaine, je rentre en cours préparatoire.

Il était parfaitement éveillé et réagissait correctement, tout en étant bien faible, de toute évidence. Répondre à mes questions nécessitait un effort et sa poitrine se soulevait laborieusement.

– Si on faisait une partie d'échecs, tous les deux ?

– D'accord.

– Je pourrais jouer de l'extérieur, avec ces gants, ou bien je pourrais enfiler une tenue spatiale et venir dans la bulle avec toi. Qu'est-ce que tu préférerais ?

– Je sais pas.

– Eh bien, moi, je préférerais entrer dans la bulle. (Je me tournai vers Bev.) Quelqu'un pourrait-il m'aider à la passer ? Ça fait un moment…

– Bien sûr.

– Je reviens dans une minute, Woody.

Je lui souris et m'éloignai de la paroi de plastique. De la musique rhythm and blues monta soudain à plein volume de la bulle voisine. Je me tournai et aperçus deux longues jambes brunes pendant du rebord du lit. Un adolescent noir d'environ dix-sept ans étendu sur ses couvertures contemplait le plafond en bougeant au rythme de la ministéréo posée sur sa table de nuit, apparemment indifférent aux aiguilles de goutte-à-goutte qu'il avait plantées au creux de chaque bras.

– Vous voyez, dit Bev en élevant la voix, je vous l'avais dit. C'est un amour, ce gosse.

– C'est vrai. Il a l'air intelligent.

– D'après les parents, il serait très brillant. La fièvre l'a assommé, mais il arrive encore à très bien communiquer. Les infirmières l'adorent. Cette histoire de refus de traitement bouleverse tout le monde, ici.

– Je vais voir ce que je peux faire. Commençons par cette partie d'échecs.

Beverly appela quelqu'un pour m'aider. Une infirmière philippine, haute comme trois pommes, arriva en portant un paquet enveloppé de papier kraft sur lequel était marqué STÉRILE.

– Enlevez vos chaussures et tenez-vous là sans bouger.

Minuscule, mais autoritaire, la jeune femme. Elle m'indiquait un point juste à l'intérieur de la bande rouge délimitant la zone interdite. Après s'être lavé les mains à la Bétadyne, elle déballa une paire de gants stériles et les enfila. Elle les inspecta, constata qu'ils étaient intacts, puis retira la tenue spéciale du paquet et la déposa de l'autre côté de la bande rouge. Il fallut faire un peu de gymnastique pour enfiler la combinaison – sous sa forme repliée, elle faisait penser à un accordéon en papier épais –, mais la Philippine trouva l'emplacement des pieds et me fit entrer dedans. Avec précaution, elle prit les bords de la tenue et les remonta sur moi, serrant bien la jonction autour de mon cou. Elle était tellement petite que je dus plier un peu les jambes pour lui faciliter le travail.

– Merci, dit-elle en pouffant. Et maintenant, les gants. Ne touchez à rien tant que vous ne les aurez pas mis.

Elle travaillait à gestes rapides et j'eus bientôt les mains dans des gants de chirurgien, la bouche dissimulée par un masque en papier. Puis elle enfila sur ma tête une sorte de capuchon dans le même papier épais que la combinaison, mais comportant une fenêtre en plastique transparent à hauteur des yeux, et l'attacha au reste de la tenue à l'aide de bandes Velcro.

– Comment vous vous trouvez ?

– Très classe.

Il faisait une chaleur oppressante dans la combinaison et je savais que dans quelques minutes, en dépit du flux d'air frais puissant de la bulle, je serais couvert de sueur.

– C'est notre modèle luxe, dit la Philippine avec un sourire. Vous pouvez entrer, à présent. Une demi-heure maximum. L'horloge est là. Nous risquons d'être trop occupées pour vous le rappeler, alors gardez un œil dessus.

– Une demi-heure, ça ira. (Je me tournai vers Bev.) Merci pour votre aide. Savez-vous quand les parents doivent revenir ?

Beverly répercuta ma question à l'infirmière.

Celle-ci secoua la tête.

– D'habitude, ils sont là dans la matinée, à peu près à cette heure. Sinon, je n'en ai aucune idée. Je peux leur laisser un message, si vous voulez, docteur… ?

– Delaware. Dites-leur que je serai ici demain matin à huit heures et demie et qu'ils veuillent bien m'attendre, s'ils sont là avant.

– À huit heures et demie, vous devriez les trouver.

– Je vais vous dire… lança Bev. J'ai leur numéro de téléphone au motel qui leur sert de base arrière. Je vais leur laisser un message. Reviendrez-vous s'ils se pointent dans la journée ?

Je réfléchis. Rien, dans ce que j'avais prévu de faire, qui ne puisse attendre.

– Pas de problème. Appelez mon secrétariat. Ils sauront où me trouver.

Je lui donnai le numéro.

– Très bien, Alex, entrez vite avant de convoyer un million de microbes par-dessus la frontière. À bientôt.

Elle jeta son énorme sac sur son épaule et s'éloigna.

J'entrai dans la bulle de flux laminaire.

Woody s'était redressé sur son lit et me suivait des yeux.

– Je dois ressembler à un astronaute, non ?

– Je peux vous reconnaître, dit-il d'un ton grave. Tout le monde est différent.

– Tant mieux. Moi, j'avais toujours du mal à reconnaître les gens quand ils portaient ces trucs.

– Faut bien regarder, en faisant bien attention.

– Je vois. Merci pour le conseil.

Je pris la boîte des pièces et dépliai l'échiquier sur la table dont le plateau venait surplomber le lit.

– Quelle couleur veux-tu prendre ?

– J'sais pas.

– Les blancs jouent les premiers. Tu veux jouer le premier ?

– D'accord.

Il faisait preuve d'une grande précocité dans son jeu ; il était capable d'imaginer une stratégie, de prévoir des mouvements, de penser par séquences. Un petit garçon tout à fait brillant.

J'essayai une ou deux fois d'engager la conversation, mais il m'ignora. Ce n'était pas de la timidité ou un manque de politesse : toute son attention était concentrée sur l'échiquier et il n'entendait même pas le son de ma voix. Après chaque mouvement, il s'adossait à ses oreillers avec un air satisfait sur son petit visage grave et m'annonçait que c'était à moi de jouer de sa voix affaiblie par la fatigue.

Nous étions au milieu de la partie et je dois dire qu'il me tenait la dragée haute, lorsqu'il se mit les mains sur le ventre et poussa un gémissement de douleur.

Je le fis s'allonger et lui tâtai le front. Il avait un peu de fièvre.

– Tu as mal au ventre, c'est ça ?

Il acquiesça et s'essuya les yeux du revers de la main.

J'enfonçai le bouton d'appel. Vangie, l'infirmière philippine, apparut au bout de quelques secondes de l'autre côté de la paroi en plastique.

– Douleur abdominale. État fébrile, lui dis-je.

Elle fronça les sourcils et disparut pour revenir peu après en tenant un gobelet de Perfalgan sous forme liquide dans sa main gantée.

– Faites pivoter le plateau par là, voulez-vous ?

Elle déposa le gobelet sur le Formica.

– Vous pouvez le prendre et le lui donner maintenant. L'interne doit passer le voir d'ici une heure tout au plus.

Je revins auprès de Woody, l'aidais à se redresser en passant une main derrière sa tête et, de l'autre, lui tendis le gobelet.

– Bois ça, Woody. Tu auras moins mal.

– D'accord, docteur Delaware.

– Je crois qu'il vaut mieux que tu te reposes à présent. Dis-moi, tu joues rudement bien.

Il hocha la tête et ses boucles s'agitèrent.

– Pat ?

– C'est ce que je dirais. Quoique, à la fin, je commençai à me sentir coincé. Est-ce que je peux revenir jouer avec toi ?

Il acquiesça en marmonnant et ferma les yeux.

– Repose-toi, maintenant.

Le temps de sortir de la bulle et d'enlever ma tenue, il dormait, les lèvres entrouvertes, suçotant doucement le doux coton de son oreiller.

5

Le lendemain, en roulant dans Sunset sous un ciel aux nuages striés de plomb, je repensai aux rêves qui m'avaient hanté pendant la nuit – rêves du même genre que les images indistinctes et inquiétantes qui m'avaient poursuivi dans mon sommeil la première fois que j'avais travaillé en oncologie. Il m'avait fallu une année entière pour chasser ces démons et je me demandais maintenant s'ils étaient vraiment partis, ou s'ils ne seraient pas plutôt restés planqués quelque part dans mon inconscient, attendant l'occasion de reprendre leurs méfaits.

L'univers de Melendez-Lynch était celui de la folie et je lui en voulais de m'y avoir ramené.

Les enfants ne sont pas supposés avoir le cancer.

En fait, personne n'est supposé l'avoir.

Les maladies qui relèvent du crabe en maraude sont en dernière analyse des actes de trahison histologiques, le corps s'agressant, se malmenant, se violant, s'assassinant lui-même dans le délire frénétique de cellules déviantes devenues folles.

Je glissai une cassette de Lenny Breau dans le lecteur, avec l'espoir que le toucher fluide de ce guitariste génial me ferait oublier les bulles de plastique, les enfants chauves et le petit garçon aux boucles cuivrées dont le regard demandait : pourquoi moi ? Se glissant entre les arpèges, je vis cependant apparaître, fugaces et persistants à la fois, son petit visage et celui de tant d'autres enfants malades que j'avais connus, suppliant qu'on les guérisse...

Dans un tel état d'esprit, même les rues sordides qui annoncent l'entrée d'Hollywood se paraient de charme, les putes à demi nues n'étant rien de plus que des demoiselles de petite vertu au grand cœur, des silhouettes bienvenues.

Je parcourus les deux derniers kilomètres du boulevard dans cet état psychologique morbide, garai la Seville dans le parking réservé aux médecins et franchis les portes de l'hôpital la tête baissée pour éviter toute interaction sociale.

Je venais de grimper les quatre étages conduisant au département d'oncologie et me trouvais encore dans le couloir lorsque le boucan parvint à mes oreilles. Le volume sonore doubla lorsque j'ouvris la porte de l'unité de flux laminaire.

Melendez-Lynch, debout, tournant le dos aux bulles, alternait les rafales de jurons en espagnol et les insultes en anglais, hurlées à pleins poumons, destinées à un groupe de trois personnes.

Beverly Lucas tenait son sac à main géant contre sa poitrine, tel un bouclier – un bouclier qui n'arrivait pas à rester en place tellement elle tremblait. Elle regardait loin derrière l'épaule du médecin, essayant de ne pas s'étouffer de colère et d'humiliation.

Le large visage d'Ellen Beckwith présentait l'expression terrifiée et tétanisée de celle qui vient de se faire prendre au milieu d'un rituel privé ridicule. Elle était mûre pour une confession pleine et entière, sans toutefois très bien savoir quel était son crime.

La troisième cible de l'algarade était un homme de haute taille, aux cheveux en bataille, avec une tête de chien de meute et des yeux aux paupières lourdes et plissées. Sa blouse blanche, déboutonnée, pendait négligemment sur des jeans délavés et une chemise à quatre sous – de celles qui passaient jadis pour psychédéliques et qui paraissent simplement vulgaires et ringardes aujourd'hui. Une large ceinture dont la boucle représentait une tête de chef indien se perdait dans les replis de son ventre mou. Il avait de grands pieds, dont les orteils démesurés donnaient presque l'impression d'être préhensiles. Ils étaient pris dans des huaraches mexicaines et il ne portait pas de chaussettes. Il était rasé de près et avait la peau très pâle. Sa tignasse châtain était striée de gris et retombait sur ses épaules. Un collier fait d'un lacet de cuir supportant un coquillage entourait son cou qui commençait à s'avachir en fanons.

Il était là, impassible, comme en transe, une expression sereine dans ses yeux à demi fermés.

Raoul me vit et interrompit sa mercuriale.

– Il a disparu, Alex, dit-il en me montrant du doigt le module où, moins de vingt-quatre heures auparavant, j'avais fait une partie d'échecs avec Woody.

Son lit était vide.

– On l'a escamoté au nez et à la barbe de ces soi-disant professionnels, cracha-t-il en appuyant l'insulte d'un geste de mépris.

– Si nous allions en parler ailleurs ? lui suggérai-je.

L'ado noir, dans la bulle voisine, nous regardait à travers la paroi transparente, l'air intrigué.

Raoul ignora mon intervention.

– Ils y sont arrivés, ces enfoirés ! Ils sont entrés dans le département en se faisant passer pour des techniciens de radiologie et ils l'ont kidnappé ! Évidemment, si quelqu'un avait eu le simple bon sens de lire le cahier d'ordonnances pour savoir qui avait donné l'ordre de faire des radios, on aurait pu empêcher ce… ce délit !

C'était sur la grosse infirmière qu'il lançait la foudre à présent, et la malheureuse était sur le point d'éclater en sanglots. L'homme de haute taille sortit de sa transe et vint à sa rescousse.

– On ne peut pas demander à une infirmière de raisonner comme un flic.

Son anglais avait une très légère pointe d'accent français.

Raoul lui sauta quasiment à la gorge.

– Oh, vous ! Gardez donc vos foutus commentaires pour vous ! Si vous aviez le moindre sens de ce qu'est la médecine, nous ne serions peut-être pas dans ce merdier ! « Comme un flic ! » Si ça veut dire qu'il faut être vigilant et attentif pour assurer la sécurité d'un patient, eh bien, oui, elle doit fichtrement penser comme un flic ! Nous ne sommes pas dans une réserve d'Indiens, Valcroix ! C'est une maladie mortelle que nous traitons ! Et c'est du cerveau que Dieu nous a donné dont nous nous servons pour inférer, déduire et prendre des décisions, pour l'amour du ciel ! On ne gère pas une unité de confinement comme une station de bus, où les gens entrent et sortent comme dans un moulin et vous racontent qu'ils sont ceci ou cela… et vous enlèvent vos patients sous vos nez de flemmards, d'empotés et d'incapables !

La réaction du chef de cliniqu fut d'afficher un sourire cosmique, tandis qu'il battait en retraite dans le pays de nulle part.

Raoul le foudroya du regard, prêt à entamer un nouveau round. L'ado monté en graine suivait la confrontation, les yeux agrandis par la peur derrière son écran en plastique. Une mère, qui se trouvait avec son enfant dans le troisième module, finit par tirer le rideau de séparation.

Je pris fermement Melendez-Lynch par le coude et l'entraînai dans le bureau des infirmières. La petite Philippine s'y trouvait, remplissant des formulaires. Il ne lui fallut qu'un seul regard sur nous pour qu'elle se lève, prenne ses papiers et s'en aille.

Raoul s'empara d'un crayon qui traînait sur le bureau, le cassa en deux, jeta les morceaux par terre et les chassa dans un coin d'un coup de pied rageur.

– Le salopard ! Quel culot, me tenir tête devant le petit personnel ! Son clinicat est terminé, à celui-là, je vais m'en débarrasser une bonne fois pour toutes !

Il se passa la main sur le front, se mordit la moustache et tira sur ses bajoues jusqu'à ce qu'elles deviennent roses.

– Ils l'ont pris ! Juste comme ça !

– Qu'est-ce que vous avez l'intention de faire ? lui demandai-je.

– Ce que je veux, c'est trouver ces Toucheurs et les étrangler de mes propres mains !

Je décrochai le téléphone.

– J'appelle la sécurité ?

– Parlez-m'en ! Une bande d'alcoolos séniles qui ne sont pas foutus de trouver un mouchoir au fond de leur poche !

– Et la police ? C'est devenu un enlèvement.

– Non, répondit-il vivement. Ils ne feront strictement rien et ce sera le cirque avec les médias.

Il prit le dossier de Woody et le feuilleta.

– Des radios ! Pourquoi aurais-je ordonné des radios pour un gosse qu'on allait traiter ! C'est absurde. Plus personne ne réfléchit. C'est tous des automates.

– Et qu'est-ce que vous comptez faire ? insistai-je.

– Du diable si je le sais, avoua-t-il en faisant claquer le dossier sur la table.

Nous restâmes assis pendant quelques instants dans un silence morose.

– Ils sont déjà probablement à mi-chemin de Tijuana, reprit-il. En pèlerinage pour je ne sais quelle foutue clinique à Laetrile… avez-vous déjà vu ces endroits-là ? Des fresques de crabes sur des murs crasseux en adobe, je vous demande un peu ! C'est ça, leur salut ! Les cons !

– Il est toujours possible qu'ils ne soient allés nulle part. Pourquoi ne pas vérifier ?

– Comment ?

– Beverly a le numéro de téléphone du motel où ils sont descendus. On peut toujours demander s'ils sont partis ou non.

– Jouer les détectives ? Oh, et pourquoi pas ? Appelez-la.

– Soyez courtois avec elle, Raoul.

– D'accord, d'accord.

J'allai chercher la travailleuse sociale, qui était en plein conciliabule avec Valcroix et Ellen Beckwith ; elle m'adressa le regard qu'on réserve en général aux pestiférés.

Je lui expliquai ce qu'on attendait d'elle et elle eut un hochement de tête contraint.

Une fois dans le bureau, elle évita de croiser le regard de Raoul et composa le numéro. L'échange avec le réceptionniste du motel fut très court.

– Il n'est vraiment pas coopératif, ce type. Il ne les a pas vus aujourd'hui et dit qu'ils n'ont pas rendu la chambre. La voiture est toujours là.

– Si vous voulez, proposai-je, je vais y aller et essayer de prendre contact avec eux.

Raoul consulta son carnet de rendez-vous.

– Des réunions jusqu'à trois heures. J'annule tout. Allons-y.

– Je ne crois pas que ce soit à vous de faire ça, Raoul.

– Mais c'est absurde, Alex ! Je suis son médecin ! Et c'est un problème médical…

– Techniquement, oui. Mais laissez-moi m'occuper du reste.

Ses sourcils broussailleux se rejoignirent et je vis la fureur monter dans ses yeux en grains de café. Il ouvrit la bouche pour parler, mais je lui coupai la parole.

– Nous devons au moins envisager la possibilité, lui dis-je doucement, que toute cette affaire soit le résultat d'un conflit entre vous et la famille.

Il arrondit les yeux, se demandant s'il avait bien entendu, s'empourpra, s'étouffa de colère et leva les bras au ciel.

– Comment pouvez-vous…

– Je n'ai pas dit que c'était le cas. C'est simplement une possibilité à envisager. Que voulons-nous ? Que l'enfant revienne pour suivre son traitement. Donnons-nous un maximum de chances de réussir en couvrant toutes les hypothèses.

Il était fou de rage, mais je venais de lui donner quelque chose à se mettre sous la dent.

– Bien. Je ne manque pas de choses à faire, de toute façon. Allez-y vous-même.

– Je souhaite que Beverly m'accompagne. De tous les gens qui ont été en contact avec les Swope, c'est elle qui semble le mieux comprendre la famille.

– Bien, bien. Prenez Beverly, prenez qui vous voulez.

Il resserra son nœud de cravate et lissa des plis inexistants sur sa longue blouse blanche.

– Et maintenant si vous voulez bien m'excuser, mon ami, dit-il en s'efforçant de prendre un ton cordial, je retourne au labo.

Le motel de la Brise de Mer se trouvait à Pico Ouest, au milieu d'appartements bon marché, de boutiques défraîchies et de garages, dans un secteur pas très reluisant du boulevard, juste avant que Los Angeles ne laisse place à Santa Monica. Deux étages de stuc écaillé et de rambardes avachies en fer forgé rose. Une trentaine de chambres donnant sur un parking asphalté et une piscine à moitié remplie d'une eau envahie d'algues. La seule brise que l'on sentait vraiment était celle des pots d'échappement – elle s'élevait en strates bleuâtres de la chaussée huileuse lorsque je garai la Seville à côté d'un camping-car immatriculé dans l'Utah.

– Pas exactement un cinq-étoiles, dis-je en descendant de voiture. Et plutôt loin de l'hôpital.

Beverly fronça les sourcils.

– C'est ce que j'ai essayé de leur faire comprendre quand j'ai vu l'adresse, mais il n'y a pas eu moyen de convaincre le père. Il disait qu'il voulait être près de la plage parce que l'air y est meilleur. Il s'est même lancé dans un grand discours pour m'expliquer que tout l'hôpital devrait être transporté près de la plage et que le smog était néfaste pour les patients. Je vous l'ai dit, c'est un type bizarre.

La réception se réduisait à une cahute vitrée que fermait une porte en contreplaqué gauchie. Un gringalet à petites lunettes, sans doute un Iranien, avec le comportement de zombie des fumeurs d'opium, était assis derrière un comptoir mobile en plastique écaillé et révisait son code. Un présentoir pivotant avec des peignes et des lunettes de soleil à trois sous occupait un coin de la cahute, une table basse chargée de revues de voyage gratuites périmées occupant l'autre.

L'Iranien fit semblant de ne pas nous avoir vus. Je m'éclaircis la gorge avec l'énergie du tuberculeux qui crache ses poumons et il leva lentement les yeux.

– Oui ?

– Quelle est la chambre de la famille Swope ?

Il nous examina, estima que nous n'étions pas dangereux, répondit « Quinze » et retourna dans l'univers enchanteur des panneaux de signalisation routière.

Un break Chevrolet marron couvert de poussière était garé en face de la quinze. Mis à part un chandail sur le siège avant et un carton vide sur la lunette arrière, il n'y avait rien dans la voiture.

Je frappai à la porte. Pas de réponse. Je frappai plus fort. Toujours rien. La chambre n'avait qu'une seule fenêtre ; non seulement les vitres en étaient crasseuses, mais un rideau en toile cirée bloquait la vue. Je frappai une dernière fois ; le silence persistant, nous retournâmes à la réception.

– Excusez-moi, dis-je à l'Iranien. Savez-vous si les Swope sont dans leur chambre ?

Il hocha la tête, léthargique.

– Vous devez bien avoir un standard, non ? lui demanda Beverly.

Il s'arracha de son code et cligna des yeux.

– Qui êtes-vous ? Qu'est-ce que vous voulez ?

Il avait un fort accent étranger et une attitude revêche.

– Nous sommes de l'hôpital pédiatrique, où l'on soigne le fils des Swope. Il est important que nous puissions leur parler.

– Je ne suis au courant de rien.

Et son regard retourna au code.

– Vous devez bien avoir un standard, répéta Beverly.

Hochement de tête presque imperceptible.

– Eh bien, veuillez appeler la chambre.

Poussant un soupir théâtral, il se hissa sur ses jambes et franchit la porte située entre la table et le présentoir. Une minute plus tard, il réapparaissait.

– Y'a personne.

– Pourtant, leur voiture est ici.

– Écoutez, madame. Les voitures, connais pas. Vous voulez une chambre ? OK. Vous voulez pas de chambre ? Laissez-moi tranquille.

– Appelez la police, Bev, dis-je.

Il avait dû ajouter une pointe d'amphétamines dans le cocktail qu'il s'était concocté, car, son visage s'animant soudain, il se mit à parler et à gesticuler avec une vigueur toute nouvelle.

– Quoi, la police ? Pourquoi vous voulez faire des histoires ?

– Mais non, nous ne voulons pas en faire. Nous voulons juste parler aux Swope.

Il leva les mains au ciel.

– Ils sont partis se promener. Je les ai vus. Par là, ajouta-t-il avec un geste en direction de l'est.

– Peu probable. Ils ont un enfant malade avec eux. J'ai vu un téléphone à la station-service du coin, dis-je en me tournant vers Bev. Appelez la police et signalez-leur une disparition inquiétante.

Elle se dirigea vers la porte.

L'Iranien souleva le comptoir mobile et s'approcha de nous.

– Qu'est-ce que vous voulez? Pourquoi vous faites des histoires?

– Écoutez, lui dis-je. Je me fiche complètement de toutes les saloperies qui peuvent se faire dans les autres chambres. Nous ne voulons qu'une chose: parler à la famille de la quinze.

Il sortit un trousseau de clefs de sa poche.

– Venez, je vous montre, ils ne sont pas là. Après vous me fichez la paix, d'accord?

– D'accord.

Son pantalon trois fois trop grand claquait sur ses jambes à chacun de ses pas et il grommelait dans sa barbe en faisant tinter ses clefs.

Un simple quart de tour du poignet et la serrure céda. La porte s'ouvrit avec un grincement. Nous entrâmes. Le réceptionniste blêmit, Beverly murmura oh-mon-dieu et je dus lutter contre un sentiment grandissant d'angoisse.

La pièce, petite et mal éclairée, avait été dévastée.

On avait retiré les quelques biens terrestres des Swope des trois valises en carton qui se trouvaient encore là, écrasées sur un des lits jumeaux. Vêtements et objets personnels étaient éparpillés partout: lotions diverses, shampooings et détergents s'écoulaient de leurs bouteilles cassées en un flot visqueux sur la moquette élimée. Livres de poche et journaux avaient été déchiquetés et jetés comme des confettis. Des boîtes de conserve ouvertes et des paquets de produits alimentaires éventrés traînaient partout, leur contenu pétrifié en amas gluants. La puanteur de la décomposition empestait l'air confiné de la pièce.

Une partie de la moquette, à côté d'un des lits, était dégagée, mais pas vide pour autant. Une tache d'une trentaine de centimètres en forme d'amibe s'y étalait.

Il n'est pas besoin de faire un long séjour à l'hôpital pour reconnaître une tache de sang séché.

Le visage de l'Iranien était devenu un masque de cire et sa mâchoire s'agitait sans qu'il puisse sortir le moindre son de sa bouche.

– Venez, dis-je en le prenant par son épaule osseuse pour l'entraîner dehors. Cette fois, il faut appeler la police.

C'est très sympa de connaître quelqu'un dans la police. En particulier quand ce quelqu'un est votre meilleur ami et ne va pas partir du principe que vous êtes le suspect numéro un lorsque vous appelez pour signaler un crime. Je zappai donc le 911 et composai la ligne directe de Milo. Il était en réunion, mais j'insistai et on le fit venir.

– Inspecteur Sturgis.

– C'est Alex.

– Salut, vieux. Tu viens de me sortir d'une conférence fascinante. Il semble que les quartiers ouest soient devenus le dernier coin à la mode pour installer son labo clandestin… ils louent des super-baraques et garent leur Mercedes dans l'allée. Aucune idée des raisons pour lesquelles je devrais savoir tout ça, mais va le demander aux huiles. Alors, quel bon vent… ?

Il n'était pas si bon que ça, je le lui dis, et il redevint sérieux sur-le-champ.

– Bon. Ne bouge pas. Ne laisse personne toucher quoi que ce soit. Je m'occupe de tout. Tout un tas de gens vont rappliquer ; il ne faut pas que la fille panique. Je vais me tirer de cette réunion, mais il est possible que je ne sois pas le premier sur place. Si quelqu'un commence à te les casser, donne mon nom… en espérant qu'il ne te les cassera pas un peu plus après. Salut.

Je raccrochai et retournai auprès de Beverly. Elle avait l'air épuisé et perdu du voyageur égaré. Je passai un bras pardessus son épaule et la fit asseoir à côté du réceptionniste, lequel marmonnait toujours dans sa barbe, mais en farsi à présent, évoquant sans aucun doute le bon vieux temps de l'ayatollah.

Il y avait une machine à café de l'autre côté du comptoir et je passai sans hésiter derrière celui-ci pour aller remplir trois tasses. L'Iranien prit la sienne avec gratitude, la tenant à deux mains, et la vida bruyamment. Beverly posa la sienne sur la table et je sirotai lentement la mienne en attendant.

Cinq minutes plus tard, nous vîmes les premiers éclairs de gyrophare.

6

Les deux policiers en tenue, des géants bardés de muscles, étaient l'un blond avec la peau blanche et l'autre d'un noir de charbon – le négatif photographique de son collègue. Ils ne nous interrogèrent que brièvement, paraissant beaucoup plus intéressés par le réceptionniste iranien. De prime abord, l'homme ne leur avait pas du tout plu, ce qu'ils laissaient voir à la manière de la police de Los Angeles, à savoir en se montrant d'une politesse pointilleuse.

Ils cherchaient surtout à savoir quand l'Iranien avait vu les Swope pour la dernière fois, les voitures qui étaient passées, comment la famille se comportait, qui les avait appelés. À en croire le réceptionniste, le motel était une oasis d'innocence et lui le modèle même du type qui n'a rien vu ni entendu de mal.

Les policiers entourèrent le secteur de la chambre quinze de leur cordon jaune. L'arrivée de la voiture de patrouille dans le parking du motel avait dû hérisser quelques poils, car je vis des doigts écarter légèrement les rideaux dans plusieurs chambres. Les deux flics les virent eux aussi et dirent en plaisantant qu'ils allaient appeler les Mœurs.

Deux autres véhicules blanc et noir arrivèrent et se garèrent n'importe comment sur le parking. Il en sortit quatre autres flics en tenue qui vinrent rejoindre les deux premiers pour fumer une cigarette et bavarder. Puis ce fut le tour du van de l'équipe technique et d'une Matador banalisée couleur bronze.

L'homme qui en descendit avait dans les trente-cinq ans. Puissamment bâti et bien enveloppé, la démarche lourde et disgracieuse, il avait un visage large et étonnamment peu ridé, mais portant les stigmates d'une acné sévère. Ses sourcils épais et tombants surplombaient des yeux fatigués, d'un vert très brillant. Il avait les cheveux coupés court à l'arrière du crâne et sur les côtés, mais longs dessus – un défi à toutes les règles en matière de style de coiffure. Une mèche épaisse retombait sur son front comme s'il avait eu un épi bizarrement placé. Les favoris qui lui descendaient jusqu'au lobe des oreilles n'étaient guère plus élégants, pas plus que ne l'était la tenue dont il était attifé, veste de sport à carreaux froissée avec trop de turquoise dans son motif, chemise bleu marine, cravate à rayures grises et bleues et un pantalon bleu clair qui retombait sur des bottes souples en daim.

– Voilà un type qui ne peut être qu'un flic, fit observer Bev.

– C'est Milo.

– Votre ami… oh, dit-elle gênée.

– Ce n'est rien, il est comme ça.

Milo alla s'entretenir avec les policiers en tenue, sortit un carnet et un crayon, franchit le ruban jaune et entra dans la chambre quinze. Il resta un moment à l'intérieur et prenait encore des notes quand il en sortit.

Il se dirigea aussitôt vers la réception. Je me levai pour l'attendre à l'entrée.

– Salut, Alex. (Sa grosse main aux doigts boudinés serra la mienne.) Quel bordel, là-dedans ! On n'a aucune certitude sur ce qui s'y est passé.

Il vit Beverly, s'avança vers elle et se présenta.

– Restez dix minutes avec ce type, lui dit-il avec un geste dans ma direction, et vous êtes sûre d'avoir des ennuis.

– Ça me paraît clair.

– Avez-vous un peu de temps ?

– Je ne retourne pas à l'hôpital. Je n'ai rien avant mon jogging, à trois heures et demie.

– Votre jogging ? Genre stimulation cardio-vasculaire ? Oui, moi aussi j'ai essayé un jour, mais j'ai commencé à avoir mal dans la poitrine et des têtes de mort se sont mises à me danser devant les yeux.

Elle eut un sourire embarrassé, ne sachant trop comment

réagir. Milo est un type génial à plus d'un titre, surtout lorsque vos préjugés commencent à trop se calcifier.

– Ne vous inquiétez pas, reprit-il, vous serez repartie bien avant. Je voulais juste savoir si vous pouviez attendre que j'aie interrogé monsieur… (il consulta ses notes) Fahrizbadeh. Je ne devrais pas en avoir pour longtemps.

– Pas de problème.

Il gagna la chambre quinze avec l'employé. Beverly et moi gardâmes un moment le silence. C'est elle, finalement, qui le rompit la première.

– C'est affreux. Cette chambre… ce sang.

Elle se tenait toute raide sur sa chaise, les genoux serrés.

– Il va peut-être très bien, dis-je sans conviction.

– Je l'espère, Alex. Je l'espère vraiment.

Milo revint au bout d'un moment avec le réceptionniste, lequel se coula derrière le comptoir et disparut dans l'arrière-salle.

– Pas très observateur, le bonhomme, dit Milo. Mais je crois qu'il est à peu près réglo. Apparemment, le propriétaire est son beau-frère. Il prend des cours du soir en gestion et travaille ici au lieu de dormir. (Il se tourna vers Beverly.) Que pouvez-vous m'apprendre sur les Swope ?

Elle lui raconta la même histoire qu'à moi dans l'unité de flux laminaire.

– Intéressant, dit-il en mordillant son crayon quand elle eut terminé. Il pourrait donc s'agir de n'importe quoi. Les parents qui fichent le camp de la ville avec l'enfant le plus vite possible, ce qui n'aurait strictement rien d'un crime à moins que l'hôpital ne veuille en faire une affaire. Sauf que, dans ce cas, ils n'auraient pas abandonné leur véhicule. L'hypothèse B est que ce sont les types de la secte qui auraient fait le boulot avec la permission des parents, ce qui n'est toujours pas un crime. Ou sans cette permission, ce qui serait alors un kidnapping en bonne et due forme.

– Et le sang ? demandai-je.

– Bonne question. D'après les gars du labo, c'est du O positif. Ça vous dit quelque chose ?

– Je crois me souvenir que, d'après le dossier, dit Beverly, Woody et ses parents étaient O. Pour le facteur rhésus, je ne sais pas.

– Ouais, bon. De toute façon, il n'y en a pas beaucoup, c'est pas comme quand quelqu'un se fait tirer dessus ou reçoit un coup de cout...

Il vit l'expression de Beverly et s'arrêta net.

– Le gamin a un cancer, Milo, dis-je. Il n'est pas en danger de mort immédiate... en tout cas, il ne l'était pas hier. Mais sa maladie est imprévisible. Elle peut métastaser, envahir un vaisseau important, provoquer une leucémie. Et si ça se produisait, il pourrait faire une hémorragie soudaine.

– Bon Dieu, dit Milo, l'air peiné. Pauvre gosse.

– Est-ce que vous allez pouvoir faire quelque chose ? voulut savoir Beverly.

– Tout ce qui est possible pour le retrouver, en tout cas ; mais pour être honnête, ça ne sera pas facile. Dieu seul sait où ils peuvent être à présent.

– Vous ne pouvez pas lancer... comment vous dites, déjà ? un avis de recherche ?

– Si. C'est déjà fait. Après avoir reçu le coup de fil d'Alex, j'ai pris contact avec le représentant de la loi à La Vista... je dis le représentant parce qu'il y en a en tout et pour tout un seul, le shérif Houten. Il ne les a pas vus, mais il m'a promis de surveiller son secteur. Il m'a aussi donné une bonne description physique des membres de la famille et j'ai pu tout basculer sur l'avis. La police de la route l'a, ainsi que la police de Los Angeles, celle de San Diego et celle de tous les patelins un peu importants entre les deux. Sauf que nous ne savons ni quel type de véhicule nous devons rechercher et nous n'avons pas d'immatriculation. Voyez-vous quelque chose qu'on pourrait ajouter à tout ça ?

La requête était sincère, sans le moindre sarcasme, et Beverly fut prise au dépourvu.

– Euh, non, dut-elle admettre, je ne vois pas. J'espère simplement que vous le trouverez.

– Moi aussi, je l'espère... Puis-je vous appeler Beverly ?

– Oh, bien sûr.

– Je n'ai aucune théorie sensationnelle sur cette affaire, Beverly, mais je vous promets d'y mettre toute mon énergie. Et si vous, de votre côté, vous avez une idée, n'hésitez pas, appelez-moi. (Il lui tendit sa carte.) Vraiment rien, hein ? Voulez-vous qu'un de mes hommes vous raccompagne chez vous ?

– Alex pourra sans doute…

Il lui adressa un grand sourire tout en babines.

– J'ai besoin de parler un bon moment avec Alex. Je vais vous trouver une voiture.

Il sortit, s'approcha du groupe formé par les six policiers, sélectionna le plus sexy de la bande, un gaillard d'un mètre quatre-vingt-cinq aux cheveux noirs frisés et aux dents éclatantes, et revint avec lui au bureau.

– Madame Lucas, voici l'officier Fierro.

– Où allons-nous, m'dam ? demanda Fierro en portant un index au bord de sa casquette.

Elle lui donna une adresse à Westwood et il la précéda jusqu'à sa voiture.

Au moment où ils y montaient, Milo fouilla dans sa poche de poitrine et lança :

– Hé, Brian, attends un peu !

Puis il courut jusqu'à la voiture, avec moi dans son sillage.

– Est-ce que cela vous évoque quelque chose, Beverly ? demanda-t-il en tendant une boîte d'allumettes à la jeune femme.

Celle-ci l'examina.

– Adam & Eve Messenger Service, lut-elle. Oui. Une des infirmières m'a dit que Nona Swope avait trouvé un boulot d'accompagnatrice. Je me souviens que j'avais trouvé ça curieux… pourquoi prendre un job ici, à Los Angeles, où elle n'était venue que pour peu de temps ? (Elle regarda la boîte plus attentivement.) Qu'est-ce que c'est, exactement ? Un service de call-girls, quelque chose comme ça ?

– Quelque chose comme ça.

– J'avais déjà compris que c'était une coureuse, dit-elle avec colère en rendant la boîte à Milo. C'est tout ?

– Oui-oui.

– Alors j'aimerais rentrer chez moi.

Milo fit signe à Fierro. Le policier se glissa derrière le volant et lança son moteur.

– Un peu tendue, la petite dame, me dit Milo lorsque la voiture de patrouille se fut éloignée.

– C'était une jeune femme absolument délicieuse, autrefois, lui répondis-je. C'est ce qui arrive quand on passe trop de temps en cancérologie.

Il fronça les sourcils.

– C'est un vrai bordel, là-dedans, reprit-il.

– Ça se présente mal, hein ?

– Tu veux que je te dise ce que j'en pense ? Peut-être, ou peut-être pas. La personne qui a flanqué cette pagaille dans la chambre était très en colère. Mais ne pourrait-il pas s'agir de l'un des parents, furieux d'avoir un gosse malade, et assez effrayé et en proie à la confusion pour l'avoir sorti de l'hosto ? Tu as déjà travaillé avec des personnes dans des situations semblables. Tu n'as jamais vu quelqu'un péter les plombs de cette façon ?

Je remontai à quelques années en arrière.

– De la colère, répondis-je, j'en ai toujours vu. Les gens l'expriment en parlant, la plupart du temps. Parfois, cependant, ça devient physique. Je me souviens d'au moins un cas, celui d'un interne frappé par un père. Des tas de menaces. Une autre fois un type qui avait perdu une jambe dans un accident trois semaines avant que sa fille ne meure d'un cancer du rein a débarqué à l'hôpital avec deux pistolets le lendemain du décès de la gosse. Les plus explosifs sont en général ceux qui jouent du déni, gardent tout pour eux et ne communiquent avec personne.

Le portrait cadrait avec la description que Beverly m'avait donnée de Garland Swope. Ce que j'expliquai à Milo.

– Il pourrait donc s'agir de ça.

– Mais tu n'y crois pas trop, hein ?

Il haussa ses lourdes épaules.

– À ce stade, je ne crois rien du tout. Nous habitons une ville de cinglés, mon vieux. Il y a un peu plus d'homicides tous les ans et les gens pètent les plombs pour les raisons les plus invraisemblables. La semaine dernière, un vieux chnoque a planté un couteau à steak dans la poitrine de son voisin parce qu'il était absolument convaincu que le type détruisait ses plants de tomates à l'aide de rayons mortels émanant de son nombril. Des cinglés, des types complètement dérangés de la cafetière débarquent dans un fast-food et zigouillent à la mitraillette des mômes qui bouffent des hamburgers, t'imagines ! Au début, quand je suis entré aux Homicides, les choses avaient un minimum de logique et étaient en général assez simples. La plupart des affaires étaient des histoires d'amour, de jalousie, de fric ou des affrontements familiaux… les conflits humains classiques. Mais plus maintenant, *compadre*. Quoi ? Tous ces trous dans l'emmenthal ? C'est du vol ! Descends-moi le crémier. On se croirait dans du Tex Avery.

– Et tu trouves qu'on dirait le boulot d'un cinglé ?

– Qui diable pourrait le savoir, Alex ? Nous ne sommes pas devant des faits scientifiques, genre $V = 1/2$ de gt^2. Le plus probable est ma première hypothèse. L'un d'eux, vraisemblablement le père, s'est mis à mieux regarder le putain de jeu pourri qu'on venait de lui servir et a tout cassé dans la pièce. Ils ont laissé la voiture, c'est donc qu'ils pensent revenir.

« Par ailleurs, on ne peut pas non plus garantir qu'ils ne se soient pas trouvés au mauvais endroit au mauvais moment, sur la trajectoire d'un fou furieux qui croyait avoir affaire à des vampires venus de Pluton pour lui bouffer le foie.

Il brandit la boîte d'allumettes entre le pouce et l'index et l'agita comme un drapeau miniature.

– Pour l'instant, c'est tout ce que nous avons, reprit-il. Le truc n'est pas dans mon secteur, mais je vais y aller faire un tour et te tenir au courant, d'accord ?

– Merci, Milo. Éclaircir cette histoire pourrait en calmer certains. Tu veux de la compagnie ?

– Pourquoi pas ? Ça fait un moment qu'on ne s'est pas vus, tous les deux. Si l'absence de la délicieuse Mme Castagna ne t'a pas rendu trop mélancolique, tu pourrais peut-être même être de bonne compagnie.

7

Aucune adresse ne figurait sur la boîte d'allumettes, seulement un numéro de téléphone. Milo appela ses collègues des Mœurs et non seulement obtint les coordonnées d'Adam & Eve Messenger Service, mais quelques informations supplémentaires sur l'entreprise.

– Ils connaissent la boutique, dit-il en engageant la Matador dans Pico pour prendre vers l'est. Propriété d'une chérie du nom de Jan Rambo qui trempe plus ou moins dans tous les trafics. Le papa est un gros bonnet de Frisco. La petite Jan fait son orgueil et sa joie.

– C'est quoi, au juste? Une couverture pour un réseau de call-girls?

– Ça et d'autres petites magouilles. D'après les Mœurs, leurs messagers transportent parfois de la drogue, mais ce n'est qu'un à-côté... un truc improvisé quand ils veulent faire une fleur à quelqu'un. Ils ont aussi des activités à peu près légales... des gags pour des soirées, comme lorsque c'est l'anniversaire du patron et qu'une jolie fille débarque dans la fiesta organisée au bureau, se déshabille et se met à se frotter à lui. Mais, pour l'essentiel, ils vendent du sexe, d'une manière ou d'une autre.

– Ce qui éclaire la jeune Nona Swope d'un jour nouveau, lui fis-je observer.

– Peut-être. Tu as dit que c'était une jolie fille?

– Superbe, Milo. Avec quelque chose d'inhabituel.

– Autrement dit elle connaît son capital et a décidé de le faire fructifier. Ça se tient, mais si tu vas au fond des choses, qu'est-ce que ça prouve? Ce patelin s'est édifié sur le commerce des corps, pas vrai ? La petite provinciale hypnotisée par les lumières de la ville et qui en perd la tête. Ça arrive tous les jours.

– C'est certainement le monologue le plus truffé de clichés que tu m'aies jamais servi, Milo.

Il éclata de rire et donna une grande tape sur le tableau de bord. Puis, se rendant compte que le soleil le faisait cligner des yeux, il chaussa une paire de lunettes noires à verres miroirs.

– Bon, c'est pas le tout. Faut jouer au flic, à présent. Qu'est-ce que tu en penses ?

– Très intimidant.

Le quartier général de Jan Rambo était perché au dixième étage d'un gratte-ciel couleur chair, sis dans Wilshire, juste à l'ouest de Barrington. Le panneau qui donnait la liste des occupants comportait une centaine de raisons sociales dont la plupart avaient des noms rendant impossible de deviner quel était leur secteur d'activité : on avait usé et abusé de termes du genre « entreprise », « systèmes », « communications », « réseau », etc. Un bon tiers des noms se terminaient par le Ltd. des sociétés anonymes. Mais Jan Rambo avait fait mieux que tout le monde et baptisé son négoce de chair fraîche « Contemporary Communications Network, Ltd. ». Si, après ça, vous n'étiez toujours pas convaincu qu'il s'agissait d'une société des plus respectables, les lettres en laiton apposées sur la porte en teck et accompagnées de l'éclair d'un logo assorti ne pouvaient que vous rassurer définitivement.

La porte était fermée à clef, mais Milo frappa si fort sur le battant que les murs en tremblèrent, et elle s'ouvrit. Un grand gaillard de Jamaïcain d'environ vingt-cinq ans passa la tête par l'entrebâillement et voulut dire quelque chose de peu amène, mais Milo colla sa carte sous le nez brun de l'homme. Celui-ci choisit de garder ses commentaires pour lui.

– Salut, dit Milo avec un sourire.

– Qu'est-ce que je peux faire pour vous, messieurs les officiers ? demanda le Noir en se foutant manifestement de nous dans son excès de courtoisie.

– Nous laisser entrer, pour commencer.

Et sans attendre qu'on coopère, Milo repoussa le battant et le Jamaïcain, pris par surprise, dut reculer.

Nous entrâmes alors dans une pièce qui se voulait réception mais n'était guère plus grande qu'un placard. La Contemporary Communications ne devait pas recevoir beaucoup de visites. Murs neutres couleur ivoire et comme mobilier la pièce comprenait, en tout et pour tout, un bureau métallique chromé, sur lequel étaient posés une machine à écrire électrique et un téléphone, et une chaise.

Le mur du fond, derrière le bureau, s'ornait d'un poster représentant un couple de surfeurs californiens incarnant Adam et Ève, d'après leur tenue, avec pour légende : « Une personne spéciale ? Envoyez un message spécial ! » La langue d'Ève explorait l'oreille d'Adam et, si l'expression que celui-ci arborait était celle de l'hébétude ennuyée, sa feuille de vigne n'en était pas moins atteinte d'une déformation significative.

À gauche du bureau, une porte fermée. Le Jamaïcain se tenait en sentinelle devant nous, bras croisés, pieds écartés, la mine peu engageante.

– Nous désirons parler à Jan Rambo.

– Vous avez un mandat ?

– Bordel, dit Milo avec dégoût, tout le monde se croit dans un film dans cette putain de ville ! « Vous avez un mandat ? » mima-t-il. Série B pur jus, mon vieux. Allez, frappe à la porte et dis-lui qu'on est là.

Le Jamaïcain resta impassible.

– Pas de mandat, vous n'entrez pas.

– Mon-Dieu-mon-Dieu, dit Milo en soupirant. On veut justifier son salaire, c'est ça ?

Il mit les mains dans ses poches et s'avança vers l'homme, les épaules rentrées, jusqu'à ce que son nez soit à un millimètre de déposer un baiser esquimau sur celui du Jamaïcain.

– Il n'y a aucune raison de se montrer désagréable, reprit-il. Je sais que Mme Rambo est une dame occupée et aussi pure et blanche que la neige qui vient de tomber. Si ce n'était pas le cas, nous pourrions être ici pour fouiller la taule. Et là, il nous faudrait un mandat, en effet. Tout ce que nous voulons, c'est parler avec elle. Puisque, de toute évidence, tu n'es pas encore assez loin dans tes études de droit pour le savoir, laisse-moi t'apprendre qu'il n'y a nul besoin d'un mandat pour avoir une conversation avec quelqu'un.

Les narines du Jamaïcain frémirent.

– Bref, enchaîna Milo, soit tu fais ce qu'il faut pour faciliter cette conversation, soit tu continues à nous interdire le passage, auquel cas je vais être obligé de t'infliger des coups et risquer de te blesser, sans parler de te faire mal, puis de t'arrêter pour obstruction à un officier de police dans l'exercice de ses fonctions. Cela fait, je te collerai des menottes si serrées que tu choperas la gangrène et m'arrangerai pour te faire subir une fouille corporelle complète par un sadique et t'enfermer dans une cellule en compagnie d'une demi-douzaine de membres confirmés de la Fraternité aryenne.

L'homme n'avait sans doute pas tout compris; mais le message était clair. Au bout d'une seconde de réflexion, il recula d'un pas, mais Milo ne le lâcha pas, lui soufflant son haleine au visage.

– Je vais voir si elle peut vous recevoir, marmonna le Jamaïcain en ouvrant la porte juste assez pour se faufiler de l'autre côté.

Il reparut, le regard brûlant comme s'il venait de se faire émasculer et se contenta d'un signe de tête sec en direction de la porte ouverte.

Nous le suivîmes dans une antichambre vide. Il s'arrêta devant une porte à double battant et composa un code sur un boîtier. Il y eut un bourdonnement sourd et la porte s'ouvrit.

Une femme aux cheveux foncés était assise derrière un bureau de métal tubulaire à plateau de marbre, dans une pièce vaste comme une salle de bal. Le plancher disparaissait sous une moquette industrielle élastique couleur ciment mouillé. Derrière elle, une paroi en verre fumé offrait une vue panoramique à l'éclat assourdi sur les montagnes de Santa Monica et la Valley, au-delà. On avait dû confier une partie de la pièce à un décorateur d'Hollywood en lui donnant carte blanche: fauteuils en cuir mauve d'une style impitoyablement contemporain, table basse en lucite aux bords tellement effilés qu'on aurait pu y trancher du pain, enfilade Art déco en bois de rose et galuchat me rappelant celle que j'avais vue dans un catalogue de vente de Sotheby's ; ce seul meuble coûtait plus cher qu'un an de salaire de Milo. Face à ce fourbi, se trouvait la zone « affaires » : table de conférence en bois de rose, batterie de classeurs noirs, deux ordinateurs et du matériel photographique professionnel dans un coin.

Le Jamaïcain s'adossa à la porte et reprit sa pose de sentinelle sur le qui-vive. Il s'efforçait de se sculpter un masque de guerrier, mais une rougeur souterraine remontait sous la surface sombre de sa peau.

– Tu peux nous laisser, Leon, dit la femme.

Elle avait la voix rabotée au whisky.

L'homme hésita. Mme Rambo durcissant son expression, il sortit à la hâte.

Elle resta derrière son bureau et ne nous invita pas à nous asseoir. Milo ne s'en installa pas moins dans l'un des deux fauteuils placés devant le bureau, bâilla et s'étira les jambes. Je m'assis à côté de lui.

– Leon m'a dit que vous avez été très grossier, lança la femme.

Elle devait avoir une quarantaine d'années ; boulotte, petits yeux limoneux, menottes grassouillettes qui pianotaient sur le marbre. Cheveux coupés très court, comme à la serpe. Elle portait un tailleur classique noir des plus stricts. Les fanfreluches sur le jabot de sa blouse blanche en crêpe de chine paraissaient déplacées.

– Ah, je suis vraiment désolé, madame Rambo. J'espère que nous ne l'avons pas blessé dans son amour-propre.

La femme eut un petit rire enroué.

– Leon se prend pour une diva. Il est là pour la décoration.

Elle prit une cigarette noire extra-longue dans un paquet de Sherman et l'alluma, puis regarda le nuage de fumée qu'elle avait soufflé monter vers le plafond. Elle reprit la parole lorsqu'il se fut complètement dissipé.

– Les réponses à vos trois premières questions sont : un, ce sont des porteuses de messages, pas des prostituées. Deux : ce qu'elles font de leur temps libre les regarde. Trois : oui, c'est mon père et nous nous parlons au téléphone environ tous les mois.

– Je ne suis pas des Mœurs, répondit Milo, et j'en ai strictement rien à cirer si vos messagères vont se branler devant de vieux dégueulasses qui se poudrent le nez à la coke.

– Belle tolérance de votre part, dit-elle froidement.

– Je suis connu pour ça. Vivre et laisser vivre.

– Dans ce cas, que voulez-vous ?

Il lui tendit sa carte.

– Homicide ? (Elle haussa les sourcils, mais resta impassible.) Qui est mort ?

– Peut-être personne, peut-être un tas de gens. Pour le moment, il s'agit d'une disparition inquiétante. Toute une famille qui habite près de la frontière. La sœur travaillait pour vous. Nona Swope.

Elle tira longuement sur sa Sherman, dont le bout rougeoya.

– Ah… Nona. La rousse incendiaire. Suspecte ou victime ?

– Dites-moi ce que vous savez d'elle, répondit Milo en sortant son carnet.

Elle prit une clef dans le tiroir de son bureau, se leva, lissa sa jupe et se dirigea vers les classeurs. Elle était toute petite – moins d'un mètre soixante.

– Je parie que vous vous attendiez à ce que je sois dure à la détente, pas vrai ? dit-elle en insérant la clef dans une serrure. (Un tiroir s'ouvrit.) Que je refuse de vous donner des renseignements, que je réclame mon avocat.

– Non, ça, c'est le scénario de Leon.

La réplique l'amusa.

– Leon est un bon chien de garde. Non, ça m'est égal que vous lisiez tout ce que j'ai sur Nona, dit-elle en retirant un mince dossier. Je n'ai rien à cacher. Et elle n'est rien pour moi.

Elle retourna derrière le bureau et tendit le classeur à Milo. Il l'ouvrit et je regardai par-dessus son épaule. Le premier document était un formulaire de demande d'emploi rédigé d'une écriture hésitante.

Le nom complet de la fille était Anona Blossom Swope. Elle avait vingt ans tout juste, à en croire sa date de naissance, et ses mensurations correspondaient à l'image que je gardais d'elle. À la rubrique « domicile » elle avait donné une adresse dans Sunset Boulevard (celle de l'hôpital pédiatrique), mais pas de numéro de téléphone.

Les 24 × 36 sur papier glacé avaient été prises dans le bureau (je reconnus le mobilier) et la représentaient dans différentes poses, avec toujours la même expression boudeuse. Les photos étaient en noir et blanc et ne lui rendaient pas entièrement justice, ignorant par définition la couleur spectaculaire de ses cheveux. Elle n'en avait pas moins ce que les professionnels appellent une « présence » et celle-ci transparaissait dans les clichés.

Nous les parcourûmes rapidement. Nona en string roulé jusqu'au pubis, hanche brésilienne ; Nona en débardeur sans soutien-gorge et en jean, le bout des seins se dessinant sous le tissu ; Nona faisant l'amour à une sucette géante ; Nona, féline, en négligé transparent, le regard de ses yeux noirs provocateur.

Milo siffla doucement. Je sentis une tension involontaire au-dessous de ma ceinture.

– Sacrée poulette, non ? lança Jan Rambo. Il en passe pas mal par ici, vous savez, messieurs. Elle sortait du lot. J'ai commencé par l'appeler Daisy Mae, car elle avait encore quelque chose de naïf. Expérience de la vie limitée. Mais c'était une petite fille qui savait s'y prendre, si vous voyez ce que je veux dire.

– Quand ces photos ont-elles été prises ? demanda Milo.

– Le jour même où elle a débarqué. Il y a… une semaine environ. Je n'ai eu qu'à lui jeter un coup d'œil et j'ai appelé le photographe. Nous les avons tirées et développées sur-le-champ. J'ai vu en elle un bon investissement et je l'ai fait commencer dans le service de messagerie.

– Pour qu'elle y fasse quoi, exactement ? insista Milo.

– Un travail de messagère, exactement. Nous avons quelques parodies classiques, docteur et infirmière, professeur et étudiante, Adam et Ève, dominatrice et dominé et *vice versa*. Les vieux clichés, mais le péquenot moyen est incapable de sortir des clichés, même dans ses fantasmes. Bref, le client choisit le numéro, nous envoyons les couples et ils font ça comme un message, du genre joyeux anniversaire, Joe Smith, c'est de la part de tes copains de poker du mardi soir, et hop, le numéro est en route. Tout ça est légal – ça blague beaucoup, mais rien qui n'enfreigne la loi.

– Et ça coûte combien aux copains du mardi soir ?

– Deux cents. Soixante pour les messagers, moitié-moitié. Plus les pourboires*.

Je fis un rapide calcul mental. Rien qu'en travaillant à mi-temps, Nona avait pu se faire cent dollars par jour, sinon plus. Beaucoup de fric pour une gamine sortie tout droit de sa cambrousse.

– Et qu'est-ce qui se passe si le client est prêt à payer plus pour en voir davantage ? demandai-je.

Elle me lança un regard aigu.

– Je me demandais si vous n'étiez pas muet. Comme je vous l'ai déjà dit, les messagers sont libres de faire ce qu'ils veulent de leur temps. Et une fois la parodie terminée, c'est leur temps. Vous aimez le jazz ?

– Oui, le bon, répondis-je.

– Moi aussi. Miles Davies, Coltrane, Charlie Parker. Et vous savez ce qui fait qu'ils sont géniaux ? Ils savent improviser. Je ne veux pas décourager les improvisations.

Elle prit une nouvelle Sherman et l'alluma à celle qui finissait de se consumer à ses lèvres.

– Et c'est tout ce qu'elle faisait ? demanda Milo. Des parodies ?

– Elle aurait pu viser plus haut. J'avais des projets pour elle. Des films, des photos pour des revues (un sourire s'étala sur son visage bouffi). Elle était très docile. Elle se déshabillait sans un instant d'hésitation. On doit les élever très librement, à la campagne. (Elle roula la cigarette entre ses doigts boudinés.) Oui, j'avais des projets, mais elle m'a lâchée. Elle a bossé une semaine et pouf ! ajouta-t-elle en claquant des doigts.

* Tarifs 1985, date à laquelle le livre a été écrit. *[NdT]*

– Aucune idée de l'endroit où elle a pu aller ?

– Pas la moindre. Je n'ai pas demandé. Nous ne sommes pas une famille adoptive, mais une entreprise. Je ne joue pas les mamans et je ne veux pas être traitée comme telle. La chair fraîche, ça va, ça vient. C'est fou le nombre de corps parfaits, dans cette ville. Et toutes pensent que leur cul les rendra riches. Certaines apprennent plus vite que d'autres. Gros volume d'affaires, renouvellement permanent. Mais j'avoue que cette rouquine avait quelque chose.

– Voyez-vous quelqu'un qui pourrait en savoir un peu plus sur elle ?

– Vraiment pas. Elle était plutôt discrète.

– Et les types avec lesquels elle portait ses messages ? demanda Milo sans une ombre d'ironie.

– Le type, au singulier. Elle n'a travaillé ici qu'une semaine. Je ne me souviens plus de son nom et je ne vais pas passer mes fiches au peigne fin pour le trouver. Je vous ai déjà fait un beau cadeau, les gars. (Elle montra le dossier que Milo tenait toujours.) Vous pouvez même le garder, d'accord ?

– Faites un effort, insista-t-il. Ce n'est tout de même pas sorcier. Combien d'étalons avez-vous dans votre écurie ?

– Vous seriez surpris, dit-elle en caressant le marbre de son bureau. L'entretien est terminé.

– Écoutez... vous avez fait preuve d'une certaine bonne volonté, mais vous n'êtes pas Blanche-Neige, OK ? Il fait très chaud dehors ; ici, vous avez l'air conditionné et une vue splendide. Pourquoi voulez-vous nous faire transpirer dans nos locaux à attendre que votre avocat veuille bien rappliquer ? (Il tendit les mains, paumes ouvertes, et lui adressa son sourire le plus enfantin.) Vous voulez pas encore essayer ?

Les yeux limoneux se rétrécirent et son visage prit un aspect horriblement porcin. Elle appuya sur un bouton et Leon se matérialisa dans la pièce.

– Qui est le type qui a travaillé avec la rouquine, Swope ?

– Doug, répondit le Jamaïcain sans hésitation.

– Nom de famille ? aboya-t-elle.

– Carmichael. Douglas Carmichael.

– Ça vous va ? dit-elle en se tournant vers nous.

– Le dossier, répondit Milo en tendant la main.

– Prends-le, lança-t-elle à Leon, lequel le trouva tout de suite. Donne-le-leur, qu'ils le consultent.

Milo le prit des mains du Noir et nous nous dirigeâmes vers la porte.

– Hé ! Attendez une minute ! protesta-t-elle de sa voix enrouée. Il travaille toujours, lui. Vous ne pouvez pas le prendre !

– Je vais en faire une photocopie et vous renverrai l'original.

Elle voulut soulever des objections, mais s'arrêta au milieu de sa phrase. En partant, nous l'entendîmes qui s'en prenait à Leon.

8

D'après son dossier, Doug Carmichael habitait dans la partie chic de Venetia, près de la marina. Milo me demanda de l'appeler d'une cabine téléphonique de Bund pendant que lui-même prenait un contact radio pour savoir s'il y avait du nouveau sur les Swope.

Je tombai sur un répondeur. Une guitare jouait de la musique classique en fond sonore pendant qu'une voix opulente de baryton disait : « Salut, vous êtes bien chez Doug », et s'efforçait de me convaincre que lui laisser un message serait vraiment fondamental pour son équilibre affectif. J'attendis le bip, l'informai qu'il était vraiment important qu'il rappelle l'inspecteur Sturgis de la West Los Angeles Division et laissai le numéro de Milo.

De retour dans la voiture, je trouvai celui-ci les yeux fermés, l'arrière du crâne contre l'appuie-tête du siège.

– Quelque chose ? demanda-t-il.

– Un répondeur.

– Tiens, pardi. Zéro moi aussi. Les Swope introuvables entre ici et San Ysidro. (Il bâilla, grommela et lança la Matador.) Avec cette histoire, marmonna-t-il en engageant la voiture dans l'intense trafic en direction de l'ouest, je n'ai rien mangé depuis six heures. Dîner avancé ou déjeuner tardif, à toi de voir.

Nous étions à environ trois kilomètres de l'océan, mais la brise d'ouest nous apportait des arômes maritimes salés.

– Du poisson, ça te dirait ?

– Parfait.

Il se rendit jusqu'à un minuscule établissement d'Ocean,

situé juste au début de la jetée et qui ressemblait à un restaurant 1930. Certains soirs, il est difficile de trouver à s'y garer au milieu des Rolls, des Mercedes et des Jaguar qui encombrent le parking. L'établissement ne prend pas de réservations et refuse les cartes de crédit, mais les vrais amateurs de poissons et de fruits de mer sont tout à fait disposés à patienter le temps qu'il faut et à payer en liquide. C'est nettement plus calme pour le déjeuner et nous trouvâmes tout de suite une place dans un coin.

Milo commença par descendre deux jus de citron frais pressés et servis sans sucre, pendant que je buvais une bière.

– J'essaie de perdre du poids, m'expliqua-t-il en levant son verre. Rick n'arrête pas de me tanner. M'a fait passer des diapos qui montrent ce que ça te fait au foie.

– C'est très bien. Tu picolais pas mal, à un moment. On va peut-être te garder un peu plus longtemps parmi nous.

Il poussa un grognement.

Le serveur, un Hispano jovial, nous informa qu'ils avaient reçu de San Diego, le matin même, un superbe arrivage de thon albacore. Nous en commandâmes tous les deux et peu après on nous en apporta deux énormes tranches grillées, accompagnées de pommes de terre, de courgettes à la vapeur et de pain au levain. Un vrai festin.

Milo fit un sort à la moitié de son assiette, avala une grande gorgée de jus de citron et regarda par la fenêtre. Une étroite bande chromée d'océan était visible par-dessus les toits des baraques délabrées qui se pelotonnaient à l'ombre de la vieille jetée branlante.

– Alors, vieux, comment ç'a été, les temps derniers ?

– Pas trop mal.

– Qu'est-ce que raconte Robin ?

– J'ai reçu une carte postale il y a quelques jours. Le quartier de Ginza la nuit. Ils l'emmènent au restaurant et ne mégotent pas sur le vin. Apparemment, c'est la première fois qu'ils sont en relation d'affaires avec une femme.

– Qu'est-ce qu'ils veulent, exactement ?

– Elle a dessiné une guitare pour Rockin' Billy Orleans, qui en a joué pour un concert au Madison Square Garden. On l'a interviewé après et il n'a pas tari d'éloges sur l'instrument et le luthier femme fantastique qui l'avait créé. Le représentant américain d'une société japonaise a tendu l'oreille et alerté ses patrons, qui ont décidé que le modèle valait la peine d'être produit en série sous le nom de Billy Orleans. Ils l'ont invitée pour en parler.

– Elle va finir par t'entretenir, si ça continue.

– Peut-être, dis-je d'un ton morose en faisant signe au serveur qu'il m'apporte une autre bière.

– Je constate que ça te transporte de joie.

– Oh, je suis très content pour elle, dis-je précipitamment. C'est le grand coup qu'elle attendait. C'est juste qu'elle me manque affreusement, Milo. C'est la première fois que nous sommes séparés aussi longtemps et j'ai perdu tout le goût que je pouvais avoir pour la solitude.

– Il n'y a pas autre chose ? voulut-il savoir.

Il reprit sa fourchette. Je le regardai en fronçant les sourcils.

– Quoi, autre chose ?

– Eh bien, répondit-il entre deux bouchées, je me fiche peut-être complètement dedans, docteur, mais il me semble que cette aventure japonaise place vos relations, euh… dans une perspective différente, si tu me permets d'employer cette expression.

– Comment ça ?

– C'était toi, jusqu'ici, qui faisais tourner financièrement le ménage, non ? D'accord, elle travaille, mais la vie que vous menez tous les deux… vacances à Maui, billets de théâtre, ce jardin incroyable… qui c'est qui paie ?

– Je ne vois pas où tu veux en venir, dis-je, agacé.

– À ceci que, comme tous les mecs, et même si tu prétends le contraire, tu fonctionnes selon le schéma traditionnel. Elle a l'occasion de devenir quelqu'un et ça pourrait tout changer.

– Je peux surmonter.

– Je n'en doute pas. Oublie que je t'en ai parlé.

– Considère que c'est oublié.

Je regardai mon assiette. J'avais perdu l'appétit, tout d'un coup. Je repoussai la nourriture et me mis à étudier un vol de mouettes qui plongeaient sur la jetée à la recherche de restes d'appâts.

– Mon salaud, dis-je, toi et tes intuitions! Des fois, tu me fiches la frousse.

Il tendit la main par-dessus la table pour me tapoter l'épaule.

– Eh, tu n'es pas si compliqué que tu croies. On peut lire tout ce qui se passe sous ce masque émacié et affamé.

Je mis le menton dans le creux de ma main.

– Tout marchait si bien, les choses étaient si simples... Elle avait gardé son atelier après avoir emménagé chez moi, et nous étions fiers de nous laisser mutuellement un peu d'espace. On parlait encore récemment de se marier, d'avoir des enfants. C'était génial d'avancer au même rythme, de prendre des décisions ensemble. Mais maintenant, qui sait? (Je haussai les épaules et pris une longue rasade de bière.) Je vais te dire un truc, Milo. On n'en parle pas dans les bouquins de psycho, mais le désir d'enfant existe aussi chez les hommes et, à trente-cinq ans, je le ressens.

– Je sais, dit-il. Je l'ai ressenti, moi aussi.

J'écarquillai involontairement les yeux.

– Ne fais pas cette tête. Ce n'est pas parce que ça ne risque pas d'arriver que je n'y pense pas.

– Eh, qui sait? Les mœurs sont de plus en plus libérales.

Il desserra sa ceinture d'un cran et tartina du beurre sur un morceau de pain.

– Peut-être, mais pas à ce point, répondit-il en riant. Rick et moi ne sommes pas vraiment équipés pour la maternité... si c'est comme ça qu'il faut dire. Peux-tu m'imaginer un instant en train de faire des courses au rayon layette ou de changer les couches d'un bébé?

Nous éclatâmes de rire ensemble.

– Bref, reprit-il, sans vouloir appuyer là où ça fait mal, c'est une question que vous allez devoir aborder à un moment ou un autre. J'ai commencé à m'en sortir tout seul très tôt dans la vie. Je dois que dalle à mes parents. J'ai eu mes premiers petits boulots à onze ans, Alex, onze ans! Livraisons, leçons particulières, cueillettes des poires, chantiers de construction et j'en passe; le temps de décrocher ma maîtrise de lettres, je me suis retrouvé au Vietnam, puis dans la police. On ne devient pas riche aux Homicides, mais un célibataire s'en sort très bien. J'étais aussi seul qu'en enfer, mais au moins mes besoins de base étaient-ils satisfaits. Tout a changé lorsque j'ai rencontré Rick et que nous nous sommes mis ensemble. Tu te souviens de ma vieille Fiat... quel tas de tôle pourri ! Je n'avais jamais eu que des caisses dans ce genre. Aujourd'hui on se balade en Porsche, comme un couple de dealers. Et la maison ? C'est certainement pas avec mon salaire de flic que j'aurais pu me l'offrir. Il va faire les boutiques et me ramène une chemise ou une cravate de chez Carrol's ou Giorgio. Je n'ai jamais été très soigneux ; n'empêche que mon mode de vie a pas mal changé. En mieux, mais ça n'a pas été facile à accepter. Les chirurgiens se font plus de blé que les flics, il en a toujours été comme ça et il en sera toujours comme ça, et j'ai fini par me faire une raison. De quoi te faire réfléchir sur ce que vivent les femmes, non ?

– Ouais.

Je me demandai si Robin avait dû, elle aussi, procéder aux ajustements que Milo me décrivait. Aurait-elle vécu des choses conflictuelles dont je ne me serais pas aperçu par manque de sensibilité ?

– En fin de compte, reprit-il, tout le monde est gagnant si les deux partenaires se sentent adultes, tu ne crois pas ?

– Ce que je crois, Milo, c'est que tu es un type fantastique.

Il dissimula son embarras derrière la carte des desserts.

– Si mes souvenirs sont exacts, les glaces sont excellentes, ici, non ?

– Excellentes.

Pendant que nous en dégustions chacun une, il me demanda de lui en dire un peu plus sur Woody Swope et les cancers qui touchent les enfants. Ce lui fut un choc d'apprendre que, après les accidents de toute nature, le cancer est la deuxième cause de mortalité chez les enfants.

Il fut particulièrement fasciné par la conception technique des unités à flux d'air laminaire et voulut en connaître les principes de fonctionnement dans les moindres détails – jusqu'à ce que je doive déclarer forfait.

– Dire qu'ils doivent passer des mois dans ces bulles de plastique, dit-il, troublé. Et ils ne pètent pas les plombs ?

– Non, pas si on s'y prend comme il faut. Il faut bien situer l'enfant dans le temps et dans l'espace, encourager la famille à passer autant de temps que possible avec lui. Faire stériliser ses jouets et ses vêtements préférés et les lui apporter, inventer toutes sortes de stimulations. Le secret, c'est de minimiser autant que possible les différences entre son foyer et l'hôpital ; il y en aura toujours, bien entendu, mais on peut les atténuer.

– Intéressant. Tu sais à quoi ça me fait penser, n'est-ce pas ?

– Non ? Dis toujours.

– Au sida. C'est le même principe, non ? Moindre résistance aux infections.

– Similaire, mais pas identique. Le flux laminaire permet de filtrer les bactéries et les champignons microscopiques afin de protéger le gamin pendant le traitement. La perte de la protection naturelle, cependant, est temporaire ; une fois la chimio terminée, leur système immunitaire repart. Le sida est permanent et les malades du sida ont d'autres problèmes, comme le sarcome de Kaposi et les infections virales. Les bulles pourraient les protéger un temps, mais pas indéfiniment.

– D'accord, mais tu admettras avec moi que le tableau est assez terrifiant : des milliers de cubes de plastique alignés sur le boulevard de Santa Monica avec dans chacun un pauvre type ou une pauvre fille en train de crever. On pourrait faire payer, recueillir des fonds pour trouver un traitement… (Il laissa échapper un petit rire amer.) Le salaire du péché, reprit-il en hochant la tête. De quoi faire de toi un vrai puritain. Le nombre d'histoires horribles que j'ai entendu raconter… Heureusement, je suis monogame. Rick, lui, a eu droit à des tombereaux de merde venant des deux bords. La semaine dernière, un type est arrivé aux urgences avec un bras esquinté après une bagarre de bar et s'est mis à faire un foin de tous les diables parce que Rick était gay. Il a sans doute dit ça au petit bonheur la chance, dans sa parano, vu que Rick n'a pas exactement l'air d'une chochotte, mais il ne l'a pas nié quand cet enfoiré a exigé de savoir si le médecin qui devait le soigner était pédé ou non. Du coup, il a refusé de laisser Rick le toucher, hurlant qu'il allait lui filer le sida alors qu'il pissait le sang de partout. Rick s'est barré. Les autres médecins se sont trouvés dans la merde jusqu'au cou – c'était un samedi soir et la file des urgences n'arrêtait pas de s'allonger. Son départ a foutu tout le système en l'air. Tout le monde a fini par être furax contre Rick. Il est quasiment devenu un lépreux pour le reste de l'équipe.

– Le pauvre vieux.

– Ouais, le pauvre vieux. Quand tu penses que ce type était le meilleur de sa classe, qu'il a été chef de clinique à Stanford et qu'il doit avaler des couleuvres pareilles ! Il est revenu à la maison d'une humeur de chien. Mais le plus navrant dans tout ça, c'est que la veille, lui-même m'avait dit que les patients gays le rendaient nerveux. J'ai passé le reste de la nuit à lui faire de la thérapie de choc, Alex.

Il mit une dernière cuillerée de crème glacée dans sa bouche.

– Thérapie de choc, répéta-t-il en chassant les cheveux qui lui retombaient sur les yeux. Mais voilà, c'est à ça que sert l'amour, non ?

9

C'est sur le chemin du retour jusqu'au motel de la Brise de Mer – je devais récupérer la Seville – que Milo déclara forfait.

– Impossible d'aller plus loin dans cette affaire, dit-il en s'excusant. Pour le moment, nous n'avons qu'une vague histoire de personnes disparues – et encore, le mot est bien fort.

– Je sais. Merci tout de même d'être venu.

– Pas de problème. Ça m'a un peu changé. Il se trouve que j'ai en ce moment sur les bras plusieurs histoires particulièrement ignobles. Une fusillade entre gangs – deux *cholos* se sont fait descendre –, un employé massacré à coups de bouteilles cassées dans un magasin d'alcool et, pour couronner le tout, un vrai petit ange: un violeur qui chie sur le ventre de ses victimes quand il a fini. Nous savons qu'il a attaqué au moins sept femmes. La dernière qui s'en est sortie est très mal en point.

– Seigneur Jésus...

– Jésus lui-même ne pardonnera pas à cette ordure. (Il fronça les sourcils en s'engageant dans Satwelle pour prendre la direction de Pico.) Je me dis régulièrement que j'ai touché le fond en matière de dépravation et, tout aussi régulièrement, ces fumiers me prouvent le contraire. J'aurais peut-être dû passer le concours.

Quinze mois auparavant, nous avions, tous les deux, démantelé un réseau de pédophiles qui avait transformé un orphelinat en bordel – ce qui, au passage, avait permis de résoudre plusieurs affaires de meurtres. Milo avait été traité en héros et invité à passer le concours pour devenir lieutenant. Il ne fait aucun doute qu'il l'aurait eu, parce qu'il est intelligent, et le patron lui avait fait comprendre qu'ils étaient prêts à admettre un gay à ce niveau de responsabilité, pourvu qu'il reste discret. Il avait hésité longtemps avant, finalement, de refuser.

– Sûrement pas, Milo. Tu aurais été malheureux. Pense à ce que tu m'as dit toi-même à l'époque.

– C'était quoi ?

– Je n'ai pas laissé tomber la littérature pour remplir des formulaires administratifs, ou un truc comme ça.

Il pouffa.

– Ouais, c'est vrai.

Avant de partir pour le Vietnam, Milo s'était inscrit en lettres modernes à l'université de l'Indiana, envisageant une carrière de prof de lettres et espérant que le monde académique serait plus tolérant pour ses préférences sexuelles. Il avait atteint le niveau de la maîtrise – sur quoi la guerre avait fait de lui un policier.

– Imagine un instant, lui rappelai-je, les réunions interminables avec des ronds-de-cuir, à peser les implications politiques du fait de se lever pour aller pisser, aucun contact avec la rue...

Il leva la main, faisant semblant d'avoir mal.

– Arrête, arrête, je vais vomir !

– Rien qu'un peu de thérapie de choc, mon vieux.

Il gara la Matador dans le parking du motel. Le ciel s'était assombri avec l'arrivée du crépuscule et le Brise de Mer bénéficiait de cet éclairage. Sans la lumière crue du soleil, l'endroit paraissait presque habitable.

La réception était brillamment éclairée et le réceptionniste iranien bien visible derrière son comptoir. Il lisait. La Seville était le seul autre véhicule dans le parking. La piscine à moitié vide avait l'air d'un cratère.

Milo laissa le moteur tourner au ralenti.

– Tu ne m'en veux pas de laisser tomber, j'espère ?

– Bien sûr que non. Pas d'homicide, pas d'inspecteur des Homicides.

– Ils vont probablement venir récupérer leur bagnole. Je l'ai fait mettre en fourrière pour qu'ils soient obligés de la réclamer. S'ils se pointent, cela te donnera l'occasion de leur parler. Et même dans le cas contraire, on va sans doute apprendre qu'ils sont de retour à la maison et qu'il n'y a pas eu de casse.

Il se rendit compte de ce qu'il venait de dire et fit la grimace.

– Merde. Où ai-je la tête ? Le gosse.

– Il va peut-être très bien. Qui sait s'ils ne l'ont pas conduit à un autre hôpital ?

J'aurais bien voulu me montrer optimiste, mais certains souvenirs – l'expression de douleur sur le visage de Woody, la tache de sang sur la moquette du motel – me faisaient fortement douter d'une issue heureuse à l'affaire.

– Si ce ne sont pas eux qui s'occupent de le soigner, tu veux dire ?

J'acquiesçai d'un hochement de tête.

Il regardait droit devant lui.

– Voilà un genre de meurtre nouveau pour moi.

Remarque qu'avait faite aussi Melendez-Lynch, de manière différente. Je le lui dis.

– Et ce Melendez-Lynch refuse d'employer les moyens légaux ?

– Il aimerait éviter. Ce qui ne veut pas dire qu'il n'y aura pas recours.

Il hocha sa tête puissante et me posa la main sur l'épaule.

– Je vais garder un œil ouvert. S'il y a quoi que ce soit de nouveau, je t'avertis.

– J'apprécierai. Et merci pour tout, Milo.

– Mais de rien, littéralement de rien, mon vieux. (Nous nous serrâmes la main.) Mes amitiés à la femme d'affaires quand elle reviendra.

– Manquerai pas. Amitiés à Rick.

Je descendis de la Matador, dont les phares balayèrent le parking de leur double faisceau quand il fit demi-tour. Les crachouillis intermittents de sa radio créaient un concerto rock punk qui resta comme suspendu en l'air après son départ.

Je pris au nord, en direction de Sunset, avec pour intention de tourner dans Beverly Glen et de rentrer chez moi. Puis je me rappelai que la maison serait vide. Parler de Robin avec Milo avait ravivé quelques plaies et je n'avais pas envie de me retrouver tout seul à broyer du noir. Je pensai tout d'un coup que Raoul ignorait tout de ce qui était arrivé au motel et décidai que le moment était aussi bien choisi qu'un autre pour le lui apprendre.

Courbé sur son bureau, il griffonnait des annotations sur le brouillon d'un article. Je frappai légèrement à la porte ouverte.

– Alex ! dit-il en se levant pour m'accueillir. Comment ça s'est passé ? Avez-vous réussi à les convaincre ?

Je lui racontai sur quoi nous étions tombés.

– Oh, mon Dieu ! (Il s'affala sur son siège.) C'est incroyable. Incroyable. (Il soupira, se pressa les joues entre les mains, puis il prit un crayon qu'il se mit à faire rouler sur son bureau.) Il y avait beaucoup de sang ?

– Non. Une tache qui devait faire une vingtaine de centimètres de large.

– Pas assez pour qu'on puisse parler d'hémorragie, marmonna-t-il. Pas d'autres fluides ? Pas de bile, pas de vomissures ?

– Je n'en ai pas vu, mais c'est difficile d'être affirmatif. La chambre était un vrai foutoir.

– Un rite barbare, je parie. Je vous le répète, Alex, ces salopards de Palpeurs sont de vrais cinglés ! Enlever un enfant et ficher le camp comme ça ! Le holisme n'est que le masque du nihilisme et de l'anarchie !

Il parvenait à ses conclusions à coups de sauts quantiques, mais je n'avais ni le désir ni l'énergie de discuter avec lui.

– Et la police, qu'est-ce qu'elle fait ?

– L'inspecteur qui s'en occupe est un de mes amis. Il m'a fait une fleur en se déplaçant en personne. Ils ont lancé un avis de recherche pour la famille et le shérif de La Vista a été mis en alerte. Ils ont fait une analyse des lieux et écrit un rapport. C'est tout. Sauf si vous voulez porter plainte.

– Votre ami… c'est quelqu'un de discret ?

– Tout à fait.

– Bien. Il n'est pas question d'avoir les médias sur le dos à ce stade. Vous est-il arrivé de parler à la presse ? Ce sont des crétins, Alex, et des vautours ! Les pires, ce sont ces blondes de la télé ! Insipides, avec leur sourire de confection, toujours à essayer de vous pousser à faire des déclarations fracassantes. Il se passe pas une semaine sans que l'une d'elles ne tente de me faire dire que la guérison du cancer est pour demain! Elles veulent de l'information instantanée, une gratification immédiate. Imaginez-vous ce qu'elles sont capables de faire avec une affaire comme celle-ci?

Il était rapidement passé du défaitisme à la rage, cet excès d'énergie le propulsant hors de son fauteuil. Il traversa son bureau à courtes enjambées, se donna du poing dans la paume, contourna une pile de livres et de manuscrits et revint à son fauteuil en jurant en espagnol dans sa barbe.

– À votre avis, Alex, dois-je déposer plainte?

– C'est une question délicate. Il faut se demander si on aide l'enfant en mettant l'affaire sur la place publique. Est-ce que cela vous est déjà arrivé?

– Une fois. L'an dernier, nous avons eu une petite fille à laquelle il fallait faire des transfusions. La famille appartenait aux Témoins de Jéhovah et nous avons dû obtenir un ordre du tribunal. Mais c'était différent. Les parents ont eu une attitude moins tranchée: en gros, ils disaient que leurs convictions religieuses ne leur permettaient pas de nous donner la permission, mais que s'ils y étaient obligés par un tribunal, ils se soumettraient. Ils voulaient sauver leur enfant, Alex, et ils ont été soulagés quand nous en avons pris la responsabilité à leur place. Et aujourd'hui, la fillette est vivante et se porte comme un charme! Le petit Swope devrait guérir, lui aussi, et se porter comme un charme, au lieu de mourir au fond d'une arrière-cuisine dans je ne sais quel genre de temple vaudou à la noix.

Il mit la main dans la poche de sa blouse blanche et en retira un paquet de crackers salés, déchira l'emballage et se mit à les grignoter les uns après les autres. Puis il chassa les miettes de sa moustache et reprit en ces termes:

– Même dans le cas des Témoins de Jéhovah, les médias ont essayé de faire un scandale en prétendant que nous forcions la famille. Une télé nous a envoyé, pour m'interviewer, une espèce de crétin se faisant passer pour un journaliste médical – sans doute un ex-étudiant en médecine qui s'était ramassé à ses examens. Il est entré en se pavanant avec son magnétophone et s'est même permis de m'appeler par mon prénom, Alex! Comme si on était des potes! Je l'ai envoyé promener et il a interprété mon

« pas de commentaire » comme un aveu de culpabilité. Heureusement, les parents ont suivi nos conseils et ont eux aussi refusé de parler à la presse. Arrivée à ce stade, la controverse s'est dégonflée comme un soufflé – pas de charogne, les vautours vont voir ailleurs.

La porte qui donnait sur le labo s'ouvrit à ce moment-là et une jeune femme entra dans le bureau en tenant une planchette à pince contre elle. Elle avait des cheveux châtain clair coupés à la page, des yeux ronds assortis de manière quasi surnaturelle à ses cheveux, les traits pincés et une bouche agressive. La main qui tenait la planchette était pâle, les ongles rongés jusqu'aux lunules. Sa blouse lui descendait au-dessous des genoux et elle avait aux pieds des chaussures à semelle plate en crêpe.

Elle regarda Raoul comme si j'étais transparent.

– Il y a quelque chose que je voudrais vous montrer. Ça pourrait être intéressant, dit-elle.

Melendez-Lynch se leva.

– C'est la nouvelle membrane, Helen ?

– Oui.

– Merveilleux.

Il eut l'air de vouloir la prendre dans ses bras, mais interrompit brusquement son geste, se souvenant de ma présence. S'éclaircissant la gorge, il fit alors les présentations.

– Alex, voici le Dr Helen Holroyd.

Nous échangeâmes le strict minimum en termes de plaisanteries d'usage, et elle se rapprocha de Raoul avec un air de propriétaire dans ses yeux noisette. Quant à lui, il fit tout ce qu'il put, mais en vain, pour dissimuler son expression satisfaite.

Ils déployaient tellement d'efforts, tous les deux, pour paraître n'avoir que des relations de travail que, pour la première fois de la journée, j'eus envie de sourire. Ils couchaient ensemble et pensaient avoir gardé le secret. Tout le département devait être au courant.

– Il faut que j'y aille, dis-je.

– Oui, je comprends. Merci pour tout. Il n'est pas impossible que je vous appelle pour que nous rediscutions. En attendant, envoyez votre note d'honoraires au secrétariat.

Au moment où je franchissais la porte, ils discutaient des merveilles de l'équilibre osmotique, les yeux dans les yeux.

En chemin, je m'arrêtai à la cafétéria de l'hôpital pour prendre un café. Il était dix-neuf heures passées et il n'y avait plus beaucoup de monde dans la salle. Un grand Mexicain portant un filet à cheveux et une salopette bleue balayait le sol à sec. Trois infirmières mangeaient des beignets en échangeant des plaisanteries. Je venais de mettre un couvercle à mon gobelet et me préparais à partir lorsque j'aperçus un mouvement du coin de l'œil.

Valcroix, le chef de clinique de Melendez-Lynch, me faisait signe. Je m'avançai jusqu'à sa table.

– Voulez-vous vous joindre à moi ?

– Volontiers.

Je posai ma tasse et m'installai sur la chaise lui faisant face. Le bol, sur le plateau devant lui, contenait les restes d'une salade mélangée géante et, du bout de sa fourchette, il jouait négligemment avec quelques germes de soja restants. Deux verres d'eau étaient posés à côté de son repas.

Il ne portait plus sa chemise de sport psychédélique, mais un T-shirt noir des Grateful Dead, et avait jeté sa blouse blanche sur la chaise voisine. J'étais assez près de lui pour constater que ses cheveux s'éclaircissaient au sommet de son crâne. Il aurait eu besoin de se raser, mais sa barbe était clairsemée et ne bleuissait que sa lèvre supérieure et son menton. Son visage de chien courant était travaillé par un gros rhume ; il avait le nez rouge, les yeux enflammés et reniflait.

– Des nouvelles des Swope ? me demanda-t-il.

J'en avais assez de raconter leur histoire, mais c'était leur médecin et, comme tel, il avait le droit de savoir. Je lui fis un bref résumé de la situation.

Il m'écouta tranquillement sans que ses yeux aux paupières lourdes ne manifestent d'émotion. Quand j'eus terminé, il toussa et se moucha.

– Sans trop savoir pourquoi, j'éprouve le besoin de vous proclamer mon innocence, dit-il.

– Ce n'est vraiment pas nécessaire, l'assurai-je.

J'avalai une gorgée de café et reposai vivement le gobelet. J'avais oublié à quel point il était infect.

Ses yeux prenant un air lointain, je crus un instant qu'il était entré en méditation, réfugié dans son monde intérieur, comme il l'avait fait pendant la mercuriale de Raoul. Je me mis à penser à autre chose.

– Je sais que Melendez-Lynch me fait porter le chapeau pour cette affaire. De toute façon, c'est toujours ma faute quand quelque chose va de travers dans le département depuis que j'y suis chef de clinique. C'était comme ça quand vous travailliez avec lui ?

– Disons simplement qu'il m'a fallu quelque temps pour développer une bonne relation de travail avec lui.

Il acquiesça solennellement, piqua quelques germes de soja du bout de sa fourchette et les mangea.

– D'après vous, pour quelle raison se sont-ils enfuis ? demandai-je.

Il haussa les épaules.

– Aucune idée.

– Même pas un soupçon ?

– Non, vraiment. Et pourquoi devrais-je en avoir, moi plutôt qu'un autre ?

– J'avais l'impression qu'ils s'entendaient bien avec vous.

– Qui vous l'a dit ?

– Raoul.

– Raoul ? Il n'a pas la moindre idée de ce que ça veut dire, bien s'entendre avec quelqu'un.

– Il lui semblait notamment que vous aviez de bons rapports avec la mère.

Il avait des mains très propres et roses. Elles étreignirent les couverts à salade.

– J'ai été infirmier avant d'être médecin.

– Intéressant.

– Vous trouvez ?

– Les infirmiers et infirmières se plaignent tout le temps du manque de reconnaissance et de salaires insuffisants et menacent de tout laisser tomber pour faire des études de médecine. Vous êtes le premier que je rencontre à avoir franchi le pas.

– Ils râlent parce qu'ils sont voués aux tâches les plus merdiques. Mais on apprend certaines choses quand on est au bas de l'échelle. Comme l'intérêt qu'il y a à parler aux patients et aux familles. C'était ce que je faisais comme infirmier, mais je passe pour anormal en employant cette méthode comme médecin. Il est tout de même lamentable que ce soit considéré comme suffisamment non conforme pour qu'on le remarque, non ? De bons rapports, dites-vous ? Bon Dieu, non. Je les connaissais à peine. J'ai parlé avec la mère, évidemment. J'enfonçai tous les jours des aiguilles dans le corps de son fils, je lui trouai les os pour lui aspirer la moelle… Comment aurais-je pu faire pour ne pas lui parler ?

Il se mit à contempler son bol de salade.

– Melendez-Lynch est incapable de comprendre que je veuille me présenter comme un être humain et pas comme une espèce de technocrate en blouse blanche, reprit-il. Il ne s'est pas donné la peine d'essayer de comprendre les Swope et il ne lui est pas venu à l'esprit que leur… défection pouvait avoir quelque chose à voir avec son attitude distante. Je me suis impliqué, résultat, je suis le bouc émissaire. (Il renifla, se moucha et vida l'un des deux verres d'eau.) Mais à quoi cela nous sert de disséquer ce qui est arrivé ? Ils sont partis.

Je me rappelai l'hypothèse de Milo à propos de la voiture abandonnée.

– Il se peut qu'ils reviennent, dis-je.

– Soyez sérieux, mon vieux. Dans leur esprit, ils ont retrouvé la liberté. N'y comptez pas.

– Liberté qui va leur paraître rapidement bien amère quand la maladie reprendra le dessus.

– Le fait est qu'il détestait tout, ici. Le bruit, le manque d'intimité, même que tout soit stérile. Vous avez travaillé dans l'unité de flux laminaire, je crois ?

– Oui, trois ans.

– Alors vous savez comment est la nourriture qu'on donne aux gosses. Cuite et recuite jusqu'à ce qu'elle n'ait plus aucun goût.

C'était vrai. Pour un patient au système immunitaire défaillant, des fruits ou des légumes frais sont autant de moyens de se voir envahi de microbes potentiellement mortels ; et un verre de lait est un bouillon de culture pour le lactobacille. Bref, tout ce que mangeaient les enfants des bulles faisait l'objet d'une préparation qui se terminait par une stérilisation à la chaleur, au point, parfois, qu'il n'y restait pratiquement plus d'éléments nutritifs.

– Nous, reprit le chef de clinique, nous comprenons le concept ; mais les parents ont du mal à saisir pourquoi leur enfant, déjà si horriblement malade, a le droit d'avoir son content de Coca ou de frites et toutes sortes de mauvaise bouffe alors que les carottes et les abricots sont interdits. Ça va à l'encontre de tout, pour eux.

– Je sais. Mais la plupart des gens l'acceptent assez rapidement une fois qu'ils ont compris que la vie de leur enfant est en jeu. Pourquoi pas les Swope ?

– Ce sont des paysans. Ils viennent du fin fond de la campagne, d'un coin où l'air est pur et où les gens font pousser eux-mêmes leurs légumes. Pour eux, la ville est un endroit empoisonné. Le père n'arrêtait pas de critiquer l'air, de dire qu'il était mauvais. Vous respirez dans un égout, me disait-il chaque fois qu'il me voyait. Il était obsédé par l'air pur et les aliments naturels. Il ne cessait de répéter à quel point c'était plus sain chez eux.

– Oui, mais pas assez.

– Non, pas assez. Dans le genre remise en question radicale de leurs conceptions, ils ont été servis. (Il m'adressa un regard attristé.) Vous n'avez pas une expression en psychologie quand tout ce à quoi on croit s'écroule de cette façon ?

– Si, la dissonance cognitive.

– Si vous voulez. Dites-moi, continua-t-il en se penchant en avant, que font les gens quand ils sont dans cet état ?

– Soit ils changent de convictions, soit ils déforment la réalité pour qu'elle cadre avec leurs idées.

Il se redressa, se passa la main dans les cheveux et sourit.

– Dois-je en dire plus ?

Je hochai la tête et fis une nouvelle tentative avec mon café. Il était moins chaud, mais pas meilleur.

– Je n'ai pratiquement entendu parler que du père. À croire que sa femme n'est que son ombre.

– Loin de là. Des deux, c'est certainement elle la plus solide. C'est simplement qu'elle ne dit rien. Elle le laissait jacasser pendant qu'elle restait auprès de Woody et faisait tout ce qu'il fallait faire.

– L'idée de partir viendrait-elle d'elle ?

– Je ne sais pas. Tout ce que je dis, c'est que c'était une femme solide, pas un mannequin en carton.

– Et la sœur ? D'après Beverly, ce n'était pas le grand amour avec ses parents.

– Je n'ai pas d'idées là-dessus. Elle ne venait pas souvent et ne parlait pas quand elle était là.

Il s'essuya le nez une fois de plus et se leva.

– Je n'aime pas trop les commérages, reprit-il. J'en ai déjà trop dit.

Il prit sa blouse, se la jeta sur l'épaule, tourna le dos et me laissa devant mon infect café. Je le regardai s'éloigner. Je vis un instant, dans un miroir, ses lèvres qui bougeaient comme s'il priait en silence.

Il était vingt heures passées lorsque j'arrivai à Beverly Glen. Ma maison est située au bout d'un sentier muletier oublié par la voirie de la ville. Il n'y a aucun lampadaire et le chemin est sinueux, mais j'en connais tous les détours par cœur et j'aurais pu rentrer chez moi les yeux fermés. Une lettre d'amour de Robin m'attendait dans la boîte à lettres. Elle me mit sur un petit nuage mais, au bout de la quatrième relecture, je fus envahi par une brume de tristesse.

Il était trop tard pour donner à mangers aux koïs ; je pris un bain chaud, me séchai, enfilai mon peignoir jaune en tissu-éponge et passai, un verre de cognac à la main, dans la petite bibliothèque qui jouxte la chambre. Je finis de rédiger deux rapports d'expertise en retard, puis je m'installai dans mon vieux fauteuil pour passer en revue la pile des livres que je m'étais promis de lire.

Le premier était un album des photos de Diane Arbus, mais ses impitoyables portraits de nains, de clochards et d'autres désastres ambulants ne firent que me déprimer un peu plus. Les deux suivants n'étaient pas mieux; je passai donc sur la terrasse avec ma guitare, m'assis et, regardant les étoiles, m'obligeai à jouer en majeur.

10

C'est en sortant sur la terrasse pour aller chercher le journal le lendemain que je tombais dessus : une masse informe, boursouflée.

Un rat crevé. On lui avait passé une cordelette de chanvre grossière autour du cou. Ses yeux sans vie étaient ouverts et vitreux, sa fourrure collée par plaques et graisseuse. Ses pattes avant pétrifiées dans une supplication silencieuse avaient un aspect désagréablement humain. Sa gueule entrouverte révélait des incisives couleur de maïs en boîte.

Un morceau de papier était glissé sous le petit cadavre. Je me servis du *Times* roulé pour repousser le rongeur – qui commença par résister, englué sur le bois, avant de glisser comme un palet jusqu'au bord de la terrasse.

Je découvris alors, tout droit sorti d'un film de gangsters des années quarante, un message fait de lettres découpées dans un journal et collées :

VOILÀ POUR TOI RÉDUCTEUR DE TÊTE QUI PENSE QU'AU FRIC

J'aurais sans doute compris tout seul d'où ça venait, mais là j'en étais certain.

Sacrifiant les pages des petites annonces, j'enveloppai le rat dans le journal et allai le porter jusqu'à la poubelle. Puis je rentrai et décrochai le téléphone.

La secrétaire de Malcolm Worthy ayant elle-même une secrétaire, il me fallut batailler avec l'une puis avec l'autre pour parvenir jusqu'à lui.

Avant que j'aie pu dire quoi que ce soit, il me lança :
– Moi aussi, j'en ai eu un. Quelle couleur, le vôtre ?
– Brun grisâtre, avec un nœud coulant autour de son petit cou maigrichon.
– Estimez-vous heureux. Le mien est arrivé décapité, dans une boîte. J'ai presque failli perdre une excellente employée dans l'affaire. Elle est encore en train de se laver les mains. Quant à celui de Daschoff, c'était du rat haché.
Il essayait de le prendre sur le mode de la plaisanterie, mais je le sentais secoué.
– Je savais que ce mec-là était un cinglé, reprit-il.
– Comment diable a-t-il trouvé mon adresse ?
– Elle ne figure pas sur votre CV ?
– Oh, merde. Et sa femme, à quoi elle a eu droit ?
– À rien. Vous trouvez ça logique ?
– Laissez tomber la logique. Que pouvons-nous faire ?
– J'ai déjà commencé à rédiger une mise en demeure de ne jamais s'approcher à moins d'un kilomètre d'aucun de nous. Pour être honnête, cependant, nous n'avons aucun moyen de le lui faire respecter. Ce sera une autre histoire s'il se fait prendre, mais nous ne tenons pas à en arriver là, n'est-ce pas ?
– Tout ça n'est pas très rassurant, Malcolm.
– C'est la démocratie, mon ami. Que voulez-vous ? Cette conversation est-elle enregistrée ?
– Bien sûr que non.
– Juste pour être certain. Il y a une autre solution, mais elle serait trop risquée avant que l'accord sur les biens ne soit signé.
– Laquelle ?
– Pour cinq cents dollars, je peux lui faire flanquer une telle correction qu'il ne pourra plus pisser sans chialer.
– La démocratie, hein ?
Il se mit à rire.
– Non, la libre entreprise. Tous les services se paient. Mais ce n'est qu'une solution parmi d'autres.
– Il vaudrait mieux l'éviter, Malcolm.
– Ne vous inquiétez pas, je ne faisais que fantasmer.
– Et la police ?

– Même pas la peine. Nous n'avons aucune preuve matérielle que c'est lui. Vous et moi le savons sans l'ombre d'un doute, mais où est la preuve ? Et ils ne vont pas chercher des empreintes sur un rat, vu que l'envoi d'un rongeur à ses amis n'est pas un délit. Peut-être pourrait-on arguer de la réglementation sur les animaux. Lui savonner la tête un bon coup et lui faire passer la nuit au poste.

– Est-ce qu'ils ne pourraient pas au moins aller lui parler, histoire de le refroidir un peu ?

– Pas avec tout le boulot qu'ils ont. S'il avait été plus explicite en tenant des propos constituant une menace, peut-être. Mais « à ta santé, enfoiré d'avocaillon » ne suffira pas, j'en ai peur, surtout que c'est à peu de choses près l'opinion que les flics ont des avocats. Je vais tout de même établir un rapport, simplement pour qu'il figure au dossier, mais il ne faut pas compter sur ces messieurs en bleu.

– Je connais quelqu'un dans la police.

– Les contractuelles ne font pas le poids, mon vieux.

– Mais les inspecteurs ?

– Là, c'est différent. Appelez-le. Si vous voulez que je lui parle, ce sera volontiers.

– Je m'en occuperai.

– Génial. Tenez-moi au courant. Désolé pour tout ça, Alex.

Il avait l'air pressé de raccrocher. À trois dollars et demi la minute, c'est un sacré manque à gagner que de donner des conseils gratuits par téléphone.

– Une dernière chose, Malcolm, appelez la juge. Si elle n'a pas encore reçu son petit cadeau, avertissez-la qu'elle risque d'en avoir un.

– J'ai déjà téléphoné à son greffier. C'est autant de bons points en plus pour notre côté.

– Décris-moi ce trouduc aussi précisément que possible, me dit Milo.

– Il fait presque exactement ma taille. Disons un mètre quatre-vingts, quatre-vingt-deux ou trois kilos. Pas un poil de graisse, tout en muscles. Visage allongé, bronzage rougeâtre typique des ouvriers du bâtiment, nez cassé, forte mâchoire. Porte des bijoux indiens – dont deux bagues, une à chaque main : un scorpion et un serpent. Tatouages sur le bras gauche. S'habille n'importe comment.

– Couleur des yeux ?

– Bruns, injectés de sang. Gros buveur. Cheveux bruns peignés en arrière, graissés à la gomina.

– Tout le portrait d'un fouteur de merde.

– Exactement.

– Et ce motel où il crèche ?

– C'était il y a deux jours. Si ça se trouve, maintenant il vit dans son bahut.

– Je connais quelques types dans le secteur de Foothill. Si je peux en décider un en particulier à aller parler à ton Moody, tes ennuis sont terminés. Il s'appelle Fordebrand. Il a l'haleine la plus infecte qu'on puisse imaginer. Cinq minutes en face à face avec lui et ton trouduc va se repentir.

Je ris, mais le cœur n'y était pas.

– Il t'a secoué, hein ?

– J'ai eu des réveils plus agréables.

– Si ça te fiche trop la frousse et que tu préfères venir passer quelques jours à la maison, pas de problème.

– Non, merci, ça ira.

– Tu as toujours le droit de changer d'avis. En attendant, fais attention. Ce type-là est peut-être simplement un trou du cul et un voyou, mais je n'ai pas besoin de te mettre en garde contre les cinglés. Garde l'œil bien ouvert, vieux.

Je me livrai à des activités insignifiantes pendant l'essentiel de la journée, apparemment tout à fait détendu. J'étais en réalité dans ce que j'appelle mon état karaté : une sorte d'hyperconscience caractérisée par un haut niveau de vigilance côté perceptions. Dans cet état, on a les sens aiguisés au maximum, un degré au-dessous de la parano, et regarder régulièrement pardessus son épaule paraît parfaitement normal.

Pour me conditionner, j'évite l'alcool et la nourriture trop lourde, je fais des exercices d'assouplissement et des katas jusqu'à épuisement. Puis je pratique une demi-heure de relaxation et d'autohypnose, et une mise en condition à l'hypervigilance.

Je tenais ces techniques de mon maître en arts martiaux, un Juif tchèque qui avait mis au point ses méthodes d'autopréservation en fuyant les nazis. J'étais allé solliciter ses conseils lors des premières semaines qui avaient suivi l'affaire de la Casa de Los Niños, quand la ferraille qui me tenait la mâchoire en place me mettait sur les rotules et que je ne cessais de faire des cauchemars. La méthode qu'il m'avait apprise m'avait aidé à me remettre en état là où c'était le plus important, à savoir dans ma tête.

J'étais prêt, me disais-je, pour toutes les surprises que Richard Moody pouvait me réserver.

J'étais en train de m'habiller, ayant décidé d'aller manger dehors, lorsque mon service téléphonique appela.

– Bonsoir, docteur Delaware, c'est Kathy.

– Bonsoir, Kathy.

– Désolé de vous déranger, mais j'ai une certaine Beverly Lucas en ligne. Elle dit que c'est une urgence.

– Pas de problème. Passez-la-moi.

– OK. Bonne nuit, docteur.

– Vous aussi.

J'entendis les cliquetis d'un changement de connexion.

– Bev?

– Il faut que je vous parle, Alex.

Il y avait une musique bruyante en fond sonore – batterie au synthé, guitares hurlantes et une basse à vous donner une crise cardiaque. Je l'entendais très mal.

– Qu'est-ce qui se passe?

– Peux pas vous le dire ici… j'utilise le téléphone du bar. Êtes-vous pris en ce moment?

– Non. D'où m'appelez-vous?

– De la Licorne. À Westwood. Je vous en prie. Il faut que je vous parle.

Elle paraissait à cran, mais c'était difficile de dire dans quelle mesure avec tout ce boucan. Je connaissais l'endroit : une sorte de croisement entre un bistro et une discothèque (une « biscothèque » ?) où se retrouvaient les célibataires friqués. Robin et moi étions venus y manger un morceau après le cinéma, mais nous avions rapidement quitté les lieux, trouvant l'ambiance trop crûment portée sur la drague.

– J'allais justement sortir dîner, dis-je. On se retrouve quelque part ?

– Pourquoi pas ici ? Je vais réserver une table et tout sera prêt quand vous arriverez.

Voilà qui n'était pas une perspective particulièrement alléchante (le niveau sonore avait de quoi vous faire tourner les sucs gastriques), mais je lui dis que je la retrouvais dans un quart d'heure.

La circulation étant dense dans le secteur, j'arrivai en retard. La Licorne était un paradis narcissique avec des miroirs absolument partout, sauf sur le plancher. Des fougères retombantes en suspension, une demi-douzaine de fausses lampes Tiffany et des finitions en acajou et laiton étaient là pour faire chic, mais les miroirs étaient l'essence même du lieu.

Sur la droite, il y avait un petit restaurant, une vingtaine de tables cachées sous des jetés en damas vert perroquet ; sur la gauche, derrière une paroi en verre, une boîte disco où des couples s'agitaient au son d'un orchestre dont les basses faisaient trembler les vitres. Entre les deux se trouvait le salon-bar ; le bar étant lui aussi tapissé de miroirs, à sa base, on voyait une véritable exposition des derniers trucs à la mode en matière de chaussures.

La salle était peu éclairée et remplie à craquer de corps humains. Je me frayai un chemin dans la foule et me retrouvai au milieu de visages hilares en deux, trois ou quatre exemplaires, ne sachant plus très bien lesquels étaient vrais et lesquels étaient faux. On se serait quasiment cru dans un palais aux miroirs déformants de fête foraine.

Elle était assise au bar, à côté d'un baraqué en T-shirt moulant qui, tour à tour, essayait de la draguer, ingurgitait de la bière light et parcourait la foule des yeux à la recherche de quelque chose de plus alléchant. Elle hochait de temps en temps la tête, mais paraissait préoccupée.

Je jouai des coudes pour la rejoindre. Elle contemplait un grand verre à moitié rempli d'un liquide rose écumeux, plein de fruits confits et surmonté d'un parasol de papier qu'elle faisait tourner du bout des doigts.

– Alex !

Elle portait un débardeur citron et un short de jogging assorti. Des chevilles aux genoux, ses jambes étaient prises dans des fourreaux d'échauffement jaune et blanc assortis à ses chaussures de sport. Elle était très maquillée et bardée de bijoux – elle qui, au travail, était des plus conservatrices dans sa tenue. Un bandeau brillant lui entourait le front.

– Merci d'être venu, dit-elle en se penchant sur moi pour m'embrasser sur la bouche.

Le type en T-shirt se leva et s'éloigna.

– Je parie que notre table est prête, dit-elle.

– Allons voir ça.

Je la pris par le bras et nous nous ouvrîmes un chemin au milieu de vagues de chair. Plusieurs regards masculins suivirent sa sortie, mais elle ne parut pas les remarquer.

Il y eut un peu de confusion parce qu'elle avait donné « Luke » comme nom au maître d'hôtel, mais, tout rentrant dans l'ordre, on nous installa dans un angle, sous une énorme plante grimpante.

– Flûte, dit-elle, j'ai laissé mon cocktail au bar.

– Un café, peut-être ?

Elle fit la moue.

– Vous croyez que je suis saoule, c'est ça ?

Elle parlait d'une voix normale et ses mouvements étaient assurés. Seuls ses yeux la trahissaient ; elle avait constamment besoin d'accommoder.

Je souris, elle haussa les épaules.

– On joue la sécurité, hein ? dit-elle en riant.

J'appelai le serveur et me commandai un café. Elle prit un verre de vin blanc. Il ne parut pas l'affecter. Elle tenait la bouteille comme seule peut le faire une buveuse confirmée.

Le serveur revint quelques instants plus tard; elle me demanda de commander le premier pendant qu'elle parcourait le menu. Je m'en tins à des choses simples, une petite salade d'épinards et du poulet grillé; les endroits à la mode ayant tendance à servir une nourriture infecte, mon idée était de choisir des plats difficiles à gâcher.

Elle continua d'étudier le menu comme si c'était un manuel, puis elle leva les yeux et afficha un grand sourire.

– Je vais prendre un artichaut, dit-elle.

– Chaud ou froid, m'dam?

– Heu, froid.

Le serveur écrivit, puis la regarda de nouveau, dans l'expectative. Comme elle ne disait rien, il lui demanda si ce serait tout.

Elle lui répondit que oui, il partit en hochant la tête.

– Je mange beaucoup d'artichauts parce qu'on perd une grande quantité de sodium quand on court et qu'ils sont riches en sodium, m'expliqua-t-elle.

Je répondis d'un grognement.

– Comme dessert, je prendrai quelque chose à la banane, parce que la banane est riche en potassium. Quand on relève son taux de sodium, il faut également relever son taux de potassium, pour équilibrer.

Je l'avais toujours prise pour une jeune femme à la tête froide, simplement un peu trop exigeante envers elle-même, parfois, et ayant une certaine tendance à l'autopunition. Cette nana qui délirait en face de moi était une inconnue.

Elle me parla de son envie de courir le marathon jusqu'à ce qu'arrivent nos plats. Une fois l'artichaut posé devant elle, elle l'examina et se mit à en tirer délicatement les feuilles entre deux doigts.

Le contenu de mon assiette n'avait aucun goût; la salade était assaisonnée aux grains de sable et, pour aller avec, le poulet sec comme le Sahara. Je me mis à jouer avec la nourriture pour éviter de la manger.

Une fois l'artichaut démantelé et ses parties comestibles expédiées, elle parut avoir l'air plus calme et je lui demandai de quoi elle voulait me parler.

– C'est très délicat pour moi, Alex.

– Rien ne vous oblige à me dire quoi que ce soit, si vous ne voulez pas.

– J'ai l'impression de trahir quelqu'un.

– Qui donc ?

– Merde. (Son regard se mit à errer partout dans la salle, mais évita de croiser le mien.) Ce n'est probablement pas important et j'ouvre sans doute ma grande gueule pour rien, mais je n'arrête pas de penser à Woody ni de me demander combien de temps il faudra aux métastases pour se manifester – si ce n'est pas déjà fait – et je voudrais faire quelque chose, ne plus me sentir aussi impuissante.

J'acquiesçai et attendis. Elle fit la grimace.

– Augie Valcroix connaissait le couple de Toucheurs qui est venu rendre visite aux Swope, lâcha-t-elle.

– Comment le savez-vous ?

– Je l'ai vu leur parler et l'ai entendu les appeler par leurs prénoms, et je lui ai posé la question. Il m'a dit qu'il avait été leur rendre visite une fois et qu'il avait trouvé l'endroit agréable. Paisible.

– A-t-il dit pourquoi ?

– Simplement parce que les modes de vie alternatifs l'intéressaient. C'est très probablement vrai parce qu'il nous avait déjà parlé d'aller voir ce qui se faisait dans d'autres groupes – les scientologues, les Lifespring et un temple bouddhiste à Santa Barbara. Il est canadien et trouve fascinant tout ce qui se passe en Californie.

– Avez-vous eu l'impression d'une collusion quelconque entre eux ?

– Non. Juste qu'ils se connaissaient.

– Vous avez dit qu'il les appelait par leurs prénoms. Vous souvenez-vous de ceux-ci ?

– Je crois que le type s'appelait Gary, ou Barry. Je n'ai pas entendu celui de la femme. Vous ne pensez pas sérieusement qu'il y aurait eu une sorte de conspiration, dites ?

– Qui sait ?

Elle se tortilla comme si ses vêtements étaient devenus trop étroits, capta le regard du serveur et lui commanda une liqueur à la banane. Elle la sirota sans se presser, l'air parfaitement détendu, mais elle était nerveuse et mal à l'aise.

Elle reposa son verre et me jeta un coup d'œil furtif.

– Il y a autre chose que vous voudriez me dire, Bev ?

Elle hocha la tête, gênée ; quand elle parla, ce fut dans un murmure.

– Il y a probablement encore moins de rapport, mais tant qu'à parler, autant tout déballer. Augie couche avec Nona Swope. Je ne sais pas quand ça a commencé. Il n'y a pas longtemps, forcément, puisque la famille n'est en ville que depuis une quinzaine de jours. (Elle se mit à tripoter sa serviette.) S'il n'y avait pas Woody, je ne vous aurais jamais rien dit de tout ça.

– J'en suis persuadé, Bev.

– J'ai eu envie de le dire tout de suite à votre copain flic, au motel. Il avait l'air vraiment sympa. Mais je n'ai pas pu. Puis je me suis mise à y repenser et ça m'a travaillé. Vous comprenez… s'il y avait un moyen d'aider ce petit garçon par ce biais et que je me taisais ? Mais je ne veux toujours pas aller à la police. Je me suis dit que si je vous en parlais, vous sauriez ce qu'il faut faire.

– Vous avez bien fait.

– J'aimerais ne pas me sentir aussi mal d'avoir bien fait. (Sa voix se brisa.) Pourvu que ça serve à quelque chose, au moins !

– Tout ce que je peux faire, c'est mettre Milo au courant. À ce stade, il n'est même pas convaincu qu'il y a eu crime. Le seul qui semble en être sûr est Raoul.

– Oh, il est toujours sûr de tout, lui ! dit-elle avec colère. Et prêt à vous critiquer pour rien. Il s'en prend à tout le monde, mais Augie est devenu son bouc émissaire favori depuis qu'il est ici. (Elle enfonça ses ongles dans la paume de son autre main.) Et maintenant à cause de moi, les choses vont être encore pires pour lui.

– Pas forcément. Milo estimera peut-être que c'est sans intérêt ; ou bien il voudra parler avec Valcroix. Peu lui importe ce que pense Melendez-Lynch. Il n'est pas question de coincer injustement qui que ce soit, Bev.

Je n'avais que cette maigre consolation à lui offrir pour calmer sa conscience.

– J'ai toujours le sentiment de l'avoir trahi, reprit-elle. Augie est un ami.

– Il faut voir les choses autrement ; si jamais le fait que Valcroix ait couché avec Nona a un rapport avec ce gâchis, vous avez fait une bonne action. Sinon, il lui faudra répondre à quelques questions désagréables. Ce n'est pas comme s'il était totalement innocent.

– Que voulez-vous dire ?

– D'après ce que j'ai entendu dire, c'est une habitude chez lui de coucher avec les mères de ses patients. Cette fois-ci, c'est la sœur, histoire de changer, sans doute. Le moins que l'on puisse dire est que, d'un point de vue déontologique, c'est très discutable.

– Je n'ai jamais rien entendu de plus hypocrite ! s'exclama-t-elle en devenant écarlate. Juger les gens comme ça !

Je voulus répliquer, mais avant même que je comprenne ce qui se passait elle s'était levée et, empoignant son sac, s'enfuyait vers la porte.

Je pris mon portefeuille, jetai un billet de vingt sur la table et me lançai à sa poursuite.

Moitié marchant, moitié courant, elle avait pris vers le nord, dans Westwood Boulevard et, balançant les bras comme un soldat à la parade, elle fonçait au milieu de la foule nocturne désordonnée du Village.

Je courus, la rattrapai et la pris par le bras.

– Voyons, Bev, qu'est-ce qui vous arrive ?

Elle ne répondit pas, mais me laissa marcher à côté d'elle. Le Village avait un aspect quasi fellinien ce soir-là, avec ses trottoirs encombrés de musiciens de rue, ses étudiants à la mine sinistre, ses groupes jacassant d'ados enfouis dans des vêtements deux fois trop grands pour eux et percés de trous coûteux, ses motards bardés de clous, ses touristes venus des banlieues s'exorbiter l'œil devant le spectacle, et toutes sortes de traîne-savates.

Nous marchâmes en silence jusqu'aux confins sud du campus de l'université. Là cessait le pandémonium et s'éteignaient les lumières trop brillantes pour laisser place aux ombres profondes, sous les arbres, et à un silence si pur qu'il en était presque inquiétant. En dehors d'une voiture qui passait de temps en temps, nous étions seuls.

Au bout de cent mètres dans le campus, je l'obligeai à s'asseoir sur le banc d'un arrêt de bus. La ligne ne fonctionnait pas la nuit et les lumières qui éclairaient l'arrêt étaient éteintes. Elle se tourna et enfouit son visage dans ses mains.

– Bev…

– Je dois devenir folle pour courir comme ça, marmonna-t-elle.

Je voulus passer un bras réconfortant sur ses épaules, mais elle le repoussa.

– Non, ça va. Laissez-moi tout déballer une bonne fois.

Elle inspira profondément, se préparant au douloureux exercice.

– Je… nous sommes sortis ensemble, Augie et moi. Tout a commencé très peu de temps après son arrivée à l'hôpital. Il paraissait si différent des hommes que j'avais rencontrés jusque-là… sensible, aventureux. Je pensais que c'était sérieux. Je me laissais aller au romantisme. Mais le romantisme a tourné au vinaigre. Toute cette saleté m'est revenue en pleine figure quand vous avez fait allusion à ses coucheries.

« J'ai été bien insensée, Alex, parce qu'il ne m'avait jamais rien promis ; il ne m'a jamais menti ou dit qu'il était autre que ce qu'il était. Tout est ma faute. J'ai voulu le voir en noble chevalier. Peut-être est-il arrivé à un moment de ma vie où j'étais prête à avaler n'importe quoi, je ne sais pas. Nous avons couché ensemble six mois durant. Et pendant tout ce temps-là, il se tapait toutes les bonnes femmes qu'il pouvait – infirmières, docteurs, mères.

« Je sais ce que vous vous dites, que c'est un salaud immoral. Je doute de pouvoir vous en convaincre, mais il n'est pas mauvais ; simplement, c'est un faible. Il s'est toujours montré aimant et attentionné. Et ouvert. Quand je lui ai mis sous le nez les histoires qu'on racontait sur lui, il m'a dit bien sûr, qu'il donnait du plaisir et qu'il en recevait ; qu'est-ce qu'il y avait de mal à ça, en particulier quand on vit au milieu de toutes les souffrances auxquelles il avait affaire, quand ce n'était pas à la mort ? Il était tellement convaincant que je n'ai pas arrêté de le voir tout de suite. Il m'a fallu longtemps pour remettre les choses en place dans ma tête.

« Je croyais avoir surmonté tout ça jusqu'à il y a une semaine, quand je l'ai vu avec Nona. J'étais sortie pour un rancard... vous savez, ces trucs arrangés, un vrai désastre... dans un petit resto mexicain intime, non loin de l'hôpital. Ils étaient à l'autre bout de la salle, dans un box à peine éclairé. C'est à peine si je les voyais. Ils étaient complètement sous le charme l'un de l'autre. À se taper des margaritas et à rire. À se rouler des patins. On aurait dit deux serpents dansant l'un devant l'autre.

Elle s'interrompit pour reprendre sa respiration.

– Ça m'a fait mal, Alex. Elle était tellement belle, elle avait l'air tellement confiante... La jalousie m'a transpercée comme un coup de poignard. C'était la première fois que je ressentais ça. Je saignais. La lumière de la bougie leur faisait des yeux orange, des yeux de vampires. Et moi j'étais là, coincée avec un abruti, n'ayant qu'une envie, ficher le camp le plus vite possible, et c'est tout juste s'ils ne baisaient pas sur la table. Obscène, que c'était.

Ses épaules tremblaient. Elle eut un frisson et serra les bras contre elle.

– Vous comprenez maintenant pourquoi j'étais tellement déchirée à l'idée d'en parler à quelqu'un. J'allais passer pour la femme méprisée qui agit par dépit. C'est un rôle dégradant, et je me sens dégradée pour le reste de mes jours.

Son regard implorait ma compréhension.

– Tout le monde m'arrache un morceau et, moi, je disparais à petit feu, Alex. J'ai qu'une envie, les oublier tous, lui, elle, tout le monde. Mais je ne peux pas. À cause de ce petit garçon.

Cette fois-ci, elle accepta le réconfort de mon bras et posa la tête contre mon épaule, glissant en même temps sa main dans la mienne.

– Si vous voulez prendre un nouveau départ, lui dis-je, il faut mettre un peu de distance entre vous et tout ça. Il s'est peut-être montré gentil et honnête, à sa manière perverse, mais ce n'est pas un héros. C'est un type qui a des problèmes et vous allez vous trouver beaucoup mieux sans lui qu'avec. Il se drogue, n'est-ce pas ?

– Oui. Comment le savez-vous ?

J'estimai prudent de ne pas faire état des soupçons de Raoul. La seule mention de son nom risquait de la relancer. D'autant que j'avais mes propres soupçons.

– Je lui ai parlé hier soir. Il n'a pas arrêté de renifler. Sur le coup, j'ai pensé à un rhume, mais au bout d'un moment je me suis demandé s'il ne prenait pas de la coke.

– Il en sniffe même pas mal. Il fume de l'herbe et prend des tranquillisants. Et aussi des amphètes, des fois, quand il a une garde. Il m'a dit qu'il avait arrêté l'acide quand il était en fac et je ne crois pas qu'il s'y soit remis. Mais il picole. Je m'y suis mise aussi quand j'étais avec lui, et j'ai continué depuis. Je sais qu'il faut que j'arrête.

Je lui serrai un bref instant l'épaule.

– Vous méritez beaucoup mieux que ce type, mon chou.

– Voilà qui fait du bien à entendre, dit-elle d'une petite voix.

– Je vous le dis parce que c'est vrai. Vous êtes une femme intelligente et séduisante et vous avez bon cœur. C'est d'ailleurs pour cette raison que ça vous fait aussi mal. Fichez le camp d'ici, fuyez ces souffrances, ces morts. Sinon, ça finira par vous détruire. Je le sais.

– Oh, Alex, sanglota-t-elle, j'ai froid…

Je lui donnai mon veston. Lorsque ses larmes cessèrent de couler, je la ramenai jusqu'à sa voiture.

11

La disparition des Swope, pas plus que les rats crevés de Moody ne tombaient sous la juridiction de Milo. Il m'avait aidé par amitié dans les deux cas, et il me répugnait d'aller lui recasser les pieds avec les informations que je détenais sur Valcroix.

Mais ce que Beverly m'avait appris la veille était inquiétant. Comme Melendez-Lynch l'avait proclamé, son chef de clinique faisait des entorses sérieuses à la déontologie et buvait ; ses accointances avec les Toucheurs venus rendre une visite à l'hôpital donnaient une certaine consistance à la théorie d'une conspiration pour enlever Woody Swope et lui épargner le traitement. Bref, je me sentais plus ou moins obligé de mettre Raoul au courant, même si cela ne m'enchantait guère, car il n'allait pas manquer de piquer sa crise. Avant qu'il tire les premières salves, il me fallait l'avis d'un pro.

Milo, béni soit-il, parut sincèrement content d'avoir de mes nouvelles.

– Pas de problème, dit-il, de toute façon j'allais t'appeler moi-même. Fordebrand est allé au motel pour souffler son haleine sur Moody, mais l'enfoiré n'y était plus. Il a laissé derrière lui une chambre qui empestait la sueur – on a échappé de peu à une bataille à qui pue le plus – et pleine d'emballages de confiserie. Les gars de Foothill restent cependant en alerte, au cas où il se pointerait, et ceux d'ici feront pareil. Mais sois prudent. De plus, Carmichael m'a rappelé – tu sais, le type qui portait les messages avec la petite Swope ? Normalement, je me serais contenté de l'interroger par téléphone, mais le type paraissait particulièrement nerveux. À croire qu'il était assis sur un tonneau de poudre. Il a un casier – on l'a arrêté pour prostitution il y a un ou deux ans. Je vais donc aller l'interroger les yeux dans les yeux. Et toi, qu'est-ce que tu as en tête ?

– Je vais t'accompagner chez Carmichael et te le raconter en chemin.

Il prit toute la mesure des informations sur Valcroix en fonçant sur l'autoroute de Santa Monica.

– C'est quoi, ce type ? Un genre de don Juan ?

– Loin de là. Un ersatz vieillissant de hippie. Des bajoues, un corps avachi… cradingue, moche et nul.

– Les goûts et les couleurs… il est peut-être monté comme un cheval.

– Je doute fort que ce soit strictement une histoire de sex-appeal, Milo. Ce type-là est un charognard. Il se jette sur les femmes quand elles vivent des moments de stress, joue les monsieur Sensible et leur donne ce qu'il fait passer pour de l'amour et de la compréhension.

Milo porta un doigt à son nez et souffla.

– Sans parler d'une petite sniffette de temps en temps ?

– Ça se pourrait bien.

– Écoute… Quand nous en aurons terminé avec Carmichael, nous irons l'interroger à l'hôpital. J'ai un peu de temps, parce que l'affaire de la guerre de gangs dont je t'avais parlé a été bouclée plus vite que prévu, avec aveux de tout le monde. Les auteurs des coups de feu ont quatorze ans et vont se retrouver devant le tribunal pour enfants. Quant à l'attaque du magasin de spiritueux, on est sur le point de terminer. Del Hardy est en train d'interroger un suspect qui a l'air prometteur. La seule affaire encore en cours est celle du fumier qui prend le nombril de ses victimes pour des chiottes. Nous comptons beaucoup sur l'ordinateur pour la résoudre.

Il prit la sortie de la Quatrième Avenue, puis continua au sud vers Pico, ensuite de Pico à Pacific, jusqu'à ce que nous arrivions à Venice. Nous passâmes devant l'atelier de Robin, une boutique sans enseigne et aux vitrines passées au blanc d'Espagne, mais ni lui ni moi n'y fîmes allusion. Le quartier miteux devint rapidement chic lorsque nous approchâmes de la marina.

La maison de Doug Carmichael donnait sur une voie piétonne à l'ouest de Pacific, à un coin de rue de la plage. Elle faisait l'effet d'un bateau de plaisance échoué ; étroite et haute, toute en sabords et hublots, elle était coincée sur une parcelle de terrain qui ne devait pas faire plus de dix mètres de large. Façade en teck, peinte en bleu, avec parements blancs. D'élégants bardeaux en écailles de poisson ornaient le pignon pentu qui dominait l'entrée. Une barrière de piquets blancs entourait la pelouse minuscule et un vitrail se découpait dans la porte. Tout paraissait propre et parfaitement entretenu.

Si près de la plage, cette maison avait dû coûter une petite fortune.

– On doit bien gagner sa vie, à satisfaire les fantasmes des gens, fis-je observer.

– Tu crois que c'est nouveau ?

Milo sonna. Le battant s'ouvrit rapidement sur un homme de haute taille, musclé, en chemise écossaise rouge et noir, jeans délavés et mocassins de bateau. Il nous adressa un sourire suant la peur, se présenta (« Salut, je suis Doug ») et nous pria d'entrer.

Il avait à peu près mon âge et ce fut une surprise – je m'attendais à quelqu'un de plus jeune. Il avait une épaisse chevelure blonde au brushing impeccable, une barbe blond-roux complète mais soigneusement taillée, des yeux bleu ciel, des traits ciselés de modèle et une peau dorée sans pores apparents. Un Adonis des plages particulièrement bien conservé.

Les parois intérieures de la maison avaient été abattues pour laisser place à un espace à vivre d'environ cent mètres carrés éclairé par une verrière. Le mobilier était en bois décoloré, les murs couleur blanc-gris. Un parfum à la citronnelle embaumait l'air. Il y avait des lithos représentant des marines, un aquarium d'eau de mer, une cuisine petite mais bien remplie et un futon partiellement replié. Tout était méticuleusement à sa place.

Au centre de la pièce, dans un petit dénivelé, était installé un canapé modulable en velours vert bouteille. Nous descendîmes les trois marches pour nous y installer. Il nous proposa du café – la cafetière était déjà sur la table basse.

Il prépara trois tasses et s'assit en face de nous, toujours souriant, toujours terrifié.

– Inspecteur Sturgis, dit-il en nous regardant tour à tour jusqu'à ce que Milo s'identifie d'un hochement de tête, vous m'avez dit au téléphone que cela avait quelque chose à voir avec Nona Swope.

– En effet, monsieur Carmichael.

– Je dois vous dire tout de suite que je crains de ne pas pouvoir vous être bien utile. C'est à peine si je la connais...

– Vous avez cependant porté des messages avec elle à plusieurs reprises, dit Milo en sortant son carnet de notes et son stylo.

Carmichael rit nerveusement.

– Trois fois, peut-être quatre. Elle n'est pas restée très longtemps.

Milo eut un grognement.

Carmichael prit une gorgée de café, posa sa tasse et fit craquer ses articulations. Il avait des bras d'haltérophile, où chacun des muscles ressortait comme dans un bas-relief avec son réseau de veines saillantes.

– Je ne sais pas où elle est, reprit-il.

– Personne ne dit qu'elle a disparu, monsieur Carmichael.

– Jan Rambo m'a appelé et m'a dit ce qu'il en était. Et aussi que vous aviez pris mon dossier.

– Est-ce que cela vous ennuie, monsieur Carmichael ?

– À dire vrai, oui. Il s'agit d'un document privé et je ne vois pas ce qu'il vient faire dans cette histoire.

Il s'efforçait de se montrer ferme, mais, en dépit de sa musculature, il y avait chez lui une sorte de timidité enfantine presque touchante.

– Monsieur Carmichael, je vous ai trouvé très nerveux au téléphone et vous confirmez cette impression. Pouvez-vous nous dire pourquoi ?

Milo s'enfonça dans le canapé et croisa les jambes.

Il y a toujours quelque chose de pathétique à voir un grand

baraqué s'effondrer; c'est comme de regarder un monument qu'on plastique. L'expression qui se peignait sur le visage angélique du blond me donna envie d'être ailleurs.

– Racontez-nous ça, insista Milo.

– C'est ma faute, bon Dieu. Et maintenant, je vais devoir payer. (Il se leva, gagna le coin cuisine et revint avec un flacon de pilules.) De la B12. J'en prends quand je suis stressé. (Il dévissa le bouchon, en laissa tomber trois dans sa main et les fit descendre avec une gorgée de café.) Je ne devrais pas en boire autant, mais la caféine a le don de me calmer – réaction paradoxale.

– Qu'est-ce qui vous tracasse, Doug?

– Le fait que je travaille à Adam & Eve était… un secret. Jusqu'à maintenant. J'ai toujours su que c'était risqué, que je pouvais tomber sur quelqu'un qui me connaissait… Je ne sais pas, c'était peut-être ça qui était excitant, aussi.

– Nous ne nous intéressons pas à votre vie privée. Simplement au fait que vous connaissez Nona Swope.

– Mais si ce fait débouche sur quelque chose et que l'affaire arrive devant un tribunal, je vais me retrouver cité à comparaître, n'est-ce pas?

– Ça se pourrait, reconnut Milo, mais on en est encore loin. Pour le moment, nous voulons seulement retrouver Nona et ses parents, parce que la vie d'un petit garçon est en jeu.

Milo continua, décrivant dans les moindres détails tout ce qui concernait le lymphome de Woody. Il n'avait rien oublié de ce que je lui avais dit et le lui balançait en pleine figure. Le beau blond faisait tout ce qu'il pouvait pour ne pas écouter, mais en vain. Il dut tout encaissé, visiblement touché. Il donnait l'impression de quelqu'un de sensible et je me surpris à le trouver sympathique.

– Nom de Dieu! Elle m'avait dit que son petit frère était malade, mais pas… malade comme ça.

– Qu'est-ce qu'elle vous a confié d'autre?

– Pas grand-chose. Vraiment. D'ailleurs, elle n'était pas très causante. Elle a bien parlé de vouloir devenir actrice – le genre d'illusions que se font la plupart des filles comme elle. Mais elle ne paraissait pas aussi déprimée qu'on aurait pu s'y attendre avec un frère dans cet état.

Milo changea de sujet.

– Quel genre de numéro faisiez-vous, tous les deux ?

Le fait de remettre sur le tapis son travail rendit Carmichael de nouveau anxieux. Il s'entremêla les doigts et les tordit. Des nœuds roulèrent dans ses bras puissants.

– Je devrais peut-être consulter un avocat avant que nous n'allions plus loin.

– Comme vous voulez, dit Milo avec un geste vers le téléphone.

Le beau blond soupira et hocha la tête.

– Non. Ça ne ferait que compliquer un peu plus les choses. Écoutez, si c'est ce que vous voulez savoir, je peux vous parler des impressions qui me restent de Nona.

– Ça nous aiderait.

– Mais c'est tout ce que je peux vous donner, des impressions, pas des faits. Que diriez-vous d'oublier d'où vous les tenez ?

– Voyons, Doug, nous savons qui est votre père et nous sommes au courant de tout ce qui concerne votre arrestation, alors cessez de tourner autour du pot, d'accord ?

Carmichael avait tout de l'étalon prisonnier d'une écurie en feu, prêt à foncer dans les flammes en dépit des conséquences.

– Pas de panique, reprit Milo. Rien ne nous intéresse moins que cette histoire.

– Je n'ai rien de pervers, insista néanmoins Carmichael. Si vous êtes remontés jusque-là, vous savez ce qui s'est passé.

– Bien sûr. Vous étiez danseur au Lancelot. Après le spectacle, une des femmes du public vous a dragué. Il y a eu une négociation sexe contre argent et elle vous a arrêté.

– Elle m'a piégé, oui, la salope !

Doug Carmichael était stripteaseur dans une boîte de Los Angeles Ouest, dont la clientèle était composée de femmes croyant que la libération signifiait imiter les comportements les plus brutaux des hommes. Le club avait longtemps fait l'objet de plaintes de la part du voisinage, et environ deux ans auparavant, la police et la brigade anti-incendie s'y étaient intéressées de près. Une plainte du propriétaire pour harcèlement y avait mis fin.

Milo haussa les épaules.

– Bref, papa vous a sorti de là, le dossier a été classé sans suite et vous avez promis de bien vous tenir.

– Oui, répondit Carmichael avec amertume. Fin de l'histoire, hein ? Sauf que ça n'a pas été aussi simple. (Ses yeux bleus étaient pleins de fièvre.) Papa a mis la main sur le patrimoine qui me vient de ma mère. C'est illégal, j'en suis sûr, mais l'avocat responsable du fonds est un de ses potes de golf et il m'a fait l'entourloupe sans que je voie rien venir. Il me tient par les couilles. C'est comme si j'étais redevenu môme, faut que je demande la permission pour tout. Il m'a forcé à reprendre mes études sous prétexte que je devais faire quelque chose de ma vie. Bordel, j'ai trente-six ans et je me retrouve en première année de fac ! Si j'obtiens de bonnes notes, il y aura un poste pour moi dans les Pétroles Carmichael. Le vieux salopard ! Mais rien ne pourra me transformer en quelque chose que je ne suis pas. Qu'est-ce qu'il attend donc de moi, bon Dieu ?

Il avait dans les yeux l'expression de celui qui cherche du soutien. Je lui aurais bien donné le mien, instinctivement, mais nous n'étions pas en thérapie. Milo le laissa se calmer un peu avant de reprendre.

– Et si jamais il apprend votre boulot actuel, ceinture, c'est ça ?

– Merde, dit Carmichael en se caressant la barbe. Je ne peux pas m'en empêcher. J'aime faire ce genre de truc. Dieu m'a donné un corps d'athlète et une belle gueule et je prends mon pied à partager ça avec d'autres. C'est comme de faire l'acteur, mais en privé… et c'est mieux, c'est plus intime. Quand je dansais, je sentais le regard des femmes sur moi. Je jouais pour elles, je les traitais bien. Je voulais leur faire mouiller leur petite culotte. Je me sentais tellement… débordant d'amour.

– Je vais vous répéter ce que j'ai dit à votre patronne, répondit Milo. Nous nous fichons complètement de qui baise qui dans cette ville. Ce n'est un problème pour moi que lorsque les gens se font couper en morceaux, ou tirer dessus, ou étrangler par la même occasion.

Le beau blond parut ne pas avoir entendu.

– Il faut bien comprendre que ce n'est pas comme si je me prostituais, insista-t-il. L'argent, je n'en ai même pas besoin. Une bonne semaine, je peux me faire jusqu'à six ou sept cents billets.

Il rejeta cette menue monnaie avec un geste méprisant de la main, trahissant le système de valeurs de celui qui est né riche.

– Arrêtez de vous défendre, Doug, dit Milo en mettant de l'autorité dans sa voix. Écoutez-moi : nous nous fichons on ne peut plus de ce que vous faites avec votre queue. Votre dossier restera fermé. Dites-nous simplement ce que vous savez de Nona.

Le message finit par passer. L'expression qui se peignit sur son visage était celle d'un petit garçon qui vient de recevoir un cadeau inattendu. Je me rendis compte que je n'arrivais pas à le voir autrement que comme un grand enfant car, en dehors de son enveloppe de gros costaud viril, tout en lui était enfantin, immature. Bel exemple de développement interrompu.

– C'était un vrai barracuda, cette fille, répondit-il. Il fallait la retenir, sans quoi elle devenait trop agressive. La dernière fois que nous avons travaillé ensemble, c'était pour une soirée entre mecs pour un type pas tout jeune qui allait se remarier. Plein de types d'âge mûr, dans un appartement du côté de Canoga Park. Ils avaient pas mal picolé et regardé des films de cul avant notre arrivée. On était supposés faire le numéro du sportif et de la majorette. J'avais une tenue de footballeur et elle portait un débardeur moulant, une petite jupe plissée et des tennis. Elle avait les pompons, les couettes, tout le tralala.

« Ces types n'étaient que des vieux chnoques inoffensifs. Avant notre arrivée, ils avaient dû faire les malins et siffler pendant les films, comme font les mecs quand ils sont mal à l'aise. Puis on est arrivés, ils l'ont vue et j'ai bien cru qu'on allait avoir des crises cardiaques en série. Elle s'est tortillée devant eux, elle battait des sourcils, elle tirait la langue. Le scénario était défini d'avance, mais elle a décidé d'improviser. On devait se contenter de se peloter tout en échangeant des répliques suggestives du genre est-ce qu'elle ne voudrait pas que je lui montre un bon placage et elle disait eh comment, j'aime ça, j'aime ça ! Elle était nulle, comme actrice, au fait. Aucune intonation, pas d'émotion. Mais les mecs semblaient tout de même l'apprécier – j'imagine que son physique remplaçait le reste. Bref, tous ces vieux se la bouffaient des yeux et ça l'a excitée. C'est sans doute ça qui lui a fait oublier le scénario.

« Tout d'un coup, elle a passé la main dans mon pantalon et m'a pris la queue, elle m'a tripoté et a commencé à me branler tout en continuant de tortiller des fesses pour les mecs. Moi j'aurais voulu l'arrêter : on doit s'en tenir au scénario, sauf si on nous le demande explicitement… (il s'arrêta, soudain mal à l'aise) et si on nous paye pour ça. Mais ce n'était pas possible parce que ç'aurait tout gâché pour tous ces vieux.

« Ils ouvraient de grands yeux et moi je continuais à sourire pendant qu'elle me tripotait. Puis elle m'a lâché et elle est allée en dansant vers le type qui devait se marier – un petit rondouillard avec de grosses lunettes – et elle a glissé sa main dans son pantalon à lui. C'était le silence le plus complet. Il est devenu rouge comme une betterave, mais il n'osait rien dire : il avait trop peur de passer pour une mauviette aux yeux de ses copains. Il avait beau essayer de sourire, il avait un air dégoûté. Elle s'est mise à lui lécher l'oreille tout en lui tirant sur la queue. Les autres ont commencé à rire. Pour soulager la tension. Puis à crier et à lancer des cochonneries. Nona était super-excitée, comme si elle prenait vraiment son pied en tripotant ce pauvre type.

« Finalement, j'ai réussi à la calmer sans donner l'impression qu'on se disputait. Nous sommes partis et je l'ai engueulée dans la voiture. Elle m'a regardé comme si j'étais cinglé, m'a demandé ce que ça pouvait me faire, on s'était fait un gros pourboire, non ? Quand j'ai vu que ça ne servait à rien de lui parler, j'ai arrêté. On a pris l'autoroute. Je roulais vite tant il me tardait de me débarrasser d'elle. Et, tout d'un coup, voilà qu'elle m'ouvre la braguette ! Le temps que je réagisse, elle avait sorti ma queue et commençait à me sucer. On roule à cent vingt à l'heure et elle me fait un pompier et me dit, reconnais que tu aimes ça ! Je ne pouvais rien faire, seulement prier le ciel que la police de la route ne nous tombe pas dessus – parce que ç'aurait été pour mes couilles, évidemment. Je lui ai demandé d'arrêter, mais elle me tenait bien et ne m'a lâché qu'après avoir obtenu ce qu'elle voulait.

« Le lendemain, je m'en suis plaint à Rambo et je lui ai dit que je ne voulais plus jamais travailler avec cette fille. Elle s'est marrée et m'a dit que Nona serait sensationnelle dans un film. Plus tard, j'ai appris qu'elle était partie, comme ça, du jour au lendemain.

Raconter cette histoire l'avait mis en sueur. Il s'excusa, passa dans la salle de bains et revint au bout d'une minute, repeigné, au milieu d'effluves d'une lotion après-rasage. Milo se remit à l'interroger avant même qu'il se rassoie.

– Et vous n'avez aucune idée d'où elle a pu aller ?

Carmichael hocha la tête.

– Ne vous a-t-elle jamais dit de choses personnelles ?

– Non. Il n'y avait rien de personnel dans cette fille. Elle était tout en surface.

– Rien qui pourrait indiquer où elle se trouve ?

– Elle ne m'a même pas dit d'où elle venait. Comme je vous l'ai déjà expliqué, nous avons fait trois ou quatre sorties ensemble et elle s'est tirée.

– Comment est-elle entrée en contact avec Adam & Eve ?

– Aucune idée. C'est une histoire différente pour tout le monde. C'est Rambo qui m'a appelé après l'affaire du Lancelot. Pour d'autres, c'est le bouche à oreille. Elle fait passer des petites annonces dans des revues spécialisées, des revues de cul. Elle a plus d'offres de service que ce dont elle a besoin.

– Très bien, Doug, dit Milo en se levant. J'espère que vous ne nous avez pas raconté d'histoires.

– Pas du tout, inspecteur, vraiment. Je vous en prie, ne me mêlez pas à cette affaire.

– Je ferai de mon mieux.

Une fois dans la voiture, Milo appela son central. Il n'avait aucun message important.

– Alors, me demanda-t-il, quel est ton diagnostic sur l'Apollon des plages ?

– Au débotté ? Problèmes de personnalité, probablement narcissiques.

– En clair ?

– Il n'a qu'une piètre opinion de sa personne qu'il exprime

par l'obsession qu'il a de lui-même – musculation, vitamines, l'attention constante qu'il porte à son corps.

– On pourrait en dire autant de la moitié de Los Angeles, ronchonna-t-il en lançant le moteur.

Alors que nous nous éloignions, Carmichael sortit de chez lui en combinaison de surf, une planche sous le bras, portant une serviette de bain et un flacon de produit solaire. Il nous aperçut, sourit, nous salua de la main et prit la direction de la plage.

Milo gara la Matador dans un endroit interdit près de l'entrée de Western Peds.

– J'ai horreur des hôpitaux, dit-il dans l'ascenseur qui nous conduisait au cinquième étage.

Il nous fallut un moment pour retrouver Valcroix. Il examinait un patient et nous l'attendîmes dans une petite salle de réunion, à côté de l'unité de flux laminaire.

Il arriva un quart d'heure plus tard, nous adressa un regard écœuré et demanda à Milo de faire vite, parce qu'il était occupé. Dès que l'inspecteur commença à parler, Valcroix fit exprès de sortir des formulaires médicaux qu'il se mit à examiner en prenant des notes.

Milo est un interrogateur expérimenté, mais il se planta avec le Canadien. Le chef de clinique continua d'écrire, nullement perturbé, pendant que le policier lui disait qu'il était au courant de ses contacts avec les Toucheurs et de sa liaison avec Nona Swope.

– Vous avez terminé, inspecteur ?

– Pour le moment, oui.

– Et qu'est-ce que je suis supposé faire ? Me défendre ?

– Vous pourriez commencer par nous expliquer le rôle que vous avez joué dans la disparition de Woody.

– Très simple : aucun.

– Pas la moindre collaboration entre vous et le couple des Toucheurs ?

– Pas la moindre. Je leur ai rendu visite une fois. C'est tout.

– Quel était le but de votre visite ?
– Éducatif. Je m'intéresse aux sociétés communautaires.
– Et avez-vous beaucoup appris, ce jour-là ?
Valcroix sourit.
– C'est un endroit paisible. Ils n'ont aucun besoin de policiers.
– Comment s'appellent les deux qui sont venus rendre visite aux Swope à l'hôpital ?
– Baron pour l'homme, Delilah pour la femme.
– Noms de famille ?
– Ils n'en utilisent pas.
– Et vous ne leur avez rendu visite qu'une ou deux fois.
– Une seule.
– Très bien. Nous vérifierons.
– Comme vous voudrez.
Milo le foudroya du regard, mais le médecin sourit avec mépris.
– Nona Swope ne vous a rien dit qui pourrait nous donner une idée des coordonnées actuelles de sa famille ?
– Nous ne parlions pas beaucoup. On baisait, c'est tout.
– Je vous suggère de changer d'attitude, docteur.
– Ah, vraiment ? dit-il, les yeux réduits à une fente. Vous m'interrompez en plein travail pour me poser des questions stupides sur ma vie privée et vous voudriez que j'aie une bonne attitude ?
– Dans votre cas, vie privée et vie professionnelle paraissent quelque peu empiéter l'une sur l'autre.
– Quel observateur subtil vous faites !
– Est-ce tout ce que vous avez à nous dire, docteur ?
– Que voulez-vous que j'ajoute ? Que j'aime baiser les femmes ? Très bien. J'aime ça. Je ne rêve que de ça. Je me propose de baiser autant de femmes que je pourrais pendant cette vie et s'il y en a une autre après la mort, j'espère qu'il y aura une série sans fin de femmes chaudes et consentantes pour que je puisse continuer à baiser. Aux dernières nouvelles, baiser n'était pas un crime – aurait-on voté une nouvelle loi en Amérique ?
– Retournez à votre travail, docteur.
Valcroix rassembla ses papiers et partit, l'air rêveur.

– Quel trou du cul, me dit Milo pendant que nous retournions à la voiture. Je n'en voudrais pas, même pour me soigner une écorchure.

Il y avait un avertissement des services de sécurité de l'hôpital pour stationnement illégal collé au pare-brise. Milo l'arracha et le fourra dans sa poche.

– J'espère qu'il n'est pas représentatif de ce qu'on nous fait passer aujourd'hui pour des médecins.

– C'est un cas, celui-là. Mais il ne fera pas long feu ici.

Nous prîmes vers Sunset Ouest.

– Tu vas vraiment vérifier sa version des faits ? lui demandai-je.

– Oh, je pourrais toujours demander aux Toucheurs s'ils le connaissent, mais s'il y a conspiration, ils me mentiront. Le mieux est d'appeler le shérif de là-bas et de lui demander si notre guignol a été vu plus d'une fois dans son secteur. Dans ce genre de petit patelin, les forces de l'ordre ont tendance à tout remarquer.

– Je connais quelqu'un qui pourrait avoir des liens avec les Toucheurs. Veux-tu que je l'appelle ?

– Pourquoi pas ? Au point où nous en sommes…

Il me ramena chez moi et resta quelques minutes pour admirer les koïs. Il était fasciné par leurs couleurs et souriait en les regardant gober les boulettes qu'il leur lançait. Quand enfin il s'arracha au spectacle pour partir, son grand corps paraissait plus lourd et plus lent.

– Encore cinq minutes et je ne bouge plus d'ici jusqu'à ce que ma barbe blanchisse, dit-il.

Nous nous serrâmes la main, il m'adressa un petit salut et partit d'un pas tranquille vers une demi-journée de plus à contempler le spectacle de l'animal humain dans ce qu'il a de pire.

12

J'avais un coup de téléphone à donner. Seth Fiacre, professeur de psychosociologie à l'Université de Californie à Los Angeles, un de mes vieux condisciples de fac, s'intéressait aux cultes et aux sectes depuis plusieurs années.

– Salut, Alex ! s'exclama-t-il, toujours aussi joyeux. Je reviens tout juste de Sacramento. Une audition devant le Sénat. Grotesque.

Nous évoquâmes quelques instants le passé et, après nous être mis mutuellement à jour sur le présent, je lui expliquai les raisons de mon appel.

– Les Toucheurs ? Je suis surpris que tu aies même seulement entendu parler d'eux. Ils sont pratiquement inconnus et ne font aucun prosélytisme. Ils sont installés dans un ancien monastère qu'ils ont baptisé la Retraite, non loin de la frontière mexicaine.

– Et leur chef, Matthias ?

– Ah, le Noble Matthias… c'est un ancien avocat. Avant, il s'appelait Norman Matthews.

– Dans quel domaine, avocat ?

– Je ne sais pas. Mais c'était du sérieux. Beverly Hills.

Passer d'avocat à gourou, la métamorphose était improbable.

– Pourquoi ce changement de vie ?

– Je l'ignore, Alex. La plupart des chefs charismatiques prétendent avoir eu une sorte de vision cosmique, en général après un traumatisme. Genre voix venue du ciel, le truc classique. Peut-être est-il tombé en panne d'essence dans le désert de Mojave et a-t-il rencontré Dieu.

J'éclatai de rire.

– Je voudrais pouvoir t'en dire davantage, Alex. C'est un groupe qui n'a guère attiré l'attention car il est très réduit, une soixantaine de personnes tout au plus. Et comme je te l'ai dit, comme ils ne cherchent pas à faire de convertis, il a peu de chances de se développer. Y aura-t-il des changements liés à un phénomène d'usure, ça reste à voir. Il n'existe que depuis trois ou quatre ans. Autre chose inhabituelle, la plupart de ses membres sont d'âge relativement mûr. D'habitude, les groupes qui recrutent recherchent plutôt des jeunes. En termes pratiques, cela signifie que les Toucheurs n'ont pas de parents hystériques sur le dos qui appellent les flics ou les déprogrammeurs.

– Ils font dans le holisme en matière de santé ?

– Probablement. Comme la plupart de ces sectes. L'attitude fait partie de leur rejet de la société. Mais je n'ai pas entendu dire que c'était une obsession chez eux, si c'est ce que tu veux dire. Je crois qu'ils recherchent avant tout l'autosuffisance. Ils font pousser toute leur nourriture et fabriquent eux-mêmes leurs vêtements. Comme les premiers utopistes – Oneida, Ephrata, New Harmony. Puis-je savoir pourquoi tu t'y intéresses ?

Je lui parlai de la décision des Swope de ne pas faire traiter Woody et de la disparition de la famille qui avait suivi.

– À ton avis, est-ce quelque chose dans quoi cette secte pourrait être impliquée, Seth ?

– Peu vraisemblable. Ce sont des gens qui vivent très retirés. S'en prendre à l'establishment médical attirerait l'attention sur eux et c'est la dernière chose qu'ils souhaitent.

– Ils ont tout de même rendu visite à la famille, lui rappelai-je.

– S'ils avaient eu des vues aussi subversives, ils auraient été plus discrets, me fit remarquer Seth. Tu as dit que la famille habitait près de la Retraite ?

– Oui, d'après ce que j'ai compris.

– C'était peut-être juste une politesse comme on s'en rend entre voisins. Dans une petite ville comme La Vista, ils sont forcément confrontés, en tant qu'originaux, à beaucoup de méfiance de la part des gens du coin. Un original intelligent tâche de se montrer tout spécialement amical. C'est une bonne stratégie pour survivre.

– Au fait, puisque tu parles de survie, de quoi vivent-ils en dehors de leurs salades ?

– Des contributions des membres, je dirais. De son côté, Matthews était quelqu'un de riche. Il pourrait très bien tout financer juste pour jouir du pouvoir et du prestige que ça lui conférerait. S'ils sont vraiment autosuffisants, ça ne devrait pas chercher bien loin.

– Une dernière chose, Seth. Pourquoi se sont-ils donné ce nom de Toucheurs ?

Il éclata de rire.

– Du diable si je le sais. Tiens, je crois que je vais faire plancher un de mes étudiants de maîtrise là-dessus.

Un peu plus tard dans la journée, je reçus un coup de téléphone de Malcolm Worthy.

– Il semblerait que Mme Moody n'ait pas reçu de rat parce qu'elle avait droit à un traitement spécial. Ce matin, elle a trouvé un chien éviscéré accroché par les entrailles à sa poignée de porte. En plus, il l'avait castré et lui avait mis les couilles dans la gueule.

J'en eus la parole coupée de révulsion.

– Quel type, hein ? Pour couronner le tout, et en dépit d'une interdiction formelle, il a passé un coup de fil à son fils et lui a dit de s'échapper. Le gamin a obéi et il a fallu sept heures pour le retrouver. C'était en pleine nuit, il errait dans le parking d'un centre commercial à huit kilomètres de chez lui. D'après ce que j'ai compris, il attendait que son père vienne le chercher. Mais personne n'est venu et le pauvre gosse était mort de frousse. Inutile de te dire que Darlene en a grimpé aux rideaux. Si je t'appelle, c'est pour que tu examines les mômes. Avant tout pour leur santé mentale.

– Ils ont vu le chien ?

– Grâce au ciel, non. Elle a tout nettoyé avant. Quand pourrais-tu les prendre en consultation ?

– Je ne disposerai pas du bureau avant samedi.

J'avais loué un local pour procéder à des évaluations légales dans la suite dont un collègue disposait à Brentwood, mais je ne pouvais utiliser les bureaux que le week-end.

– Tu pourrais venir chez moi. Dis-moi simplement l'heure qui te convient.

– Peux-tu les faire venir dans deux heures ?

– Pas de problème.

Les bureaux de Trenton, Worthy & La Rosa étaient situés au dernier étage d'un immeuble de prestige, au croisement de Roxbury et de Wilshire. Malcolm, resplendissant dans un costume laine et soie de Bijan, avait pris place dans la salle d'attente pour m'accueillir et me dire qu'il mettait son propre bureau à ma disposition. J'avais gardé le souvenir d'une pièce grande comme un hall de gare, aux parois sombres et où trônait un bureau surdimensionné de forme indécise faisant penser à certaines sculptures modernes ; où des gravures abstraites représentant des dents de scie géantes ornaient les lambris, et où les étagères portaient des bibelots très coûteux et très fragiles. Pas exactement l'endroit idéal pour un entretien thérapeutique avec des enfants, mais j'allais devoir faire avec.

Je déplaçai certains sièges et une table basse pour créer une zone de jeu au milieu de la pièce. Je sortis du papier, des crayons de couleur et des poupées de chiffon de mon attaché-case, ainsi qu'une petite maison de poupée qui se repliait, et disposai le tout sur la table. Puis j'allai chercher les enfants Moody.

Darlene, Carlton Conley et les enfants, habillés comme s'ils allaient à l'église, m'attendaient dans la bibliothèque de droit.

La petite, April, trois ans, portait une robe en taffetas blanc, des sandales en cuir blanc et des socquettes à dentelle. Darlene lui avait fait des tresses agrémentées de rubans. La fillette somnolait dans les bras de sa mère, tripotant une croûte sur un de ses genoux et suçant son pouce.

On avait attifé son frère d'une chemise western blanche, d'un pantalon de velours brun à revers et d'une cravate à pince ; il avait des oxfords noirs aux pieds. Il avait été lavé et récuré, mais la tentative qu'on avait faite pour rabattre sa tignasse brune en arrière avait échoué. Il avait l'air aussi malheureux, dans ce déguisement, qu'on peut l'être à neuf ans. Il se détourna en me voyant.

– Voyons, Ricky, sois poli avec le docteur, l'admonesta sa mère. Dis bonjour et tiens-toi bien. Bonjour, docteur.

– Bonjour, madame Moody.

Le garçonnet fourra les mains dans ses poches et fronça les sourcils.

Conley se leva pour me serrer la main, souriant d'un air emprunté. La juge avait raison : mis à part qu'il était nettement plus grand que Moody, il ressemblait à s'y méprendre à l'homme qu'il remplaçait.

– Docteur… balbutia-t-il.

– Bonjour, monsieur Conley.

April s'agita, ouvrit les yeux et me sourit. Je n'avais pas eu de problème avec elle pendant l'évaluation ; c'était une enfant expressive et heureuse. Comme c'était une fille, son père avait choisi de l'ignorer et elle avait été épargnée par son amour destructeur. Ricky, le favori, en avait en revanche beaucoup souffert.

– Bonjour, April.

Elle battit des cils, inclina la tête et se mit à pouffer, déjà coquette.

– Tu te souviens des jouets avec lesquels on s'était amusés, la dernière fois ?

Elle acquiesça et se remit à pouffer.

– Je les ai apportés. Est-ce que tu voudrais jouer encore avec ?

Elle regarda sa mère, demandant sa permission.

– Vas-y, ma chérie.

La fillette descendit des genoux de sa mère et vint me prendre la main.

– Nous nous verrons dans un moment, Ricky, dis-je au garçon, toujours boudeur.

Je passai vingt minutes avec April, essentiellement à l'observer pendant qu'elle manipulait les minuscules occupants de la maison. Son jeu, organisé et structuré, était relativement peu perturbé. Elle mit en scène plusieurs épisodes de conflits entre parents qu'elle put résoudre en faisant partir le père ; après quoi, toute la famille était heureuse. C'était avant tout l'espoir et la détermination qui émanaient des scénarios qu'elle bâtissait.

Je l'amenai à évoquer la situation à la maison et constatai qu'elle avait une compréhension appropriée, pour son âge, de ce qui se passait. Papa était en colère contre maman, maman était en colère contre papa, alors ils avaient décidé de ne plus habiter ensemble. Elle savait que ce n'était pas sa faute, ni celle de Ricky, et elle aimait bien Carlton.

Tout cela cadrait avec ce que j'avais appris lors de la première évaluation. À l'époque, elle n'avait exprimé que peu d'anxiété à cause de l'absence de son père et avait paru s'attacher de plus en plus à Conley. Son petit visage s'éclaira lorsque je l'interrogeai sur lui.

– Ca'lton, il est très gentil, do'teur Alek. Il m'a amenée au zoo. On a vu la zirafe. Et le cocodile.

Ses yeux s'agrandirent à l'évocation de ce souvenir.

Elle continua à chanter les louanges de son beau-père et je priai le ciel que la cynique prophétie de la juge ne se réalise pas. J'avais eu à traiter je ne sais combien de gamines qui avaient souffert de relations difficiles avec leur père, ou de l'absence de toute relation, et avais été témoin des dégâts psychologiques qui n'en étaient que trop souvent la conséquence, se traduisant par un jeu de relations sérieusement faussé. Cet adorable bout de chou méritait mieux.

Quand je l'eus suffisamment observée pour me convaincre qu'elle fonctionnait relativement bien, je la ramenai à sa mère. Elle se mit sur la pointe des pieds et me tendit ses bras menus. Je me penchai en avant, elle m'embrassa sur la joue.

– Au revoir, do'teur Alek.

– Au revoir, mon poussin. Si tu veux qu'on parle encore, demande à ta maman. Elle t'aidera à téléphoner.

Elle dit d'accord et remonta sur le sanctuaire moelleux des genoux maternels.

Ricky était allé se planter à l'autre bout de la salle et regardait, seul, par la fenêtre. Je m'approchai de lui et, lui mettant la main sur l'épaule, parlai à voix basse pour que lui seul entende.

– Je sais que tu es furieux d'être obligé de faire ça.

Il fit saillir sa lèvre inférieure, raidit la nuque et croisa les bras. Darlene commença à se lever, tenant toujours April, et voulut dire quelque chose. D'un geste je lui fis signe de se rasseoir et de se taire.

– Ça doit être dur de ne pas pouvoir voir ton papa.

Il se tenait aussi raide qu'un soldat au garde-à-vous, voulant de toutes ses forces paraître indifférent et fermé.

– On m'a dit que tu avais fugué.

Pas de réponse.

– Hé, je parie que ç'a été une sacrée aventure.

L'esquisse d'un sourire dansa un instant sur ses lèvres et s'y évanouit.

– Je savais que tu avais de bonnes jambes, Ricky, mais faire huit kilomètres à pied tout seul, oh là là !

Cette fois, le sourire resta accroché un peu plus longtemps à ses lèvres.

– Tu as vu des choses intéressantes ?

Il répondit par un petit grognement qui pouvait passer pour un acquiescement.

– Tu ne veux pas m'en parler ?

Il se tourna vers les autres.

– Non, pas ici. Allons dans une autre pièce. On pourra dessiner et jouer, comme l'autre fois. D'accord ?

Il fronça les sourcils, mais me suivit.

Il resta émerveillé en entrant dans le bureau de Malcolm et fit plusieurs fois le tour de la pièce avant de s'installer.

– Tu avais déjà vu un bureau comme ça ?

– Oui. Dans un film.

– Ah oui ? Lequel ?

– Une histoire de méchants qui voulaient s'emparer du monde. Ils avaient un bureau avec des lasers et plein de trucs. Ça ressemblait à ici.

– Le quartier général des méchants, c'est ça ?

– Oui.

– Crois-tu que M. Worthy soit un méchant ?

– Mon papa me l'a dit.

– Est-ce qu'il t'a dit aussi que d'autres personnes étaient méchantes ?

Il me jeta un coup d'œil gêné.

– Moi, par exemple ? Et le Dr Daschoff ?

Il répondit par un marmonnement d'acquiescement.

– Comprends-tu pourquoi ton papa a dit ça ?

– Il est fou de rage.

– Oui. Il est vraiment fou de rage. Pas parce que vous auriez fait quelque chose de mal, toi et April, mais parce qu'il ne veut pas divorcer d'avec maman.

– Oui ! s'écria le garçon avec une brusque bouffée de férocité, tout ça c'est sa faute à elle !

– Le divorce ?

– Oui ! Elle l'a mis à la porte et c'est lui qui paie pour la maison avec son argent !

Je le fis asseoir, pris une chaise en face de lui et posai les mains sur ses petites épaules en lui parlant.

– Ricky, je suis désolé que tout cela soit si triste. Je sais que tu aimerais que ton papa et ta maman reviennent ensemble. Mais ce n'est pas possible. Tu te rappelles comment ils se disputaient tout le temps ?

– Oui, mais après ils arrêtaient et ils étaient gentils avec nous.

– C'était chouette quand c'était comme ça, pas vrai ?

– Oui.

– Mais les disputes sont devenues de plus en plus violentes et il ne restait plus beaucoup de temps pour la gentillesse.

Il hocha la tête.

– Divorcer est terrible, dis-je, comme toujours quand quelque chose s'écroule.

Il détourna les yeux.

– Il est tout à fait compréhensible que tu sois en colère, Ricky. À ta place, je le serais aussi, si mes parents voulaient divorcer. Ce qui ne va pas, c'est de t'enfuir comme tu l'as fait ; il aurait pu t'arriver un accident.

– Mon papa s'en serait occupé.

– Je sais que tu aimes beaucoup ton papa, Ricky. Un papa, c'est quelqu'un de spécial, pour un garçon. Et un papa devrait être capable de s'occuper de ses enfants, même après le divorce.

J'espère qu'un jour votre papa pourra vous voir normalement, vous emmener vous amuser et faire avec vous des tas de choses rigolotes. Mais pour le moment – et je suis d'accord, c'est bien triste –, ce n'est pas une bonne idée pour lui de passer du temps avec toi et April. Tu comprends pourquoi ?

– Parce qu'il est malade ?

– Exactement. Sais-tu quelle est sa maladie ?

– Il se met très en colère ?

– C'est une partie du problème. Il devient fou furieux, ou très triste, ou très heureux tout d'un coup. Quand il est fou furieux, il est capable de faire des choses folles qui ne sont pas bien, comme se battre avec quelqu'un. Ça pourrait être dangereux.

– Oh, il est capable de les battre !

– C'est vrai, mais justement… ça pourrait être dangereux pour les autres. Et toi et April vous pourriez être blessés accidentellement. Tu comprends ?

Il acquiesça à contrecœur.

– Je ne dis pas qu'il sera toujours malade. Il y a des médicaments qu'il peut prendre et qui peuvent l'aider. Parler à des docteurs comme moi peut l'aider aussi. Mais, pour l'instant, ton papa refuse de reconnaître qu'il a besoin d'aide. C'est pour ça que le juge a dit qu'il ne pourrait pas vous voir tant qu'il n'irait pas mieux. C'est ça qui l'a rendu furieux, et maintenant il pense que les gens sont méchants et tous contre lui. En réalité, on essaie seulement de l'aider. Et de vous protéger, toi et April.

Il me regarda, se leva, prit le papier à dessin et entreprit de construire une escadrille d'avions en papier. Pendant le quart d'heure suivant il livra une bataille solitaire de proportions épiques, détruisant des villes entières, massacrant les gens par milliers, trépignant, criant et déchirant le papier jusqu'à ce que le tapis de Malcolm – un Sarouk ancien – soit couvert de confettis.

Après quoi il dessina pendant un moment, mais ce qu'il faisait ne lui plaisait pas et il jetait les feuilles les unes après les autres, roulées en boule, dans la corbeille à papier. J'essayai de le faire parler de sa fugue, mais il refusa. Je lui répétai qu'il était dangereux de s'enfuir et il m'écouta, l'air ennuyé. Quand je lui demandai s'il allait recommencer, il haussa les épaules.

Je le ramenai dans la bibliothèque et fis venir Darlene dans le bureau. Elle portait un collant rose avec un motif relativement discret de brillants et des sandales argentées. Ses cheveux bruns, étagés en hauteur, étaient maintenus en place à la laque. Elle avait passé beaucoup de temps à se maquiller, ce qui ne l'empêchait pas d'avoir l'air fatiguée, usée et terrifiée. Une fois assise, elle retira de son sac un mouchoir et se mit à le passer d'une main à l'autre et à le malaxer.

– Tout cela doit être très dur pour vous, dis-je.

Des larmes coulèrent de ses yeux et elle y porta le mouchoir.

– C'est un fou, docteur. Il est devenu de plus en plus fou et, maintenant, il ne me laissera pas sans faire quelque chose d'encore plus fou.

– Comment ça se passe avec les enfants ?

– April est un peu collante… vous l'avez vu vous-même. Elle se lève une ou deux fois par nuit et veut venir dans le lit avec nous. Mais elle est adorable. C'est lui, mon problème. Il est toujours en colère, il refuse de comprendre. Hier, il a dit un gros mot à Carlton.

– Et qu'est-ce qu'a fait Carlton ?

– Il lui a dit qu'il le fouetterait s'il recommençait.

Génial.

– Ce n'est pas une bonne idée d'impliquer à ce point Carlton dans les questions de discipline à ce stade. Sa présence demande un gros effort d'ajustement aux enfants, c'est le point important. Si vous le laissez prendre les commandes, ils vont se sentir abandonnés.

– Mais enfin, docteur… on ne peut pas le laisser parler comme ça !

– Alors c'est à vous de régler la question, madame Moody. C'est important pour les enfants de savoir que vous êtes là pour eux. Que c'est vous qui contrôlez la situation.

– Très bien, répondit-elle sans enthousiasme, je vais essayer.

Je compris qu'elle n'en ferait rien. « Essayer » était le mot clef. Dans deux mois, elle allait se demander pourquoi ses enfants étaient capricieux, malheureux et impossibles à gérer.

Je n'en fis pas moins mon travail, lui expliquant que les deux pourraient tirer profit d'une aide professionnelle. April, lui dis-je, n'avait apparemment aucun problème sérieux, mais se sentait mal dans sa peau. Pour elle, la thérapie ne serait pas bien longue et réduirait sans doute le risque de problèmes plus graves.

Ricky, en revanche, était un petit garçon très perturbé, plein de colère et qui tenterait probablement de fuguer à nouveau. Elle m'interrompit pour me dire que cette première fugue était la faute de son père et que d'ailleurs, au fond, ce comportement lui rappelait celui de Richard.

– Madame Moody… il faut que Ricky puisse faire retomber régulièrement la pression.

– Vous savez, ça commence à aller mieux entre lui et Carlton. Hier, ils ont joué à se lancer la balle de base-ball dans la cour et ils se sont bien amusés. Je sais que Carlton aura une bonne influence sur lui.

– Excellent. Cependant, ça ne peut pas remplacer une aide professionnelle.

– Mais docteur, je suis fauchée ! Savez-vous ce que coûte un avocat ? Le seul fait d'être venue ici aujourd'hui m'a vidé les poches.

– Certaines cliniques fonctionnent avec des tarifs variables en fonction des revenus des patients. Je donnerai les adresses à M. Worthy.

– Est-ce qu'elles sont loin ? Je ne prends jamais les autoroutes.

– Je vais voir s'il n'y en a pas une près de chez vous, madame Moody.

– Merci, docteur.

Elle soupira, dut faire un effort pour se lever et me laissa lui tenir la porte.

En la voyant s'éloigner dans le couloir d'un pas pesant de vieille femme, il était facile d'oublier qu'elle n'avait que vingt-neuf ans.

Je dictai mon compte rendu à la secrétaire de Malcolm, qui le prit sur une sténotype silencieuse de tribunal. Après son départ, Malcolm revint avec une bouteille de Johnny Walker et nous en versa deux doigts chacun.

– Merci d'être venu, Alex.

– Pas de problème. Sauf que je ne suis pas sûr que ça servira à grand-chose. Elle ne va pas faire ce que je lui ai dit.

– Je vais y veiller. Lui dire que c'est important pour le divorce.

Nous sirotâmes notre scotch en silence.

– Au fait, reprit Malcolm, la juge n'a eu jusqu'ici aucune surprise désagréable ; si Moody est cinglé, apparemment il n'est pas stupide. Mais ça l'a rendue absolument furax. Elle a appelé le procureur et lui a donné l'ordre de mettre quelqu'un sur l'affaire. Il en a chargé la division de Foothill.

– Qui a répondu qu'elle le cherchait déjà.

– Exact, répondit-il, l'air étonné.

Je lui racontai comment Milo avait mis Fordebrand sur l'affaire.

– Très impressionnant, Alex. Encore un peu ?

Il prit la bouteille. Je déclinai son offre. Il est difficile de résister à un bon scotch, mais avoir parlé de Moody m'avait rappelé la nécessité de garder la tête claire.

– Bref, Foothill affirme qu'ils le cherchent sérieusement, mais ils pensent qu'il s'est réfugié dans Angeles Crest.

– Génial.

La forêt nationale d'Angeles Crest, soit 200 000 hectares de bois qui bordent la ville de Los Angeles au nord. Les Moody avaient habité Sunland, une banlieue dans le secteur, et Richard devait bien connaître la forêt, qui constituait un asile parfait pour un fuyard : territoire en bonne partie impénétrable, sinon à pied, on pouvait y rester planqué autant qu'on le voulait. C'était un paradis pour les randonneurs, les campeurs, les naturalistes et les amateurs de varappe, mais aussi pour certaines bandes de motards hors la loi qui venaient partouser toute la nuit et pionçaient dans les grottes. Ses ravins étaient parfaits pour qui voulait se débarrasser d'un corps.

Juste avant notre altercation dans le parking du tribunal, Moody avait parlé d'aller vivre en sauvage dans la forêt, incluant clairement les enfants dans son fantasme. Je le dis à Malcolm.

Il acquiesça sans commentaires.

– J'ai invité Darlene à quitter la ville avec les enfants pendant un bout de temps. Ses parents ont une ferme près de Davis. Ils partent aujourd'hui.

– Il ne va pas y penser ?

– Si, mais il devra s'avancer à découvert. J'espère qu'il va décider de jouer les Robinson pendant un moment.

Il leva les mains en l'air.

– C'est le mieux que je puisse faire, Alex.

La conversation prenait un tour qui me mettait mal à l'aise. Je me levai pour partir et nous nous serrâmes la main. Une fois à la porte, je pensai à lui demander s'il n'avait pas connu, dans le temps, un avocat du nom de Norman Matthews.

– Norman la Terreur ? C'est un vieux de la vieille ! J'ai plaidé contre lui au moins une douzaine de fois. Le plus grand casse-couilles de tout Beverly Hills.

– Spécialiste des divorces ?

– Le meilleur. Super-agressif, avec la réputation d'obtenir pour ses clients tout ce qu'ils voulaient, au besoin par les moyens les plus répugnants. Il s'est occupé de tellement de divorces de stars, avec des sommes considérables en jeu, qu'il a fini par se considérer lui-même comme une star. Très conscient de l'image qu'il donnait de lui. Il avait une Excalibur et une maison sur la Corniche, s'habillait comme une gravure de mode, avait une blonde à chaque bras et fumait du latakia de Dunhill dans une pipe en écume de mer à mille dollars.

– Il a des soucis plus spirituels, aujourd'hui.

– Oui, c'est ce que j'ai entendu dire. Il est à la tête d'une secte de barjots près de la frontière. Il se fait appeler le Grand Noble Cacique, ou un truc comme ça.

– Noble Matthias. Pourquoi a-t-il laissé tomber son métier ?

Malcolm eut un rire gêné.

– On pourrait plutôt dire que c'est son métier qui l'a laissé tomber. C'était il y a cinq ou six ans. Les journaux en ont parlé. C'est étonnant que tu ne t'en souviennes pas. Matthews représentait la femme d'un auteur dramatique. Le type avait tiré le gros lot – une pièce à Broadway qui marchait du feu de Dieu –, après avoir passé dix ans à bouffer des sandwichs sans rien entre les tranches. La femme avait fini par trouver un autre raté à materner et exploiter. Matthews lui a tout fait avoir – un coquet pourcentage des droits d'auteur de la pièce et un tout aussi coquet pourcentage de tout ce que le type ferait au cours des dix années suivantes. C'était une affaire qui avait fait scandale et il y a eu une conférence de presse improvisée sur les marches du palais de justice. Lorsque Matthews et la femme sont arrivés, le petit mari est sorti de nulle part avec un calibre 22. Il leur a tiré une balle dans la tête à tous les deux. La femme est morte, mais Matthews s'en est sorti au bout de six mois passés entre la vie et la mort. Après quoi il disparut pour refaire surface un ou deux ans après en qualité de gourou. L'histoire californienne classique.

Je le remerciai et me tournai pour partir.

– Hé ! Pourquoi cet intérêt ? voulut-il savoir.

– Oh, rien d'important. Son nom est sorti pendant une conversation.

– Norman la Terreur, reprit Malcolm avec un sourire. La sanctification par la trépanation…

13

Le lendemain matin, Milo frappa à ma porte, me réveillant à sept heures moins le quart. Le ciel était d'un gris plombé sinistre. Il avait plu toute la nuit et l'air sentait la vieille bâche mouillée. De la vallée montait un froid humide impitoyable qui me glaça jusqu'aux os lorsque j'ouvris la porte.

Il portait un imperméable en tissu léger et brillant par-dessus une chemise blanche froissée, une cravate marron et bleu et un pantalon marron. La barbe lui bleuissait le menton et la fatigue lui alourdissait les paupières. Il avait de la boue sur ses chaussures montantes, qu'il frotta sur le rebord de la terrasse avant d'entrer.

– Nous avons trouvé deux des Swope, le père et la mère, dans Benedict Canyon. Tués de plusieurs balles dans la tête et dans le dos.

Il avait parlé rapidement, sans me regarder, et passa devant moi pour entrer dans la cuisine. Je le suivis et mis le café en route. Pendant qu'il passait, je me débarbouillai hâtivement dans l'évier. Milo prit un bout de pain et commença à le manger. Aucun de nous deux ne dit mot avant que nous nous soyons assis à ma vieille table en chêne et martyrisé le gosier de plusieurs grandes rasades de la boisson bouillante.

– C'est un vieux bonhomme qui se baladait avec un détecteur de métal qui les a trouvés sur le coup d'une heure du matin. Un dentiste à la retraite, mais qui a les moyens ; il possède une grosse maison en lisière de Benedict et aime bien se promener de nuit avec son engin. Lequel engin a repéré les pièces dans les poches du père. Ils n'avaient pas été enterrés très profond. La pluie avait emporté une partie de la terre et il a aperçu le haut d'un crâne au clair de lune. Le pauvre vieux en tremble encore.

Il se tenait tête baissée, l'air abattu.

– C'est un collègue qui a été envoyé sur les lieux, mais dès que les corps ont été identifiés, il s'est souvenu que j'en avais parlé et m'a appelé. Il devait partir en congé, de toute façon, et il était plus que soulagé que je veuille bien prendre le relais. Je suis là-bas depuis trois heures du matin.

– Pas trace de Woody et de Nona ?

Il hocha la tête.

– *Nada*. On a passé tout le secteur au peigne fin autour de la scène de crime. C'est juste à l'endroit où la route grimpe vers la Vallée. Benedict est pas mal construit, mais il y a une espèce de trou, à l'ouest, où les promoteurs ne se sont pas aventurés. Il a une forme concave, comme une soucoupe enterrée, et il est recouvert de broussailles et d'une épaisse couche de feuilles mortes. On risque d'autant moins de le remarquer depuis la route, quand on passe un peu vite en voiture, qu'il est masqué par une rangée de gros eucalyptus. Nous avons utilisé la technique du ratissage en ligne, avançant un mètre après l'autre. Le plus marrant, c'est que nous avons découvert un autre corps, mais il ne lui restait plus que les os, à celui-là. Une femme, d'après le légiste, à cause de la forme du pelvis. Il était là depuis au moins deux ans.

Il se concentrait sur les détails pour éviter d'affronter les aspects émotionnels du drame. Il prit une nouvelle lampée de café, se frotta les yeux et eut un frisson.

– Je suis trempé, dit-il. Si tu permets, je vais enlever ce truc.

Il se débarrassa de son imperméable et le suspendit au dossier de sa chaise.

– Parlons-en, du beau soleil de Californie, ronchonna-t-il. J'ai l'impression d'avoir mariné toute la nuit dans une rizière.

– Veux-tu changer de chemise ?

– Mais non. (Il se frotta les mains, vida sa tasse et se leva pour aller la remplir.) Pas le moindre signe des gosses, reprit-il en se rasseyant à la table. Plusieurs possibilités se présentent : un, ils n'étaient pas avec leurs parents et ont échappé à ce qui s'est passé. Une fois de retour au motel, ils ont vu le sang et se sont enfuis parce qu'ils avaient peur.

– Pourquoi se seraient-ils séparés si leur projet était de retourner chez eux ? demandai-je.

– Nona l'a peut-être emmené manger une glace pendant que les parents faisaient les valises.

– Sûrement pas, Milo. Woody était bien trop malade pour ça.

– C'est vrai. Je n'arrête pas de l'oublier. Ce doit être du déni inconscient, tu ne crois pas ?

– Sans doute.

– Bon... deuxième hypothèse. Ils n'étaient pas ensemble parce que c'est la sœur qui a kidnappé le gosse. D'après Beverly, elle n'aimerait pas ses parents. Elle aurait pu passer à l'acte.

– Tout ce que Bev a pu dire de Nona doit être pris avec au moins un grain de sel, sinon une salière pleine, Milo. Nona est sortie avec un type que Bev a aimé un temps. Tout au fond d'elle-même, elle la hait viscéralement.

– C'est toi-même qui m'a raconté qu'elle faisait la gueule la fois où tu l'as rencontrée et comment elle avait répondu à Melendez-Lynch. Et le tableau qui en ressort, après ce que nous en ont dit Rambo et Carmichael, est celui d'une jeune fille rien de moins qu'étrange.

– C'est exact. Elle a l'air d'avoir plein de problèmes. Mais pourquoi aurait-elle enlevé son frère ? Tout montre qu'elle était avant tout préoccupée d'elle-même et affectivement coupée de sa famille. Elle n'avait pas de relation privilégiée avec Woody. Elle lui rendait rarement visite ; et quand ça lui arrivait, c'était de nuit, au moment où il dormait. Qu'elle n'ait pas été là en même temps que ses parents peut s'expliquer. Mais pas le reste.

– Bigre, c'est marrant de te parler, Alex. La prochaine fois que j'aurais besoin d'un béni-oui-oui, c'est à toi que je ferai appel.

Son visage se fendit en deux sur un énorme bâillement. Quand il eut englouti suffisamment d'air, il poursuivit :

– Tout ce que tu dis est logique, vieux, mais je dois retourner toutes les pierres. J'ai appelé Houten à La Vista juste avant de venir ici. Je l'ai réveillé, le pauvre diable, pour lui demander de vérifier si les gosses n'étaient pas dans son secteur. Il m'a dit qu'il avait déjà procédé à une inspection approfondie la première fois que j'avais appelé, mais qu'il était d'accord pour recommencer.

– Y compris en allant chez les Toucheurs ?

– Surtout là. Melendez-Lynch a peut-être eu raison d'emblée. Même si Houten revient les mains vides, ils constituent de bons suspects. J'ai décidé d'y aller moi-même aujourd'hui pour vérifier. Et pour parler en particulier au couple qui a rendu visite aux Swope. Deux de mes hommes vont aller à l'hôpital interroger tous ceux qui ont eu affaire aux Swope. Avec pour consigne de tordre tout particulièrement les bras de ce trouduc de Valcroix.

Je lui parlai alors de mon entretien avec Seth Fiacre, pour qui les Toucheurs étaient une secte recluse qui fuyait les projecteurs, et lui rapportai la conversion de Norman Matthews, telle que me l'avait racontée Malcolm.

– Ils ne cherchent pas à faire des convertis, lui fis-je remarquer. Ils se sont mis volontairement à l'écart. Pour quelle raison voudrais-tu qu'ils s'impliquent dans une affaire pareille avec des étrangers ?

Milo parut ignorer ma question et exprima son étonnement sur l'identité du Noble Matthias.

– Quoi ? C'est Matthews leur gourou ? Je me suis toujours demandé ce qui lui était arrivé. Je me souviens très bien de l'affaire. Elle s'est passée à Beverly Hills, et nous ne nous en sommes donc pas occupés. Ils ont enfermé le mari à Atascadero et, six mois plus tard, il s'est préparé un cocktail à base de produit à déboucher les chiottes. (Il eut un sourire sans joie.) On l'appelait Matthews l'avocat des stars. Sais-tu autre chose ?

Il bâilla de nouveau et reprit un peu de café.

– Les motivations ? insista-t-il. Peut-être croyaient-ils avoir convaincu les parents de traiter le gosse à leur manière, puis les parents ont changé d'avis et les choses ont tourné au vinaigre.

– C'est bougrement tiré par les cheveux, ton truc.

– N'oublie pas ce que je t'ai dit l'autre jour, au motel. Sur les gens qui font des trucs de plus en plus déments. Sans compter que la secte fuyait peut-être les caméras lorsque ton copain prof l'a étudiée, mais que ce n'est peut-être plus le cas. Les barjots, ça change aussi, comme tout le monde. Jim Jones était un héros pour tout un chacun, jusqu'au jour où il s'est transformé en un nouveau Pol Pot.

– Je t'accorde que c'est possible.

– Bien sûr que c'est possible. Eh, je suis un pro de chez pro, moi !

Il rit, d'un bon rire chaleureux rapidement remplacé par un silence que les non-dits rendaient glacial.

– Il y a une autre possibilité, dis-je finalement.

– Puisque tu en parles, oui, il y en a une. (Ses grands yeux verts se remplirent de mélancolie.) Les enfants sont enterrés quelque part ailleurs. Celui qui a fait ça a pu avoir peur avant de terminer son boulot à Benedict et a mis les voiles. Il y a des coyotes et toutes sortes de bestioles furtives dans le secteur. Facile de prendre peur quand tu vois tout d'un coup deux yeux qui luisent dans le noir.

J'en étais malade depuis que j'avais appris le double assassinat et, dans mon hébétude, mon attention oscillait entre les paroles de Milo et les images qu'elles évoquaient. L'impact de ce qui venait d'être sous-entendu me touchait à présent de plein fouet et c'est tout un mur de dénis que j'édifiai pour le bloquer.

– Vous allez continuer à le chercher, n'est-ce pas ?

Il leva les yeux devant mon ton pressant.

– Nous quadrillons tout le secteur de Benedict, entre Sunset et le haut de la Vallée, Alex ; nous faisons du porte-à-porte, juste au cas où quelqu'un aurait vu quelque chose. Mais c'était la nuit et la présence d'un témoin oculaire n'est guère probable. Nous allons aussi explorer d'autres canyons… Malibu, Topanga, Coldwater, Laurel, jusqu'ici, dans ton coin. Un millier d'heures de travail pour un résultat qui a toutes les chances d'être nul.

Je revins sur le meurtre des parents car, aussi sinistre que ce fût, cela valait mieux que de penser à ce qui avait pu arriver à Woody.

– Ont-ils été abattus à Benedict ?

– Peu vraisemblable. Il n'y avait pas de sang sur le sol et nous n'avons trouvé aucune douille de cartouche sur place. La pluie a un peu brouillé les indices, mais chacun d'eux présentait une demi-douzaine de trous de balle. Une telle fusillade fait beaucoup de bruit et on aurait forcément retrouvé des douilles. Non, on les a tués ailleurs, Alex, et l'assassin s'en est débarrassé à cet endroit. Pas d'empreintes de pied ou de pneus de voiture, mais c'est à cause de la pluie.

Il mordit dans la baguette avec hargne, arrachant un morceau de pain qu'il se mit à mâcher bruyamment.

– Encore du café ? lui proposai-je.

– Non merci. J'ai déjà les nerfs en pelote. (Il se pencha sur la table, ses mains aux doigts spatulés écartées dessus.) Je suis désolé, Alex. Je sais que ce gosse ne t'était pas indifférent.

– C'est comme un mauvais rêve. J'essaie de ne pas y penser.

Non sans perversité, son image vint flotter dans mon esprit. Une partie d'échecs dans une bulle de plastique…

– Quand j'ai vu la chambre du motel, j'ai vraiment pensé qu'il s'agissait d'une histoire familiale, reprit Milo d'un ton morose. D'après l'aspect des corps, le légiste pense qu'ils ont été tués il y a environ deux jours. Probablement peu de temps après qu'ils avaient enlevé l'enfant de l'hôpital.

– Après coup, tout paraît simple, Milo, dis-je en m'efforçant de le soutenir. Personne ne pouvait anticiper ce qui s'est passé.

– Exact. Si tu permets, je vais utiliser tes toilettes.

Après son départ je tentai, sans beaucoup de succès, de reprendre mes esprits. Mes mains tremblaient et j'avais la tête qui tournait. La dernière chose dont j'avais besoin était de me retrouver tout seul avec mon sentiment d'impuissance et mon angoisse. Je serais bien allé à l'hôpital pour apprendre le double meurtre à Raoul, mais Milo m'avait demandé de m'en abstenir. Je fis les cent pas dans la pièce, me préparai une tasse de café que je jetai dans l'évier, puis je m'emparai du journal pour consulter la rubrique cinéma. Une salle art et essai de Santa Monica donnait, très tôt en matinée, un documentaire sur William Burroughs : voilà qui paraissait assez bizarre pour tenir la réalité à distance. Au moment où j'allais sortir, Robin m'appela du Japon.

– Bonjour, mon amour, me dit-elle.

– Bonjour, ma chérie. Tu me manques.

– Toi aussi, mon cœur.

J'allai m'asseoir sur le lit en face d'une photo encadrée de nous deux. Je me souvenais du jour où elle avait été prise. Un dimanche d'avril, à l'arboretum ; nous avions demandé à un octogénaire qui s'y promenait de nous rendre ce petit service. En dépit des protestations d'ignorance du bonhomme sur les appareils de photo modernes et bien qu'il tremblât des mains, la photo avait été parfaitement réussie.

Nous nous tenions tous les deux devant un parterre de rhododendrons et de camélias d'un blanc neigeux. Robin était debout devant moi, adossée à ma poitrine, et j'avais les bras passés autour de sa taille. Elle portait des jeans serrés et un chandail à col roulé qui mettait ses formes en valeur. Le soleil créait des reflets sur ses cheveux auburn qui retombaient en lourdes grappes bouclées et cuivrées. Elle arborait un grand sourire franc, ses dents dessinant un croissant étincelant parfait. Elle était tout simplement adorable avec ses grands yeux sombres et liquides où dansait une petite lueur.

C'était une splendeur de femme, et pas seulement par son physique. Il y avait quelque chose de délicieusement douloureux à entendre sa voix.

– Je t'ai acheté un kimono en soie, Alex, reprit-elle. Gris-bleu, pour aller avec tes yeux.

– Il me tarde de le voir. Quand rentres-tu ?

– Dans une semaine, mon chéri. Ils sont en train de mettre les bouchées doubles pour fabriquer douze douzaines d'instruments et m'ont demandé de rester ici pour superviser le travail.

– On dirait que ça se passe bien, non ?

– Très bien. Tu as l'air préoccupé. Il est arrivé quelque chose ?

– Non. C'est sans doute la liaison qui n'est pas bonne.

– Tu es sûr ?

– Oui, tout va bien, je t'assure. Tu me manques, c'est tout.

– Tu es furieux contre moi, hein ? Que je reste aussi longtemps partie.

– Non. Vraiment. C'est important. Il faut que tu le fasses.

– Ce n'est pas comme si je m'amusais, tu sais. Les deux premiers jours ils m'ont sortie, mais depuis, c'est boulot-boulot. Ateliers de conception, usines et tout le tralala. Et pas de geishas hommes pour me détendre le soir !

– Pauvre chou…

– Tu parles ! (Elle rit.) Mais je dois reconnaître que c'est un pays fascinant. Tout en tension, très structuré. La prochaine fois, il faudra que tu m'accompagnes.

– La prochaine fois ?

– Ils adorent ce que je fais, Alex. Si la Billy Orleans marche bien, ils voudront que je leur propose un autre modèle. On pourrait venir au moment des cerisiers en fleur. Tu adorerais ça. Ils ont des jardins publics superbes. Un peu comme le nôtre, en beaucoup plus grand. J'ai vu un koï qui devait bien mesurer un mètre cinquante ! Des pastèques carrées et des bars à sushis invraisemblables. C'est un pays incroyable, mon chéri.

– Ça paraît génial.

– Qu'est-ce qui ne va pas, Alex ? Et arrête de me dire rien.

– Rien.

– Allons, voyons ! Je me sentais tellement seule dans cette chambre d'hôtel aseptisée, à boire du thé en regardant un *Kojak* sous-titré en japonais… Je me suis dit qu'en te parlant, j'allais me sentir revivre un peu. Mais ça n'a fait que me rendre plus triste encore.

– Je suis désolée, ma chérie. Je suis très fier de toi, vraiment. Je fais tout ce que je peux pour me montrer noble et réfréner mes propres besoins, mais, en fin de compte, je ne suis qu'un macho comme un autre, égoïste et sexiste, que ton succès remet en question, inquiet que quelque chose ait changé.

– Mais rien n'a changé, Alex ! Ce que j'ai de plus précieux dans ma vie, c'est notre couple. C'est bien toi qui m'a dit un jour que toutes ces choses qui nous prenaient tant de temps, carrière, réussite, n'étaient juste que la décoration du gâteau ? Que la chose importante était la relation intime que nous établissions pendant toute notre vie ? J'y ai cru. Et j'y crois encore, vraiment.

Sa voix se brisa. J'aurais voulu la prendre dans mes bras.

– C'est quoi, cette histoire de pastèques carrées ? lui demandai-je.

Nous éclatâmes de rire en même temps et les cinq minutes suivantes furent une incursion téléphonique au paradis.

Elle avait visité le pays, mais était maintenant installée à Tokyo, où elle devait rester jusqu'à son départ. Je pris les coordonnées de son hôtel et son numéro de chambre. Sur le chemin du retour, elle devait faire un arrêt d'une nuit à Honolulu. L'idée de la rejoindre là-bas pour passer une semaine ensemble à Kauai, tout d'abord lancée comme une boutade, se transforma bientôt en possibilité sérieuse. Elle promit de m'appeler lorsque la date de son départ serait définitivement arrêtée.

– Tu sais ce qui m'aide à tenir ? dit-elle en pouffant. Le souvenir de ce mariage auquel nous sommes allés l'an dernier à Santa Barbara.

– Le Biltmore, chambre cinquante et un ?

– J'en mouille ma petite culotte rien que d'y penser.

– Arrête, où je vais marcher sur trois pattes toute la journée.

– Très bien. Tu m'apprécieras d'autant.

– Crois-moi, je t'apprécie déjà.

Nos adieux se prolongèrent quelque temps, puis je me retrouvai tout seul.

Je ne lui avais pas soufflé mot de l'affaire Swope. Nous ne nous étions jamais rien caché et je ne pouvais m'empêcher d'éprouver le sentiment que j'avais fait preuve, en quelque sorte, de déloyauté envers elle. Je tentai de rationaliser ma réaction en me disant que j'avais bien fait, parce que lui balancer des choses aussi horribles à une si grande distance n'aurait fait que créer en elle une angoisse insupportable.

Afin d'atténuer mon sentiment de culpabilité, je passai un bon quart d'heure au téléphone avec un fleuriste plus cabotin qu'une starlette, tout ça pour envoyer une douzaine de roses rouge corail à l'autre bout de la planète.

14

Mon correspondant était de sexe féminin et dans un état de grande agitation, et sa voix me disait vaguement quelque chose.

– Docteur Delaware, j'ai absolument besoin de votre aide !

J'essayai de deviner. Une ancienne patiente faisant appel à moi en pleine crise ? Si c'était le cas, que je l'aie oubliée ne ferait que renforcer son anxiété. Il fallait faire semblant jusqu'à ce que son nom me revienne.

– Qu'est-ce que je peux faire pour vous ? lui demandai-je d'un ton apaisant.

– C'est Raoul ! Il vient de se mettre dans un terrible pétrin.

Bingo ! Helen Holroyd. Sous le coup de l'émotion, sa voix prenait un timbre différent.

– Quel genre de pétrin, Helen ?

– Il est en prison, à La Vista !

– Quoi ?

– Oui, je viens de lui parler… on ne lui a permis de donner qu'un coup de téléphone. Il a l'air dans un état ! Dieu seul sait ce qu'ils lui ont fait ! Vous vous rendez compte ? Un génie enfermé comme le dernier des criminels ! Oh mon Dieu, aidez-nous !

Elle était en train de s'effondrer, ce qui ne m'étonna pas. C'est souvent que les personnes à l'abord glacial se ferment pour se protéger du magma volcanique de sentiments perturbants et conflictuels qui bouillonne en eux. Elles se mettent en hibernation affective, en quelque sorte. Rompez la glace et ça se met à jaillir avec toute la discipline de la lave en fusion.

Elle sanglotait et se mettait en hyperventilation.

– Calmez-vous, calmez-vous, lui dis-je. On va éclaircir tout ça. Mais tout d'abord, racontez-moi ce qui s'est passé.

Il lui fallut encore deux bonnes minutes pour reprendre le contrôle d'elle-même.

– La police est passée au labo hier en fin d'après-midi. Ils lui ont dit comment ces gens avaient été assassinés. J'étais là, je travaillais de l'autre côté de la pièce. Lui-même était à son ordinateur, mais ce qu'on lui racontait ne paraissait pas l'affecter. Il continuait à taper sur son clavier comme si de rien n'était. Je voyais que quelque chose n'allait pas. Ce n'est pas son genre de rester impassible. En fait, il devait être profondément bouleversé. J'ai voulu lui parler, mais il m'a fait taire. Puis il est parti, comme ça. Il a quitté l'hôpital sans dire à personne où il allait.

– Et il s'est rendu à La Vista.

– Oui ! Il y a sans doute pensé toute la nuit et a dû partir tôt ce matin, car il est arrivé là-bas vers dix heures et a eu une altercation avec quelqu'un. Je n'ai pas compris avec qui. Ils ne nous ont pas laissé parler longtemps et il était tellement agité qu'il tenait des propos souvent incohérents. J'ai rappelé et parlé au shérif ; il m'a dit qu'il gardait Raoul en détention jusqu'à ce que la police de Los Angeles vienne l'interroger. Et aussi que je pouvais prendre un avocat, mais il a refusé de m'en dire davantage et a raccroché. Il a été grossier et insensible, et il parlait de Raoul comme si c'était un criminel et comme si le fait que je le connaisse faisait aussi de moi une criminelle.

Elle renifla avec mépris au souvenir de cette indignité.

– Tout ça est terriblement… kafkaïen ! Je suis complètement perdue, je ne sais pas comment faire pour l'aider. J'ai pensé à vous parce que Raoul m'a dit que vous aviez des relations dans la police. Je vous en prie, dites-moi ce que je dois faire.

– Pour le moment, rien. Je vais passer des coups de téléphone et je vous rappellerai. D'où m'appelez-vous ?

– Du labo.

– Ne le quittez pas.

– Ça m'arrive rarement.

Milo n'était pas joignable et le standardiste du poste ne voulut pas me dire où il était. Je demandai à parler à Delano Hardy, le policier qui travaillait parfois en tandem avec lui. Je dus patienter une dizaine de minutes, mais on finit par nous mettre en relation. Hardy, un Noir toujours tiré à quatre épingles et au crâne gagné par la calvitie, est un personnage plein d'humour et au sourire facile. Ses talents de tireur m'avaient une fois sauvé la vie.

– Hé, salut, Doc! me lança-t-il.

– Salut, Delano. J'ai besoin de parler à Milo. Le standard n'a rien voulu me dire. Il est revenu de La Vista?

– Il n'en est pas revenu, vu qu'il n'y est jamais allé. Changement de plan. On travaillait sur une affaire ultrasensible qui s'est brusquement débloquée hier.

– Le type qui chie sur les femmes?

– Oui. On l'a cueilli à froid et Milo et un autre collègue sont enfermés avec lui depuis le lever du jour pour jouer au méchant-flic bon-flic avec lui.

– Félicitations pour l'arrestation, Del. Peux-tu lui transmettre un message quand il aura terminé?

– C'est quoi le problème?

Je le mis au courant.

– Attends une minute. Je vais voir s'ils en ont encore pour longtemps.

Il revint au bout de peu de temps.

– Il te demande de lui accorder encore une demi-heure. C'est lui qui te rappellera.

– Merci beaucoup, Del.

– Pas de problème. Au fait… je gratte toujours la Strat, tu sais.

Comme moi, Hardy était un guitariste, le talent en plus: il jouait en amateur, en dehors du boulot, dans un groupe de rhythm and blues où il n'y avait que d'excellents musiciens. Je lui avais offert une Fender Stratocaster authentique pour le remercier d'avoir su être aussi habile au tir.

– Content qu'elle te plaise toujours. Faudra faire un bœuf ensemble, un de ces jours.

– Tout à fait! Viens au club avec ton outil. Bon, faut que j'y aille.

Je rappelai Helen pour lui dire que ça allait prendre un peu de temps. Elle était encore sous le coup de l'émotion et je réussis à la calmer en la faisant parler de son travail. Quand elle retrouva son ton froid, je sus qu'elle allait bien. Au moins pour un moment.

Milo appela une heure plus tard.

– Peux pas te parler trop longtemps, Alex. On a coincé ce trou du cul. Un étudiant saoudien, parent de la famille royale. Il a voulu attaquer encore une femme, mais elle a réussi à lui balancer une bonne giclée de lacrymo qui l'a foutu à genoux et elle nous a appelés. Un petit bout de femme, fallait voir ! ajouta-t-il avec admiration. On a trouvé des affaires appartenant à ses autres victimes dans son appartement. Le type chie sur lui quand il est excité. T'imagine la joie, pour l'interrogatoire. Notre seule satisfaction a été que son salopard d'avocat a lui aussi été obligé de sentir l'odeur.

– On se marre bien, dans la police. Dis-moi, si tu n'as pas le temps…

– Laisse tomber. On fait la pause. J'avais besoin de prendre l'air. Delano m'a dit pour ton Cubain. J'ai appelé Houten, qui m'a raconté ce qui s'était passé. On dirait que ton ami a la tête près du bonnet. Il a débarqué dans la ville ce matin comme Gary Cooper avant la grande explication. Il s'en est pris à Houten, exigeant l'arrestation des Toucheurs pour l'assassinat des Swope. Il prétendait qu'ils détenaient Nona et le garçon dans leur espèce d'ermitage. Houten lui a répondu qu'il les avait déjà interrogés, qu'il avait prévu d'y retourner, et que les lieux avaient été fouillés de fond en comble. Melendez-Lynch n'a rien voulu savoir et a commencé à se montrer sérieusement casse-pieds, au point que Houten a été obligé de le virer *manu militari*. Le Cubain est monté dans sa voiture et a foncé jusqu'à la Retraite. (Je ne pus m'empêcher de grogner.) Attends la suite, tu seras pas déçu. Il semble que l'entrée soit fermée par un grand portail en fer cadenassé. En arrivant, Melendez-Lynch s'est mis à hurler et à exiger qu'on lui ouvre. Deux des Toucheurs sont venus le calmer et ça s'est terminé en bagarre… sauf que c'est surtout lui qui a dérouillé. Les autres sont rentrés et il est remonté dans sa voiture, mais pour enfoncer le portail. C'est alors qu'ils ont appelé Houten, qui a mis Melendez-Lynch en état d'arrestation pour trouble à l'ordre public, dégradation de biens privés et je ne sais quoi d'autre. Le shérif l'a pris pour un fou et s'est demandé si nous ne voudrions pas l'interroger. Il l'a mis sous les verrous, lui a proposé d'appeler un avocat et, devant son refus, l'a autorisé à donner le coup de fil habituel.

– C'est pas croyable.

Milo éclata de rire.

– Je ne te le fais pas dire, hein ? Entre lui, Valcroix et les histoires que Rick me raconte, je suis en train de perdre le peu de foi que j'avais dans la médecine moderne. Parce qu'on ne peut pas dire que ces types t'inspirent confiance, si ?

– C'est peut-être ce qu'ont pensé les Swope.

– C'est bien possible. S'ils ont été les témoins de conneries du même genre, je peux comprendre qu'ils aient eu envie de se faire la malle.

– Peut-être pas aussi définitivement, tout de même.

– Non. Dès qu'on sera sûrs que notre Saoudien est mis hors d'état de nuire, cette affaire va devenir notre priorité numéro un. Mais il va falloir faire preuve d'un peu de patience, parce que si nous ne surveillons pas Chie-dans-l'froc de près, il sera de retour à Riyad avant qu'on ait le temps de faire ouf.

Je me sentis glacé par ce que cela sous-entendait. La vie humaine était sa priorité et, s'il avait pensé que Nona et Woody étaient vivants, il aurait trouvé le moyen de s'atteler tout de suite à leur cas, saoudien chieur ou pas.

Je refoulai la colère que je sentais monter en moi.

– Quand as-tu conclu qu'ils étaient morts ?

– Quoi ? Seigneur, Alex, arrête de tout analyser ! Je n'ai rien décidé du tout. J'ai un bataillon au grand complet qui ratisse les canyons et je consulte les signalements au moins trois fois par jour. Viens pas me dire que je reste assis sur mon cul. Mais le fait est que j'ai un suspect sous le coude dans une affaire et que dalle dans l'autre. Où mettrais-tu la priorité, à ma place ?

– Désolé. J'ai complètement déraillé. C'est juste que c'est dur de se dire qu'il n'y a plus d'espoir pour ce petit garçon.

– Je comprends, vieux, dit-il d'un ton radouci. Je me sens à cran, moi aussi. Je passe trop de temps à patauger dans le sang et la merde, et pas que métaphoriquement. Fais juste gaffe à ne pas trop t'impliquer. Une fois de plus.

Je portai inconsciemment deux doigts à ma mâchoire.

– Entendu. Et maintenant, qu'est-ce qui va se passer avec Melendez-Lynch ? Il faut bien que je raconte quelque chose à sa petite amie.

– Ce qui va se passer ? Rien du tout. J'ai dit à Houten qu'il pouvait le relâcher, s'il voulait. Il est peut-être givré, ce type, mais pour le moment il n'est pas suspect de quoi que ce soit. Houten m'a répondu qu'il aimerait bien qu'il soit escorté jusqu'aux limites de sa juridiction. Melendez-Lynch n'arrête pas de râler depuis qu'il l'a enfermé et il ne veut pas qu'il se mette à flanquer le bordel dès l'instant où il l'aura relâché. Que tu sois psy ferait sérieux dans le tableau.

– Je ne sais pas. J'ai déjà vu Raoul piquer des crises, mais jamais comme ça.

– À toi de voir. À moins qu'il se calme et accepte de voir un avocat ou que quelqu'un vienne le chercher, ton toubib risque de moisir un certain temps en taule.

Si jamais on apprenait que Melendez-Lynch avait été incarcéré, sa réputation professionnelle risquait d'en pâtir sérieusement. Je ne connaissais aucun de ses proches, sinon Helen, mais pour ce qui était d'aller le sortir des geôles de La Vista, elle n'était définitivement pas de taille.

– On me fait signe, Alex, me dit Milo pendant que je réfléchissais. J'ai plus qu'à me pincer le nez et à sauter dedans.

– Très bien. Rappelle le shérif et dis-lui que j'arrive dès que je peux.

– Tu es trop bon. Allez, salut !

Je rappelai une fois de plus Helen et lui dis que j'avais obtenu la libération du très estimé Dr Melendez-Lynch. Elle me remercia avec effusion et commençait à faire dans le lacrymal lorsque je raccrochai. Pour son propre bien.

15

Je coulai la Seville dans la circulation de la nationale peu après midi. Pendant la première des deux heures qu'il fallait pour aller à La Vista, j'allais faire une plongée dans le ventre industriel de la Californie. Ce fut un défilé de dépôts à ciel ouvert, de quais de chargement, de parkings de concessionnaires automobiles gigantesques, d'entrepôts à la silhouette sinistre et d'usines recrachant leurs fumées méphitiques dans un ciel déjà obscurci par les panneaux publicitaires. Je gardai les fenêtres fermées, climatisation branchée, et écoutai une cassette de Flora Purim.

À partir d'Irvine, la transformation était brutale: à la zone industrielle succédaient des étendues verdoyantes, des champs au sol riche sur lesquels s'alignaient, avec une précision géométrique, des rangées de tomates, de poivrons, de fraises et de maïs, subissant toutes la douche spasmodique de l'arrosage automatique. Je baissai ma vitre et laissai entrer l'air chargé de la sympathique puanteur du fumier. Plus loin, la route se rapprochait de l'océan, les champs cédant la place aux banlieues chics du comté d'Orange, puis elle s'étirait sur de nombreux kilomètres au milieu d'un terrain broussailleux dont elle était coupée par un grillage surmonté de fil de fer barbelé – territoire appartenant au gouvernement, sur lequel seraient installés des laboratoires d'essais nucléaires secrets.

Tout de suite après Oceanside, la circulation était presque paralysée dans l'autre sens: la patrouille des frontières avait installé un point de contrôle pour rechercher les immigrants clandestins. Des officiers en uniforme gris et chapeau de ranger regardaient dans tous les véhicules; ils en laissaient repartir la majorité et en faisaient garer quelques-uns pour les examiner de plus près. La procédure avait presque quelque chose d'une cérémonie, ce qui convenait d'autant mieux que vouloir interrompre l'afflux de ceux qui étaient à la recherche d'une vie meilleure était aussi faisable que recueillir la pluie dans un dé à coudre.

Je quittai la nationale quelques kilomètres plus loin, pour emprunter une route d'État qui se traînait entre des cubes de béton abritant des fast-foods et des stations-service automatiques ; puis elle se réduisit à une deux-voies en dur et commença à s'élever vers des montagnes voilées par une brume couleur lavande.

Vingt minutes plus tard, il n'y avait plus un seul véhicule en vue. Je passai devant une carrière de granit où des machines avec des bras de mante religieuse fouillaient la terre et en tiraient des tas de roches mêlées de boue, puis devant un ranch de chevaux, avant de longer un champ où paissaient des vaches. Ensuite, plus rien. Des panneaux poussiéreux annonçaient triomphalement la construction de lotissements de luxe et de maisons individuelles, mais, en dehors d'un projet abandonné – les restes sans toit d'un dédale de petites baraques sises dans un ravin brûlé de soleil –, le territoire était voué au vide et au silence.

Avec l'altitude, la végétation devint plus luxuriante. La Vista était précédé par des rangées d'eucalyptus ombrageant des vergers de citronniers et d'avocatiers sur près de deux kilomètres, et le bourg proprement dit s'étendait dans une vallée au pied de la montagne ; entouré de forêts, il avait un air vaguement alpestre. Il aurait suffi de détourner un instant les yeux pour ne pas le voir.

L'artère principale, Orange Avenue, desservait pour une bonne partie un dépôt gravillonné où était parqué tout un assortiment d'engins, moissonneuses-batteuses, herses, charrues et tracteurs. Un bâtiment bas tout en longueur et à façade de verre occupait une extrémité du dépôt, un panneau en bois apposé à l'entrée annonçant la vente, la location et la réparation de matériel agricole et de « tout matériel lourd ».

La rue, tranquille, était bordée de places de stationnement en épi. Peu d'entre elles étaient occupées, ou alors par des pick-up et de vieilles berlines. La vitesse était limitée à vingt-cinq kilomètres heure. Je ralentis et passai devant une quincaillerie, une épicerie, un chiropracteur à huit dollars la visite (« sans rendez-vous »), un salon de coiffure l'enseigne rouge et blanc tournoyante et un bar sans fenêtres, l'Erna's.

L'hôtel de ville se réduisait à un cube de béton rose à un étage au centre de l'agglomération. Une allée, également en béton, courait jusqu'à l'entrée, au milieu d'une pelouse bien entretenue où poussaient de hauts palmiers dattiers. La double porte aux poignées de laiton était ouverte. Deux hampes en laiton noircis par le temps, au-dessus de l'entrée, portaient l'une la bannière étoilée, l'autre le drapeau de la Californie.

Je me garai devant le bâtiment, sortis dans la chaleur sèche et m'avançai dans l'allée. Une plaque, datée de 1947 et portant le nom des hommes de La Vista morts pendant la Seconde Guerre mondiale, était placée à hauteur des yeux, juste à gauche du montant de la porte. J'entrai dans un vestibule, dans lequel il n'y avait en tout et pour tout que deux bancs de chêne à dos droit. Je cherchai des yeux un panneau indiquant les différents services, mais n'en vis aucun ; je me dirigeai donc vers le seul bruit que j'entendais, celui d'une machine à écrire. Mes pas résonnaient dans le couloir vide.

Une femme tapait sur une Royal manuelle, dans une pièce encombrée et pleine de classeurs en bois. Elle était, comme sa machine, d'un cru remontant à une haute antiquité. Perché sur l'un des classeurs, un ventilateur pivotait et soufflait de l'air, ce qui faisait danser ses cheveux par intermittence.

Je m'éclaircis la gorge. Elle leva des yeux inquiets, puis sourit, et je lui demandai où se trouvait le bureau du shérif. Elle m'indiqua un escalier, dans le fond, conduisant au premier étage.

Il y avait là une salle d'audience minuscule qui, apparemment, n'avait pas servi depuis longtemps. On avait peint en lettres noires brillantes, sur un morceau de plastique vert pâle, le mot SHÉRIF ; au-dessous, une flèche pointait vers la droite.

Le quartier général des forces de l'ordre de La Vista se réduisait à une petite pièce sombre comprenant deux bureaux en bois, un standard téléphonique manuel et un télétype pour le moment silencieux. La carte du comté couvrait l'un des murs. Des affichettes de personnes recherchées et un râtelier d'armes bien rempli complétaient le décor. Au milieu du mur du fond, je vis une porte métallique avec une fenêtre dont la vitre renforcée devait bien faire dix centimètres d'épaisseur.

L'homme en uniforme beige assis à l'un des bureaux paraissait trop jeune pour être officier de police, avec ses joues rebondies bien roses et des yeux noisette candides sous ses mèches brunes. Mais il était seul dans la pièce et, au-dessus de la pochette de sa chemise, je pus lire ADJOINT W. BRAGDON. Il parcourait un journal d'agriculture et leva les yeux quand j'entrai. Il eut pour moi un regard de flic: sur ses gardes, analytique et foncièrement méfiant.

– Je suis le Dr Delaware et je viens chercher le Dr Melendez-Lynch.

W. Bragdon se leva, remonta son ceinturon et disparut par la porte métallique. Il revint en compagnie d'un quinquagénaire qui paraissait sortir tout droit d'un western des années trente ou d'un tableau de Remington.

Pas très grand, les jambes arquées, il avait de larges épaules et l'air solide comme le roc; il avait un peu la démarche d'un poids coq avant le combat. Son pantalon au pli impeccable était taillé dans le même tissu que celui de son adjoint. Il portait une chemise écossaise bleue à boutons de nacre et avait, sur son crâne allongé, un Stetson immaculé à larges bords, posé selon un axe parfaitement parallèle au sol. L'étalage du vaniteux était confirmé par la coupe collée au corps du pantalon et de la chemise, faite pour mettre en valeur son physique d'athlète.

Il avait des cheveux bruns tirant sur le gris, sous le chapeau, coupés court sur ses tempes étroites. Ses traits saillants lui donnaient un air de rapace à la Lee Van Cleef. Une moustache épaisse en guidon de vélo s'épanouissait sous son nez fortement busqué.

Je fus frappé par ses mains, particulièrement grandes et fortes. La gauche resta posée sur la crosse d'un Colt 45 glissé dans un étui fait main tandis qu'il me tendait la droite.

– Docteur, me dit-il d'une voix grave et ronde, je suis le shérif Raymond Houten.

Il avait une poignée de main vigoureuse mais sans insistance, celle d'un homme très conscient de sa force.

Il se tourna vers Bragdon.

– Walt ?

L'adjoint Face-d'ange me jeta un coup d'œil et retourna s'asseoir.

– Suivez-moi, docteur.

De l'autre côté de la porte blindée à la petite fenêtre en verre renforcé, il y avait un couloir de trois mètres de long à peine. Une porte métallique à gros verrou s'ouvrait à gauche ; celle de droite, en bois, donnait sur une pièce haute de plafond, bien éclairée et empestant le tabac.

Il s'assit derrière un vieux bureau et me fit signe de m'installer dans un fauteuil de cuir fatigué. Il retira son Stetson et le jeta sur un portemanteau en andouillers de wapiti.

Sortant un paquet de Chesterfield, il m'en offrit une que je refusai, alluma la sienne et s'enfonça dans son siège, le regard perdu par la fenêtre. La grande baie vitrée ayant une vue imprenable sur Orange Avenue, il suivit des yeux un gros semi-remorque chargé de la production locale. Il attendit que le grondement du moteur se soit éloigné pour prendre la parole.

– Vous êtes psychiatre ?

– Psychologue.

Tenant sa cigarette entre le pouce et l'index, il tira dessus.

– Et vous êtes ici en tant qu'ami du Dr Lynch, pas à titre officiel, si j'ai bien compris.

À son ton, il était clair qu'il aurait préféré la seconde option.

– C'est exact.

– Je vais vous conduire auprès de lui dans une minute. Je tiens cependant à vous mettre au courant avant. Il a l'air d'être tombé dans une moissonneuse-batteuse. Mais ce n'est pas nous.

– Je vois. L'inspecteur Sturgis m'a dit qu'il avait déclenché une bagarre avec des membres des Toucheurs et que c'était lui qui avait pris la raclée.

La bouche de Houten fit une grimace sous sa moustache.

– C'est un assez bon résumé. D'après ce que j'ai compris, le Dr Lynch ne serait pas n'importe qui, reprit-il d'un ton sceptique.

– C'est un spécialiste mondialement connu dans le domaine des cancers de l'enfant.

Nouveau regard par la fenêtre. Je remarquai alors un diplôme accroché au mur, derrière le bureau. Il avait obtenu un certificat de criminologie de l'une des facs de l'État.

– Le cancer, dit-il d'une voix douce. Ma femme l'a eu. Il y a dix ans. Ça l'a bouffée comme un animal sauvage avant de la tuer. Les docteurs n'ont rien voulu nous dire. Ils se sont planqués derrière leur jargon jusqu'à la fin.

Il eut un sourire effrayant.

– Cependant, enchaîna-t-il, je ne me souviens d'aucun qui se compare au Dr Lynch.

– Ce n'est pas un personnage ordinaire, shérif.

– Il ne semble pas toujours capable de maîtriser ses nerfs. Il est d'où ? Du Guatemala ?

– Non, de Cuba.

– Pareil. Le tempérament latino.

– Ce qu'il a fait cette fois n'a rien d'habituel. Pour autant que je sache, il n'avait encore jamais troublé l'ordre public.

– Je suis déjà au courant, docteur. Nous avons fait une vérification des archives par ordinateur. C'est une des raisons qui m'incitent à l'indulgence et à le laisser partir avec seulement une amende à payer. J'aurais de quoi le maintenir ici pendant un bon moment – violation de domicile, agression, résistance à un officier de police dans l'exercice de ses fonctions… Sans même parler des dégâts qu'il a faits au portail avec sa voiture. Mais le juge ne devant pas passer ici avant l'hiver, il faudrait le faire incarcérer à San Diego et ce serait compliqué.

– J'apprécie que vous fassiez preuve d'indulgence et je suis prêt à signer un chèque pour les dégâts.

Il répondit d'un hochement de tête, posa sa cigarette et décrocha le téléphone.

– Walt ? Prépare le PV du Dr Lynch en incluant le montant des dégâts… Non, c'est inutile, le Dr Delaware va tout payer. (Il jeta un coup d'œil dans ma direction.) Tu peux le prendre. Il a l'air d'un honnête homme.

Il raccrocha et ajouta :

– La somme ne sera pas négligeable. Il nous a créé pas mal de problèmes.

– Il a dû être traumatisé en apprenant l'assassinat des Swope.

– Traumatisés, nous l'avons tous été, docteur Delaware. Dix-neuf cent sept personnes habitent ici, sans compter les migrants. Tout le monde connaît tout le monde. Hier, nous avons mis le drapeau en berne. Quand le petit Woody est tombé malade, ç'a été un coup à l'estomac pour chacun de nous. Et maintenant ça…

Le soleil avait changé de position et inondait maintenant la pièce. Houten plissa les paupières et ses yeux disparurent dans le réseau de ses pattes d'oie.

– Le Dr Lynch semble s'être fourré dans le crâne que les enfants étaient à La Vista, dans l'enceinte de la Retraite… reprit-il avec des points de suspension qui me donnèrent l'impression d'être mis à l'épreuve.

Je lui renvoyai la balle.

– Et vous estimez que c'est hors de question.

– Vous pouvez le dire. Ces gens, les Toucheurs… d'accord, ils ne sont pas comme tout le monde, mais ça n'en fait pas des criminels. Quand les gens du coin ont appris qui avait acheté le vieux monastère, on peut dire que ça a fait du foin. Tout juste si on ne m'a pas demandé de me prendre pour Wyatt Earp et de les chasser de la ville. (Il eut un sourire endormi.) Les fermiers ne saisissant pas toujours très bien les finesses de la procédure légale, j'ai dû donner quelques cours de rattrapage. Le jour où ils sont passés par la ville pour aller s'installer, ç'a été le cirque. Tout le monde les regardait comme des extraterrestres et les montrait du doigt.

« Le jour même, j'y suis allé et j'ai eu un entretien avec le Dr Matthias, histoire de lui donner une petite leçon de sociologie locale. Je lui ai dit qu'il était de leur intérêt de garder profil bas, de faire leurs achats chez les commerçants de La Vista et de se fendre d'une petite contribution régulière aux œuvres de la paroisse.

C'était exactement la stratégie que Seth Fiacre m'avait décrite.

– Cela fait trois ans qu'ils sont établis ici et je n'ai même pas eu une contravention pour excès de vitesse à leur dresser. Les gens se sont habitués à eux. J'y passe quand je veux et tout le monde sait donc qu'ils ne fabriquent pas de bouillon de sorcières derrière leurs portes. Ils ne sont ni plus ni moins bizarres que le jour de leur arrivée. Mais c'est tout. Bizarres, mais pas criminels. S'ils ont commis des délits, je n'en ai pas entendu parler.

– Y a-t-il la moindre chance que Nona et Woody puissent se trouver ailleurs dans le secteur ?

Il alluma une nouvelle cigarette et me regarda froidement.

– Ces enfants ont été élevés ici. Ils ont joué dans les champs alentour et ont exploré tous les chemins du secteur sans jamais faire de bêtises. Un seul voyage dans votre grande ville et tout ça a changé. Une bourgade comme la nôtre est semblable à une famille, docteur. Nous ne nous assassinons pas entre nous, nous ne nous kidnappons pas nos enfants.

Son expérience comme sa formation auraient pourtant dû lui apprendre que les familles sont les chaudrons dans lesquels mijote la violence. Je gardai la remarque pour moi.

– Il y a encore une chose que je veux vous dire pour que vous en fassiez part au Dr Lynch, reprit-il en se levant pour aller se placer devant la fenêtre. Ceci est un écran de télé géant. Le feuilleton s'appelle La Vista. Certains jours, c'est un *soap opera*, d'autres jours, une comédie. De temps en temps, il y a un peu d'action et d'aventure. Mais quelle que soit l'émission, je la regarde tous les jours.

– Je comprends.

– J'en étais sûr, docteur.

Il reprit son chapeau et se le mit sur la tête.

– Allons voir comment se porte notre spécialiste mondialement connu.

Le verrou de la porte blindée réagit bruyamment à la clef de Houten. De l'autre côté s'alignaient trois cellules, ce qui me fit penser aux bulles de l'unité de flux laminaire. Il faisait chaud et humide dans ces locaux de détention où régnaient des relents de sueur et une impression de solitude.

– Il est dans la dernière, me dit Houten.

Je le suivis dans le passage sans fenêtre.

Raoul était assis sur un banc métallique boulonné au mur, les yeux rivés au sol. Sa cellule de six mètres carrés comprenait un lit également boulonné au mur et dont le fin matelas était tout taché, des toilettes sans couvercle et un bassin à ablutions en zinc. À l'odeur, on se rendait tout de suite compte que l'entretien des toilettes laissait à désirer.

Houten déverrouilla la porte et nous entrâmes.

Raoul leva un seul œil vers moi. L'autre, au beurre noir et gonflé, resta fermé. Il avait une croûte de sang séché derrière l'oreille gauche et sa lèvre fendue faisait penser à du steak cru. Plusieurs boutons manquaient à sa chemise de soie blanche, qui pendait sur sa poitrine molle et velue. Un gros bleu virait au noir le long de ses côtes. L'une des manches de sa chemise pendait par un dernier bout de tissu tenant à l'emmanchure. On lui avait enlevé sa ceinture, ses lacets et sa cravate et je trouvai particulièrement pathétique la vue de ses chaussures en croco maculées de boue et dont la languette retombait.

Houten vit mon expression.

– Nous avons voulu lui faire un peu de toilette, mais il a commencé à faire des histoires, alors on a laissé tomber.

Raoul grommela quelque chose en espagnol. Houten me regarda en arborant l'expression d'un parent devant un enfant capricieux.

– Vous pouvez partir maintenant, docteur Lynch, dit-il. Le Dr Delaware vous reconduira chez vous. Vous pourrez faire remorquer votre voiture jusqu'à Los Angeles ou attendre qu'on vous la répare ici. Zack Piersall connaît bien les véhicules étr…

– Je ne vais nulle part, le coupa Raoul.

– Docteur Lynch…

– *Melendez*-Lynch, pas Lynch ! Vous le faites exprès, mais ça ne m'intimide pas. Je ne partirai pas tant que la vérité n'aura pas éclaté au grand jour !

– Vous n'avez pas l'air de vous rendre compte que vous vous préparez de graves ennuis, docteur. Je n'accepte de vous libérer que parce que cela simplifie les choses pour tout le monde. Je ne doute pas que vous ayez subi beaucoup de tension…

– Ne me parlez pas comme à un gosse, shérif, et arrêtez de couvrir ces cinglés, ces meurtriers !

– Raoul…

– Non, Alex, vous ne comprenez pas. Ces gens sont des imbéciles, des esprits obtus ! L'arbre de la connaissance pourrait pousser sur le pas de leur porte qu'ils n'en cueilleraient pas les fruits !

Les mâchoires de Houten se contractèrent comme s'il s'apprêtait à expulser un fragment de patience.

– Je ne veux plus vous voir dans ma ville, dit-il doucement.

– Je ne partirai pas, répliqua Raoul en s'agrippant au banc pour bien marquer sa résistance.

– Shérif? Laissez-moi lui parler seul à seul.

Houten haussa les épaules, quitta la cellule et m'enferma dedans. Puis il s'éloigna dans le passage et j'attendis qu'il ait refermé la porte blindée derrière lui pour me tourner vers Melendez-Lynch.

– Mais enfin, Raoul, qu'est-ce qui vous prend ?

– Vous n'allez pas me faire la leçon, vous aussi ?

Il avait bondi sur ses pieds et brandissait le poing.

J'eus un mouvement de recul instinctif. Il regarda son poing levé, le laissa retomber et marmonna une excuse. Puis, s'effondrant comme s'il avait perdu tout tonus, il se rassit sur le banc.

– J'aimerais bien savoir au nom de quoi, bon sang, vous avez décidé de débarquer ici et d'envahir les lieux comme si vous étiez une armée à vous tout seul, repris-je.

– Je sais qu'ils y sont, dit-il, haletant. Derrière ce grand portail. Je le sens !

– Et vous avez transformé votre Volvo en char d'assaut à cause de ce que vous ressentez ? C'est pourtant vous qui nous parliez toujours des intuitions comme d'un tour de passe-passe pour débiles mentaux, non ?

– C'est différent. Ils n'ont pas voulu me laisser entrer. Si ce n'est pas la preuve qu'ils dissimulent quelque chose, qu'est-ce qu'il vous faut ? (Il se donna un coup de poing dans la paume.) Je rentrerai là-dedans d'une manière ou d'une autre, et je raserai tout s'il le faut, mais je le retrouverai !

– C'est de la folie pure. Qu'est-ce qui s'est passé avec les Swope pour que vous vous preniez pour un cow-boy ?

Il se cacha la figure dans les mains.

Je m'assis à ses côtés et passai un bras sur ses épaules. Il était trempé de sueur.

– Allons, Raoul, partons d'ici.

– Alex, dit-il d'une voix enrouée, l'haleine âcre et forte, l'oncologie est une spécialité pour ceux qui sont capables d'apprendre à supporter l'échec avec grâce. Il ne s'agit pas d'aimer ou d'accepter, mais de souffrir avec dignité, comme doit le faire le patient lui-même. Saviez-vous que j'étais le premier de ma classe en médecine ?

– Non, mais ça ne m'étonne pas.

– J'ai été interne dans plusieurs hôpitaux. Les cancérologues font partie de la crème de la médecine, croyez-moi. Mais nous sommes tous les jours confrontés à l'échec.

Il se remit péniblement debout et s'avança jusqu'aux barreaux, laissant sa main courir le long des tiges métalliques inégales et rouillées.

– L'échec, reprit-il. Mais les victoires procurent un bonheur incroyable. Sauver et reconstruire une vie ! Qu'est-ce qui pourrait procurer une aussi belle illusion de toute-puissance, Alex ?

– De grandes et belles victoires, vous en aurez d'autres, Raoul. Vous le savez mieux que personne. Rappelez-vous cette conférence que vous avez faite pour vos donateurs et toutes ces diapos d'enfants guéris que vous leur avez montrées ? Pour celui-ci, vous ne pouvez plus rien. Laissez tomber.

Il fit une brusque volte-face et me fusilla du regard.

– En ce qui me concerne, ce petit garçon est toujours vivant. Et je ne changerai pas d'avis tant que je n'aurais pas vu son cadavre.

Je voulus répondre, mais il me coupa la parole.

– Je ne suis pas venu à la cancérologie pour je ne sais quelle raison sentimentale... parce qu'une cousine bien-aimée serait morte d'une leucémie ou mon grand-père d'un carcinome. Je suis devenu cancérologue parce que la médecine est la science – et l'art – de lutter contre la mort. Et le cancer, c'est la mort.

Dès le départ, dès le jour où, jeune étudiant, j'ai vu ces cellules primitives monstrueuses, le mal incarné, sous la lentille d'un microscope, j'ai été frappé par cette vérité élémentaire. Et j'ai su que là était ma voie.

Des gouttes de transpiration perlaient à son front haut et sombre. Ses yeux en grains de café brillaient en parcourant la cellule.

– Je n'abandonnerai pas, reprit-il, la statue incarnée du défi. Seule la victoire sur la mort, mon ami, fait entrapercevoir l'immortalité.

Il était inaccessible, prisonnier de sa vision frénétique du monde. Prisonnier de son obsession, don-quichottesque, niant ce qui était le plus probable : que Nona et Woody étaient morts, eux aussi, enfouis quelque part dans l'humus en perpétuel mouvement qui est le substrat de la ville.

– Laissons la police s'en occuper, Raoul. Mon ami inspecteur doit venir incessamment ici. Il vérifiera tout.

– La police, cracha-t-il, parlons-en ! Pour le bien qu'elle fait ! Les flics sont tout juste bons à rester assis derrière leurs bureaux. Des esprits médiocres à l'horizon borné. Comme ce crétin de cow-boy de La Vista. Ils devraient déjà être ici. Chaque jour est crucial pour ce petit garçon. Ils s'en fichent, Alex. Pour eux, c'est un chiffre de plus dans leurs statistiques. Mais pas pour moi !

Il croisa les bras, en défi devant l'indignité qu'il subissait en étant détenu et sans se rendre compte qu'il avait presque l'air d'un clochard.

Je pensais depuis longtemps qu'un excès de sensibilité peut avoir des effets très négatifs, que trop d'empathie a quelque chose de malin en soi. Ceux qui ont le plus de chances de survivre dans ce cas-là sont ceux qui bénéficient d'une aptitude au déni supérieure à la normale. Ceux qui continuent malgré tout à avancer.

Raoul allait marcher jusqu'à ce qu'il tombe.

Je l'avais toujours considéré comme frôlant l'état maniaque. Peut-être comme étant même aussi délirant, à sa manière, que l'était Richard Moody, mais nettement plus gâté sur le plan intellectuel, si bien que cet excès d'énergie était canalisé vers des activités honorables et pour le bien de la société.

Mais trop d'échecs s'étaient accumulés ces derniers jours : le rejet du traitement par les Swope, équivalant – sa vie étant identifiée à son travail – à un rejet de lui-même, soit de l'athéisme de la pire espèce. Puis l'enlèvement de son patient, synonyme pour lui d'humiliation et de perte de contrôle. Et enfin la mort, l'insulte ultime.

Cette série de coups l'avait rendu irrationnel.

Je ne pouvais pas le laisser ici, mais je ne savais pas comment l'en faire sortir.

Avant qu'aucun de nous deux ne reprenne la parole, un bruit de pas vint rompre le silence. Houten jeta un coup d'œil dans la cellule, les clefs à la main.

– Prêts, messieurs ?

– Je n'ai pas réussi, shérif.

La nouvelle creusa les pattes d'oie au coin de ses yeux.

– Vous préférez rester parmi nous, docteur *Melendez*-Lynch ?

– Jusqu'à ce que j'aie retrouvé mon patient.

– Votre patient n'est pas ici.

– Je ne vous crois pas.

Houten pinça les lèvres et fronça les sourcils.

– J'aimerais que vous sortiez, docteur Delaware.

Il fit tourner la clef et sans lâcher Raoul des yeux me tint la porte juste assez entrouverte pour que je puisse me glisser dehors.

– Au revoir, Alex, me dit Raoul d'un ton de martyr.

Houten lui adressa la parole d'un ton sec.

– Si vous pensez que la prison c'est marrant, monsieur, vous allez changer d'avis. Je vous le promets. En attendant, je vais vous trouver un avocat.

– Je refuse les services d'un avocat.

– Je vais tout de même vous en trouver un, docteur. Quoi qu'il vous arrive, nous aurons respecté les procédures à la lettre.

Il fit demi-tour et s'éloigna à grands pas.

Juste avant de sortir, j'aperçus une dernière fois Raoul derrière les barreaux. Je n'avais aucune raison objective pour cela, mais je me sentais quand même coupable.

16

Houten alla donner un coup de téléphone hors de portée de mes oreilles. Dix minutes plus tard, un homme en manches de chemise se présenta ; le shérif s'avança pour l'accueillir.

– Merci d'être venu aussi rapidement, Ezra.

– Si je peux être utile à quelque chose, shérif.

L'homme avait une voix douce et modulée, un ton égal.

Il devait approcher la cinquantaine ; de taille moyenne mais peu corpulent, il avait le dos voûté des rats de bibliothèque. Tout en lui était compact et net. Des cheveux clairsemés poivre et sel, peignés en arrière, couvraient sa tête étroite ; ses oreilles pointues d'elfe étaient collées à son crâne. Il avait des traits réguliers mais trop délicats pour un homme. Sa chemisette blanche était immaculée et, en dépit de la chaleur, n'avait pas un faux pli ; quant à son pantalon kaki, on aurait dit qu'il venait d'être repassé. Il portait des verres octogonaux à monture invisible et dont l'étui était maintenu à sa poche de poitrine par un clip.

Il donnait l'impression d'un homme qui ne transpirait jamais.

Je me levai, il m'étudia d'un air avenant.

– Ezra, je vous présente le Dr Delaware, psychologue à Los Angeles. Il a fait tout ce chemin pour venir récupérer la personne dont je vous ai parlé. Docteur, je vous présente Ezra Maimon, le meilleur avocat de la ville.

L'homme à la tenue impeccable eut un petit rire.

– Le shérif fait dans l'hyperbole, dit-il en me tendant une main fine mais calleuse. Je suis le seul avocat de La Vista et je plaide surtout pour la défense de l'environnement.

– Ezra possède une pépinière spécialisée dans les arbres fruitiers rares, aux limites de la ville. Il prétend avoir pris sa retraite d'avocat, mais il lui arrive de reprendre du service de temps en temps.

– Les contestations de testament et de bornage sont des choses relativement simples, en comparaison, dit Maimon. Si l'affaire est criminelle, il faudra faire venir un spécialiste.

– On n'en est pas là, dit Houten en tortillant sa moustache. Il n'y a pas eu crime. Pas encore. Rien qu'un petit problème, comme je vous l'ai dit au téléphone.

Maimon acquiesça.

– Donnez-moi les détails.

Il écouta en silence, impassible, se tournant une ou deux fois vers moi pour m'adresser un sourire. Lorsque le shérif eut terminé, l'avocat, un doigt devant les lèvres et les yeux tournés vers le plafond, eut l'air de se livrer à un calcul mental. Après une minute de méditation silencieuse, il demanda à voir son « client ».

Il passa une demi-heure dans la cellule. Je voulus tuer le temps en parcourant une revue destinée à la police de la route – jusqu'au moment où je me rendis compte qu'elle était spécialisée dans les documentaires photographiques réalistes d'accidents, accompagnés de descriptions détaillées des horreurs qu'ils provoquaient. Je n'arrivais pas à imaginer comment ceux qui étaient les témoins de ces carnages dans l'exercice de leurs fonctions quotidiennes pouvaient avoir envie d'en reprendre une louche, même sous forme de photos. Peut-être cela leur donnait-il de la distance – la vraie consolation du voyeur. Je reposai le magazine et dus me contenter de regarder W. Bragdon s'initier aux joies de la culture de la luzerne en s'arrachant la peau des ongles.

Finalement, l'interphone bourdonna.

– Va le chercher, Walt, ordonna Houten.

Bragdon dit « oui-m'sieur », sortit et revint avec Maimon.

– Je crois, dit l'avocat, que nous avons peut-être trouvé un compromis.

– Racontez-nous ça, Ezra.

Nous étions installés tous les trois autour d'un des deux bureaux.

– Le Dr Melendez-Lynch est un homme très intelligent, reprit Maimon. Peut-être un peu trop entêté. Mais, à mon avis, sans aucune mauvaise intention.

– Sauf qu'il nous les brise menu, Ezra.

– Il a fait preuve d'un zèle excessif en essayant de remplir ses obligations de médecin, c'est vrai. Mais, comme nous le savons tous, le petit Woody est atteint d'une maladie mortelle. Le Dr Melendez-Lynch estime qu'il a les moyens de le guérir et se voit simplement comme quelqu'un qui cherche à sauver une vie.

Maimon s'exprimait avec une autorité tranquille. Il aurait pu se comporter en simple porte-parole de Houten ; au lieu de cela, il suivait la démarche d'un véritable avocat. De plus, il ne paraissait pas le faire pour la galerie – c'est-à-dire pour moi – et j'en fus impressionné.

La colère avait assombri le visage de Houten.

– Le gosse n'est pas ici et vous le savez aussi bien que nous, Ezra.

– Mon client est un peu comme saint Thomas. Il ne croit que ce qu'il voit lui-même.

– Il n'est pas question qu'il s'approche de la Retraite, Ezra.

– Là-dessus, nous sommes d'accord. Ce serait le plus sûr moyen de flanquer la pagaille à nouveau. Il a cependant accepté que le Dr Delaware conduise une fouille de la Retraite. Il a promis de payer son amende et de partir sans faire d'histoires si son ami ne trouve rien qui puisse faire soupçonner quoi que ce soit.

La solution était simple, mais ni Houten ni moi n'y avions pensé. Houten, parce que par tempérament il n'avait guère de goût pour les concessions et qu'il avait déjà eu son content d'embêtements. Moi, parce que j'avais été trop affecté par le fanatisme de Raoul pour penser froidement.

Le shérif encaissa.

– Je ne peux pas obliger Matthias à nous ouvrir ses portes.

– Bien sûr que non. Il a parfaitement le droit de refuser. Dans ce cas, il faudra trouver une autre approche pour notre problème.

L'homme était foncièrement logique.
Houten se tourna vers moi.
– Qu'est-ce que vous en dites ? Êtes-vous partant ?
– Bien sûr, si ça peut régler le problème.

Houten passa dans son bureau et revint nous dire que Matthias avait accepté le principe de la visite. Maimon eut un nouvel entretien avec Raoul, sonna, Bragdon alla le chercher et l'avocat nous dit de ne pas hésiter à le rappeler en cas de besoin. Houten prit son chapeau et toucha machinalement la crosse de son Colt. Je le suivis dans l'escalier, puis à l'extérieur du bâtiment et il me fit monter dans une Camino qui avait l'étoile de shérif décalquée sur les portières. Il lança le moteur (un turbo, au bruit) et fit demi-tour juste en face du bâtiment municipal.

Il y avait un embranchement à un peu moins d'un kilomètre après la dernière maison du bourg. Houten prit à droite, conduisant rapidement mais sans brutalité, ne ralentissant pas dans des virages qui m'auraient fait lever le pied. La route devint plus étroite et se trouva plongée dans la pénombre des conifères qui la bordaient. Les pneus de la Camino soulevaient de la poussière. Devant nous un lièvre se pétrifia au milieu de la chaussée, frissonna et bondit à l'abri de la haute futaie.

Houten parvint à sortir une Chesterfield et à l'allumer sans ralentir un seul instant. Il roula encore pendant trois kilomètres en inhalant la fumée, sans cesser pour autant de parcourir le paysage de son regard inquisiteur de flic. Au sommet d'une hauteur il tourna brusquement dans un sentier, parcourut encore quelques dizaines de mètres et s'arrêta devant un portail métallique à double battant en forme d'arche, peint en noir.

Rien n'indiquait que nous étions à l'entrée de la Retraite. Des massifs de cactus s'étalaient de part et d'autre du portail, dont des pièces tordues portaient encore les marques de l'agression de Raoul. Une cascade de bougainvillées d'un rose électrique retombait de l'un des montants en adobe, tandis que l'autre disparaissait presque complètement sous l'étreinte épineuse d'un rosier grimpant aux fleurs écarlates. Houten coupa le moteur et ce fut le silence. Tout autour de nous s'étendait le verdoiement profond et secret de la forêt.

Houten écrasa son mégot, descendit du véhicule et s'avança jusqu'à l'entrée. Il y avait une puissante serrure trois points sur l'un des battants du portail, mais celui-ci s'ouvrit d'une simple poussée de sa main.

– Ils aiment le silence, me dit-il. Nous allons continuer à pied à partir d'ici.

Le chemin de terre, délimité par des pierres brunes et lisses, s'étirait entre des parterres, pris sur la forêt, de plantes grasses méticuleusement entretenues. Il montait, mais nous marchions vite, au rythme imposé par Houten qui avançait d'un pas de randonneur plus que de promeneur, muscles saillants sous son pantalon serré et les bras se balançant dans un style militaire. Des geais de Californie poussaient leurs cris discordants et se disputaient. De grosses abeilles velues visitaient la corolle des fleurs sauvages. Dans l'air régnaient des odeurs fraîches de prairie humide.

Le soleil tapait fort sur le chemin que ne protégeait aucune ombre. J'avais la gorge sèche et sentais la sueur couler dans mon dos. Houten, lui, paraissait frais comme un gardon. Au bout de dix minutes de cette progression, nous arrivâmes au sommet de la montée.

– Nous y sommes, dit-il en s'arrêtant pour allumer une nouvelle cigarette dans ses mains en coupe.

Je m'essuyai le front et parcourus des yeux la vallée qui s'étendait à nos pieds.

Je vis la perfection et en fus agacé.

La Retraite ressemblait toujours à un monastère, avec son église et ses hautes murailles. Divers bâtiments plus petits s'élevaient derrière celles-ci, créant un labyrinthe de cours et de cloîtres. Une grande croix en bois trônait au sommet du clocher, telle une marque au fer dans le flanc azuréen du ciel. Les fenêtres en façade, soutenues par des balcons, comportaient des vitraux. Les toits et les chaperons de l'enceinte étaient protégés par des tuiles rouges. Les murs en stuc couleur vanille présentaient de grandes taches d'un blanc laiteux lorsque le soleil les éclairait.

Un ruisseau d'eau courante entourait le site, comme des douves. Un pont à une seule arche l'enjambait pour aller se confondre avec une allée en brique, où il retrouvait la terre ferme. Le chemin passait sous un fronton de pierre autour duquel s'enroulait une vigne chargée de lourdes grappes, taches rubis sur fond de feuillage.

La façade du bâtiment était précédée d'une pelouse qu'ombrageaient de vieux chênes noueux. Les arbres puissants et torsadés paraissaient danser comme des sorcières autour d'une fontaine qui déversait son eau dans une énorme vasque en pierre. Au-delà du bâtiment s'étendaient des hectares et des hectares de terres agricoles. Je discernai du maïs, des concombres, des vergers de citronniers et d'oliviers, un vignoble, un pâturage à moutons, mais il y en avait beaucoup plus. Quelques silhouettes humaines habillées de blanc travaillaient la terre. Un gros engin agricole bourdonnait au loin comme une guêpe invisible.

– Manque pas d'allure, hein ? me dit Houten en reprenant sa marche.

– Splendide. Paraît venir d'un autre temps.

Il acquiesça.

– Quand j'étais gosse, je grimpais sur les collines alentour pour essayer de voir les moines. Ils portaient de lourdes robes brunes, même quand il faisait très chaud. Ils ne parlaient à personne et n'avaient jamais affaire aux gens de la ville. Le portail était toujours fermé.

– Ça a dû être sensationnel de grandir ici.

– Et pourquoi donc ?

– Le bon air, la liberté…

– La liberté, vous croyez ? (Il eut un sourire abrupt et amer.) Travailler la terre, c'est de l'esclavage.

Sa mâchoire se serra et il chassa un caillou d'un coup de pied hargneux. Je venais de toucher un point sensible et changeai rapidement de sujet.

– Quand les moines sont-ils partis ?

Il tira sur sa cigarette avant de répondre.

– Il y a sept ans. La terre est retournée à la friche. Des broussailles, des ronces. Une ou deux sociétés ont envisagé de l'acheter, avec l'idée de créer un genre de club de loisirs pour riches, mais finalement elles y ont renoncé. Les bâtiments ne convenaient pas. Des chambres pas plus grandes que des cellules, pas de chauffage et, quoi qu'on fasse, toujours l'impression d'être dans une église. Le coût de la rénovation aurait été trop élevé.

– En revanche, c'était parfait pour les Toucheurs.

Il haussa les épaules.

– Il y a tous les matins un gogo qui se lève…

La porte cintrée – de grosses poutres au cerclage de fer – donnait dans un vestibule, puits de lumière haut comme deux étages, aux murs blanchis à la chaux et au sol en dalles mexicaines. Des taches multicolores créées par les vitraux jouaient à l'arc-en-ciel sur le carrelage. L'odeur épicée de l'encens imprégnait le lieu, dont la fraîcheur était presque glaciale.

Une femme d'une soixantaine d'années était assise à une table devant deux portes monumentales, cintrées et renforcées de pièces métalliques comme celle de l'entrée. Elles étaient surmontées d'un panneau de bois sur lequel était inscrit SANCTUAIRE. La femme avait ramené ses cheveux en arrière, en une queue-de-cheval maintenue par un lacet de cuir. Elle était habillée d'une robe-sac en coton écru et portait des sandales aux pieds. Son visage flétri, dénué d'expression et agréable, était dépourvu de la moindre trace de maquillage ou d'ornement. Elle se tenait les mains sur les genoux et souriait, dans une attitude qui me rappelait une petite écolière bien sage. Le chouchou du prof.

– Bonjour, shérif.

– Bonjour, Maria. Nous aimerions voir Matthias.

Elle se leva avec grâce. Sa robe lui descendait au-dessous des genoux.

– Il vous attend.

Prenant à gauche du sanctuaire, elle nous conduisit le long d'un couloir dont la seule décoration était des palmiers en pots placés à des intervalles de trois mètres. Une seule porte s'ouvrait à l'extrémité, qu'elle tint ouverte pour nous.

Trois des murs de la salle, plongée dans la pénombre, étaient couverts de livres. Le plancher était en pin. L'odeur de l'encens se faisait encore plus pénétrante. Il n'y avait aucun mobilier, hormis trois modestes chaises de bois disposées en un triangle isocèle. Un homme était assis au sommet du triangle.

Grand, mince, anguleux, il portait une tunique et un pantalon retenu par un lacet, le tout fait du même coton écru que la robe de Maria. Il était pieds nus, mais une paire de sandales était posée sur le sol à côté de sa chaise. Ses cheveux, coupés court, avaient la nuance cireuse de l'ambre, qui est le lot des blonds à partir d'un certain âge. Sa barbe, d'un ton plus sombre – plus ambrée et moins neigeuse –, tombait sur sa poitrine en boucles luxuriantes ; il la caressait comme on fait avec un animal favori. Il avait le front haut, en forme de dôme, et on voyait la cicatrice, juste au-dessous de la ligne des cheveux : un creux où on aurait pu loger son pouce. Ses yeux, au fond d'orbites profondes, étaient du même gris-bleu que les miens. J'espérai qu'il s'en dégageait plus de chaleur que des siens.

– Je vous en prie, asseyez-vous, dit-il.

Il avait une voix puissante, aux inflexions quelque peu métalliques.

– Je vous présente le Dr Delaware, Matthias. Docteur, le Noble Matthias.

Ce titre impérial avait quelque chose de ridicule. Il n'y avait pas la moindre trace d'ironie sur le visage de Houten, qui arborait une expression mortellement sérieuse.

Matthias se caressait la barbe et conservait un silence méditatif, en homme qui se sent à son aise ainsi.

– Merci de votre coopération, reprit Houten d'un ton raide. Avec un peu de chance, nous allons pouvoir régler ce problème et passer à autre chose.

La tête blanche acquiesça.

– Du moment que cela peut vous aider.

– Le Dr Delaware aimerait vous poser quelques questions, après quoi nous parcourrons les lieux.

Matthias ne répondit pas.

Houten se tourna vers moi.

– À vous de jouer, docteur.

– Monsieur Matthias…

– Dites simplement Matthias. Nous avons renoncé aux titres.

Peut-être, mais il n'avait pas fait de remarques lorsque Houten l'avait présenté comme Noble Matthias.

– Matthias, mon intention n'est pas de faire intrusion…

Il m'interrompit d'un geste de la main.

– Je sais parfaitement quel est l'objet de votre visite. Posez-moi les questions que vous avez à poser.

– Merci. Le Dr Melendez-Lynch a le sentiment que vous avez quelque chose à voir avec le fait que Woody ait été retiré de l'hôpital et avec la disparition de la famille, le lendemain.

– Délire de citadin, dit le gourou, pur délire de citadin.

Il répéta sa réponse comme s'il en testait la validité en tant que mantra.

– J'apprécierais que vous me fassiez part de toute théorie que vous pourriez avoir sur la question.

Il inspira profondément, ferma les yeux, les rouvrit.

– Je ne vois pas en quoi je peux vous aider. C'étaient des personnes privées. Comme nous. Nous nous connaissions à peine. Nous nous sommes rencontrés quelquefois, brièvement – sur la route, nous avons échangé les sourires de circonstance. Nous leur avons acheté des graines, une ou deux fois. L'été où nous nous sommes installés ici, leur fille a travaillé pour nous aux cuisines.

– Un travail temporaire ?

– En effet. Nous n'étions pas autosuffisants au début et nous avons engagé plusieurs jeunes du pays pour qu'ils nous donnent un coup de main. Autant que je m'en souvienne, elle avait été affectée à la cuisine. Nettoyage, récurage, préparation des fourneaux.

– Que valait-elle comme employée ?

Un sourire s'ouvrit au milieu de sa barbe à papa.

– Nous menons une vie plutôt ascétique en comparaison des normes modernes. Rares sont les jeunes qu'attire ce mode de vie.

Houten intervint.

– Nona était du genre, comment dire… bien vivante. Pas une mauvaise gosse, mais un peu surexcitée.

Le message était clair : il y avait eu un problème. Je n'avais pas oublié le récit que Carmichael nous avait fait de leur prestation à la soirée de mecs. Ce genre de spontanéité exubérante pouvait flanquer la pagaille dans un endroit qui prisait la discipline. Elle s'en était sans doute prise aux hommes. Mais je ne voyais pas quel rapport cela pouvait avoir avec le problème que nous avions sur les bras.

– Vous ne voyez rien d'autre qui puisse nous aider ?

Il me regarda fixement, avec une intensité presque tangible. Il était difficile de ne pas détourner les yeux.

– J'ai bien peur que non.

Houten changea de position sur sa chaise, mal à l'aise. Nervosité nicotinique. Sa main se porta à la poche où se trouvaient ses cigarettes et retomba.

– Je vais aller prendre l'air, dit-il pour s'excuser.

Matthias ne parut pas remarquer sa sortie.

– Vous dites ne pas bien connaître la famille, repris-je, mais cependant deux d'entre vous leur ont rendu visite à l'hôpital. Ce n'est pas que je doute de votre parole, mais c'est une question qu'on risque de vous reposer.

Il poussa un soupir.

– Nous avions affaire à Los Angeles. Baron et Delilah ont été chargés de s'y rendre. Il nous a semblé que ce serait un geste de courtoisie de notre part que d'aller leur rendre visite. Ils leur ont apporté des fruits frais de nos vergers.

– Pas dans un but médical, dis-je avec un sourire.

– Non, répondit-il, amusé. Pour la nourriture. Et pour le plaisir.

– Autrement dit, il s'agissait d'un geste social.

– En quelque sorte.

– Que voulez-vous dire ?

– Nous ne sommes pas sociables. Nous ne nous adonnons pas à de vains bavardages. Leur rendre visite était un acte de bonne volonté, et non destiné à mettre en œuvre je ne sais quel sinistre plan. Il n'y a eu aucune tentative pour interférer avec le traitement médical de l'enfant. J'ai fait demander à Baron et Delilah de nous rejoindre momentanément pour que vous puissiez obtenir plus de détails.

– Je vous en remercie.

Une veine battait au centre du cratère qui lui étoilait le front.

Il tendit la main en un geste qui semblait demander « et ensuite ? ». L'air lointain qu'il affichait me rappela quelqu'un d'autre, et cette association déclencha ma question suivante.

– L'un des médecins qui traitent Woody s'appelle Auguste Valcroix. Il m'a dit être venu vous voir. Vous souvenez-vous de lui ?

Il enroula les extrémités de sa barbe autour d'un de ses longs doigts.

– Une ou deux fois par an, nous organisons des séminaires sur la culture organique et la méditation. Pas pour faire du prosélytisme, mais pour éclairer nos visiteurs. Il est possible qu'il ait participé à l'un d'eux, mais je ne me rappelle pas particulièrement de lui.

Je lui fis la description de Valcroix, mais celle-ci n'évoqua rien pour le gourou.

– Voilà qui règle la question, dans ce cas. Je vous remercie de votre aide.

Il restait assis là, immobile, sans ciller. Dans la chiche lumière de la salle, ses pupilles s'étaient tellement dilatées que je distinguais à peine le cercle plus pâle de l'iris tant il était mince. Il avait un regard hypnotique. Indispensable pour un personnage charismatique.

– Si vous avez d'autres questions, n'hésitez pas.

– Non, je n'ai plus de questions, mais j'aimerais en savoir un peu plus sur votre philosophie.

Il acquiesça.

– Nous sommes des réfugiés d'une autre vie. Nous avons choisi de mener une nouvelle existence qui mette l'accent sur la pureté et le travail. Nous évitons les poisons environnementaux et cherchons à être autosuffisants. Nous croyons qu'en nous changeant nous-mêmes, nous augmentons l'énergie positive du monde.

Le baratin classique. Il déclamait ses articles de foi comme s'il prêtait allégeance au New Age.

– Nous ne sommes pas des tueurs, ajouta-t-il.

Avant que je puisse répondre quoi que ce soit, deux personnes, un homme et une femme, entrèrent dans la pièce.

Matthias se leva et quitta les lieux sans même les regarder. Les deux nouveaux venus s'assirent sur les deux sièges libres. Il y eut quelque chose de bizarrement mécanique dans cette parodie de chaises musicales : comme si ces individus étaient en fait autant de pièces interchangeables dans un mécanisme fonctionnant sans à-coups.

Assis les mains sur les genoux – toujours les bons élèves –, ils arboraient le sourire béat à l'exaspérante sérénité des débiles mentaux et de ceux qui viennent de rencontrer Jésus.

J'étais pour ma part loin d'être serein : je les avais reconnus tous les deux, bien que pour des raisons différentes.

L'homme qui se faisait maintenant appeler Baron, de taille moyenne et mince, avait, comme Matthias, des cheveux coupés court et une barbe portée longue. Dans son cas, cependant, elle faisait davantage mal soignée que spectaculaire. Sous ses cheveux brun clair et bouclés, on voyait en effet des joues recouvertes d'un duvet inégal, des plaques de peau apparaissant entre les touffes qui lui poussaient au menton. Il donnait l'impression d'avoir oublié de se débarbouiller.

Du temps de la fac, il s'appelait Barry Graffius. Il était plus âgé que moi et devait avoir maintenant un peu plus de quarante ans, mais il était en retard d'une année par rapport à moi – le type qui a décidé de devenir psychologue après avoir à peu près tout essayé.

La famille de Graffius avait les moyens et comptait dans l'industrie du cinéma. Il faisait partie de ces gosses de riches qui paraissent incapables de se fixer et manquent d'opiniâtreté parce qu'ils n'ont jamais été privés de rien. Tout le monde disait que c'était l'argent qui l'avait pourri, mais c'était peut-être là une vue simpliste née de la jalousie. Barry Graffius avait été, en effet, l'étudiant le plus universellement détesté du département.

Moi qui ai plutôt tendance à me montrer charitable dans l'évaluation que je fais des autres, j'avais toujours éprouvé du mépris pour lui. Grande gueule et querelleur, il perturbait les séminaires en lançant des citations ou des statistiques sans rapport avec le sujet, rien que pour impressionner les professeurs. Il insultait ses pairs, bousculait les timides et jouait l'avocat du diable avec une jubilation toute de méchanceté.

Et il aimait étaler son fric.

La plupart d'entre nous avions du mal à nous en sortir et faisions toutes sortes de petits boulots en plus d'assurer un assistanat d'enseignement. Graffius prenait un malin plaisir à arriver en cours dans des ensembles en cuir ou en daim cousus main, se plaignant de la note salée pour la réparation de sa XKE, se lamentant sur son taux d'imposition. Il adorait citer à tout propos des noms connus, raconter les somptueuses soirées hollywoodiennes auxquelles il participait et exciter notre curiosité en nous laissant entrapercevoir un monde de glamour bien au-delà de notre portée.

J'avais entendu dire que, son diplôme en poche, il avait ouvert un cabinet dans Bedford Drive – la rue des psy-canapés de Beverly Hills – avec pour objectif, en capitalisant sur ses relations, de devenir le thérapeute des stars.

Je voyais très bien comment il avait pu rencontrer Norman Matthews.

Lui aussi me reconnut. Ce fut visible dans la soudaine activité que je pus lire dans ses yeux bruns larmoyants. Nous échangeâmes un regard et cette activité se cristallisa : la peur. La peur d'être découvert.

Son ancienne identité n'était pourtant pas un secret au sens strict. Mais il ne voulait pas qu'on la lui rappelle : pour ceux qui s'imaginent être nés une deuxième fois, c'est comme si on exhumait les restes putréfiés de leur cadavre.

Je ne fis aucun commentaire, mais me demandai s'il avait dit à Matthias qu'il me connaissait.

La femme était plus âgée, mais d'une beauté singulière en dépit de sa queue-de-cheval et de son absence de maquillage, une discrétion qui semblait être de rigueur pour les femmes chez les Toucheurs. Visage de madone à la peau ivoire, cheveux aile de corbeau striés de fils d'argent, yeux mélancoliques de bohémienne. Beverly Lucas avait dit d'elle qu'elle était sur le modèle des femmes qui ont pas mal couru quand elles étaient jeunes, mais ont été obligées de se calmer ensuite. Je trouvai le jugement tendancieux et empreint de jalousie féminine ; peut-être, si elle avait connu l'âge véritable de Delilah, aurait-elle été moins critique.

Elle avait l'air d'une quinquagénaire particulièrement pimpante alors qu'elle devait avoir au moins soixante-cinq ans.

Elle n'avait plus tourné depuis 1951, l'année de ma naissance.

Desiree Layne, la reine du polar noir à petit budget. Ses films étaient redevenus à la mode alors que j'étais en fac, avec des séances gratuites à la fin de l'année. Je les avais tous vus : *Phantom Bride, Darken my Doorstep, The Savage Place, Secret Admirer.*

Il y avait une éternité de cela, avant que je ne prenne une retraite anticipée, j'étais un personnage très frénétique, très seul et n'ayant que peu de temps libre. Parmi les rares plaisirs que je m'accordais, il y avait les dimanches après-midi passés au lit avec un grand verre de Chivas et une toile de Desiree Layne.

Peu m'importait le premier rôle masculin, du moment qu'il y avait beaucoup de gros plans sur ses yeux diaboliques et merveilleux, sur ses robes qui donnaient l'impression d'être de la lingerie. Et sa voix à la raucité passionnée…

Elle ne dégageait plus de passion, à présent, assise aussi immobile qu'une statue, toute vêtue de blanc, un sourire vide sur les lèvres. Avoir l'air aussi innocent !

L'endroit commençait à me flanquer sérieusement les boules. Impression de me promener dans un musée de cire…

– Le Noble Matthias nous a dit que vous aviez des questions à nous poser, dit Baron.

– En effet. Je voulais simplement en apprendre un peu plus sur la visite que vous avez faite aux Swope. Cela pourrait nous aider à expliquer ce qui est arrivé et à localiser les enfants.

Ils acquiescèrent à l'unisson.

J'attendis. Ils se regardèrent. Ce fut elle qui prit la parole.

– Nous voulions leur faire plaisir. Le Noble Matthias nous a demandé de cueillir des fruits – des oranges, des raisins, des pêches, des prunes –, les plus beaux que nous puissions trouver. Nous les avons mis dans un panier, enveloppés dans un papier à motifs joyeux.

Elle s'interrompit et sourit, comme si son récit expliquait tout.

– Votre cadeau a-t-il été bien accueilli ?

Elle écarquilla les yeux.

– Oh, oui. Mme Swope a dit que justement elle avait faim. Elle a mangé une prune – une santa-rosa – tout de suite, et a dit qu'elle était délicieuse.

Le visage de Baron se durcit pendant qu'elle babillait.

– En fait, vous voulez savoir si nous n'avons pas essayé de la convaincre de ne pas faire traiter l'enfant, n'est-ce pas ?

Il gardait une posture passive, mais il y avait de l'agressivité dans son ton.

– Matthias m'a dit que non. Avez-vous abordé la question du traitement médical ?

– Oui. Elle se plaignait de la bulle de plastique ; elle disait se sentir coupée du garçon, que la famille était divisée.

– A-t-elle expliqué ce qu'elle voulait dire exactement par là ?

– Non. J'ai supposé qu'elle faisait allusion à la séparation physique, ne pas pouvoir toucher son enfant sans porter des gants, une seule personne à la fois dans la bulle.

Delilah hochait la tête, approbatrice.

– C'est un endroit terriblement froid, enchaîna-t-elle. Physiquement et spirituellement.

Elle souligna sa remarque d'un petit frisson. Actrice un jour…

– Ils avaient l'impression de ne pas être traités comme des êtres humains par les médecins, ajouta Baron. En particulier par le Cubain.

– Pauvre homme, dit Delilah. Lorsqu'il a essayé d'entrer ici de force ce matin, je n'ai pas pu m'empêcher de me sentir désolée pour lui. Avec sa surcharge pondérale et son visage rouge comme une tomate, il doit faire de l'hypertension.

Je les ramenai au sujet qui m'intéressait.

– Que lui reprochaient-ils, au juste ?

Baron fit la moue.

– Simplement d'être impersonnel.

– Ont-ils fait allusion à un médecin du nom de Valcroix ?

Delilah secoua la tête, et ce fut Baron qui répondit.

– Nous n'avons pas parlé de grand-chose, à vrai dire. Notre visite a été très courte.

– Il me tardait de sortir de là, ajouta Delilah. Tout y était horriblement mécanique.

– Nous leur avons laissé les fruits, nous avons quitté l'hôpital et nous sommes rentrés chez nous, conclut Baron d'un ton définitif.

– Quelle triste situation, soupira l'ancienne star.

17

Lorsque je sortis, un groupe de Toucheurs était assis en tailleur sur l'herbe, les yeux fermés, mains jointes, le visage baigné par le soleil. Houten, appuyé à la fontaine, les regardait d'un œil distrait en tirant sur sa cigarette. En me voyant, il laissa tomber son mégot qu'il écrasa du talon avant de le ramasser pour aller le jeter dans une poubelle en terre cuite.

– Appris quelque chose?

Je fis signe que non.

– Comme je vous l'avais dit, reprit-il avec un geste de la tête en direction du groupe qui s'était mis à fredonner, bizarres, mais inoffensifs.

Je les regardai à mon tour. En dépit des costumes blancs, des sandales, des barbes buissonnantes, ils me faisaient penser aux participants de ces séminaires qu'organisent certaines entreprises, ces manifestations psycho-pop clinquantes dont le seul but est d'augmenter la productivité du personnel. Ces visages tournés vers le ciel appartenaient tous à des personnes d'âge moyen, bien nourries, avec quelque chose dans leur aspect qui trahissait une vie antérieure d'autorité et de confort.

On m'avait décrit Norman Matthews comme un homme ambitieux et agressif. Sinon un escroc. Le diable s'était peut-être fait ermite, mais j'avais assez de cynisme pour me demander s'il n'avait pas tout simplement échangé une forme d'escroquerie contre une autre.

La Retraite était une mine d'or: elle offrait la prospérité dans la simplicité, au sein d'un environnement luxuriant; on y était débarrassé du fardeau de la responsabilité personnelle, on y adoptait une éthique où santé et vitalité étaient synonymes de vertu… et faites passer le plateau de quête. Ça ne pouvait pas rater.

Cependant, même si toute cette entreprise n'était qu'une mascarade, elle n'impliquait pas pour autant l'enlèvement d'enfant et l'assassinat. Comme Seth me l'avait fait remarquer, perdre l'anonymat était bien la dernière chose que souhaitait Matthias, qu'il fût vrai ou faux prophète.

– Allons jeter un coup d'œil, me dit Houten, et qu'on en finisse.

Je pus aller partout où je voulais, pousser toutes les portes que je désirais pousser. Le sanctuaire, sous son dôme élevé, était un lieu majestueux, avec ses fenêtres à claire-voie et ses fresques bibliques au plafond. On avait enlevé les bancs pour les remplacer par des nattes matelassées. Il y avait une table en pin rudimentaire au centre de la salle, et pas grand-chose d'autre. Une femme en blanc faisait le ménage. Elle ne s'interrompit que pour nous adresser un sourire maternel.

Les chambres étaient effectivement des cellules – de la taille de celle dans laquelle Raoul s'était retrouvé confiné –, basses de plafond, aux murs épais, fraîches ; elles ne disposaient que d'une seule fenêtre, pas plus grande qu'un gros in-quarto et fermée par une grille en bois. Dans chacune, on trouvait une couchette et une commode. La seule différence, dans celle de Matthias, était la présence d'une petite bibliothèque. Il avait des goûts littéraires éclectiques : la Bible, le Coran, Perls, Carl Jung, *Anatomy of an Illness* de Cousins, *Le Choc du futur* d'Alfred Toffler, la *Bhagavad-Gîta*, et plusieurs textes sur la culture organique et l'écologie.

J'allai faire un tour dans la cuisine, où, sur des cuisinières industrielles, mijotaient des préparations dans plusieurs chaudrons, tandis que l'odeur suave du pain en train de cuire montait de fours en brique. Il y avait aussi une bibliothèque pour les membres, avec un fond traitant surtout d'agriculture et de santé, et une salle de conférences aux murs en adobe. Et partout des Toucheurs en blanc qui travaillaient, le sourire aux lèvres, l'œil brillant, amicaux.

Toujours accompagné de Houten, je traversai les champs pour aller assister à la cueillette du raisin. Un géant à la barbe noire posa son sécateur et m'offrit une grosse grappe qu'il venait de couper. Les grains étaient humides au toucher et éclataient en minuscules décharges électriques sur ma langue. Je fis compliment à l'homme sur la saveur du fruit. Il acquiesça et se remit au travail.

L'après-midi était déjà très avancé, mais le soleil continuait à taper fort. Sans protection pour la tête, je fus pris d'un début de migraine et, après un coup d'œil pour la forme à la bergerie et au potager, je dis à Houten que j'en avais assez.

Nous fîmes donc demi-tour en direction du pont qui enjambait le ruisseau. J'étais perplexe sur ce que j'avais fait car, dans le meilleur des cas, cette fouille avait été purement symbolique. Il n'y avait aucune raison de croire que les enfants Swope fussent ici. Et s'ils y étaient, je n'avais eu aucun moyen de les découvrir. La Retraite était entourée de plusieurs centaines d'hectares de champs et surtout de forêts. Il aurait fallu au minimum une meute de chiens courants pour tout couvrir. Sans compter qu'un monastère est un lieu plein de recoins secrets, expressément conçus comme des refuges, et que le site pouvait très bien s'élever sur un labyrinthe de souterrains, de passages dissimulés et de caches que seul un archéologue aurait pu reconstituer.

J'avais perdu mon temps, me dis-je, mais si cela pouvait aider Raoul à voir la réalité en face, ce temps perdu aurait servi à quelque chose. Puis je me rendis compte de ce que signifiait la notion de réalité dans ce contexte et me mis à regretter de ne pouvoir me réfugier, moi aussi, dans un déni apaisant.

Houten et Bragdon avaient rapporté les affaires de Raoul dans une grande enveloppe de papier Kraft. Le shérif finit par accepter le chèque de Melendez-Lynch : six cent quatre-vingt-sept dollars d'amende, dont il établit un reçu en triple exemplaire. Pendant ce temps-là, je faisais les cent pas, pressé de partir.

La carte du comté, sur un mur, arrêta mon œil. Je repérai La Vista et remarquai une route secondaire, à l'est, qui paraissait contourner le bourg et permettre d'entrer dans la région par les forêts environnantes sans passer par le quartier commerçant. Si c'était le cas, il était plus facile d'échapper à la vigilance du shérif que ce qu'il m'avait laissé croire.

Après un instant d'hésitation, je lui posai la question. Il manipula une feuille de papier carbone et continua à écrire.

– Une compagnie pétrolière a acheté la terre et a fait fermer la route par le comté. Il était question de réserves importantes ; à les entendre, la prospérité était au coin de la rue.

– Et ils ont tiré le gros lot ?

– Non. Pas une goutte.

L'adjoint alla chercher le détenu. Je racontai à Raoul ma visite à la Retraite et lui dis que je n'y avais rien vu de louche. Il accepta mes explications, l'air abattu et défait, sans un mot de protestation.

Le shérif, ravi de cette passivité, le traita avec une exquise courtoisie pendant qu'il signait les derniers papiers. Il lui demanda ce qu'il devait faire de la Volvo ; Raoul haussa les épaules et lui répondit de la faire réparer sur place, qu'il réglerait la facture.

Je le précédai hors de la pièce et dans l'escalier.

Il garda le silence pendant l'essentiel du trajet de retour, ne perdant même pas son calme lorsque la police des frontières, représentée par une femme replète, lui demanda ses papiers d'identité. Je trouvai pitoyable la manière dont il accepta ce traitement indigne sans rien dire. Quelques heures auparavant, c'était un homme agressif, prêt à se battre. Je me demandai si ce qui l'avait abattu était l'accumulation de stress, ou bien si ce qui était en cause n'était pas un changement d'humeur cyclique, un trait de sa personnalité que je n'aurais pas remarqué jusque-là.

J'étais affamé, mais il était trop dépenaillé pour qu'on aille dans un restaurant et je me rabattis sur des hamburgers et des Coca achetés à un stand de Santa Ana, puis je m'arrêtai sur le bas-côté, près du petit jardin municipal. Je donnai sa portion à Raoul et mangeai la mienne en regardant un groupe d'ados jouer au soft-ball, se pressant pour finir la partie avant la nuit. Lorsque je me tournai vers lui, il s'était endormi, le hamburger toujours dans son emballage posé sur les genoux. Je le pris, le balançai dans une poubelle et lançai la Seville. Il bougea un peu, mais ne se réveilla pas et, le temps que je regagne l'autoroute, il ronflait paisiblement.

Nous arrivâmes à Los Angeles vers dix-neuf heures, au moment où la circulation commençait à devenir moins dense. Lorsque je m'engageai dans la sortie de Los Feliz, il ouvrit les yeux.

– Quelle est votre adresse, Raoul ?

– Non, ramenez-moi à l'hôpital.

– Vous n'êtes pas en condition d'y retourner, voyons.

– Il le faut. Helen doit m'attendre.

– Vous allez surtout lui faire peur, dans l'état où vous êtes. Passez au moins d'abord chez vous vous rafraîchir et vous changer.

– J'ai des vêtements de rechange dans mon bureau. Je vous en prie, Alex.

Je laissai tomber et me rendis donc directement à l'hôpital. Après m'être garé dans le parking réservé aux médecins, je l'accompagnai jusqu'à l'entrée du Prinzley.

– Merci, me dit-il en regardant ses pieds.

– Prenez soin de vous, Raoul.

Sur le chemin du retour, je tombai sur Beverly Lucas, qui sortait du pavillon. Elle paraissait fatiguée, à bout, et son sac démesuré ne faisait que l'écraser un peu plus.

– Oh, Alex, je suis contente de vous voir…

– Qu'est-ce qui se passe, Bev ?

Elle regarda autour d'elle pour s'assurer que personne ne nous observait.

– C'est Augie. Il me mène une vie impossible depuis que votre ami l'a interrogé ; il me traite de déloyale, de vendue. Il a même essayé de s'en prendre à moi pendant les visites, et il a fallu que les autres médecins interviennent.

– Le salopard !

Elle hocha la tête.

– Ce qui rend les choses difficiles, c'est que je comprends son point de vue. Nous avons été proches, à une époque. Ce qui se passe dans son lit ne regarde personne.

Je la pris par les épaules.

– La manière dont vous avez agi était la bonne. Si vous aviez assez de recul pour voir les choses comme elles sont, ça vous crèverait les yeux. Ne vous laissez pas avoir par ce type.

J'avais parlé d'un ton dur, elle grimaça.

– Je sais que vous avez raison. Intellectuellement. Mais c'est de le voir s'effondrer qui me fait mal. C'est ce que je ressens et je n'y peux rien.

Elle se mit à pleurer. Trois infirmières se dirigeaient vers nous. Je l'entraînai hors de leur chemin et jusqu'à l'étage des médecins par la cage d'escalier.

– Que voulez-vous dire, qu'il s'effondre?

– Il se comporte bizarrement. Il se drogue et il boit davantage que d'habitude. Il va inévitablement se faire prendre. Ce matin, il m'a entraîné jusque dans une salle de conférences et a commencé à s'en prendre à moi.

Elle baissa les yeux, gênée.

– Il m'a dit que j'avais été la meilleure qu'il ait jamais eue et il a même essayé de me prendre dans ses bras. Quand je l'ai arrêté, il a eu l'air affreusement malheureux. Puis il s'est mis à dire du mal de Melendez-Lynch et m'a raconté comment il avait fait de lui son bouc émissaire et comment il allait utiliser l'affaire Swope pour mettre un terme à son clinicat. Et il s'est mis à rire… mais c'était un rire effrayant, Alex, plein de colère. Et il a dit qu'il avait un atout dans sa manche. Que jamais Melendez-Lynch ne pourrait se débarrasser de lui.

– A-t-il expliqué de quoi il s'agissait?

– Je le lui ai demandé. Il s'est remis à rire et il est sorti. Je suis inquiète, Alex. J'allais justement jusqu'à la résidence des internes. Pour être sûre qu'il allait bien.

J'essayai de l'en dissuader, mais elle était décidée. Elle avait des réserves infinies de culpabilité. Quelqu'un, un jour, en ferait un merveilleux paillasson.

Il était clair qu'elle avait envie que je l'accompagne jusqu'à la piaule de Valcroix. En dépit de ma fatigue, j'acceptai d'aller avec elle au cas où les choses prendraient un tour désagréable. Et aussi en me disant que Valcroix avait peut-être, en effet, un atout dans sa manche et qu'il se trahirait.

Les studios des résidents se trouvaient de l'autre côté du boulevard, en face de l'hôpital, dans un bâtiment en béton sans finition. Haut de trois étages, il ressemblait davantage à un entrepôt qu'à autre chose. Il comprenait aussi un parking souterrain. Des plantes et des fleurs en pots, posées sur les rebords ou pendant au bout de harnais en macramé, animaient quelques-unes des fenêtres. Cela n'empêchait pas la bâtisse d'avoir l'air de ce qu'elle était : un empilement de logements au rabais.

Un noir âgé faisait office de cerbère à l'entrée ; il y avait eu des viols dans le secteur et les résidentes avaient exigé à cor et à cri la présence d'un gardien. Il regarda nos badges de l'hôpital et nous laissa passer.

Le studio de Valcroix était au premier.

– C'est la porte rouge, me dit Beverly avec un geste.

Le corridor et toutes les autres portes étaient beiges. Celle de Valcroix, écarlate, ressortait au milieu comme une blessure.

– Du boulot d'amateur, hein ? dis-je en passant la main sur la surface inégale et cloquée.

Une page de BD avait été collée à la porte ; elle représentait des personnages velus avalant des pilules à tire-larigot et hallucinant en Technicolor, leurs fantasmes étant on ne peut plus sexuels et explicites.

Bev marmonna quelque chose et frappa à plusieurs reprises. Mais il n'y eut aucune réaction et elle se mordilla la lèvre inférieure.

– Il est peut-être sorti.

– Non, me répondit-elle. Il ne bouge pas de chez lui quand il n'est pas de service. Ça faisait partie des choses qui me tracassaient quand j'étais avec lui. Nous ne sortions jamais.

J'évitai de lui rappeler qu'elle l'avait vu une fois dans un restaurant avec Nona Swope. Il faisait sans aucun doute partie de ces hommes qui sont autant radins quand il s'agit de donner, qu'ils sont rapaces quand il s'agit de prendre. Service minimum pour convaincre une femme d'entrer dans son lit. Vu le peu d'estime qu'elle avait d'elle-même, Beverly avait été la fille rêvée. Jusqu'à ce qu'il en ait marre.

– Ça m'inquiète, Alex. Je sais qu'il est là. Il a peut-être fait une overdose, un truc comme ça.

Rien de ce que je pus lui dire ne diminua son anxiété. Finalement, nous redescendîmes pour convaincre le gardien d'ouvrir la porte rouge avec son passe.

– Je sais pas si je fais bien, docteur, dit le vieux Noir.

Le studio était une soue à cochons. Du linge sale s'empilait sur un tapis élimé. Le lit n'était pas fait. Le cendrier, sur la table de nuit, débordait de mégots de marijuana ; une pince à tenir les mégots, en forme de jambes de femme, traînait à côté. Des livres de médecine et des BD racontant des histoires de drogués se mélangeaient dans le blizzard de papier qui avait soufflé dans le séjour. L'évier de la cuisine avait tout du marécage, avec ses assiettes sales et son eau trouble. Une mouche tournait au-dessus.

Il n'y avait personne.

Beverly s'avança dans la pièce et commença machinalement à remettre de l'ordre. Le gardien la regardait, intrigué.

– Allez, venez, dis-je avec une véhémence qui me surprit moi-même. Il n'est pas là. Sortons d'ici.

Le gardien s'éclaircit la gorge, gêné.

Elle recouvrit le lit, donna un dernier coup d'œil autour d'elle et nous suivit.

Une fois devant la résidence, elle me demanda s'il ne fallait pas appeler la police.

– Et pourquoi ? lui demandai-je sèchement. Parce qu'un adulte a quitté son appartement ? Ils ne vont jamais nous prendre au sérieux… et ils auront raison.

Elle parut blessée et voulut argumenter, mais j'y coupai court. J'étais fatigué, j'avais mal à la tête, mes articulations étaient douloureuses ; j'avais l'impression de couver quelque chose. Sans compter que j'avais sérieusement écorné mes réserves d'altruisme.

Nous traversâmes la rue en silence et chacun partit de son côté.

Le temps d'arriver chez moi, ça n'allait plus du tout ; je me sentais fiévreux, léthargique, et j'avais mal partout. Il y eut, pour me remonter un peu, une lettre de Robin confirmant son départ de Tokyo dans une semaine. L'un des patrons de sa boîte japonaise avait un appartement à Kauai et le lui avait proposé. Elle espérait que je pourrais la rejoindre à Honolulu et que nous passerions quinze jours à profiter de la plage et du soleil. J'appelai la Western Union et lui câblai un oui franc et massif sur tous les points de son programme.

Je pris un bain chaud dont je sortis sans me sentir mieux. Une boisson fraîche ne me fit pas davantage d'effet, pas plus qu'une séance d'autohypnose. Je me traînai jusqu'au bord du bassin pour donner à manger aux koïs, mais ne restai pas pour les admirer. De retour à la maison, je me mis au lit avec le journal et le reste du courrier, tandis que la stéréo jouait Keo Kottke. Mais j'étais trop épuisé pour me concentrer et sombrai dans le sommeil sans essayer d'y résister.

18

Au matin, mon malaise s'était transformé en grippe. Je pris de l'aspirine et bus du thé au citron en regrettant que Robin ne soit pas là pour prendre soin de moi.

Je laissai la télé en fond sonore et dormis de manière irrégulière pendant toute la journée. Le soir, je me sentis suffisamment bien pour me traîner hors du lit et manger du Jell-O. Mais ce simple effort suffisant à me fatiguer, je me rendormis aussitôt après.

Dans mon rêve, je dérivais sur un morceau de banquise, cherchant à me protéger d'une violente tempête de grêle dans un frêle abri en carton. Chaque nouveau mitraillage mettait le carton un peu plus en lambeaux, me laissant de plus en plus exposé et effrayé.

Je m'éveillai nu et en sueur. La grêle continua. Le cadran numérique brillait dans la nuit, 23:26. De l'autre côté de la vitre, le ciel était noir, mais dégagé. L'orage était une grêle de balles qui s'abattait sur les murs de la maison.

Je plongeai par terre et restai allongé à plat ventre en respirant fort.

De nouveaux coups de feu éclatèrent. Il y eut un bruit de percussion, puis un tintement de verre brisé. Un cri de douleur. Et un claquement mat écœurant, comme un melon qui exploserait sous une masse. Bruits de moteur et d'un véhicule qui s'éloigne.

Puis le silence.

Je rampai jusqu'au téléphone. Appelai la police. Demandai Milo. Il n'était pas de service. Del Hardy, alors ? Je vous en prie…

L'inspecteur noir vint répondre. Entre deux halètements, je lui racontai mon cauchemar devenu réalité.

Il me dit qu'il allait appeler Milo et qu'ils seraient là tous les deux, juste le temps de le dire.

Le hululement des sirènes se mit à retentir dans la Vallée quelques minutes plus tard, tels des trombones en folie.

J'enfilai une robe de chambre et sortis.

Les parements de planches à clins en pin, sur le devant de la maison, étaient grêlés de trous et avaient éclaté en plusieurs endroits. Une fenêtre avait explosé.

Il régnait une odeur d'hydrocarbure.

Trois bidons gisaient sur la terrasse, des chiffons torsadés en grosses mèches enfoncés dans les goulots ouverts. Des empreintes de pas huileuses se dirigeaient vers l'accès des marches et se transformaient en une trace unique de glissade. Je regardai par-dessus la rampe.

Un homme gisait en contrebas dans le jardin japonais, bras en croix, immobile.

Les voitures pie arrivèrent au moment où je descendais. Je m'avançai dans le jardin, sentant la pierre fraîche sous mes pieds nus brûlants de fièvre. J'appelai. L'homme resta sans réaction.

C'était Richard Moody.

Il avait perdu la moitié de son visage, et ce qui restait faisait penser à de la nourriture pour chien. Ou, plus précisément, pour poisson, vu que sa tête baignait dans le bassin et que les koïs commençaient à la picorer, aspirant l'eau ensanglantée, apparemment très friands de ce nouveau type de repas.

Révulsé, je voulus les chasser d'un geste, mais mon apparition était un stimulus associé à la nourriture et ils n'en devinrent que plus enthousiastes, festoyant à bouchées redoublées en vrais gourmets écailleux. La grosse carpe noir et or sortit à moitié de l'eau pour détacher un morceau. J'aurais juré qu'elle me souriait de ses lèvres à moustache.

Quelqu'un était à mon côté, je sursautai.

– Du calme, Alex.

– Ah, Milo!

Il avait l'air d'avoir été tiré du lit. Il portait un coupe-vent informe par-dessus un polo jaune et des jeans trop amples. Ses cheveux se dressaient sur sa tête et ses yeux verts luisaient au clair de lune.

– Viens, dit-il en me prenant par le coude. Remontons là-haut, avale quelque chose de liquide et dis-moi ce qui s'est passé.

Tandis que l'équipe technique s'activait à relever les moindres détails de la scène de crime, je restai assis sur mon vieux canapé de cuir à boire du Chivas. Le choc commençant à s'atténuer, je me rendis compte que j'étais encore souffrant – glacé et affaibli. La chaleur suave du whisky me fit du bien. Milo et Del Hardy étaient assis en face de moi. Comme d'habitude, l'inspecteur noir était tiré à quatre épingles: costume sombre à la coupe impeccable, chemise couleur pêche, cravate noire, bottillons brillant comme des miroirs. Il chaussa des lunettes de vue et sortit son carnet de notes.

– Apparemment, il semblerait que Moody ait eu l'intention de flanquer le feu à ta maison, que quelqu'un l'ait suivi, qu'il l'ait surpris en pleine action et qu'il l'ait descendu juste avant. (Il réfléchit quelques instants.) C'est une affaire de cocufiage, non? Verrais-tu le petit ami dans le rôle du tueur?

– Il ne m'a pas fait l'effet d'être du genre à traquer quelqu'un de cette façon.

– Son nom?

– Carlton Conley. Charpentier au studio Aurora. Lui et Moody étaient amis, avant.

Hardy griffonnait ses notes.

– Il est allé s'installer avec l'ex?

– Oui. En principe, toute la famille est partie pour Davis, sur le conseil de leur avocat.

– Nom de l'avocat?

– Malcolm J. Worthy. Beverly Hills.

– Autant l'appeler, dit Milo. Si jamais Moody s'était fait une liste de cibles, il doit y figurer. Il faut aussi trouver le numéro de la famille à Davis et voir s'il n'est rien arrivé là-bas. L'ex reste encore sa plus proche parente et il faut l'avertir. Que les flics du coin y aillent et l'observent – pour voir si la nouvelle a l'air de la surprendre ou non. Faut aussi appeler la juge. Vois-tu encore quelqu'un d'autre, Alex ?

– Oui. Un autre psychologue qui s'est occupé de l'affaire. Le Dr Lawrence Daschoff. Habite Brentwood, bureau à Santa Monica.

Je connaissais le numéro du bureau de Larry par cœur et le leur donnai.

– Et l'avocat de Moody ? demanda Del. Si l'enfoiré estimait qu'il avait saboté l'affaire, il avait de bonnes chances d'être sur la liste, lui aussi, non ?

– Exact. Il s'appelle Durkin. Emil ou Elton, un truc comme ça.

Une grimace apparut brièvement sur le visage de l'inspecteur. Ce nom lui disait manifestement quelque chose.

– Elridge, grommela-t-il. Ce salopard représentait mon ex-femme. Il m'a laissé à poil.

– Eh bien, dit Milo en riant, tu pourras avoir le plaisir de l'interroger toi-même. Ou de consoler sa veuve.

Hardy ronchonna, referma son carnet et gagna la cuisine pour y donner les coups de téléphone.

Un technicien passa la tête par la porte et nous fit signe. Milo se leva, me tapota sur l'épaule et alla lui parler. Il revint quelques minutes plus tard.

– On a trouvé des traces de pneus, dit-il. Des grosses, comme celles d'un quatre-quatre.

– Moody avait un van.

– Ils ont déjà regardé les roues de son bahut. Ça ne correspond pas.

– En dehors de ça, je ne vois pas.

– Il y a six autres bidons d'essence dans son camion, ce qui milite en faveur de la théorie d'une liste de cibles. Sauf que quelque chose ne colle pas. Il s'apprêtait apparemment à utiliser trois bidons chez toi. Admettons qu'il ait prévu de se livrer à une sorte de rituel au cours duquel il utiliserait trois bidons par victime. Étant donné qu'il y en a cinq au minimum – toi, l'autre psy, les deux avocats et la juge –, on arrive à un total de quinze bidons.

Qu'il en reste six signifie que neuf ont déjà été utilisés et qu'en plus de la tentative faite chez toi, il en a déjà fait deux. S'il avait prévu de mettre le feu à la maison de sa famille, on arrive à douze et à trois tentatives avant celle-ci. Même si ce calcul est faux, il est peu probable qu'il t'ait réservé un traitement à part avec plus de bidons que les autres. Ce qui signifie que tu n'étais sans doute pas le premier sur la liste. Et, dans ce cas, pourquoi le tireur l'aurait-il suivi partout, l'aurait vu flanquer le feu deux ou trois fois au risque d'être surpris sur les lieux, et aurait-il attendu la troisième occasion pour le descendre ?

Je restai songeur.

– La seule chose qui me vient à l'esprit, dis-je finalement, est que nous sommes ici dans un secteur très à l'écart, avec beaucoup de grands arbres parmi lesquels il serait facile à un tireur de s'embusquer.

– Peut-être, répondit Milo, sceptique. De toute façon, nous allons continuer à explorer la piste des empreintes de pneus. Le tueur au quatre-quatre… ça sonne bien, hein ?

Il se rongea un ongle et me regarda, l'air grave.

– Aurais-tu des ennemis dont je n'aurais pas entendu parler, vieux ?

Je sentis mon estomac se contracter. Il venait de mettre en mots ce qui m'était venu brutalement à l'esprit : que c'était sur moi que l'assassin avait cru tirer.

– Non, mis à part les types de la Casa de los Niños, et ils sont derrière les barreaux. Sinon, je ne vois personne qui soit dehors.

– À la manière dont le système fonctionne, on ne sait jamais très bien qui est dehors et qui est derrière les barreaux. Nous allons vérifier les libérations conditionnelles pour toute la bande. Ce qui est en plus dans mon intérêt.

Il prit une gorgée de café et se pencha vers moi.

– Ce n'est pas que je veuille t'angoisser plus qu'il ne faut, Alex, mais il y a une hypothèse que nous devons envisager. Tu te rappelles, quand tu m'as parlé du rat crevé et que je t'ai demandé de me décrire Moody ? Tu m'as dit que vous étiez pratiquement de la même taille et que vous aviez la même couleur de cheveux.

J'acquiesçai, incapable de parler.

– Tu as passé toute la journée couché dans ton lit, avec la fièvre. Un type qui serait venu planquer après la tombée de la nuit ne l'aurait pas su. De loin, il a pu facilement se tromper.

Il attendit quelques instants avant de reprendre, s'excusant presque de ce qu'il avait à dire.

– Ce n'est pas très agréable à envisager, mais on n'a pas le choix. Je ne crois pas, instinctivement, à l'hypothèse de la Casa de los Niños. Qu'est-ce que tu penses des gugusses que tu as rencontrés dans l'affaire Swope ?

Je passai en revue toutes les personnes que j'avais rencontrées au cours des deux ou trois journées précédentes. Valcroix. Matthias et les Toucheurs. Houten – la Camino du shérif n'aurait-elle pas eu des pneus à ceinture large ? Maimon. Bragdon. Carmichael. Rambo. Même Beverly et Raoul. Pas un seul, de près ou de loin, n'avait un profil de suspect. Je le dis à Milo.

– De tous, c'est ce trouduc de Canadien qui me va le mieux comme suspect, répondit-il. Ce type est le modèle parfait du mauvais comédien.

– Je ne le sens pas, Milo. Il était furieux qu'on aille l'interroger et a pu en garder une dent contre moi. Mais le ressentiment n'est pas la haine et celui qui a tiré ces coups de feu l'a fait parce qu'il voulait ma peau.

– Tu m'as dit qu'il se droguait beaucoup, Alex. On sait que ça peut rendre parano.

Je repensai à ce que Beverly m'avait dit du comportement de plus en plus étrange de Valcroix et en fis part à Milo.

– Eh bien, tu vois ! Crise de folie boostée à la coke.

– On ne peut pas l'exclure, mais je trouve toujours que ça ne cadre pas avec le personnage. Tout d'abord, ce n'était pas si important que ça pour lui ; de plus, il est plutôt du genre à faire dans l'évitement et la fuite que dans l'action. Le genre baba-cool peace and love.

– Ouais. Comme Manson et sa famille*. Qu'est-ce qu'il a, comme voiture ?

* Manson et les membres de sa « famille » ont massacré l'actrice Sharon Tate et les amis qu'elle recevait à Los Angeles, dans les années soixante-dix. *[NdT]*

– Aucune idée.

– On va vérifier et on ira le chercher pour l'interroger. On parlera aussi aux autres. On peut espérer découvrir qu'en fin de compte, seul Moody était concerné. Dans le genre facile à haïr, c'était du premier choix, ce type.

Il se leva et s'étira.

– Merci pour tout, Milo.

Il eut un petit geste de dénégation.

– Je n'ai encore strictement rien fait, alors ne me remercie pas. Et je ne vais probablement pas pouvoir m'en charger moi-même. Faut que je fasse un petit voyage.

– Où ça ?

– À Washington, pour notre violeur-chieur. Les Saoudiens ont à leur disposition une grosse boîte de relations publiques prête à tout. Ils balancent des millions de dollars en pubs pour montrer qu'ils sont de braves gens, comme tout le monde. Les exploits du prince Al-Chiott pourraient sérieusement ternir leur image de marque. Bref, il y a des pressions venant de très haut pour qu'on l'évacue dare-dare et qu'il n'y ait pas de procès ni de publicité autour de l'affaire. Le Département d'État ne veut pas céder car ses crimes sont fichtrement trop horribles. Mais les Arabes continuent de faire pression et les politicards doivent faire un peu de lèche-cul, au moins pour la forme.

Il hocha la tête, l'air écœuré.

– L'autre jour, deux types couleur muraille du Département d'État nous ont invités à déjeuner, Del et moi. Trois martinis et de la grande cuisine aux frais de la princesse, suivis d'une discussion amicale sur la crise de l'énergie. Je les ai laissés baratiner, puis je leur ai mis sous le nez un paquet de photos de la fille massacrée par Al-Chiott. Doivent être de constitution fragile, les types des Affaires étrangères. C'est tout juste s'ils ont pas dégueulé dans le coq au vin. Je me suis porté volontaire pour aller à Washington défendre notre position.

– Voilà un spectacle qui m'aurait plu : Milo face à toute une tripotée de bureaucrates… Quand pars-tu ?

– J'sais pas. On doit m'avertir. Demain ou après-demain. Je

vais voyager en première classe pour la première fois de ma misérable existence.

Il me regarda avec inquiétude.

– Au moins, Moody est-il éliminé.

– Ouais, dis-je avec un soupir. J'aurais préféré que ce soit d'une manière moins définitive.

Je pensai à Ricky et à la petite April, à l'effet que cela leur ferait. Si jamais on découvrait que c'était Conley qui avait descendu leur père, le tableau serait complet. Il se dégageait de cette affaire une puanteur brutale et primitive qui présageait des avatars tragiques pour des générations.

Hardy revint de la cuisine et nous fit son rapport.

– Ç'aurait pu être pire. La moitié de la maison de Durkin est partie en fumée. Lui et sa femme ont été brûlés au deuxième degré et intoxiqués par la fumée, mais ils s'en sortiront. Worthy, lui, avait un détecteur de fumée et a pu dégager à temps. Il habite à Palisades, dans une grande propriété avec des arbres. Deux ou trois ont complètement brûlé.

Des arbres, c'est-à-dire des tas de cachettes. Milo m'adressa un regard significatif. Hardy continua son exposé.

– Il ne s'est rien passé ni chez la juge ni chez Daschoff, on peut donc supposer que les bidons d'essence restant dans la voiture leur étaient destinés. J'ai envoyé des bleus vérifier leurs bureaux.

Richard Moody avait fini son existence dans un paroxysme de passion morbide.

Milo poussa un sifflement et présenta à son collègue le scénario Delaware-comme-victime. Hardy lui trouva des mérites, ce qui n'améliora pas mon état d'esprit.

Ils me remercièrent tous les deux pour le café et se levèrent. Hardy sortit le premier, pendant que Milo traînait.

– Tu peux rester ici si tu veux, dit-il, parce que l'essentiel du travail d'enquête va se dérouler à l'extérieur. Mais si tu veux changer d'endroit, pas de problème.

Il s'agissait plus d'un conseil que d'une permission.

Toute la vallée n'était que lumières clignotantes, allées et venues, conversations poursuivies à voix basse. L'endroit ne pouvait être plus sûr. Mais la police n'allait pas y camper éternellement.

– Je vais aller habiter ailleurs pendant quelques jours.

– Si tu veux venir chez moi, mon offre tient toujours. Rick est de garde demain et après-demain, ça sera tranquille.

Je réfléchis un moment.

– Merci, mais je préfère vraiment être seul.

Il dit qu'il comprenait, vida sa tasse de café et se rapprocha.

– Il y a une petite lueur dans ton regard qui ne me plaît pas, mon vieux.

– Je vais bien.

– Pour le moment. J'aimerais bien que ça reste comme ça.

– Tu n'as aucune raison particulière de t'inquiéter, Milo, je t'assure.

– C'est le gamin, pas vrai ? Tu n'as pas renoncé.

Je ne répondis pas.

– Écoute, Alex, si ce qui s'est passé ce soir a un rapport quelconque avec les Swope, raison de plus pour que tu restes en dehors de l'affaire. Je ne te dis pas de renoncer à tes sentiments, simplement de planquer ton cul. (Il me toucha doucement à la mâchoire.) Tu as eu de la chance, la dernière fois. Ne tire pas trop sur la ficelle.

Je pris un petit sac de vêtements de rechange et roulai au hasard pendant un moment, puis je décidai que l'hôtel Bel-Air en valait bien un autre pour récupérer. Et se planquer. J'étais à dix minutes de chez moi, bien tranquille et à l'abri derrière les murs en stuc et la végétation subtropicale luxuriante. L'ambiance créée par les murs roses à l'extérieur, vert forêt à l'intérieur, les cocotiers se balançant au gré du vent et un bassin où s'ébattaient les flamants, m'avait toujours rappelé le vieil Hollywood mythique et romantique des douces rêveries et des fins heureuses, toutes denrées qui commençaient à se faire rares.

Je pris Sunset en direction de l'ouest, tournai vers le nord dans Stone Canyon Road et franchis l'immense portail de la propriété pour gagner l'entrée de l'hôtel. Il n'y avait pas de voiturier à une heure quarante du matin, je glissai la Seville entre une Lamborghini et une Maserati – on aurait dit une douairière escortée par deux gigolos.

L'employé de nuit était un Suédois morose qui ne leva même pas les yeux quand je payai en liquide et ne dit rien lorsque je déclarai m'appeler Carl Jung. Je me rendis compte qu'il avait écrit Karl Young.

Un groom à la mine fatiguée me conduisit jusqu'à un bungalow donnant sur une piscine éclairée comme un aquarium. La chambre, sobre et confortable, comportait un grand lit accueillant et un mobilier sombre et lourd des années quarante.

Je me glissai entre les draps frais, évoquant la dernière fois où j'étais venu ici : en juillet dernier, pour le vingt-huitième anniversaire de Robin. Nous étions allés écouter le Philharmonique jouer du Mozart au Music Center et avions pris un souper tardif après le concert ici même, au Bel-Air.

La salle à manger était silencieuse et plongée dans la pénombre ; nous nous étions placés dans un box près d'une baie vitrée. Alors que nous venions de finir les huîtres et attendions le veau, une femme âgée en robe de soirée, d'allure altière, avait traversé la cour aux palmiers d'une démarche royale.

– Alex, m'avait murmuré Robin, regarde ! Ce n'est pas possible que ce soit…

Mais si, c'était bien elle : Bette Davis. Une apparition que nous n'aurions pu commander.

Repenser à cette nuit parfaite m'aida à tenir à distance l'horreur de celle, des plus imparfaites, que je vivais aujourd'hui.

Je dormis jusqu'à onze heures du matin et commandai un petit déjeuner dans la chambre : fraises, omelette aux fines herbes, muffin au son et café. Un repas somptueux, servi dans de la porcelaine et de l'argenterie. Je repoussai les images de mort de mon esprit et mangeai avec appétit. Je ne tardai pas à me sentir à nouveau comme un être humain.

Je fis encore un petit somme, me réveillai et appelai la police de Los Angeles à quatorze heures. Milo étant dans son avion pour Washington, je pris contact avec Del Hardy. Il m'apprit que Conley était hors de cause en tant que suspect. Pendant que Moody se faisait descendre sur ma terrasse, il était de service à

Saugus, sur le tournage de nuit d'une nouvelle série télé. L'information me laissa de marbre, car je n'avais jamais vu en lui un tueur de sang-froid et calculateur. En outre, j'étais déjà convaincu, au fond de moi, que j'étais la véritable cible du tireur. Accepter cette réalité n'était pas exactement la recette pour garder son calme, mais au moins ça me pousserait à être vigilant.

À seize heures, j'allai faire quelques brasses dans la piscine, plus pour le plaisir que pour l'exercice ; puis je retournai dans ma chambre et m'y fis monter le journal et une bière. Ma grippe paraissait vaincue. Je m'enfonçai dans un fauteuil pour lire en buvant.

La nouvelle de la mort de Valcroix faisait six lignes en page vingt-huit, sous le titre UN MÉDECIN SE TUE DANS UN ACCIDENT DE VOITURE. J'y appris, sinon la marque, au moins le genre de véhicule (« une compacte étrangère ») qu'il conduisait lorsqu'il s'était écrasé contre une butée de pont, près du port de Wilmington. Il était mort sur le coup et la police avait fait prévenir sa famille à Montréal.

Wilmington, à mi-chemin entre Los Angeles et San Diego par la route de la côte, est un secteur lugubre où se succèdent entrepôts et chantiers de construction navale. Je me demandai ce qu'il avait bien pu y faire et dans quelle direction il roulait au moment de l'accident. Il s'était déjà rendu à La Vista. En serait-il revenu la veille au soir ?

Je repensai à la manière dont il s'était vanté auprès de Beverly d'avoir un atout dans sa manche dans l'affaire Swope. Les questions se multiplièrent dans ma tête : s'agissait-il vraiment d'un accident dû à des réflexes amoindris par la drogue ou bien avait-il essayé de jouer l'atout en question et, ce faisant, perdu la vie ? Et quel était donc ce secret dans lequel il voyait son salut ? Permettrait-il de résoudre le meurtre des Swope ? Ou de localiser leurs enfants ?

Je tournai et retournai toutes ces questions dans ma tête jusqu'à en avoir la migraine, assis tout raide sur le rebord du fauteuil, avec l'impression d'être un aveugle avançant à tâtons dans un labyrinthe.

Ce ne fut qu'en prenant conscience de ce qui manquait que

je pus reporter mon attention sur ce qu'il fallait faire. Aurais-je examiné les faits d'une manière clinique, en psychologue, que ce qui devait être mon objectif me serait apparu plus vite et plus clairement.

J'avais été formé aux techniques de la psychothérapie, et notamment à celle qui consiste à fouiller le passé pour démêler le présent et le rendre vivable. C'est une autre forme de travail de détective; on va s'accroupir en catimini dans les impasses et les arrière-cours de l'inconscient. La première chose à faire est de reconstituer soigneusement l'histoire, avec le plus de détails possible.

Quatre personnes étaient mortes de mort non naturelle. Si ces disparitions paraissaient n'avoir aucun rapport entre elles, n'être que des éruptions de violence aveugle, c'était parce qu'il y manquait une telle histoire. Parce qu'on n'avait pas assez prêté attention au passé.

Voilà à quoi il fallait remédier. Mais c'était plus qu'un exercice académique: des vies étaient en jeu.

Je refusai d'évaluer les chances que les enfants Swope avaient d'être encore en vie. Pour le moment, il suffisait de se dire qu'elles étaient supérieures à zéro. Je repensai, pour la centième fois, au petit garçon dans sa bulle de plastique, impuissant, dépendant, potentiellement guérissable mais ayant en lui une bombe à retardement… Il fallait le retrouver, sans quoi il mourrait dans de terribles souffrances.

Envahi de colère à l'idée de mon impuissance, je passai de l'altruisme à l'autopréservation. Milo m'avait fortement incité à la prudence, mais rester assis dans mon coin pouvait se révéler la formule la plus dangereuse.

Quelqu'un s'était lancé à mes trousses. Ce quelqu'un allait bien finir par apprendre que j'avais survécu. Il allait se remettre en chasse et cette fois prendre son temps pour ne pas se tromper. Il n'était pas question que je joue le rôle du gibier qui se terre, pas question que je vive comme si j'attendais dans le couloir de la mort.

Il y avait un boulot à faire. Explorer. Exhumer.

La boussole pointait vers le sud.

19

Faire confiance à quelqu'un revient à prendre le plus grand de tous les risques. Mais, sans la confiance, rien ne serait jamais possible.

Au point où j'en étais, la question n'était pas de savoir s'il fallait prendre ou non ce risque, mais en qui je pouvais avoir confiance.

Il y avait bien entendu Del Hardy mais, pas plus que la police en général, je ne pensais qu'il pourrait beaucoup m'aider. Les policiers sont des professionnels qui traitent des faits ; or je n'avais que de vagues soupçons, que d'inquiétantes intuitions à leur proposer. Hardy allait m'écouter poliment, me remercier de ma perspicacité, me dire de ne pas m'inquiéter… et l'on n'irait pas plus loin.

Les réponses dont j'avais besoin ne pouvaient m'être fournies que par des parties prenantes dans l'affaire. Seul quelqu'un ayant bien connu les Swope était capable de m'apporter de quoi élucider leur mort.

Le shérif Houten m'avait paru correct. Mais, comme souvent, quand la grenouille est trop grosse pour sa mare, il prenait son rôle trop au sérieux. Il n'était pas le représentant de la loi, à La Vista, mais la loi elle-même, et tout crime lui était un affront personnel. Je n'avais pas oublié sa réaction de colère lorsque j'avais suggéré que Woody et Nona étaient peut-être cachés dans son secteur : c'était impensable à ses yeux.

Cette forme de paternalisme favorisait une approche tout-le-monde-il-est-beau, tout-le-monde-il-est-gentil, dont le meilleur exemple était la coexistence de surface entre la ville et les Toucheurs. Elle pouvait conduire à la tolérance, mais aussi bien à une vision des choses masquée par des œillères.

Impossible de m'adresser à Houten, donc. Il n'accepterait en aucun cas qu'une personne extérieure se lance dans une enquête, et l'accrochage avec Raoul n'avait sans doute fait que le renforcer dans sa détermination de ne pas se laisser marcher sur les pieds. Pas question non plus d'aller traîner en ville et de tailler une bavette avec les gens. Pendant un moment, la situation me parut sans issue ; La Vista était une boîte verrouillée.

Puis je pensai à Ezra Maimon.

L'homme avait fait preuve d'une dignité sans affectation et d'une indépendance d'esprit qui m'avaient impressionné. Il ne lui avait fallu que quelques minutes pour démêler l'imbroglio dans lequel nous nous débattions. Représenter les intérêts d'un trublion venu de l'extérieur devant le shérif Houten aurait pu intimider un homme moins résolu que lui. Maimon avait pris sa tâche au sérieux et l'avait parfaitement menée à bien. L'homme avait de l'intelligence et du caractère.

Sans même parler du fait que je n'avais que lui.

J'obtins son numéro par les Renseignements et le composai.

Il répondit en disant « Société des graines et fruits rares » de ce même ton paisible dont je me souvenais.

– Monsieur Maimon ? Alex Delaware à l'appareil. Nous nous sommes rencontrés dans le bureau du shérif.

– Bonjour, monsieur Delaware. Comment va le Dr Melendez-Lynch ?

– Je ne l'ai pas revu depuis. Il était sérieusement déprimé.

– Je veux bien vous croire. Quelle situation tragique…

– C'est pour cette raison que je vous appelle.

– Ah bon ?

Je lui racontai la mort de Valcroix, l'attentat dont j'avais été moi-même victime et lui dis ma conviction que le mystère ne serait jamais résolu tant que nous n'irions pas fouiner dans le passé des Swope. Je terminai en lui demandant carrément son aide.

Il ne répondit pas tout de suite et je compris qu'il délibérait avec lui-même, exactement comme lorsque Houten lui avait présenté son affaire. J'avais presque l'impression d'entendre tourner ses rouages mentaux.

– Vous avez un intérêt personnel dans cette affaire, dit-il enfin au bout d'un moment.

– Incontestablement. Mais il y a plus. La maladie de Woody Swope est guérissable. Il n'y a aucune raison que cet enfant meure. S'il est vivant, il faut le retrouver et le soigner.

Nouveau silence tout de réflexion.

– Je ne suis pas certain de savoir ce qui pourrait vous aider.

– Moi non plus. Mais ça vaut la peine d'essayer.

– Très bien.

Je le remerciai chaleureusement. Comme moi, il pensait que se voir à La Vista était hors de question. Pour son bien comme pour le mien.

– Je dîne assez souvent dans un restaurant d'Oceanside, l'Anita's Café, me dit-il. Je ne consomme pas de viande et ils y servent une excellente cuisine végétarienne. Pouvez-vous m'y retrouver ce soir à neuf heures ?

Il était dix-sept heures quarante. Même dans les pires conditions de circulation, j'avais largement le temps.

– J'y serai.

– Entendu. Je vais vous indiquer comment vous y rendre.

Comme on pouvait s'y attendre, ses explications furent simples, directes, précises.

Je payai deux nuits de plus d'avance au Bel-Air, retournai dans ma chambre et appelai Malcolm Worthy. Il n'était pas à son bureau, mais sa secrétaire accepta de me donner le numéro de son domicile.

Il décrocha à la première sonnerie et répondit d'une voix lasse, fatiguée.

– Alex ! J'ai essayé de te joindre toute la journée.

– Je me suis mis à l'abri.

– Tu te caches ? Mais pourquoi ? Il est mort.

– C'est une longue histoire. Écoute, Malcolm, je t'ai appelé pour deux ou trois choses. En premier lieu, comment les enfants ont-ils pris ça ?

– C'est précisément pour ça que je voulais te parler et avoir ton avis. Quel foutu merdier… Darlene ne voulait pas leur dire, mais j'ai insisté pour qu'elle le fasse en lui faisant remarquer qu'elle le devait. Je l'ai eue ensuite au téléphone et elle m'a raconté qu'April avait beaucoup pleuré, qu'elle lui avait posé des tas de questions et qu'elle s'accrochait à ses jupons. Elle n'a pas pu tirer un seul mot de Ricky. Il s'est fermé comme une huître et s'est claquemuré dans sa chambre. Il refuse d'en sortir. Elle m'a demandé toutes sortes de conseils et j'ai fait de mon mieux pour lui répondre, mais ce n'est pas ma partie. Ces réactions vous paraissent-elles normales ?

– Normales ou pas, ce n'est pas la question. Ces gosses sont confrontés à plus de traumatismes que bien des gens n'en rencontrent dans toute une vie. Quand je les ai examinés dans ton cabinet, j'ai conclu qu'ils avaient besoin d'aide, et c'est ce que j'ai dit. Cette aide est devenue plus indispensable que jamais, à présent. Assure-toi que c'est fait. En attendant, il faut surveiller Ricky. Il s'identifiait beaucoup à son père et on ne peut rejeter la possibilité d'un suicide par imitation. Ou qu'il mette le feu. Dis à Darlene de ne pas le perdre un instant de vue et de mettre les allumettes, les couteaux, les cordes et les pilules hors de sa portée. Au moins jusqu'au moment où il commencera sa thérapie. Après quoi, il faudra qu'elle fasse ce que lui dira le thérapeute. Et s'il commence à exprimer sa douleur, elle ne doit surtout pas le faire taire, même s'il est violent.

– Je ferai passer le message. J'aimerais que tu les voies à leur retour à Los Angeles.

– C'est exclu, Malcolm. Je suis bien trop impliqué dans toute cette histoire.

Je lui donnai les noms et les coordonnées de deux confrères.

– Entendu, dit-il comme à regret. Je vais transmettre tout ça à Darlene et veiller à ce qu'elle appelle l'un d'entre eux.

Il se tut un instant, puis ajouta :

– Je suis en train de regarder par la fenêtre. On dirait que l'on vient de faire un barbecue géant. Les pompiers ont inondé l'endroit d'un produit censé faire disparaître l'odeur, mais ça pue toujours. Je n'arrête pas de me demander si les choses n'auraient pas pu se passer différemment.

– Je ne sais pas. Moody était programmé pour la violence. Il a été élevé par une brute. Tu te souviens de son histoire? Son père était d'une violence explosive et il est mort au cours d'une bagarre.

– L'histoire se répète.

– Arranges-toi pour que ce gosse aille en thérapie et elle ne se répétera pas.

Des ampoules bleutées donnaient des reflets lavande aux murs blanchis à la chaux et rehaussés de parements en vieilles briques de l'Anita's Café. Un colombage de bois entourait l'entrée. On avait planté des citronniers nains en espalier de part et d'autre, et leurs fruits prenaient des nuances turquoise dans la lumière artificielle.

Le restaurant occupait une situation incongrue, au milieu d'une zone industrielle; il était flanqué sur trois côtés par des immeubles sombres de bureaux en acier et verre et par un parking immense sur le quatrième. Les appels des oiseaux nocturnes se mêlaient au grondement lointain de l'autoroute.

Il faisait frais, dans la pénombre de l'intérieur. De la musique baroque – du clavecin – offrait un fond sonore discret. Des arômes d'herbes et d'épices, cumin, marjolaine, safran, basilic, saturaient l'air. Les trois quarts des tables étaient occupées. La plupart des clients étaient jeunes, apparemment fortunés et dans le vent. Ils parlaient d'un ton sérieux et à voix retenue.

Une blonde solidement bâtie en blouse paysanne et jupe brodée me conduisit jusqu'à la table de Maimon. Celui-ci se leva courtoisement à mon arrivée et ne se rassit que lorsque je fus installé.

– Bonsoir, docteur.

Il était habillé comme l'autre fois: chemise blanche immaculée, pantalon kaki au pli impeccable. Il repoussa ses lunettes qui avaient glissé sur son nez.

– Bonsoir. Merci beaucoup d'avoir accepté de me rencontrer.

Il sourit.

– Vous avez présenté votre affaire avec éloquence.

La serveuse, une jeune fille mince aux cheveux sombres avec un visage à la Modigliani, se présenta à notre table.

– Ils font des lentilles à la Wellington excellentes, me dit l'avocat.

– Voilà qui m'ira très bien.

Je n'avais guère l'esprit à la nourriture.

Maimon se chargea de commander. La serveuse revint avec deux verres en cristal taillé remplis d'eau glacée, des tranches moelleuses d'un pain au blé entier et deux petites portions d'un pâté de légumes dont le goût de produit carné était à s'y méprendre. Deux fines tranches de citron flottaient dans les verres.

Maimon tartina une tranche de pain de pâté, y mordit délicatement et se mit à mâcher lentement et délibérément. Puis il avala et me demanda en quoi il pouvait m'aider.

– Je cherche à comprendre les Swope. Comment ils étaient avant la maladie de Woody.

– Je ne les connaissais pas très bien. C'étaient des gens qui restaient secrets.

– On n'arrête pas de me dire ça.

– Je n'en suis pas étonné, répondit-il en prenant une gorgée d'eau. Je suis venu m'installer à La Vista il y a dix ans. Ma femme et moi n'avions pas eu d'enfants. Après la mort de mon épouse, j'ai abandonné le barreau pour créer la pépinière – l'horticulture avait été mon premier amour. Dès mon installation, j'ai cherché à contacter tous les autres pépiniéristes et horticulteurs de la région. J'ai été accueilli chaleureusement par presque tout le monde. Ce sont des professions où les gens sont traditionnellement cordiaux, beaucoup de choses dépendant des échanges que nous faisons – un plant inhabituel, par exemple, que l'on distribue aux autres. C'est dans l'intérêt de tous, scientifiquement et économiquement. Un fruit que personne ne présente finit par disparaître, comme l'ont fait nombre de variétés américaines de pommes et de poires. Celles qui ont un minimum de circulation survivront.

« Je m'attendais donc à avoir ce genre d'accueil de la part de Garland Swope, d'autant plus qu'il était mon voisin. J'avais été naïf. Je passai par chez lui un jour et il resta planté à son portail sans m'inviter à entrer, se montrant d'un laconisme qui frisait l'hostilité. Inutile de vous dire que je suis tombé de haut. Non seulement à cause de son attitude inamicale, mais aussi de son peu d'envie de me montrer ce qu'il avait – en général, nous adorons faire étalage de nos hybrides les plus précieux et de nos spécimens rares.

Le plat arriva. Les lentilles, relevées d'épices inconnues et enroulées dans une pâte fine, étaient délicieuses et firent mon étonnement. Maimon mangea avec parcimonie, puis il posa sa fourchette avant de reprendre la parole.

– J'ai abrégé ma visite et n'y suis jamais revenu, alors que nos propriétés sont à moins de deux kilomètres l'une de l'autre. Il y avait d'autres pépiniéristes intéressés par une collaboration dans la région et j'ai rapidement oublié les Swope. Un an plus tard, je suis allé assister à un congrès en Floride sur la culture de certains fruits subtropicaux de Malaisie. J'ai eu l'occasion de rencontrer plusieurs personnes qui connaissaient Garland Swope et qui m'ont expliqué son comportement.

« Il semble que l'homme n'était plus vraiment pépiniériste. Il a tenu une certaine place, à une époque, mais cela fait des années qu'il n'avait rien produit. Il n'y a aucune serre en activité derrière ses barrières, rien qu'une maison délabrée et des hectares de poussière.

– Mais de quoi vivaient-ils ?

– D'un héritage. Le père de Garland était sénateur de Californie. Il possédait un gros ranch et des kilomètres de terres côtières. Il en a vendu une partie à l'État, une autre aux promoteurs. Une bonne part des fonds sont partis en fumée dans de mauvais investissements, mais il en était resté apparemment assez pour faire vivre son fils et la famille de celui-ci. (Il me regarda avec curiosité.) Trouvez-vous quelque chose d'intéressant pour vous là-dedans ?

– Je ne sais pas. Pourquoi a-t-il abandonné l'horticulture ?

– Mauvais investissements, encore une fois. Avez-vous entendu parler du cherimoya ?

– C'est le nom d'une rue de Hollywood. Il me semble que c'est un fruit.

Il s'essuya les lèvres.

– En effet, ou du moins d'un arbre qui produit la chérimole. Déclarée délice des délices par Mark Twain en personne. Ceux qui ont pu le goûter ont tendance à être d'accord. Le cherimoya, ou chérimolier, pousse dans un climat subtropical et il est originaire des Andes chiliennes. Il ressemble un peu à un artichaut ou à une grosse fraise verte. La peau est immangeable. La pulpe est blanche et présente une texture crémeuse ; elle a l'inconvénient d'être truffée de grosses graines dures. Certains ont dit pour plaisanter que les graines étaient là pour que l'on ne consomme pas le fruit avec une hâte indue. On le mange à la cuillère. Un goût sensationnel, docteur. Doux et piquant à la fois, avec des notes de pêche, de poire, d'ananas, de banane et de citron qui donnent en réalité quelque chose d'unique.

« C'est un fruit merveilleux et, d'après mes informateurs de Floride, Garland Swope en était obsédé. Il estimait qu'il représentait l'avenir et il était convaincu qu'une fois que les gens y auraient goûté, tout le monde se jetterait dessus. Il rêvait en somme de faire pour la chérimole ce que Sanford Dole avait fait pour l'ananas. Il est même allé jusqu'à baptiser son aînée du nom de ce fruit – *Annona cherimolia* est en effet son nom savant.

– Ce rêve était-il réaliste ?

– En théorie, oui. C'est un arbre capricieux, exigeant un climat chaud et un taux d'humidité important, mais qui devrait pouvoir s'adapter à la bande de climat subtropical californienne qui va de la frontière mexicaine jusqu'au comté de Ventura. Partout où poussent les avocats, la chérimole devrait pousser. Il y a cependant quelques complications sur lesquelles je reviendrai.

« Il a acheté une terre à crédit. Assez ironiquement, elle avait appartenu en grande partie à son père autrefois. Puis il est parti en expédition en Amérique du Sud et en a rapporté de jeunes arbres. Il les a plantés dans son verger. Ce n'est qu'au bout de plusieurs années que cette variété produit des fruits, mais Garland a fini par avoir le plus grand verger de chérimoliers du pays. Pendant tout ce temps, il sillonnait l'État pour présenter son produit aux grossistes, leur chantant les louanges de la merveille qui n'allait pas tarder à s'épanouir dans sa plantation.

« Ça devait être une rude bataille, car le palais des Américains n'est guère aventureux. En tant que nation, nous ne mangeons que peu de fruits ; les variétés les plus consommées ont mis des siècles à s'imposer. On a même cru autrefois que la tomate était empoisonnée, que l'aubergine rendait fou, et ce ne sont que deux exemples parmi d'autres. Il existe littéralement des centaines de plantes alimentaires qui seraient cultivables dans ce climat et qui sont ignorées.

« Mais la ténacité de Garland a fini par payer. Il a reçu des commandes pour presque toute sa récolte. Si jamais la chérimole avait pris, il aurait été le maître du marché pour un produit de gourmet et aurait tiré le gros lot. Bien entendu, les grandes compagnies fruitières lui auraient emboîté le pas pour rafler la mise, mais il leur aurait fallu des années et, même là, son savoir-faire aurait été hautement monnayable.

« Presque dix ans après s'être lancé dans ce projet, la première récolte s'annonçait – ce qui, en soi, était déjà un résultat assez sensationnel. Dans son habitat naturel, la pollinisation du chérimolier est assurée par une guêpe indigène. Reproduire artificiellement la procédure se fait à la main et prend un temps fou, car il faut recueillir au pinceau le pollen sur les anthères d'une fleur et le déposer sur les pistils d'une autre. Il faut de plus le faire à une certaine heure du jour, car la plante connaît des cycles de fertilité quotidiens. Garland prenait soin de ses arbres presque comme si c'était ses enfants. (Il retira ses lunettes et les essuya. Il avait des yeux sombres qui cillaient rarement.) Deux semaines avant la récolte, un courant d'air glacial venu du Mexique a provoqué de fortes gelées. Il y avait eu toute une série de cyclones dans les Antilles, et la gelée en était le contrecoup. La plupart des arbres sont morts dans la nuit, et ceux qui ont survécu ont perdu leurs fruits. Garland Swope s'est lancé dans une tentative désespérée pour sauver la récolte. Plusieurs de mes informateurs de Floride étaient venus lui donner un coup de main et m'ont décrit la scène : Garland et Emma courant partout dans le verger avec des pots fumigènes et des couvertures, essayant d'envelopper les arbres, de réchauffer le sol, de tout faire pour les sauver. La petite fille les regardait en pleurant. Ils ont bataillé pendant trois jours, mais c'était sans espoir. Garland a été le dernier à l'accepter. (Il hocha tristement la tête.) Des années d'efforts venaient d'être perdues en trois jours. C'est après ça qu'il a renoncé à l'horticulture et s'est mis à vivre en ermite ou presque.

Une vraie tragédie classique: un grand rêve réduit à néant par le Destin. L'angoisse de l'impuissance. Le désespoir absolu.

Je commençais à me faire une idée de ce qu'avait pu signifier pour eux le diagnostic de la maladie de Woody.

Qu'un enfant soit atteint du cancer a toujours quelque chose de monstrueux. Pour les parents, c'est connaître la situation désespérante d'être confrontés à leur impuissance. Mais pour Garland et Emma Swope, il y avait addition de traumatismes, leur incapacité à sauver leur enfant leur rappelant leurs échecs passés. De manière peut-être insupportable...

– Tout cela est-il bien connu? demandai-je.

– Oui, de tous ceux qui ont vécu quelque temps à La Vista.

– De Matthias et des Toucheurs aussi?

– Ça, je ne saurais vous le dire. Ils se sont installés ici il y a seulement quelques années; ils en ont peut-être entendu parler, mais peut-être pas. Ce n'est pas un sujet de conversation public.

Il appela la serveuse d'un sourire et lui commanda un thé aux herbes. Elle apporta une théière et deux tasses et nous servit.

Maimon en prit une gorgée, reposa sa tasse et me regarda à travers la vapeur.

– Vous nourrissez encore des soupçons sur les Toucheurs, n'est-ce pas?

– Je ne sais pas. Je n'ai rien de précis à leur reprocher. Mais ils ont quelque chose de dérangeant.

– Quelque chose de forcé... de contraint?

– Exactement. Tout paraît tellement programmé... On dirait un peu trop une secte vue par un metteur en scène.

– Je suis d'accord avec vous, docteur. Quand j'ai entendu dire que Norman Matthews était devenu un chef spirituel, ça m'a plutôt amusé.

– Vous l'avez connu?

– Seulement de réputation. Quiconque a exercé une profession juridique en Californie a entendu parler de lui. Il était le type même de l'avocat de Beverly Hills : intelligent, flamboyant, agressif, impitoyable. Rien de tout cela ne colle avec ce qu'il prétend être aujourd'hui. Cela dit, je suppose que des métamorphoses encore plus extraordinaires se sont déjà produites.

– On m'a tiré dessus hier. Les voyez-vous faire ce genre de chose ?

L'avocat horticulteur réfléchit.

– Leur image publique est tout sauf violente. Si vous me disiez que Matthews est un escroc, je vous croirais sans peine. Mais un assassin…

Il me regarda, dubitatif.

J'abordai la question sous un autre angle.

– Quel genre de relations y avait-il entre les Toucheurs et les Swope ?

– Aucune, j'imagine. Garland vivait en reclus. Il ne venait jamais en ville. Il m'arrivait de voir Emma ou leur fille qui faisait des courses.

– Matthias m'a dit que Nona avait travaillé pour les Toucheurs un été.

– C'est vrai, j'avais oublié.

Il détourna les yeux et se mit à tripoter un pot de miel non filtré.

– Pardonnez-moi si cela vous paraît impoli, monsieur Maimon, mais vous ne semblez pas être homme à oublier quoi que ce soit. Lorsque Matthias a commencé à parler de Nona, le shérif m'a paru mal à l'aise, tout comme vous. Il s'est livré à un commentaire dans lequel il la traitait de surexcitée, comme s'il voulait mettre fin à la discussion. Tout ce que vous m'avez rapporté jusqu'ici est très précieux. Je vous en prie, n'hésitez pas à tout me dire.

Il remit ses lunettes, se caressa le menton, commença à lever sa tasse, puis changea d'avis.

– Docteur, dit-il d'un ton égal, vous me paraissez sincère et je désire vous aider. Laissez-moi cependant vous expliquer quelle est ma position ici. Cela fait dix ans que j'habite La Vista, mais je me considère toujours comme un étranger. Je suis juif séfarade, descendant du grand érudit Maimonide. Mes ancêtres ont été chassés d'Espagne en 1492, comme tous les autres Juifs. Certains se sont installés en Hollande, d'où ils ont été chassés plus tard, d'autres en France, en Angleterre, en Palestine, en Australie ou en Amérique. Cinq siècles d'errance, cela finit par passer dans les gènes et vous rend peu enclin à penser en termes de permanence.

« Il y a deux ans, un membre du Ku Klux Klan s'est présenté aux élections à la Chambre de l'État dans ce district. Certes, l'homme n'a pas fait état de son appartenance, mais trop de gens savaient qui il était pour que cette nomination ait été le fait du hasard. Il n'a pas été élu, mais il y a eu peu après des croix brûlées, des tracts antisémites et une épidémie de graffitis racistes et de harcèlements contre les Hispano-Américains le long de la frontière.

« Non pas que je pense que La Vista serait un repaire de racistes. J'ai trouvé au contraire que c'était une ville très tolérante, comme le prouve l'intégration sans accroc des Toucheurs. Mais les changements d'attitude peuvent être très rapides ; mes ancêtres, qui étaient médecins de la cour, se sont trouvés ravalés au rang de réfugiés du jour au lendemain. (Il se chauffa les mains à sa tasse.) Un étranger doit pratiquer la discrétion.

– Je sais garder un secret, dis-je. Tout ce que vous me direz restera confidentiel, sauf si des vies sont en jeu.

Il observa encore un long silence. Son visage aux traits délicats restant solennel et calme, il ferma même les yeux pendant quelques instants.

– Il y a eu un incident, répondit-il enfin. Les détails n'ont jamais été rendus publics, mais, connaissant la fille, il y a fort à parier qu'il était de nature sexuelle.

– Et pourquoi donc ?

– Elle avait la réputation d'être très peu farouche. Je ne cultive pas les ragots, mais, dans une petite ville, ils finissent tout de même par parvenir à vos oreilles. Cette fille a toujours eu une aura libidineuse. Même à douze ou treize ans, quand elle traversait la ville à pied, tous les hommes tournaient la tête. Il émanait d'elle quelque chose de quasi animal. J'ai toujours trouvé étrange qu'elle soit justement sortie d'une famille aussi retirée et isolée... à croire qu'elle avait pris sur elle la sexualité de tous les autres et que c'était plus qu'elle ne pouvait contrôler.

– Avez-vous la moindre idée de ce qui a pu se passer à la Retraite ? demandai-je.

Fort de ce que m'avait dit Doug Carmichael, j'en avais moi-même une idée assez précise.

– Je sais seulement qu'on a mis brusquement fin à son emploi et que toutes sortes de bruits et de ragots ont couru dans la ville les jours suivants.

– Et les Toucheurs n'ont plus jamais engagé personne de La Vista.

– En effet.

La serveuse apporta l'addition et je sortis ma carte de crédit. Maimon me remercia et redemanda du thé.

– Comment était-elle, petite fille ?

– Je n'en ai que quelques souvenirs épars... elle était très mignonne et ses cheveux roux ressortaient déjà. Quand elle passait devant chez moi, elle me disait toujours bonjour très gentiment. Je ne pense pas que les problèmes aient commencé avant ses douze ans, à peu près.

– Quel genre de problèmes ?

– Je vous ai dit. Elle couchait avec tout le monde. Une vraie petite Messaline. Elle sortait avec une bande de gosses plus âgés... des jeunes avec des grosses voitures et des motos. J'imagine qu'elle a dû dépasser les bornes parce que ses parents l'ont envoyée en pension. Je m'en souviens d'autant mieux que le matin où elle devait prendre le train, la voiture de Garland est tombée en panne au beau milieu de la route, à quelques mètres de ma serre. Je lui ai proposé de les conduire, mais évidemment il a refusé. Il l'a laissée là avec sa valise jusqu'à ce qu'il revienne avec son pick-up. Elle avait l'air d'une petite fille malheureuse, alors qu'elle devait avoir au moins quatorze ans. Comme si elle avait été vidée de tout ce qu'il y avait de mauvais en elle.

– Combien de temps est-elle restée partie ?

– Une année. Elle était différente, à son retour. Plus tranquille, un peu déprimée. Toujours précoce, sexuellement, mais d'une manière… rageuse.

– « Rageuse » ? Que voulez-vous dire ?

Il rougit et but un peu de thé.

– Elle faisait penser à un prédateur. Un jour, elle est entrée dans ma serre, habillée d'un short et d'une blouse sans manches. Comme ça. Elle m'a raconté qu'elle avait entendu dire que j'avais une nouvelle variété de banane et qu'elle voulait les voir. C'était exact ; j'avais fait venir plusieurs bananiers nains Cavendish de Floride en conteneurs et j'avais présenté quelques-uns de ces fruits délicieux au marché. Je me demandai pourquoi elle s'y intéressait, tout à coup, mais je lui montrai néanmoins les bananiers. Elle les regarda à peine et me sourit… d'un sourire lascif. Puis elle se pencha, m'offrant une vue dégagée de sa poitrine, cueillit une banane et se mit à la manger d'une manière… d'une manière… (Il s'arrêta, balbutiant.) Il faut m'excuser, docteur, mais j'ai soixante-trois ans, j'appartiens à une autre génération et j'ai du mal à parler sans complexe de ce genre de choses, comme c'est la mode aujourd'hui.

J'acquiesçai, pour manifester que je comprenais.

– Vous faites beaucoup plus jeune.

– De bons gènes. (Il sourit.) Bref, voilà l'histoire. Elle a fait tout un numéro en mangeant sa banane, m'a encore souri et m'a dit qu'elle était délicieuse. Puis elle s'est léché les doigts et elle est repartie en courant sur la route. L'incident m'avait d'autant plus énervé que pendant qu'elle me vampait, je lisais de la haine dans son regard. Un mélange étrange de sexe et d'hostilité. C'est difficile à expliquer.

Il reprit un peu de thé, puis me demanda si tout cela avait quelque pertinence pour moi.

Avant que je puisse lui répondre, la serveuse revint avec l'addition. Maimon insista pour laisser le pourboire. Il se montra généreux.

Nous sortîmes dans le parking. La nuit était fraîche et odorante. L'avocat avait la démarche souple d'un homme faisant le tiers de son âge.

Son véhicule était un pick-up Chevrolet à plateau long.

Équipé de pneus normaux. Il prit ses clefs et me demanda si je n'aurais pas envie de visiter sa pépinière.

– J'aimerais vous montrer quelques-uns de mes spécimens les plus remarquables.

Il paraissait avoir envie de compagnie. Il venait de se décharger de beaucoup de choses, probablement pour la première fois depuis longtemps. On peut finir par s'habituer à ne pas s'exprimer.

– Avec plaisir. Qu'on nous voie ensemble ne risque pas de vous poser des problèmes ?

Il sourit et hocha la tête.

– Que je sache, nous habitons encore dans un pays libre, docteur. De plus, je suis installé à plusieurs kilomètres au sud-est de la ville. Au bas des collines, là où se trouvent la plupart des grands vergers. Vous n'aurez qu'à me suivre, mais, au cas où vous perdriez le contact, je vais vous expliquer l'itinéraire. Nous passerons sous l'autoroute que nous continuerons à longer jusqu'au moment où nous tournerons à droite, sur une route sans signalisation. Je ralentirai, de manière à ce que vous ne la manquiez pas. Au pied des collines nous prendrons alors une ancienne route de service. Elle est trop étroite pour les véhicules de transport et elle est inondée par temps de pluie. Mais à cette époque de l'année, c'est un raccourci bien pratique.

Il continua à me donner des précisions jusqu'à ce que je finisse par comprendre que cet itinéraire était celui de la route secondaire que j'avais vue sur la carte, chez le shérif. Celle qui évitait la ville. Quand j'avais posé la question à Houten, il m'avait dit qu'elle avait été fermée à la circulation par la compagnie pétrolière. Peut-être l'estimait-il trop insignifiante pour la classer en route. Ou alors il m'avait menti.

Je montai dans la Seville en me demandant pourquoi.

20

Le tournant me prit presque au dépourvu. En dehors du fait qu'elle n'était pas signalée, la voie ne méritait guère le nom de route. Ce n'était qu'un étroit chemin de terre, à peu près impossible à distinguer des pistes qui s'entrecroisaient dans ce vaste entablement de terres agricoles. Quiconque ne connaissait pas bien l'endroit l'aurait manquée. Mais Maimon ayant ralenti, je suivis sans mal ses feux arrière au milieu des champs de fraises que baignait le clair de lune. Nous laissâmes bientôt derrière nous le grondement de l'autoroute, pour nous enfoncer dans une nuit paisible dans laquelle les papillons montaient en spirale vers les étoiles, cherchant avec frénésie, mais vainement, à gagner la chaleur des galaxies lointaines.

Devant nous, les montagnes dominaient le paysage de leur masse pesante, sinistre et enténébrée. Le petit camion de Maimon était vieux et se mit à avancer laborieusement en première, lorsqu'il entama sa montée dans les collines. Je restai à quelque distance de lui pour le suivre dans une obscurité si dense qu'elle en était palpable.

La montée dura plusieurs kilomètres et nous atteignîmes enfin un plateau, où la route faisait un virage serré à droite. À gauche, s'étendait une vaste mesa entourée d'un grillage. Des tours pyramidales s'élevaient, silhouettes squelettiques et immobiles – les puits de pétrole abandonnés. S'en éloignant, Maimon reprit la montée dans les collines.

Nous longeâmes sans discontinuer, pendant les quelques kilomètres suivants, des vergers d'arbres reconnaissables à leurs feuilles découpées, sur lesquelles les étoiles déposaient des reflets de satin sur le fond velouté du ciel. Puis vint une série de granges et de bâtiments de ferme, sur leur petit terrain ombragé par des sycomores et des chênes. Les rares lumières qui brillaient s'estompèrent après notre passage.

Le clignotant de Maimon s'alluma bien avant qu'il ne tourne à gauche et ne franchisse une barrière laissée ouverte. Un panneau discret annonçait FRUITS ET GRAINES RARES. Il s'arrêta devant une maison à un étage, en bois, entièrement ceinturée par une large véranda. Dans cette dernière, il y avait deux fauteuils et un chien. Le chien se leva et vint fourrer son nez dans la main de Maimon quand l'avocat descendit de son véhicule. Un labrador puissant et solide que ma présence ne parut pas impressionner et qui alla se recoucher après avoir reçu quelques caresses de son maître.

– Passons par-derrière, dit Maimon en m'entraînant vers la gauche de la maison.

Un boîtier électrique était fixé sur ce côté-là de la maison ; il l'ouvrit, manipula un interrupteur et des lumières s'allumèrent les unes après les autres, séquencées comme dans un ballet.

Ce qui se présenta alors à mes yeux avait le découpage précis et le verdoiement intense d'une peinture du douanier Rousseau. Un chef-d'œuvre intitulé *Variations sur le thème du vert.*

Il y avait des plantes, des arbustes et des arbres partout, souvent en fleurs, tous avec un feuillage dense. Les plus hauts étaient dans de gros conteneurs, quelques-uns enracinés directement dans un sol noir et riche. Les plantes plus petites et les jeunes boutures en pots étaient posées sur des tables et protégées par une canopée en grillage. Derrière, on apercevait trois serres. Un mélange d'humus et de nectar embaumait l'air.

J'eus droit à une visite guidée des lieux. Je reconnus la plupart des espèces, mais vis nombre de variétés nouvelles, notamment parmi les pêchers, les brugnoniers, les abricotiers, les pruniers, les pommiers et les poiriers. Plusieurs douzaines de figuiers en pots s'alignaient le long d'une barrière. Maimon alla prélever deux figues sur l'un d'eux, m'en tendit une et porta l'autre à sa bouche. Je n'avais jamais été friand de figues fraîches, je mangeai donc celle-ci par courtoisie. Ce fut une révélation.

– Qu'est-ce que vous en pensez ?

– C'est délicieux. Le goût est aussi puissant que celui d'une figue sèche.

Il parut content.

– Un goût céleste. La meilleure variété, à mon avis, même si certains lui préfèrent la pasquale.

Il poursuivit dans la même veine, me présentant ses hybrides les plus rares avec une fierté non dissimulée, s'arrêtant parfois pour cueillir un fruit et me le faire goûter. Ses produits n'avaient rien à voir avec ce qu'on trouve d'habitude dans les magasins ; ils étaient plus gros, plus juteux, plus colorés et plus intensément aromatiques.

Nous arrivâmes finalement aux spécimens exotiques. Beaucoup étaient un flamboiement de fleurs, rappelant les orchidées dans des nuances de jaune, de rose, de rouge écarlate et de mauve. Un panneau de bois sur un piquet planté devant chaque groupe présentait une photo en couleurs du fruit, de la fleur et de la feuille. Dessous étaient inscrits, en lettres bien formées, le nom savant et la ou les appellations vernaculaires, ainsi que des détails géographiques, de méthodes culturales et de consommation.

Il y avait des espèces qui m'étaient plus ou moins familières – des litchis, des variétés inhabituelles de mangues et de papayes, des nèfles, des goyaves, des fruits de la passion – et beaucoup d'autres qui m'étaient totalement inconnues : sapotes, sapodillas, cerises acerola, jujubes, jaboticabas, tamarins, tomates arbustives.

Une autre partie était consacrée aux fruits de plantes grimpantes, raisins, kiwis, framboises de toutes les nuances allant du doré au noir. Ailleurs, outre des citronniers d'une espèce rare, il y avait des pamplemousses Chandler, trois fois plus gros que les variétés ordinaires, et délicieusement sucrés, ainsi que des variétés d'orange moro, sanguine et taroco dont le jus était couleur de vin rouge ; des tangerines, des cédrats, des citrons doux et des doigts de Bouddha faisant penser à des mains humaines à huit doigts.

Les serres abritaient les plants les plus fragiles de la collection, ceux que Maimon avait obtenus auprès des jeunes aventuriers qui exploraient les régions tropicales les plus reculées du monde à la recherche de nouvelles espèces. En jouant sur l'éclairage, le taux d'humidité et la chaleur, l'horticulteur avait créé les microclimats qui lui permettaient de réussir leur reproduction. Il s'anima en me décrivant son travail, me bombardant d'informations ésotériques qu'il lui fallait ensuite m'expliquer patiemment.

La moitié de la dernière serre était remplie de boîtes empilées, soigneusement étiquetées. Sur la table, il y avait un tarif postal, des ciseaux, de l'adhésif et des enveloppes spéciales.

– Les graines, me dit-il. La principale source de revenu de ma petite entreprise. J'en envoie partout dans le monde.

Il m'ouvrit la porte et me conduisit jusqu'à un groupe de petits arbres.

– La famille des annonacées, m'expliqua-t-il. (Il écarta les feuilles du premier arbre et fit apparaître un gros fruit vert-jaune couvert de piquants charnus.) *Annona muricata*, le corossolier. Le rouge, là, c'est un *Annona reticulata*, variété de *Lindstroms*, un autre corossolier. Celui-ci, continua-t-il avec un geste vers un troisième arbre, n'aura des fruits qu'en août; c'est l'*Annona squamosa*, le corossolier écailleux, une variété brésilienne sans graines. Quant à ceux-ci (il m'indiqua une douzaine d'arbrisseaux aux feuilles ovales retombantes), ce sont des chérimoliers. J'en ai en ce moment plusieurs variétés, Booth, Bonita, Pierce, White et Deliciosa.

Je touchai une feuille; sa partie inférieure était cotonneuse. Un arôme proche de l'orange en montait.

– Délicieux parfum, n'est-ce pas? Et voilà ce qu'il produit, ajouta-t-il en écartant les branches.

L'aspect du fruit n'avait rien de bien remarquable: je vis une espèce de globule hypertrophié en forme de cœur, vert pâle et constellé de protubérances. On aurait dit une pomme de pin membraneuse. Il était ferme, légèrement abrasif au toucher.

– Rentrons, je vais vous en préparer un qui soit à point.

Il me fit entrer dans sa cuisine, une grande pièce impeccable en dépit de son ancienneté. Le réfrigérateur, la cuisinière et l'évier étaient d'un blanc éclatant, le lino du plancher ciré à en briller. Une table et des chaises en bois d'érable occupaient le centre. Je tirai une chaise et m'assis. Le gros labrador ronflait, vautré au pied de la cuisinière.

Maimon ouvrit le réfrigérateur, en sortit une chérimole et vint s'installer à son tour à la table après y avoir disposé deux bols, deux cuillères et un couteau. Le fruit mûr était marbré de brun et souple au toucher. Il le coupa en deux et posa chaque moitié dans un bol, la peau en dessous. La pulpe avait l'aspect, la consistance et la couleur d'une crème à la vanille.

– Le dessert, dit-il en enfonçant sa cuillère dans la pulpe brillante, puis en la portant à sa bouche.

Je l'imitai. La cuillère s'enfonçait toute seule dans le fruit.

Le goût était extraordinaire : il rappelait celui de plusieurs autres fruits mais en restant différent de chacun ; doux, puis âpre, puis doux encore, les changements de saveur perpétuels le rendaient insaisissable pour le palais, aussi subtil et satisfaisant que la confiserie la plus fine. De la taille de haricots, les graines étaient nombreuses et dures comme du bois. Une gêne, certes, mais supportable.

Nous mangeâmes en silence. Je savourai la chérimole, sachant que c'était à cause d'elle que le cœur des Swope s'était brisé, sans toutefois laisser cette idée altérer mon plaisir, jusqu'à ce qu'il ne reste plus que son enveloppe vide.

– C'est délicieux, dis-je en reposant ma cuillère. Où peut-on s'en procurer ?

– À deux endroits, en général. Sur les marchés hispaniques ils sont relativement bon marché, mais le fruit est petit et irrégulier. Dans une épicerie de luxe, on vous en vendra deux de taille convenable, emballés dans du papier fantaisie, pour quinze dollars.

– Leur culture commerciale existe donc déjà ?

– Oui, en Amérique latine et en Espagne. Et sur une échelle plus limitée ici, aux États-Unis, surtout du côté de Carpenteria. Le climat y est un peu trop frais, en réalité, pour faire pousser de vrais fruits tropicaux, mais il est tout de même plus chaud que celui d'ici.

– Pas de gelées ?

– Pas encore.

– Quinze dollars, tout de même…

– Oui. La chérimole n'a jamais pris comme fruit de consommation courante: trop de graines, trop gélatineux, et les gens n'aiment pas se promener avec une petite cuillère. Personne n'ayant trouvé comment procéder à la pollinisation mécanique, il est gourmand en main-d'œuvre. C'est cependant un mets de choix qui a ses amateurs fidèles et la demande excède l'offre. Sans ce coup du sort, Garland aurait pu devenir riche.

J'avais les mains poisseuses d'avoir touché le fruit. J'allai les laver à l'évier de la cuisine. Quand je revins à la table, le chien était venu se mettre en boule aux pieds de Maimon, les yeux fermés, et émettait une sorte de ronronnement canin satisfait tandis que son maître le caressait.

Une scène paisible qui me rendit nerveux. J'avais traîné trop longtemps dans le petit paradis de Maimon, alors qu'il me restait beaucoup à faire.

– J'aimerais bien aller jeter un coup d'œil dans la maison des Swope. Est-ce que c'est l'une des fermes devant lesquelles nous sommes passés?

– Non. Ils habitent – ou habitaient – un peu plus loin sur la même route. Ce ne sont pas vraiment des fermes, juste des maisons avec un bout de terrain trop petit pour qu'on puisse gagner sa vie en l'exploitant. Certaines personnes travaillant en ville aiment bien y habiter. Elles ont un peu plus d'espace et peuvent compléter leurs revenus en faisant pousser certaines espèces saisonnières – des citrouilles pour Halloween, des melons d'hiver pour le marché asiatique.

Je me souvins du brusque accès de colère de Houten quand j'avais évoqué le travail des champs et demandai à l'horticulteur si le shérif avait jamais travaillé dans une ferme.

– Pas récemment, répondit-il avec une hésitation. Ray avait une propriété non loin d'ici, autrefois. Il faisait pousser des sapins qu'il vendait à des grossistes pour Noël.

– Il a abandonné?

– Il a vendu le tout à un jeune couple après la mort de sa fille. Pour s'installer dans une pension de famille à une rue de l'hôtel de ville.

J'avais toujours présente à l'esprit la possibilité que le shérif m'ait menti pour m'empêcher de venir fouiner sur ses terres. Je commençai à avoir envie d'en savoir plus sur l'homme qui incarnait la loi à La Vista.

– Il m'a dit que sa femme était morte d'un cancer. Qu'est-ce qui est arrivé à sa fille ?

L'avocat haussa les sourcils et arrêta de caresser le labrador. Le chien s'agita et grommela jusqu'à ce que la stimulation reprenne.

– Elle s'est suicidée. Il y a quatre ou cinq ans. Elle s'est pendue à un vieux chêne de la propriété.

Il avait parlé d'un ton égal, comme si la mort de la jeune fille n'avait rien eu de surprenant. Je le lui fis remarquer.

– Ça a été une tragédie, dit-il, mais pas de celles où la première réaction est l'incrédulité ou la stupéfaction. Marla m'avait toujours fait l'effet d'une enfant à problèmes. C'était une gosse pas bien jolie, trop grosse, excessivement timide, sans amies. Toujours le nez dans un livre. Des contes de fées, les fois où j'ai pu voir. Je ne l'ai jamais vue sourire.

– Quel âge avait-elle quand elle s'est pendue ?

– Quinze ans, environ.

Elle aurait donc eu aujourd'hui le même âge que Nona Swope. Les deux jeunes filles avaient été voisines. Je demandai à Maimon si elles avaient eu des relations.

– J'en doute. Petites filles, elles ont parfois joué ensemble, mais ça s'est terminé quand elles sont entrées dans l'adolescence. Marla s'est repliée sur elle-même alors que Nona courait partout. On n'aurait pu trouver deux gamines plus différentes.

Il arrêta de caresser le chien. Il se leva, débarrassa la table et fit la vaisselle.

– Perdre Marla a transformé Ray, reprit-il en arrêtant l'eau pour prendre un torchon. Du coup, la ville a changé aussi. Avant la mort de sa fille, c'était un vrai noceur. Il aimait bien boire, jouer au bras de fer dans les bars et raconter des blagues graveleuses. Après, il s'est complètement replié sur lui-même, sans vouloir accepter d'être consolé par qui que ce soit. On a tout d'abord cru que c'était par chagrin, mais il n'en est jamais sorti. (Il essuya un bol jusqu'à ce qu'il étincelle.) J'ai l'impression que l'ambiance à La Vista s'est assombrie depuis cette époque. C'est comme si les gens attendaient que Ray leur donne la permission de sourire.

Ce qu'il décrivait avait nom «anhédonie collective», le rejet du plaisir. Je me demandai si ce n'était pas la clef de la tolérance de Houten vis-à-vis des Toucheurs et de leurs mœurs ostensiblement effacées.

L'avocat finit de sécher le deuxième bol et s'essuya les mains.

Je me levai.

– Merci, lui dis-je, aussi bien pour le temps que vous m'avez consacré que pour la visite et le fruit. Vous avez créé un véritable paradis, ici.

Je lui tendis la main.

Il me la serra et sourit.

– C'est quelqu'un d'autre qui l'a créé. Je l'ai simplement mis en scène. Et ça a été un plaisir de parler avec vous, docteur. Vous savez écouter. Voulez-vous aller tout de suite jeter un coup d'œil chez les Swope?

– Oui, juste histoire de me faire une idée des lieux. Pouvez-vous m'expliquer comment m'y rendre?

– Continuez sur la route par laquelle nous sommes arrivés. Vous allez longer une plantation d'avocatiers sur un kilomètre et demi. Propriété d'un consortium de médecins de La Jolla qui leur sert surtout de paradis fiscal. Vous franchirez ensuite un pont couvert sur un rio à sec; puis vous roulerez environ quatre cents mètres. La maison des Swope sera sur votre gauche.

Je le remerciai à nouveau et il me raccompagna jusqu'à l'entrée.

– Je suis passé devant il y a deux jours, reprit-il. Il y avait un cadenas sur le portail.

– J'aime bien l'escalade.

– Je n'en doute pas. Mais rappelez-vous ce que je vous ai dit sur les tendances asociales de Garland. Il y a du fil de fer barbelé sur le haut de la barrière.

– Une idée?

Il fit semblant de s'intéresser au labrador et me répondit, avec une nonchalance forcée:

– Il y a un petit atelier à côté de la véranda, derrière la maison. Avec toutes sortes de bazars. Fouillez dedans et voyez si vous ne trouvez pas quelque chose qui vous serait utile.

Je quittai la maison et m'éloignai dans la direction indiquée.

Le bazar en question était en fait un assortiment complet d'outils de première qualité, huilés et enveloppés dans des chiffons. Je choisis un gros coupe-boulons et une pince-monseigneur avec lesquels je regagnai la Seville. Je posai le tout sur le plancher avec la lampe-torche que j'avais toujours dans la boîte à gants avec des piles de rechange, lançai le moteur et partis.

Je jetai un dernier coup d'œil à la pépinière brillamment éclairée. J'avais encore le goût de la chérimole sur la langue. Puis les lumières disparurent de mon rétroviseur.

21

J'avais reçu des informations partielles et impressionnistes sur les Swope de la part de plusieurs sources et il me restait à bâtir une image cohérente de cette famille détruite.

Tout le monde m'avait décrit Garland comme un personnage inhabituel – affectivement perturbé, secret et hostile aux étrangers. Pour un ermite, cependant, il se montrait étonnamment extraverti : Beverly aussi bien que Raoul l'avaient décrit comme bavard et capable de défendre ses opinions jusqu'à la grossièreté. Ce n'était pas le tableau de quelqu'un de réticent à nouer des liens sociaux.

L'image que je m'étais faite d'Emma était celle d'une femme subordonnée à son mari et le craignant, de quelqu'un de quasi inexistant, sauf pour Valcroix ; le médecin canadien la considérait comme une femme forte et n'avait pas rejeté l'idée qu'elle aurait pu être l'instigatrice de leur disparition.

C'est sur Nona que tout le monde paraissait être d'accord. Fougueuse et d'une sexualité débordante, elle bouillonnait de colère. Et cela ne datait pas d'hier.

Il y avait enfin Woody, un adorable petit garçon. L'incarnation même de la « victime innocente ». Est-ce que je me racontais des histoires en me disant qu'il était peut-être encore en vie ? N'étais-je pas sur la même pente glissante du déni de vérité qui avait transformé un médecin éminent en fauteur de troubles de l'ordre public ?

J'éprouvais une méfiance instinctive pour Matthias et les Toucheurs, sans qu'elle s'appuie sur quoi que ce soit de concret. Valcroix leur avait rendu visite et je me demandais si, comme il l'avait prétendu, il n'y avait vraiment été qu'une fois. Je l'avais vu à plusieurs reprises se réfugier dans son monde intérieur d'une manière qui rappelait la méditation telle que la pratiquaient les Toucheurs. Mais il était mort. Où était le rapport… s'il y en avait un ?

Il y avait autre chose qui me chiffonnait. Matthias m'avait dit que son organisation avait acheté une ou deux fois des graines à Garland Swope. Or, d'après Maimon, Swope n'aurait rien eu à vendre. Il ne se serait trouvé, derrière cette barrière fermée d'un cadenas, qu'une maison délabrée et des hectares de poussière. Un détail ? Peut-être. Mais dans ce cas-là, pourquoi cette invention ?

Tout cela faisait beaucoup de questions, sans qu'aucune réponse ne débouche sur du solide.

J'avais l'impression d'être devant des pièces de puzzle qui auraient été mal découpées. J'avais beau m'escrimer, le résultat était toujours de travers. Irritant.

Je franchis le pont couvert et ralentis. L'entrée de la propriété des Swope était précédée d'une allée de terre creusée d'ornières conduisant à un portail métallique rouillé. Celui-ci n'était pas très haut – à peine un peu plus de deux mètres –, mais il était surmonté d'une coiffe de barbelés qui lui donnait un mètre de plus et, comme me l'avait dit Maimon, il était fermé par une chaîne avec un cadenas.

Je parcourus une trentaine de mètres avant de trouver un emplacement où me garer. Enfouissant autant que possible le capot de la Seville au milieu d'un bosquet d'eucalyptus, je me garai, pris les outils et la lampe-torche et revins à pied.

Le cadenas était flambant neuf. Il avait dû être placé par Houten. La chaîne, en acier, était prise dans une gaine de plastique. Elle résista un moment au coupe-boulons, puis finit par céder comme une saucisse trop cuite. Je poussai le portail, le franchis et le refermai, puis je disposai la chaîne de manière à camoufler l'intervention chirurgicale qu'elle avait subie.

L'allée était gravillonnée et réagissait par un crépitement de céréales dans du lait à chacun de mes pas. À la lumière de la torche, je vis une bâtisse en bois à un étage, pas tellement différente, au premier coup d'œil, de la maison de Maimon. Mais la structure semblait fléchir sur ses fondations, ses planches se fendaient, sa peinture s'écaillait. Le toit en papier goudronné était chauve par endroits et les châssis des fenêtres souvent faussés et gauchis. Je posai le pied sur la première des marches conduisant à la véranda et la sentis céder sous mon poids. Pourriture sèche.

Un hibou hulula. Il y eut un bruit soyeux d'aile et je redressai le rayon de la lampe pour saisir le gros oiseau en vol. Il plongea brusquement tandis que détalait sa proie ; il y eut un couinement bref, puis de nouveau le silence.

La porte d'entrée était fermée à clef. J'envisageai divers moyens de forcer la serrure, mais y renonçai, me sentant sournois et vaguement criminel. En examinant la façade décrépite de cette masse branlante, je me rappelai le destin tragique de ses habitants. Lui infliger un nouvel outrage me parut soudain un acte irréfléchi de vandalisme. Je décidai d'essayer la porte de derrière.

Je trébuchai sur une planche mal assujettie, repris mon équilibre et contournai la maison. À peine avais-je parcouru quelques mètres que j'entendis un bruit. Celui de gouttes d'eau créant un rythme étrangement mélodieux.

Un boîtier électrique était placé au même endroit que sur la maison de Maimon. La rouille avait soudé son couvercle et je dus me servir de la pince-monseigneur pour le faire sauter. J'essayai trois commutateurs, sans résultat. Le quatrième était le bon.

La lumière éclairait l'unique serre qui se trouvait derrière la maison. J'y entrai.

De lourdes tables en bois occupaient toute sa longueur. Les ampoules que j'avais allumées diffusaient une lumière sourde et bleutée qui recouvrait d'un vernis laiteux les créations disposées sur les planches. Un système de poulies et de treuils permettait l'ouverture de fenêtres dans la verrière au-dessus.

L'origine du bruit devint évidente : un système reptilien d'arrosage suspendu, commandé par des minuteurs d'un modèle ancien accrochés aux poutrelles de la structure.

Maimon s'était donc trompé quand il m'avait dit qu'il n'y avait que de la poussière derrière le portail des Swope. La serre contenait quantité de choses végétales. Mais ni des fleurs ni des arbres : des choses.

Je n'avais pu m'empêcher de comparer les serres du Séfarade à un jardin d'Éden. Ce que j'avais maintenant sous les yeux était une vision d'enfer.

On avait pris un soin exquis à créer une jungle de monstruosités botaniques.

Il y avait des centaines de roses qui ne viendraient jamais composer un bouquet. Leurs pétales flétris, rabougris, avaient des nuances morbides de gris. Chaque fleur était effilochée, irrégulière et couverte d'une sorte de fourrure humide. D'autres présentaient des épines de huit centimètres de long qui transformaient les tiges en armes mortelles. Je ne me penchai pas pour en humer l'odeur, mais celle-ci me parvint néanmoins : chaude, écœurante, agressivement rance.

Une collection de plantes carnivores jouxtait les roses : les classiques dionées et ascidies, et d'autres que je ne reconnus pas. Des mâchoires verdâtres béantes. Une sève poisseuse s'écoulait des vrilles. Sur la table étaient posés un couteau de cuisine rouillé et une tranche de bœuf coupée en dés minuscules. Chacun d'eux grouillait d'asticots. L'une des plantes carnivores avait réussi à incliner sa corolle jusque sur la table et à capturer quelques-uns des vers blancs, grâce à son exsudat à la douceur mortelle. À côté, se trouvaient d'autres friandises pour carnivores – une boîte à café remplie à ras bords de mouches et d'insectes desséchés. Un remous agita le tas, il en sortit un insecte vivant, une créature rappelant une guêpe, équipée de fortes mandibules et d'un abdomen démesuré. Elle me regarda et s'envola. Je suivis sa trajectoire des yeux. Quand elle eut franchi la porte, je me précipitai pour aller fermer le battant. Les panneaux vitrés en tremblèrent.

Et pendant tout ce temps se poursuivait le dialogue musical du goutte-à-goutte des tuyaux suspendus qui maintenaient tout en état et en bonne santé…

Je poursuivis mon inspection, les genoux flageolants et l'estomac retourné. Il y avait une collection de lauriers-roses nains dont on avait broyé les feuilles ; on avait placé la poudre obtenue dans des boîtes pour tester la puissance de leur poison sur des mulots. Tout ce qui restait des petits rongeurs était les dents et les os dans un sac de peau tanné et rigide. On les avait laissés agoniser, leurs petites pattes raides jointes dans une prière dérangeante tant la pose était humaine. On avait de plus utilisé leurs crottes comme engrais pour des plateaux de champignons. Chacun comportait une étiquette : *Amanita muscaria... Boletus miniato-olivaceus... Helvella esculenta...*

Les plantes de la section suivante étaient fraîches et avaient meilleur aspect, mais n'en étaient pas moins toxiques : ciguë. . digitale... jusquiame noire, ou mort-aux-poules... morelle noire, carrément mortelle, celle-ci... et une splendeur qui faisait penser à du lierre et que l'étiquette baptisait bizarrement de « bois-poison ».

Il y avait aussi des arbres fruitiers. Des orangers et des citronniers à l'arôme âcre, taillés et tordus jusqu'à en être méconnaissables. Un pommier chargé de tumeurs aux formes grotesques voulant se faire passer pour des fruits. Un grenadier poisseux de mucosités blanchâtres. Des prunes couleur chair sur lesquelles grouillaient des colonies de vers. Et des quantités de fruits pourris par terre.

Et cela continuait ainsi dans cette répugnante et puante usine à cauchemars. Puis soudain, quelque chose de différent :

À l'autre bout de la serre, un arbre unique, dans un pot en terre peint à la main. Un arbre ayant une belle forme, l'air sain et anormalement normal. On avait fait un tas des débris et de la terre jonchant la serre et le pot trônait dessus, comme s'il faisait l'objet d'un culte.

Un arbuste ravissant, aux feuilles elliptiques retombantes et avec des fruits faisant penser à des pommes de pin vertes et membraneuses.

Une fois à l'extérieur, j'aspirai l'air à grandes bouffées, goulûment. Derrière la serre s'étendait un terrain nu interrompu à quelque distance par le mur noir d'une forêt. Un endroit parfait pour se cacher. À la lueur de ma lampe-torche, je m'avançai entre les troncs massifs des pins et des sapins. Le sol de la forêt était un matelas spongieux d'humus. De petits animaux détalaient sur mon passage. Au bout de vingt minutes passées à fouiller et battre les buissons, je n'avais trouvé aucune trace d'occupation humaine.

Je retournai à la maison et éteignis les lumières de la serre. Le cadenas qui fermait la porte de derrière était posé sur un moraillon de fortune qui céda au premier coup de la pince-monseigneur.

J'entrai dans la maison par une souillarde qui donnait sur une grande cuisine froide. L'électricité et l'eau avaient été coupées. La serre devait disposer de sa propre alimentation. Je me guidai à la lueur de ma lampe.

Il se dégageait des pièces du rez-de-chaussée, chichement meublées, une odeur de moisi ; pas une photo sur les murs, pas une peinture. Un tapis ovale au crochet occupait le centre du séjour, bordé par un canapé venu d'une brocante et de deux chaises pliantes en aluminium. La salle à manger, transformée en remise, débordait de cartons pleins de vieux journaux et de cordées de bois de chauffage. Des couvre-lits faisaient office de rideaux aux fenêtres.

Il y avait trois chambres au premier, chacune contenant un mobilier grossier et branlant et des lits en fer. Celle de Woody était un peu plus gaie : un coffre à jouets près du lit, des posters de super-héros sur les murs et une bannière de scout accrochée au-dessus de la tête de lit.

La coiffeuse de Nona disparaissait sous les flacons de parfum en verre taillé et les bouteilles de lotion. Sa penderie contenait surtout des jeans et des débardeurs minimalistes. La seule exception était une veste courte en lapin, comme celles qu'aimaient bien, à une époque, les péripatéticiennes de Hollywood, et deux robes de cocktail à fanfreluches, l'une rouge, l'autre blanche. Ses tiroirs, débordant de lingerie et de bas nylon, étaient parfumés par des sachets de fabrication domestique. Comme les pièces du bas, cependant, son espace privé était neutre, dépourvu de toute touche personnelle. Aucun journal intime, ni carnets, ni lettres d'amour, ni souvenirs. Je trouvai une feuille lignée arrachée à un cahier et roulée en boule, au fond du tiroir du bas de la commode. Elle avait pris une nuance sépia avec le temps et était couverte, comme pour ces punitions qu'on donne en classe, d'un même fragment de phrase répété sur toute la page : SALOPERIES DE MADRONAS.

La chambre de Garland et Emma donnait sur la serre. Je me demandai si, quand ils se levaient le matin et regardaient ce foyer de mutations malsaines, ils s'en sentaient ragaillardis et contents d'eux. Il y avait des lits jumeaux séparés par une table de nuit. Tout l'espace disponible était couvert de cartons, certains remplis de chaussures, d'autres de linge et de serviettes. D'autres encore ne contenaient rien, hormis des cartons plus petits. J'ouvris le placard. La garde-robe des parents, bien maigre, était constituée de vêtements informes, démodés au point d'être sans âge, et l'on avait une forte propension pour le brun et le gris.

Une trappe s'ouvrait dans le plafond du placard. Je trouvai un escabeau derrière un manteau d'hiver gagné par la moisissure, le dépliai et montai dessus pour donner une bonne poussée à la trappe. Elle s'ouvrit avec un sifflement d'air comprimé et une échelle de meunier descendit automatiquement de l'ouverture. Je l'essayai, la trouvai solide et montai.

Le grenier couvrait tout l'espace de la maison et devait donc faire facilement deux cents mètres carrés. Il avait été transformé en bibliothèque, même s'il n'en avait pas l'élégance. Des étagères en contreplaqué couraient le long des quatre murs. On avait construit un bureau dans le même bois bon marché, une chaise métallique pliante étant installée devant. De la sciure couvrait le sol. Je cherchai un autre accès à la pièce, mais n'en trouvai aucun. Les fenêtres étaient petites et fermées de persiennes. La bibliothèque n'avait pu être construite que d'une façon : on avait introduit les planches une à une par la trappe et on l'avait montée sur place.

Je fis courir le faisceau de la lampe sur les volumes alignés. À l'exception de trente années de condensés du *Reader's Digest* et de quelques mètres de vieux numéros du *National Geographic*, tous les ouvrages traitaient de biologie, d'horticulture et de sujets du même ordre. Il y avait des centaines de brochures du Centre agricole de l'université de Californie à Riverside, ainsi que du département des imprimés du gouvernement fédéral; des piles de catalogues pour commander des graines; un ensemble de gros in-quarto reliés en cuir intitulés *Encyclopaedia of Fruit*, imprimés en Grande-Bretagne en 1879 et illustrés de lithographies coloriées à la main; des dizaines de manuels sur la pathologie des plantes, la biologie du sol, la gestion des forêts, le génie génétique; un guide du randonneur pour les arbres de Californie; des collections complètes de revues, *Horticulture* et *Audubon*; des copies de brevets attribués à des inventeurs de matériel agricole.

Quatre étagères de l'élément le plus proche du bureau croulaient sous des classeurs en toile bleue numérotés en chiffres romains. Je pris le volume I.

Il datait de 1965 et comprenait quatre-vingt-trois pages d'un texte rédigé à la main. Penchée en arrière, tout en pattes de mouche, le trait plus ou moins bien encré, l'écriture du rédacteur de ces feuillets était difficile à déchiffrer. Tenant la torche d'une main, je tournai les pages de l'autre. Je finis par me faire une idée générale de leur contenu.

Le premier chapitre résumait le projet de Garland Swope de faire venir des chérimoles « royales ». C'est le terme que lui-même utilisait, allant jusqu'à dessiner des couronnes miniatures dans les marges. Il donnait une description générale du fruit et disait en note qu'il avait l'intention d'en vérifier la valeur nutritive. Il terminait le chapitre par la liste des adjectifs à employer pour décrire le fruit à d'éventuels acheteurs : délicieux, succulent, juteux, rafraîchissant, céleste, goûteux, un bonheur pour le palais…

Le reste du premier volume et les neuf suivants continuaient dans la même veine. Garland Swope avait écrit huit cent vingt pages de textes à la louange de la chérimole, sur une période de dix ans, notant les progrès de chacun de ses arbres au fur et à mesure de leur croissance et élaborant sa stratégie pour s'emparer du marché. (« Les gens riches ? Les gens célèbres ? Quels sont les plus importants ? Peu importe, j'aurai les deux », écrivait-il.)

Agrafé à l'un des dossiers, je trouvai la facture d'un imprimeur ainsi qu'une maquette de brochure débordant d'une prose dithyrambique et illustrée de photos en couleurs. L'une d'elles montrait Swope tenant un panier du fruit exotique. Jeune homme, il avait eu quelque chose de Clark Gable ; brun, costaud, le cheveu ondulé, il arborait une moustache fine comme un trait de crayon. La légende parlait de lui comme d'un horticulteur et chercheur en botanique mondialement célèbre, spécialisé dans la propagation de variétés rares et consacrant tous ses efforts à mettre un terme à la faim dans le monde.

Je poursuivis ma lecture. Swope donnait une description détaillée de ses expériences d'hybridation entre le chérimolier et d'autres variétés de la famille des annonacées. Minutieux jusqu'à l'obsession, ses comptes rendus n'oubliaient aucune des variables climatiques ou biochimiques. Lorsqu'il avait finalement abandonné cette voie de recherche, il avait écrit : « Aucun hybride n'approche la perfection de l'*A. cherimolia.* »

La période d'optimisme s'interrompait brutalement dans le volume X : il y avait inséré les coupures de presse relatant la gelée exceptionnelle qui avait décimé sa plantation de chérimoliers. Les articles détaillaient les dégâts qu'elle avait entraînés pour l'agriculture, et un journal de San Diego faisait des projections sur l'augmentation du prix des denrées alimentaires. Le *La Vista Clarion* consacrait même une colonne lugubre au désastre qui avait frappé les Swope. Les vingt pages suivantes étaient remplies de griffonnages hachés, obscènes, la plume laissant des sillons dans le papier, le déchirant parfois. Le stylo avait été utilisé pour couper, pour frapper.

Puis venaient de nouvelles données expérimentales.

Je vis évoluer, en tournant les pages, la fascination que Swope éprouvait pour le grotesque, l'avorté et le mortel. Cela commençait par des notations théoriques sur les mutations et des hypothèses hasardeuses sur leur valeur écologique. Puis, quelque part vers le milieu du volume XI, arrivait la réponse effrayante que Swope avait trouvée à ces questions : « Les mutations sublimement répugnantes d'espèces par ailleurs communes doivent être la preuve de la haine essentielle du Créateur pour sa création. »

Les notations se faisaient de moins en moins cohérentes alors qu'elles devenaient parallèlement plus complexes. L'écriture de Swope était par moments tellement embrouillée qu'elle en était illisible, mais je compris le sens général de sa démarche : essais de plantes toxiques sur les souris, les pigeons, les moineaux ; sélection de fruits déformés pour ses recherches génétiques ; éviction du normal au profit du défectueux. Tout cela faisait partie d'une recherche méthodique des pires horreurs que puisse produire l'horticulture.

Puis se produisait un nouveau changement de cap dans le cheminement tortueux du cerveau tourmenté de Swope ; vers la fin du premier chapitre du volume XII, il paraissait abandonner ses obsessions morbides pour s'intéresser à nouveau aux annonacées, se concentrant sur l'une des variétés que n'avait pas mentionnées Maimon : l'*A. zingiber.* Il avait poursuivi un certain nombre d'expériences de pollinisation, enregistrant soigneusement les dates de chacune. Bientôt, cependant, ces travaux laissaient la place à des études sur les champignons mortels, les digitales et la dieffenbachia. Il s'attardait avec jubilation sur les propriétés toxiques de cette dernière, une note attribuant le nom commun de la plante en anglais, à savoir la « canne muette », à sa capacité de paralyser les cordes vocales.

Ces allers et retours entre ses mutations favorites et les travaux sur la nouvelle annonacée devenaient de règle dans le volume XIII et se poursuivaient jusqu'à la fin du XVe.

Le ton devenait plus optimiste au début du volume XVI, où un Swope exultant parlait dc sa découverte d'un « nouveau cultivar ». Puis, aussi soudainement qu'il était apparu, *A. zingiber* était mis au rancart comme « manquant de toute utilité en dépit de son beau potentiel de porte-greffe ». Je me fatiguai les yeux à parcourir encore une centaine de pages de ce délire et remis les dossiers en place.

La bibliothèque comptait également plusieurs ouvrages consacrés aux fruits rares, dont beaucoup étaient des éditions de grand luxe publiées en Asie. Je les parcourus elles aussi, sans trouver la moindre trace de l'*Annona zingiber.* Intrigué, je fouillai les étagères à la recherche de références complètes et me mis à compulser à la lueur de plus en plus incertaine de ma torche un volume de taxonomie botanique, qui avait apparemment beaucoup servi.

La réponse était à la fin du livre. Il me fallut un moment pour saisir pleinement la signification de ce que je lisais. Il en découlait une conclusion terrifiante, mais d'une logique implacable.

Je fus pris alors d'une crise de claustrophobie que la baisse sensible de la lumière ne fit que renforcer, et devins raide de tension. De la sueur se mit à me couler dans le dos, mon cœur à battre violemment, ma respiration à être haletante. Cette pièce était un endroit diabolique et il me fallait la quitter au plus vite.

Je rassemblai frénétiquement quelques-uns des dossiers bleus, les jetai dans un carton et transportai le tout, sans oublier mes outils, jusqu'à la trappe, d'où je redescendis dans la chambre par l'échelle. Après quoi, je me précipitai sur le palier, dévalai l'escalier et, me sentant pris de vertige, traversai le séjour glacial en quatre grandes enjambées.

Après avoir cafouillé avec la poignée, je réussis à ouvrir la porte de devant. Je restai un instant dans la véranda, histoire de reprendre mon souffle.

Un silence absolu m'accueillit. Jamais je ne m'étais senti aussi seul.

C'est sans un regard en arrière que je pris la fuite.

22

Comme tout le monde, j'avais rejeté l'hypothèse dont Raoul avait été convaincu : à savoir que les Toucheurs auraient enlevé Woody Swope.

Je n'avais vu aucune plante aberrante dans les jardins de la Retraite, ce qui voulait peut-être dire que Matthias avait menti lorsqu'il avait prétendu avoir acheté des graines aux Swope. Il s'agissait apparemment d'un mensonge bénin, sans aucune utilité. Mais les menteurs professionnels entrelardent souvent leurs inventions de demi-vérités pour les rendre plus réalistes. Le gourou aurait-il imaginé ce rapport innocent entre son groupe et les Swope afin d'en dissimuler un autre bien plus obscur ?

Ce mensonge m'obsédait. De même que le souvenir de ma visite à la Retraite qui, rétrospectivement, me paraissait avoir été un peu trop bien orchestrée. Matthias s'était montré trop courtois devant ce qui était tout de même une intrusion, trop souple, trop coopératif. Pour un groupe décrit par tout le monde comme reclus, les Toucheurs avaient accepté avec beaucoup trop de bonne volonté d'être examinés à la loupe par un étranger.

Cet accueil généreux signifiait-il qu'ils n'avaient rien à cacher ? Ou bien que leur secret était si bien dissimulé que je n'avais aucune chance de le découvrir ?

Je pensai à Woody et m'offris le luxe de rêver qu'il était encore en vie. Mais pour combien de temps ? Son organisme abritait une bombe à retardement prête à exploser à n'importe quel moment.

Si Matthias et ses ouailles avaient planqué le garçon quelque part dans l'ancien monastère, il fallait procéder à une inspection plus inopinée.

Pour gagner la Retraite, Houten était passé par La Vista et avait tourné à un embranchement situé un peu au-delà des limites du bourg. Je tenais à ne pas être vu et, si mes souvenirs de la carte de la région étaient bons, la route sur laquelle j'étais en ce moment coupait celle menant en ville et constituait la voie de droite de l'embranchement. Je roulai tous phares éteints et me retrouvai peu après non loin du portail du monastère.

Je trouvai un endroit pour dissimuler la Seville entre de grands arbres et poursuivis mon chemin à pied. J'avais passé le coupe-boulons dans ma ceinture, changé les piles de ma lampe-torche (que j'avais placée dans une poche de poitrine), et glissé la pince dans une manche. En cas d'orage, j'aurais fait un excellent paratonnerre.

Mon espoir de m'introduire en catimini dans la Retraite fut réduit à néant par la présence d'un Toucheur patrouillant de l'autre côté du portail. Son uniforme blanc, dont les pans lâches voletaient, permettait de distinguer parfaitement sa silhouette dans l'obscurité alors qu'il allait et venait. Un sac de cuir pendait à sa ceinture de corde.

J'étais allé trop loin pour faire demi-tour. Un plan me vint à l'esprit. Je m'avançai avec précaution. De plus près, je reconnus le garde : il s'agissait de frère Baron, jadis connu sous le nom de Barry Graffius. Voilà qui me réjouit au plus haut point. Je n'ai aucun goût pour la violence et, avant de l'avoir reconnu, m'étais senti de plus en plus coupable à l'idée de ce que je voulais faire. Mais s'il y avait quelqu'un qui le méritait, c'était bien cet animal de Graffius. Cette rationalisation ne fit pas disparaître mon sentiment de culpabilité, mais elle le rendit tout à fait supportable.

Je calai le rythme de mes pas sur celui des siens et me rapprochai. Je me débarrassai en silence de mes outils et attendis, caché derrière un buisson qui me permettait de voir l'homme entre les branches. Il continua d'aller et venir ainsi quelques minutes, puis me rendit le service de s'arrêter pour se gratter le derrière. J'émis un sifflement bas qui le propulsa au garde-à-vous et le fit plisser les yeux pour repérer l'origine du bruit. Se rapprochant du portail à demi enfoncé, il se mit à scruter la nuit, l'air d'un lapin qui renifle du danger dans l'air.

Je retins ma respiration jusqu'à ce qu'il ait repris son pas de sentinelle. Puis il s'arrêta à nouveau, mais exprès cette fois – pour voir. Sifflement. Il passa la main sous sa blouse et en retira un petit pistolet. S'avança, l'arme pointée vers le bruit.

J'attendis qu'il se soit arrêté encore trois fois pour tendre l'oreille avant de siffler à nouveau. Il lâcha un juron et s'appuya du ventre contre le portail, les yeux écarquillés par la peur et l'incertitude. Et il brandit son arme, à laquelle il fit décrire un arc, comme à une tourelle de char.

Lorsque le pistolet s'éloigna de moi je me précipitai, saisis mon bonhomme par le bras qui tenait l'arme et le lui coinçai entre les barreaux, tirant dessus de toutes mes forces. Une torsion perpendiculaire à l'axe des barreaux le fit crier de douleur et il lâcha le pistolet. Je lui portai un coup de poing au plexus solaire et, pendant qu'il se pliait en deux, le souffle coupé, je fis appel à un petit tour que m'avait appris Jaroslav. Le prenant par le cou, je cherchai les bons emplacements, les trouvai et lui écrasai les carotides.

L'effet de la privation d'oxygène au cerveau fut très rapide. Son corps se détendit et il s'évanouit. Il pesait de tout son poids entre mes mains et je dus faire un effort pour le retenir afin de le déposer en douceur sur le sol. Ce n'était pas facile, entre les barreaux, mais je parvins à le retourner et à défaire le lacet qui fermait sa petite sacoche. Ma récolte se résuma à un rouleau de bonbons à la menthe, un petit sachet de graines de tournesol et un porte-clefs.

Je lui laissai les friandises, pris les clefs et ouvris le portail. Je récupérai mes outils et le pistolet, entrai et refermai le portail derrière moi en lui donnant un tour de clef.

Déshabiller Graffius fut plus difficile que je ne l'aurais cru. Je me servis de ses vêtements pour lui ligoter bras et jambes. Je haletais quand j'eus terminé. Après m'être assuré qu'il pouvait respirer par le nez, je le bâillonnai à l'aide de l'une de ses chaussettes.

Il n'allait pas tarder à reprendre conscience et je ne voulais pas qu'il soit découvert. Je le soulevai, le chargeai sur une épaule et le portai hors du chemin, franchissant pour cela la plate-bande de plantes grasses. Elles s'écrasèrent sous mes pieds et mouillèrent le bas de mon pantalon. J'entrai dans la partie boisée de la propriété, m'y enfonçai de quelques mètres et le déposai entre deux pins.

J'allai ensuite récupérer mes outils, puis je pris la direction des bâtiments.

Une lumière couleur d'ambre clair brillait par-dessus la porte de l'église. La croix donnait l'impression de flotter au-dessus du clocher. Deux adeptes passaient toutes les dix minutes devant l'entrée au cours de leur ronde.

Je pris mon temps pour traverser le pont, me tenant accroupi pour ne pas être repéré, puis me cachant derrière les colonnes de la tonnelle. Sous une arcade, un portail s'ouvrait dans le mur, à droite du bâtiment principal. Je choisis mon moment, y courus, découvris qu'il n'était pas fermé à clef et entrai.

Je me retrouvai alors dans l'une des nombreuses cours intérieures que j'avais remarquées lors de ma première visite ; celle-ci se réduisait à un rectangle de pelouse bordé d'une haie d'eugenia de trois côtés et fermé par le mur de l'église sur le dernier. À l'autre bout, il y avait un cadran solaire à platine en laiton.

On avait tiré des draperies devant les hautes fenêtres en ogive, mais un croissant de lumière s'échappait de l'une d'elles et venait blanchir l'herbe. Je tentai de voir quelque chose en sautant, mais les fenêtres étaient trop hautes et le mur en stuc n'offrait aucune prise pour l'escalade.

Je regardai autour de moi et cherchai quelque chose sur quoi grimper ; il n'y avait que la pierre sur laquelle était fixé le cadran solaire, apparemment bien trop lourde pour être déplacée, d'autant que des racines soudaient sa base au sol. Elle avait l'avantage d'être circulaire et à force de la secouer en tous sens, je finis par la détacher de son ancrage. Je la roulai péniblement jusqu'à la fenêtre, me hissai dessus et regardai par l'entrebâillement du rideau.

L'énorme salle voûtée était brillamment éclairée, les fresques colorées de scènes bibliques ressortant au point d'en paraître vulgaires. Matthias était assis en tailleur au centre, sur une natte, nu. Son corps tout en longueur, maigre comme celui d'un fakir, était mou et pâle. Des nattes étaient disposées sur tout le pourtour de l'église, chacune occupée par un adepte entièrement habillé, les hommes d'un côté, les femmes de l'autre.

On avait repoussé derrière le gourou la table en pin qui se trouvait au milieu lors de ma première visite. L'un des hommes – le géant à barbe noire qui vendangeait la dernière fois – se tenait debout à côté. Plusieurs bols de porcelaine rouge étaient disposés sur la table. Je me demandai ce qu'ils contenaient.

Matthias méditait.

Ses ouailles attendaient en silence, patiemment, pendant que leur berger, les yeux fermés et les paumes serrées, se réfugiait dans son monde intérieur. Il se balançait et fredonnait, son pénis se mettant à durcir et à se redresser. Les autres regardaient l'organe tumescent comme si c'était un objet sacré. Lorsque l'érection fut complète, Matthias ouvrit les yeux et se leva.

Il parcourut ses adeptes des yeux en se caressant, l'air arrogant et autoritaire.

– Que le Toucher commence! tonna-t-il de sa voix profonde et métallique.

Une femme se leva. La quarantaine, blonde, dodue. Elle se dirigea vers la table en faisant des manières. Barbe-noire disposa une paille dans l'un des bols. La femme se pencha dessus, y porta le nez, aspira vigoureusement et s'expédia la poudre dans les sinus.

La cocaïne devait être de première qualité, car elle fit tout de suite son effet. À demi défaillante, la dame afficha vite un sourire béat, pouffa et esquissa un pas de danse maladroit.

– Magdalene! lança Matthias.

Elle s'avança jusqu'à lui, se débarrassa de ses vêtements et se tint nue devant son maître. Elle avait un corps rose et rebondi, les fesses marbrées et tachetées. Elle s'agenouilla et le prit dans sa bouche pour le sucer et le mordiller tandis que ses seins se balançaient à chacun de ses mouvements. Matthias oscillait sur place, grinçant des dents de plaisir. Elle continua ainsi jusqu'à ce qu'il la repousse de la main et lui fasse signe de partir.

Elle se releva, se dirigea du côté des hommes et se tint devant eux, les bras ballants, parfaitement à l'aise.

Matthias lança un nom :

– Luther !

Un homme de petite taille, chauve, le dos voûté, portant une barbe fournie poivre et sel, se leva et se déshabilla. Sur un ordre il s'approcha de la table, où il eut droit à une méga-ration de coke de la part du géant. Sur un nouvel ordre du metteur en scène, il se dirigea vers la femme rondelette, qui s'était placée au milieu de la salle. Elle se mit à genoux, l'excita avec conviction, puis s'allongea sur le dos. Le chauve s'étant couché sur elle, ils copulèrent frénétiquement.

La femme qui alla ensuite se poudrer le nez et s'agenouiller devant le gourou était grande, osseuse, de type hispanique. Elle fut accouplée à un homme corpulent au teint rubicond et portant lunette, que j'aurais bien vu en aide-comptable dans une autre vie. Il avait le pénis particulièrement petit et la femme anguleuse donnait l'impression de l'engloutir entièrement tandis qu'elle s'activait avec énergie à le redresser. Bientôt le couple alla rejoindre ses prédécesseurs dans leur danse horizontale sur le dallage de l'église.

La troisième femme fut Delilah. Elle avait un corps d'une jeunesse, d'une fermeté et d'une souplesse dérangeantes. Matthias la garda plus longtemps que les deux premières et appela quatre autres femmes à la rescousse. Elles le mignotaient comme des ouvrières la reine des abeilles. Finalement, il les libéra et leur assigna des partenaires.

En vingt minutes, ce fut une fortune en cocaïne qui fut consommée, sans que rien n'indique que c'était fini. Certains allaient en reprendre une fois, deux fois, toujours sur ordre de Matthias. Quand un bol était vide, le géant se contentait de placer la paille dans un autre.

Les nattes rembourrées disparaissaient sous une masse grouillante et ondulante de corps. La scène était certes sexuelle, mais pas sensuelle, manquant affreusement de spontanéité : on aurait dit un rituel absurde, codifié, chorégraphié selon les caprices d'un mégalomane. Sur un hochement de tête de Matthias, les adeptes se jetaient les uns sur les autres. Un froncement de sourcils et ils s'arquaient et gémissaient. Je ne pus m'empêcher de penser aux asticots s'enfonçant à l'aveuglette dans la viande avariée dans la serre de Garland Swope.

Puis un rugissement monta des adeptes: Matthias avait éjaculé. Des femmes se précipitèrent pour le lécher et le nettoyer. Il se rallongea, béat, mais leurs attentions ranimèrent son érection et l'action reprit.

J'en avais assez vu. Descendant de mon piédestal, je retournai en silence au portail. Les deux sentinelles approchaient par la droite, barbues, la mine sévère, marchant en cadence au pas de l'oie. Je reculai dans l'ombre et attendis qu'elles soient passées. Dès qu'elles eurent tourné à l'angle, je traversai la cour au pas de course pour gagner la porte d'entrée bardée de fer. Je l'entrouvris, jetai un coup d'œil à l'intérieur et constatai qu'il n'y avait pas de gardes. Des bruits assourdis, grognements, soupirs et claquements mous et rythmiques de la chair contre la chair, me parvenaient à travers les portes du sanctuaire.

À ma gauche, le cul-de-sac se terminait sur le bureau de Matthias. Je courus vers la droite, manquant de m'étaler en heurtant un palmier en pot dans ma hâte. Le corridor était vide et blanc. J'avais l'impression d'être aussi visible qu'un cancrelat sur un frigo. Si on me découvrait, j'étais mort: j'avais vu leur réserve de coke. Je ne savais pas combien de temps allait durer l'orgie dans l'ancienne église, ou si la ronde des sentinelles passait par l'intérieur des bâtiments. Il était crucial de faire vite.

Je fouillai la lingerie, la cuisine, la bibliothèque des adeptes, cherchait des entrées de tunnel dissimulées, des escaliers secrets. Sans rien trouver.

À l'aide du passe découvert sur le porte-clefs de Graffius, je procédai à la fouille de chacune des cellules, là encore sans résultats. Mais cela me valut une fausse alerte: il y eut soudain un mouvement sous les couvertures d'un lit. Un instant je crus que j'étais fait et mon cœur s'arrêta de battre. Mais le corps qui avait bougé sous les couvertures était celui d'un homme corpulent et hirsute, avec un visage marbré et un nez rouge. L'homme respirait la bouche ouverte. Un adepte grippé. Il bougea de nouveau dans la lumière de ma lampe, lâcha un pet et se retourna, totalement indifférent au monde. Je partis sans faire de bruit.

La cellule suivante était celle de Delilah. Elle gardait d'anciennes coupures de presse et des articles datant de sa gloire passée au fond d'un tiroir rempli de sous-vêtements en coton des plus ordinaires. Sinon, son coin personnel était aussi anonyme que ceux des autres.

Allant de cellule en cellule, j'en vérifiai une douzaine avant d'arriver à celle de Matthias, si je me souvenais bien. Aucune des clefs de Graffius ne l'ouvrait.

J'eus recours à la pince-monseigneur, mais la serrure était solide et j'endommageai sérieusement la porte. Quiconque passerait dans le corridor remarquerait les dégâts. Je me glissai à l'intérieur, tendu, sur les nerfs.

Rien n'y avait changé. Mis à part les étagères de livres, la pièce était identique aux autres. Basse de plafond. Fraîche. Parois et sol en pierre. Le seul autre meuble était un lit dur et étroit, recouvert d'une couverture grise de facture grossière.

L'humble logis d'un homme ayant renoncé aux plaisirs de la chair pour ceux de l'esprit. D'un ascète.

D'un ascète complètement bidon.

Pour ce qui était de sa spiritualité, parlons-en : je venais de le voir souiller une église, ivre de pouvoir, aussi froid que Lucifer. Soudain, les livres alignés sur les étagères parurent me regarder. D'un air moqueur. Littérature édifiante, religion, philosophie, morale.

Furieux, je vidai les étagères, examinant chaque volume, les ouvrant, les secouant, à la recherche d'une fausse reliure, de pages creusées, d'indices griffonnés dans les marges.

Rien. Ces livres étaient flambant neufs, la reliure raide, sans la moindre page froissée ou maculée.

Aucun n'avait été lu.

La bibliothèque vide oscilla sur sa base et je la rattrapai avant qu'elle ne tombe. C'est alors que je remarquai quelque chose.

La portion de sol sur laquelle le meuble était posé formait un rectangle clairement démarqué, plus clair d'un ton que le reste. Je m'agenouillai, pointai la torche et fis courir mes doigts sur le bord. Il y avait bien une ligne de séparation dans la pierre. Je poussai, elle bougea un peu.

Il me fallut plusieurs tentatives pour trouver l'astuce. En pesant du pied sur un angle, la pierre se soulevait suffisamment pour que je puisse glisser la pince dans l'ouverture. J'exerçai une pression ; la dalle se dégagea et je la repoussai de côté.

Le trou devait faire environ cinquante centimètres sur trente, pour un peu plus d'un mètre de profondeur, et ses parois étaient en ciment. Trop petit pour y loger un corps. Mais largement suffisant pour le butin qu'il contenait.

Je trouvai des sacs en plastique doublé remplis d'une poudre couleur chocolat et vanille : une cocaïne neigeuse et ce qui devait être de l'héroïne mexicaine. Un coffre métallique était plein d'une résine collante et sombre – de l'opium brut. Et plusieurs kilos de haschich dans du papier alu, en morceaux de la taille de savonnettes.

Tout au fond, il y avait une enveloppe de papier-bulle.

Je l'ouvris, lus le papier qu'elle contenait et la glissai dans ma chemise. Avec ça, j'étais plus chargé qu'une mule de contrebandier. J'éteignis ma torche et allai regarder dans les deux directions du corridor. Bruit de voix humaines. Au bout du corridor, il y avait une porte donnant sur l'extérieur. Je courus aussi vite que je pus et me précipitai dehors, les poumons en feu.

Les adeptes sortaient du sanctuaire, encore nus pour la plupart. Je réussis à gagner la fontaine et à me dissimuler entre les chênes. Matthias sortit enfin, entouré de plusieurs femmes. L'une d'elles lui essuyait le front. Une autre – Maria, la femme au visage quelconque et à l'air de grand-mère qui était assise dans l'entrée le jour de ma première visite – lui frotta le cou et lui lutina le pénis. Apparemment insensible à ces câlineries, il conduisit le groupe jusque sur la pelouse et l'invita à s'asseoir. Ils furent une soixantaine à lui obéir, tous s'effondrant comme des ballons qui se dégonflent. Ils étaient tout au plus à dix mètres de moi.

Matthias leva les yeux vers les étoiles. Marmonna quelque chose. Ferma les yeux et commença à entonner une mélopée sans paroles. Les adeptes se joignirent à lui. C'était un chant primitif et atonal, un gémissement originel passionnément païen.

Au moment où ils atteignaient un crescendo, je sprintai jusqu'au pont et continuai tout droit jusqu'au portail.

Graffius se tortillait sur le sol tel un ver sur un gril, à quelques mètres de l'endroit où je l'avais laissé, s'efforçant de se détacher. Il paraissait bien respirer. Je le laissai où il était.

23

Je n'avais pas trouvé ce que je cherchais. Cependant, entre le journal de Garland Swope et le dossier que j'avais subtilisé dans la cellule de Matthias, je ne manquais pas d'éléments concrets à mettre sous le nez de la police. Il ne faisait aucun doute que mes chapardages allaient à l'encontre de toutes les règles en matière de collecte de preuves, mais ce que j'avais récupéré suffirait à mettre la machine en branle.

Il était un peu plus de deux heures. Je me glissai derrière le volant de la Seville, remonté à l'adrénaline, hypervigilant. Je lançai le moteur en dressant mes plans : foncer jusqu'à Oceanside, trouver un téléphone et appeler Milo ou, s'il était encore à Washington, Del Hardy. Il ne faudrait pas longtemps pour avertir les autorités et, avec un peu de chance, les investigations pourraient commencer avant l'aube.

Il était plus important que jamais, pour moi, d'éviter La Vista. Je pris donc la direction de la route de service et roulai dans le noir. Je passai devant la maison des Swope, devant celle de Maimon et devant les autres propriétés, puis je longeai la plantation de citronniers ; j'avais atteint le plateau qui précédait les collines lorsqu'une autre voiture se matérialisa à l'ouest.

Je l'entendis avant de la voir : comme moi, son conducteur roulait tous feux éteints. Le clair de lune diffusait assez de lumière pour que je puisse identifier la marque lorsque le véhicule passa rapidement ; une Corvette récente, sombre, peut-être noire, dont le mufle dévorait l'asphalte. Grondement de moteur gonflé. Un spoiler à l'arrière. Et des pneus à ceinture large avec des enjoliveurs brillants.

Ce n'est qu'après avoir vu les pneus hypertrophiés que je changeai mes plans.

La Corvette tourna à gauche. À l'intersection, je tournai à droite pour la suivre, restant à bonne distance pour ne pas être vu ou entendu ; j'avais du mal à apercevoir le véhicule très bas sur la route. La personne qui était au volant connaissait bien le chemin et conduisait comme dans un rallye ; elle changeait constamment de rapport, rétrogradait dans les virages sans ralentir, accélérait avec des rugissements de moteur qui signalaient un compte-tours flirtant avec le rouge.

À la chaussée en dur succéda un chemin de terre. La Corvette l'attaqua comme un quatre-quatre. La suspension de la Seville protesta, mais je tins bon. Mon prédécesseur ralentit à l'approche du champ pétrolifère, tourna brusquement et se mit à longer le périmètre de la mesa. Puis il accéléra de nouveau, filant le long de la clôture, jetant une ombre fine comme une lame sur le grillage.

Les champs d'exploitation abandonnés s'étiraient sur des kilomètres, aussi désolés qu'un paysage lunaire. Des cratères bourbeux crevaient le terrain, hérissés de fossiles de tracteurs et de camions. Des rangées sans fin de puits stériles, prisonniers de tours grillagées, surgissaient de la terre torturée, illusion fantomatique de ville.

Puis la Corvette disparut. Je freinai vigoureusement mais progressivement et roulai au pas. Il y avait un trou de la largeur d'une voiture dans la clôture. Le grillage avait été arraché et roulé sur lui-même autour de l'ouverture, comme sous l'effet d'un ouvre-boîte géant. Des traces de pneus étaient visibles dans la poussière.

Je passai à mon tour par le trou, me garai derrière un derrick rouillé et inspectai le sol.

Les pneus de la Corvette avaient laissé une double empreinte de chenille qui serpentait entre des parois métalliques convexes, celles des barils de pétrole entassés sur trois niveaux. Ils formaient ainsi une barricade d'une centaine de mètres de long. L'odeur du goudron et du caoutchouc brûlé empuantissait l'air nocturne.

Le corridor à ciel ouvert se terminait sur une clairière. Dans ce dégagement, était installé un vieux mobil-home monté sur parpaings. Un peu de lumière filtrait par les rideaux fermés d'une seule fenêtre. La porte était une simple planche de contre-plaqué. La voiture de sport noire était garée à deux pas.

La portière du conducteur s'ouvrit. Je m'aplatis contre les barils. Un homme descendit du véhicule, les bras chargés, les clefs oscillant au bout de ses doigts. Il portait quatre gros sacs de commissions comme s'ils ne pesaient rien. Arrivé à la porte du mobil-home, il frappa trois coups rapides, suivis d'un plus espacé, et entra.

Il resta une demi-heure à l'intérieur ; en sortant, il tenait une hache qu'il alla poser sur le siège du passager avant de se remettre derrière le volant.

J'attendis une dizaine de minutes après son départ avant d'aller à mon tour frapper à la porte, en imitant sa manière de faire. Comme il n'y avait aucune réaction, je recommençai. La porte s'ouvrit. Mon regard plongea dans deux grands yeux écartés de la couleur de la nuit.

– Déjà de re…

La grande bouche bien dessinée resta ouverte. La jeune femme essaya de repousser le battant, mais je mis le pied dedans. Elle continua à pousser, ce qui ne m'empêcha pas d'entrer. Elle battit en retraite.

– Vous !

Le regard fou, elle était toujours aussi belle. Elle avait attaché et retenu par des barrettes ses cheveux couleur de feu. Quelques mèches fines s'en étaient détachées et venaient encadrer son cou long et souple. Elle avait deux anneaux fins à ses oreilles et portait un jean coupé haut et une blouse blanche qui lui découvrait l'estomac. Elle avait le ventre plat et bronzé, des jambes lisses qui n'en finissaient pas et était pieds nus. Elle avait passé un vernis vert bouteille sur les ongles de ses mains et de ses orteils.

Le mobil-home était divisé en pièces ; nous nous trouvions dans une cuisine d'un jaune pisseux, où régnait la pagaille et qui sentait l'humidité. Elle avait déjà vidé un des sacs de commissions et les trois autres attendaient sur le comptoir. Elle fouilla dans le désordre de l'évier et en sortit un couteau à pain à poignée de plastique.

– Sortez d'ici ou je vous plante ! Je ne rigole pas !

– Posez ça, Nona, dis-je doucement. Je ne suis pas venu vous faire du mal.

– Des conneries ! Vous êtes juste comme les autres ! (Elle tenait le couteau à deux mains. La lame dentelée décrivit un arc incertain.) Sortez !

– Je suis au courant de ce qu'on vous a fait. Écoutez-moi.

Quelque chose s'affaissant en elle, elle parut intriguée. Un instant, je crus l'avoir calmée. J'avançai d'un pas. Son jeune visage se tordit de rage et de sentiments blessés.

Elle prit une profonde inspiration et se jeta sur moi, le couteau en avant.

J'esquivai le coup et la lame plongea à l'endroit où se trouvait mon thorax une seconde auparavant ; l'absence de résistance la propulsa en avant. Je lui pris le poignet, le serrai et secouai.

Le couteau tomba avec un claquement sur le lino douteux. Elle voulut s'en prendre à mes yeux avec ses ongles longs et verts, mais je réussis à saisir son deuxième poignet. Elle avait une ossature délicate et fragile sous sa peau douce et lisse, mais la colère la rendait vigoureuse. Elle donna des coups de pied, se tordit, cracha et réussit à m'entailler la joue. Du mauvais côté. Je sentis un filet chaud couler et me chatouiller le long de la mâchoire, puis une forte sensation de piqûre tandis que des gouttes bordeaux maculaient le sol.

Je réussis à lui coincer les bras le long du corps. Elle se raidit et me regarda avec dans les yeux toute la terreur d'un animal blessé. Soudain, elle lança son visage vers moi et je dus reculer vivement la tête pour ne pas être mordu. Elle tira une langue serpentine et recueillit une goutte de sang à son extrémité. Puis elle se la passa sur les lèvres, comme un rouge humide. Et se força à sourire.

– Je vais te boire, dit-elle d'une voix rauque. Faire tout ce que tu veux. Si tu pars après.

– Ce n'est pas ce que je cherche.

– Tu le chercherais, si tu savais. Je peux te faire des choses dont tu n'as pas idée.

Réplique sortie tout droit d'un film porno, mais dite avec le plus grand sérieux, tandis qu'elle frottait son bassin contre le mien. Elle me lécha une fois de plus et fit tout un numéro en avalant le sang.

– Arrêtez ça, lui dis-je en me reculant le plus possible.

– Allons, voyons, me renvoya-t-elle en se tortillant un peu plus. T'es beau mec, tu sais ? Avec tes yeux bleus et toutes tes boucles noires… Je parie que ta queue est aussi chouette, hein ?

– Ça suffit, Nona.

Elle prit un air boudeur et continua de se frotter à moi. Elle s'était inondée d'une eau de Cologne musquée de magasin bon marché.

– Ne sois pas en colère, Beaux Yeux. Il n'y a rien de mal à être un grand beau mâle avec une grosse queue pleine de nœuds… Ah, je la sens. Exactement là. Oh, oui, elle est grosse ! J'adorerais faire joujou avec. Me la mettre dans la bouche. T'avaler. Te boire. (Elle battit des paupières.) J'enlèverai mes vêtements et tu pourras me tripoter pendant que je te ferai jouir.

Elle essaya une fois de plus de me lécher.

Je lâchai un de ses bras et la giflai sèchement.

Elle eut un brusque mouvement de recul, stupéfaite, et me regarda avec un air surpris de petite fille.

– Vous êtes un être humain, Nona. Pas un morceau de viande.

– Je ne suis qu'un con ! hurla-t-elle en se tirant sur les cheveux et détachant de longues mèches rousses de son chignon.

– Nona…

Elle eut un frisson de pur mépris de soi et ses mains se transformèrent en crochets tremblants. Mais cette fois-ci, c'était contre elle-même qu'elle les tournait, s'apprêtant à déchirer ce visage exquis.

Je la repris et la tint serrée. Elle se débattit en jurant, puis explosa en sanglots. Elle me donna l'impression de se recroqueviller, de rapetisser, tandis qu'elle pleurait sur mon épaule. Quand elle fut épuisée de larmes, elle se laissa aller contre ma poitrine, muette, sans force.

Je la portai jusqu'à une chaise, la fis s'asseoir et lui essuyai la figure avec un mouchoir en papier tandis que je me tamponnais la joue avec un autre. Je ne saignais presque plus. Je récupérai le couteau et le jetai dans l'évier.

Elle contemplait la table. De la paume, je lui soulevai le menton. Ses yeux noirs étaient vides et ne regardaient rien.

– Où est Woody ?

– Là derrière. Il dort, répondit-elle d'un ton morne.

– Je veux le voir.

Elle se leva sur des jambes mal assurées. Un rideau de douche en lambeaux faisait office de cloison. Je le lui fis franchir.

La deuxième pièce, sombre et encombrée, était meublée avec des restes de vide-greniers. Les parois étaient lambrissées en faux hêtre, blanc à force d'avoir été lacéré. Un calendrier de station-service pendait de travers à un clou. Une horloge numérique donnait l'heure sur un radio-réveil en plastique, posé sur une table pliante elle aussi en plastique. Des revues pour adolescents s'empilaient par terre. Un canapé-lit en velours côtelé bleu avait été ouvert.

Woody dormait sous des couvertures en cachemire usées jusqu'à la corde, ses boucles cuivrées étalées sur l'oreiller. Manifestement, notre tapage ne l'avait pas réveillé. Sur la table de nuit, je vis des BD, un petit camion, une pomme encore entière et un flacon de pilules. Des vitamines.

Sa respiration était régulière mais laborieuse et il avait les lèvres enflées et sèches. Je lui touchai la joue.

– Il est brûlant.

– Ça va passer. Je lui ai donné de la vitamine C.

– Il devrait être à l'hôpital, Nona.

– Non !

Elle se pencha sur l'enfant, prit sa petite tête dans ses bras. Pressant sa joue contre celle du petit garçon, elle lui embrassa les paupières. Il sourit dans son sommeil.

– Je vais appeler une ambulance.

– Il n'y a pas de téléphone, proclama-t-elle avec un ton de triomphe enfantin. Allez donc en chercher un ! Nous ne serons plus là quand vous reviendrez.

– Il est très malade, dis je, patient. Chaque heure qui passe le met un peu plus en danger. Nous irons ensemble, dans ma voiture. Préparez vos affaires.

– Ils vont lui faire du mal! dit-elle en voulant crier mais en retenant sa voix. Ils vont lui enfoncer des aiguilles dans les os! Ils vont le mettre dans cette prison en plastique!

– Écoutez-moi, Nona. Woody a un cancer. Il peut en mourir.

Elle se détourna.

– Je ne vous crois pas.

Je la pris par les épaules.

– Vous feriez mieux. Parce que c'est vrai.

– Ah oui? Et pourquoi? Parce que ce bouffeur de haricots de toubib l'a dit? Il est juste comme les autres. On peut pas lui faire confiance. (Elle se déhancha comme elle l'avait fait la première fois que je l'avais vue à l'hôpital.) Et pourquoi aurait-il le cancer? Il n'a jamais fumé, il ne connaît pas la pollution! C'est juste un petit garçon.

– Les petits garçons peuvent attraper le cancer, eux aussi, Nona. On en diagnostique plusieurs milliers par an. Personne ne sait pourquoi, mais c'est ainsi. Presque tous peuvent être traités et certains peuvent même guérir. Woody fait partie de ceux-là. Donnez-lui sa chance.

Elle fronça les sourcils, l'air buté.

– Ils l'empoisonnaient, là-bas.

– Il faut des médicaments puissants pour tuer la maladie, Nona. Je ne prétends pas qu'il ne souffrira pas, mais un traitement médical est la seule façon de lui sauver la vie.

– C'est ce que le bouffeur de haricots vous a dit de me dire?

– Pas du tout. C'est ce que je vous dis, moi. Vous n'êtes pas obligée de retourner dans le service du Dr Melendez-Lynch. Nous trouverons un autre spécialiste. À San Diego.

Le garçon poussa un petit cri dans son sommeil. Elle se précipita et se mit à lui chanter une berceuse sans paroles, à voix basse, en lui caressant les cheveux. Il se calma, mais elle le prit dans ses bras pour le bercer. Une enfant berçant un enfant. Les traits sans défaut se brouillèrent; elle était sur le point de s'effondrer. Les larmes se remirent à jaillir dans un torrent qui lui inonda le visage.

– Si on va à l'hôpital, ils me l'enlèveront. C'est ici que je peux m'en occuper le mieux.

– Nona, dis-je, en m'efforçant de mettre toute la compassion que je ressentais dans ma voix, il y a des choses que même une mère ne peut pas faire.

Elle arrêta un instant de bercer l'enfant, puis reprit le mouvement.

– Je suis passé par la maison de vos parents, ce soir. J'ai vu la serre et j'ai lu le journal de votre père.

Elle sursauta. C'était manifestement la première fois qu'elle en entendait parler. Mais elle se reprit et fit semblant de ne pas m'écouter.

Je continuai, en parlant doucement.

– Je sais par quoi vous êtes passée. Tout a commencé lorsque les chérimoles ont gelé. Il était probablement déséquilibré depuis longtemps, mais son échec et son impuissance l'ont achevé. Il a essayé de reprendre le contrôle en jouant à Dieu. En créant son propre monde.

Elle se tendit et recoucha Woody en posant avec un geste de tendresse sa tête sur l'oreiller, puis elle ressortit de la chambre. Je la suivis dans la cuisine, sans pouvoir m'empêcher de jeter un coup d'œil au couteau dans l'évier. Elle s'étira pour prendre une bouteille de bourbon sur l'étagère la plus haute du buffet, en remplit à moitié une tasse à café et, appuyant sa silhouette élancée au comptoir, en avala une solide rasade. N'ayant pas l'habitude des boissons fortes, elle fit la grimace et se mit à tousser violemment lorsque le bourbon atteignit son estomac.

Je lui tapotai le dos et l'installai sur une chaise. Elle prit la bouteille avec elle. Je m'assis en face d'elle, attendant qu'elle ait arrêté de s'étrangler pour poursuivre.

– Tout a commencé par une série d'expériences. Des trucs bizarres, en utilisant les principes de la consanguinité – si on peut appliquer ce mot aux plantes – et des greffes complexes. Et c'est à cela que tout s'est résumé pendant un moment : à des trucs bizarres. Rien de criminel, jusqu'au jour où il s'est aperçu que vous aviez grandi.

Elle remplit de nouveau la tasse, renversa la tête en arrière et s'envoya le liquide dans la gorge – pour jouer les coriaces.

Il y avait eu un temps où elle était tout sauf coriace. Seulement une délicieuse petite rouquine, comme s'en souvenait Maimon, souriante, amicale. Les problèmes avaient commencé autour de sa douzième année, mais le Séfarade n'avait pas su pourquoi.

Moi, je le savais.

Elle avait eu ses premières règles trois mois avant son douzième anniversaire. Swope l'avait relevé dans son journal, le jour où il l'avait appris. (« Eurêka ! Nona est en fleur ! Elle manque de qualités intellectuelles, mais quelle perfection physique ! Des gènes de premier choix... »)

Il avait été fasciné par la transformation du corps de sa fille et l'avait décrite en termes de botanique. Et tandis qu'il observait son développement, une idée monstrueuse s'était mise à germer dans son esprit miné par la folie.

Folie dans laquelle il gardait quelque chose d'organisé, de discipliné. Froidement analytique, comme le Dr Mengele. L'entreprise de séduction avait été menée avec la précision d'une expérience scientifique.

La première étape consistait à déshumaniser sa victime. Afin de justifier le viol, il avait requalifié son crime : Nona n'était plus sa fille, ni même une personne, simplement un spécimen d'une nouvelle espèce exotique, *Annona zingiber**. Annona rouquin a, en quelque sorte. Un pistil à soumettre à la pollinisation.

Après étaient venus les détournements sémantiques de l'outrage lui-même : les excursions dans la forêt, derrière la serre, n'étaient pas de l'inceste, simplement un nouveau et captivant projet. Ce qu'on pouvait faire de plus extrême en matière de consanguinité.

Il avait attendu tous les jours, impatient, qu'elle retourne de l'école pour la prendre par la main et la conduire dans les fourrés obscurs. Il étendait une couverture sur le sol assoupli par le tapis d'aiguilles de pin, balayant d'un revers de main nonchalant les

* *Ginger*, en anglais = rouquin. *[NdT]*

protestations de l'adolescente. Il y avait eu ainsi six mois de répétitions – un séminaire intensif dans l'art de la fellation – et enfin la pénétration du jeune corps, mais avec éjaculation sur le sol.

Garland Swope consacrait ses soirées à l'enregistrement des données : pour cela il montait dans son grenier, notait dans son journal tous les rapports sexuels qu'il avait eus avec sa fille sans en omettre un seul détail. Comme pour n'importe quelle autre recherche.

D'après ce que j'avais lu, il tenait sa femme informée des progrès de l'expérience. Elle avait timidement protesté au début, puis accepté la chose avec passivité. Suivi les ordres.

La grossesse de la jeune fille n'avait pas été un accident. C'était au contraire le but ultime poursuivi par Swope, son objectif calibré et calculé. Il s'était montré patient et méthodique, attendant qu'elle soit un peu plus âgée – quatorze ans – pour la fertiliser, de façon à ce que le fœtus soit en bonne santé. Il avait dressé des graphiques de ses cycles menstruels pour repérer le moment de l'ovulation ; s'était abstenu de relations sexuelles plusieurs jours avant de manière à avoir un compte spermatique élevé.

Il avait réussi du premier coup. Il s'était réjoui de l'interruption des menstruations de sa fille, de voir son ventre gonfler. Il venait de créer un *nouveau cultivar.*

Je lui racontai ce que je savais en essayant de formuler les choses avec le moins de brutalité possible et en espérant qu'elle sentirait l'empathie que je lui manifestais. Elle m'écouta, l'œil atone, et continua à boire du bourbon jusqu'à ce que ses paupières s'alourdissent.

– Il vous a terriblement maltraitée, Nona. Il s'est servi de vous et vous a mise au rancart une fois son expérience terminée. C'est vous, la victime.

Elle hocha presque imperceptiblement la tête.

– Vous avez dû être terrifiée à l'idée de porter un enfant alors que vous étiez vous-même si jeune. Sans parler d'être envoyée loin pour accoucher en secret.

– Une bande de gouines, oui ! marmonna-t-elle d'une voix empâtée.

– Où ça ? À Madronas ?

Elle se servit une nouvelle tasse.

– Et comment, bordel ! Le putain de foyer de Madronas pour les petites filles qui se conduisent mal… Dans ce putain de Mexique de… (Sa tête ballottait, et elle tendit la main vers la bouteille.) Ces salopes de gouines hispanos qui géraient tout. Elles gueulaient tout le temps en hispano. N'arrêtaient pas de vous pincer et de vous donner des coups. De nous dire qu'on ne valait rien. Qu'on n'était que des putes.

Maimon avait gardé un souvenir très précis du jour où elle avait quitté la ville, me la décrivant qui attendait à côté de sa valise au milieu de la route. Une petite fille terrifiée ayant perdu toute son espièglerie. Sur le point d'être bannie pour les péchés d'un autre.

Elle était revenue différente, il l'avait remarqué. Plus calme, plus docile. En colère.

Elle parla enfin, d'une voix basse et enivrée.

– Ça m'a fait un mal horrible de pousser le bébé dehors. Je hurlais et elles me couvraient la bouche. J'avais l'impression de me fendre en deux. Quand ç'a été terminé, ces salopes n'ont pas voulu que je le prenne. C'était mon bébé et elles l'emportaient ! Je me suis forcée à m'asseoir pour le regarder. Ça m'a presque tuée. Il avait les cheveux roux, comme moi.

Elle hocha la tête, sidérée.

– Je croyais que je pourrais le garder, une fois à la maison. Mais *il* a dit « pas question ». Je n'étais rien, juste un contenant. Rien qu'un putain de contenant. Un mot élégant pour dire un con. Bonne à rien, sinon à me faire baiser. Il m'a dit aussi que je n'étais pas vraiment sa maman. *Elle* avait déjà commencé à être sa maman. Moi, je n'étais que le con. Tout usé et bon pour la poubelle. Il m'a dit qu'il était temps de laisser les grandes personnes prendre les choses en main.

Elle laissa tomber la tête dans son bras, sur la table, et se mit à gémir.

Je lui frottai doucement la nuque, lui dis ce que je pouvais pour la réconforter. Même dans son état, elle réagit par réflexe à ce contact d'une main d'homme ; elle releva la tête et m'adressa un sourire enivré d'invite, se penchant pour me montrer ses seins par l'échancrure de sa blouse.

Je hochai la tête, elle se détourna, soudain honteuse.

J'éprouvais tellement de sympathie pour elle que c'en était douloureux. Il y avait bien des choses que j'aurais pu lui dire en tant que thérapeute. Mais je devais d'abord la manipuler. Le petit garçon qui dormait à côté avait besoin d'une aide urgente. J'étais prêt à le prendre avec moi contre la volonté de sa mère, mais j'aurais vraiment préféré éviter un nouvel enlèvement. Autant pour l'un que pour l'autre.

– Ce n'est pas vous qui l'avez escamoté à l'hôpital, n'est-ce pas ? Vous l'aimiez trop pour mettre sa vie en danger de cette façon.

– C'est vrai, dit-elle, l'œil humide. C'est eux qui l'ont fait. Pour m'empêcher d'être sa maman. Pendant toutes ces années, je les ai laissés me traiter comme de l'ordure. Je ne me mêlais pas de l'élever, je les laissais faire. Je n'ai rien dit à Woody parce que j'avais peur qu'il pète les plombs. C'était trop demander à un petit garçon. Qui mourait de dedans pendant tout ce temps.

Elle porta une main délicate à son cœur et prit sa tasse de l'autre.

– Mais quand il est tombé malade, il s'est passé quelque chose. C'était comme si j'avais un crochet dans le ventre et qu'on remontait la ligne. Je devais faire valoir mes droits. Je bouillonnais à cette idée en le regardant dormir dans sa bulle de plastique. Mon bébé. Finalement, j'ai décidé de le faire. De les coincer un soir au motel et de leur dire que le mensonge avait assez duré. Que mon heure était venue. L'heure de m'occuper de mon enfant.

« Ils m'ont ri au nez. Enfin… surtout lui. Il m'a mise plus bas que terre, disant que j'en étais incapable, que je n'étais qu'une petite merdeuse. Un putain de contenant. Que si je prenais mes cliques et mes claques, tout le monde s'en porterait mieux. Mais cette fois-ci, je me suis rebiffée. C'était trop douloureux dans mon ventre. Je leur ai tout renvoyé à la figure. Je leur ai dit qu'ils étaient le mal incarné. Des pécheurs. Que le can… que la maladie de Woody était une punition de Dieu pour ce qu'ils avaient fait. Que c'était eux qui étaient des incapables. Et que j'allais le raconter à tout le monde. Aux médecins, aux infirmières. Et qu'ils les vireraient et rendraient le petit à sa vraie maman quand ils sauraient.

Ses mains tremblaient violemment autour de la tasse. Je passai derrière elle et les lui immobilisai.

– J'avais le droit! s'écria-t-elle en hochant la tête et suppliant que je lui dise que c'était vrai.

Je le fis. Elle se leva et se laissa aller contre ma poitrine.

Pendant la visite de Baron et Delilah à l'hôpital, Emma Swope s'était plainte que le traitement du cancer divisait la famille. Les adeptes avaient vu là une réaction à l'anxiété qu'entraînait la séparation physique imposée par l'unité de flux laminaire. Emma, en fait, s'inquiétait d'une rupture beaucoup plus profonde, une rupture qui menaçait de couper la famille en deux aussi définitivement qu'une guillotine tranche un corps en deux.

Peut-être avait-elle compris à ce moment-là que la blessure était trop profonde pour guérir. Mais, avec son mari, elle avait essayé de faire quelque chose. Pour empêcher la découverte de l'horrible secret, ils avaient kidnappé l'enfant et s'étaient enfuis…

– Ils l'ont fait disparaître dans mon dos, reprit Nona.

Elle me tenait la main et serrait, m'enfonçant ses ongles verts dans la paume. La colère sourdait de nouveau d'elle. La transpiration ajoutait une fine moustache de sueur au-dessus de ses lèvres pleines et pulpeuses.

– Comme des putains de voleurs! reprit-elle. Elle s'est déguisée en technicienne de radiologie. Elle a pris un masque et une blouse dans un panier de linge sale à la lingerie de l'hôpital. Ils ont emprunté un ascenseur de service pour descendre au sous-sol et filer par une sortie secondaire. Ils préparaient leurs valises en plaisantant de la facilité avec laquelle ils s'en étaient tirés. Elle disait que personne ne l'avait reconnue derrière son masque, parce que personne ne l'avait vraiment regardée. Ils disaient pis que pendre de l'hôpital. Lui, avec ses histoires de pollution et de merde. Pour essayer de justifier ce qu'ils avaient fait.

Elle me donnait une ouverture. Le moment était venu de reprendre mon discours, de la convaincre de m'accompagner volontairement quand je sortirais son fils de là.

Mais à peine avais-je commencé que la porte s'ouvrait brusquement.

24

Doug Carmichael se tenait dans l'embrasure, genoux pliés, tel un super-flic dans un film d'art martial. La main qu'il tendait vers la pièce tenait un fusil de chasse. De l'autre, il brandissait une hache à double lame comme si elle ne pesait rien. Il portait un débardeur à larges mailles qui mettait en valeur une gamme complète de muscles hypertrophiés. Ses jambes puissantes et noueuses, tapissées d'une fourrure blonde, sortaient d'un maillot de bain moulant de plongeur. Il avait les genoux bosselés et déformés caractéristiques des surfeurs. Des sandales de plage en caoutchouc protégeaient ses grands pieds à la peau rude. Sa barbe blond-roux était taillée de près, le brushing de son épaisse chevelure, impeccable.

Seuls les yeux avaient changé, depuis le jour où je l'avais rencontré. Cet après-midi-là, à Venice, ils avaient la couleur d'un ciel sans nuages. C'était maintenant dans deux trous noirs sans fond que je plongeais mon regard: pupilles dilatées entourées d'un mince anneau de glace. Des yeux fous, qui parcoururent l'intérieur du mobil-home et allèrent de la bouteille de bourbon à moi.

– Je devrais vous tuer tout de suite pour lui avoir donné ce poison!

– Ce n'est pas moi. Elle l'a pris toute seule.

– La ferme!

Nona essaya de se redresser. Elle titubait.

Carmichael pointa le fusil sur moi.

– Asseyez-vous par terre. Contre le mur, les mains dans le dos... Bien. Et ne bougez plus, vous pourriez le regretter. Viens ici, frangine, ajouta-t-il à l'adresse de Nona.

Elle alla près de lui et s'appuya à sa masse de muscles. Un bras puissant et protecteur vint entourer ses épaules. Celui avec la hache.

– Il t'a fait mal, ma puce ?

Elle me regarda, sachant qu'elle était à elle toute seule mon tribunal, réfléchit à ce qu'elle devait répondre et secoua mollement la tête.

– Non, il a été correct. Il a juste parlé. Il veut qu'on ramène Woody à l'hôpital.

– Tiens, pardi ! gronda Carmichael. C'est la ligne du parti, ça. L'empoisonner un peu plus et s'en foutre plein les poches.

Elle leva les yeux sur lui.

– J'sais pas, Doug. La fièvre n'est pas tombée.

– Tu lui as donné les vitamines ?

– Oui, bien sûr.

– Et la pomme ?

– Il n'a pas voulu la manger. Il était trop endormi.

– Essaie encore. S'il n'aime pas la pomme, j'ai apporté aussi des poires et des prunes. Et des oranges, dit-il avec un mouvement de la tête vers les sacs de commissions sur le comptoir. Rien que des fruits super-frais. Cueillis d'hier, entièrement biologiques. Qu'il mange quelques fruits, qu'il boive un peu et prenne d'autres vitamines C, et la fièvre va retomber.

– Woody est en danger, lui lançai-je. Il a besoin d'autre chose que de vitamines.

– J'ai dit la ferme ! Vous tenez à ce que je vous règle votre compte tout de suite ?

– Je crois qu'il veut juste bien faire, dit Nona d'une petite voix.

Carmichael lui sourit avec une chaleur authentique, mais gâchée par une pointe de condescendance.

– Va retrouver le petit, frangine, et occupe-toi de le faire manger.

Elle voulut dire quelque chose, mais Carmichael la fit taire d'un éclair de dents blanches et d'un signe de tête rassurant. Obéissante, elle disparut derrière le rideau de douche.

Il donna alors un coup de pied dans la porte pour la fermer et vint se placer en face de moi, dos au comptoir. Mon regard plongeait directement dans le huit couché des canons jumeaux. Le huit mortel de l'infini.

– Je vais être obligé de vous tuer, reprit-il d'un ton calme et en haussant les épaules comme pour s'excuser. Ça n'a rien de personnel, vous savez. Mais nous sommes une famille à présent, et vous êtes un danger pour nous.

Le scepticisme était bien la dernière chose que je voulais manifester, et le fait est que je n'en ressentais aucun. Mais son radar psychique – l'arsenal déjanté du vrai paranoïaque – était chauffé à blanc et pouvait exploser à tout moment et de manière imprévisible. Il fronça des sourcils coléreux et braqua son arme sur le creux tendre entre mes yeux. Avec sa tête rentrée dans ses épaules massives, son regard était rien de moins que menaçant.

– Nous sommes une famille, répéta-t-il. Et nous n'avons pas besoin d'un test sanguin pour le prouver.

– Bien sûr que non, acquiesçai-je, la bouche cotonneuse. C'est le lien affectif qui est important.

Il me regarda attentivement pour s'assurer que je ne me fichais pas de lui. Je moulai sur mon visage le masque de la plus totale sincérité. Et le gardai.

La hache décrivit une courbe molle et sa lame aiguisée entailla le plancher.

– Exactement... ce qui compte, ce sont les liens affectifs. Nos sentiments doivent être forgés dans la douleur. Nous sommes trois contre le reste du monde. Notre famille est ce qu'elle doit être... un sanctuaire contre toute la folie qui règne là, dehors. Un lieu sûr. C'est magnifique et précieux, une famille. Et mon devoir est de la protéger.

Je n'avais aucun plan pour me tirer de là. Pour le moment, mon seul espoir était de gagner du temps en continuant à le faire parler.

– Je comprends. Vous êtes le chef de cette famille.

Ses pupilles avaient repris une taille à peu près normale et ses yeux bleus brûlaient comme une flamme de gaz.

– Le seul qu'elle ait jamais eu. Les deux autres étaient le mal incarné et n'avaient de parents que le nom. Ils ont abusé de la situation. Ils ont essayé de détruire la famille de l'intérieur.

– Je sais, Doug. Je suis passé chez eux ce soir. J'ai vu la serre. J'ai lu un journal que Swope a tenu.

Une expression terrible se peignit sur son visage. Il souleva la hache et lui fit décrire une parabole incertaine, à l'issue de laquelle elle s'abattit sur le comptoir. Tout le mobil-home trembla tandis que le plastique volait en éclats. Le mouvement ne lui avait demandé aucun effort ; le bras qui tenait le fusil n'avait même pas bougé. Il y eut de l'agitation derrière le rideau de douche, mais Nona resta derrière.

– J'avais décidé de détruire ce trou à rats cette nuit, murmura-t-il en dégageant la hache d'un geste sec. Avec ça. Le démolir panneau après panneau, tout réduire à un tas d'allumettes. Et y foutre le feu. Mais en arrivant, j'ai vu qu'on avait forcé la serrure et je suis donc revenu tout de suite. Encore une chance.

Il inspira profondément et laissa échapper l'air avec un sifflement. La respiration de ceux qui soulèvent de la fonte. Il transpirait abondamment, pris d'une agitation incontrôlable. Je devais lutter contre ma peur, me forcer à penser clairement : il me fallait diriger son attention vers les crimes des Swope. Pour l'éloigner de moi.

– C'est un endroit maudit, enchaînai-je. On a du mal à croire que des gens aient pu vivre ainsi.

– Oh, c'est pas dur pour moi, mec. J'ai connu ça. Tout comme Nona. Mon paternel m'a tripoté et m'a battu et m'a dit que j'étais de la merde pendant des années. Et cette salope qui se disait ma mère se contentait de regarder sans bouger. Deux salles différentes, mais le même film. Quand j'ai parlé de sentiments forgés dans la douleur, ce n'était pas une image, mec.

Ses explications sur ce qu'il avait lui-même enduré mirent un tas de choses en place : son développement affectif interrompu, son exhibitionnisme, sa haine et sa panique quand je lui avais parlé de son père.

– C'est le destin, Nona et moi, reprit-il avec un sourire satisfait. Ni elle ni moi on n'aurait pu s'en sortir tout seuls. C'est une espèce de miracle qui nous a fait nous rencontrer. Qui a fait de nous une famille.

– Et depuis combien de temps êtes-vous une famille ?

– Des années. Je venais ici l'été pour l'exploitation des champs, faire le singe, forer les puits. Le vieux salopard avait des projets. Carmichael Oil devait violer la terre, la creuser jusqu'à l'os et en tirer jusqu'à la dernière goutte de pétrole. Malheureusement, il n'y avait même pas la première. C'était sec comme le néné d'une morte. (Il éclata de rire et donna de la hache contre le plancher.) J'avais ce boulot en horreur. C'était sale, dégradant, à crever d'ennui, mais il me forçait à le faire. Chaque été, comme une condamnation à la prison. Je me tirais toutes les fois que je pouvais, pour me balader sur les petites routes du secteur et respirer l'air pur. J'imaginais comment me venger de lui.

« Un jour, je l'ai rencontrée pendant que je me promenais dans les bois. Elle avait seize ans et je n'avais jamais vu une fille aussi belle. Elle était assise sur une souche et pleurait. Elle a eu peur quand elle m'a vu, mais je lui ai dit qu'il ne fallait pas. Et au lieu de s'enfuir ou de parler, elle a commencé à... (son beau visage d'homme s'assombrit, la colère le déforma)... enlève-toi tes cochonneries de la tête, mec. Je ne l'ai jamais touchée. Et cette histoire que je vous ai racontée, à vous et au flic, qu'elle m'aurait fait un pompier pendant que je conduisais, c'était juste pour me débarrasser de vous.

Je hochai la tête. Une autre explication pour ce fantasme se profila dans mon esprit : il aurait bien aimé. Mais pour le moment, les impulsions sexuelles qu'il ressentait pour celle qu'il traitait de « frangine » étaient soigneusement réprimées, et j'espérais qu'elles allaient rester ainsi.

– C'est parce que je l'ai traitée différemment des autres hommes qu'il s'est établi un lien particulier entre nous. Au lieu de lui sauter dessus, je l'ai écoutée. Elle m'a dit ce qu'elle avait souffert, je lui ai dit ce que j'avais connu, moi aussi. Nous nous sommes rencontrés tout l'été et nous avons parlé. Et l'été suivant. J'ai commencé à être impatient de retourner travailler aux puits. On a fait connaissance morceau par morceau, on a découvert qu'on était passés par les mêmes choses. Nous nous sommes rendu compte que nous étions pareils... les deux moitiés d'une même pomme. Le masculin et le féminin. Frère et sœur, avec quelque chose en plus. Vous voyez ce que je veux dire ?

Je m'efforçai d'avoir l'air de sympathiser, désireux de le voir continuer à parler.

– Vous constituez une identité commune. Comme des jumeaux.

– Ouais. C'était super. C'est alors que le vieux salopard a fermé les puits. Il a tout bouclé. Mais j'y revenais les week-ends. Ou pour une semaine, pendant les vacances. Ici même – c'était la baraque du veilleur de nuit. Je lui faisais la cuisine et lui apprenais à la faire par la même occasion. Je l'aidais à faire ses devoirs. Je lui ai appris à conduire. On faisait de longues balades la nuit. On parlait tout le temps. Comment on avait très envie de tuer nos parents, de couper nos racines. De repartir de zéro, de former une famille nouvelle. On pique-niquait dans la forêt. J'aurais bien aimé que le petit vienne avec nous, pour qu'il puisse faire partie de la famille, lui aussi. Mais ils ne voulaient pas le perdre de vue une minute. Elle parlait beaucoup de lui, elle disait qu'elle voulait le reprendre. Je l'ai encouragée, je lui ai parlé de libération. Nous avons fait des plans pour l'été suivant. On avait l'intention de s'enfuir tous les trois sur une île. En Australie, peut-être. J'ai commencé à rassembler des brochures pour trouver le meilleur endroit, et c'est alors qu'il est tombé malade.

« Elle m'a appelé dès qu'elle est arrivée à Los Angeles. Elle voulait que je l'aide à trouver un travail dans un jeu télévisé, mais je lui ai expliqué qu'il fallait avoir de sacrées relations pour ça. Sans compter que j'avais déjà mon numéro en place chez Adam et Ève. Je me suis arrangé pour que Rambo nous fasse travailler ensemble. Tout a parfaitement marché. Nous n'avions pas besoin de répétition parce que nous savions exactement ce que pensait l'autre. C'était comme travailler seul. On se faisait de gros pourboires. C'était elle qui les gardait.

« Puis un soir, elle m'a téléphoné, paniquée. Elle leur avait déclaré son intention de reprendre Woody et ils avaient enlevé l'enfant à l'hôpital. Je n'avais jamais beaucoup aimé l'idée de mettre le gosse à l'hôpital, mais j'avais peur qu'ils disparaissent et passent la frontière, qu'ils l'emportent Dieu sait où et qu'elle ne le revoie jamais.

« J'ai foncé et je suis arrivé au moment où ils partaient. Swope s'apprêtait à sortir quand j'ai ouvert la porte. Je ne l'avais jamais rencontré, mais je savais fichtrement bien quel tas de fumier c'était. Il a commencé à ouvrir sa grande gueule et je lui ai envoyé mon poing dans la figure. Je l'ai assommé. La femme s'est jetée sur moi en hurlant et je lui en ai envoyé un à elle aussi, sur la tempe.

« Ils étaient tous les deux allongés par terre, sonnés. Le petit était assoupi et marmonnait dans son sommeil. Nona s'est mise à piquer sa crise et à tout casser dans la pièce. Je l'ai calmée, je lui ai dit de ne pas bouger et je me suis arrangé pour charger les deux corps dans la Corvette. Lui à l'arrière, elle sur le siège passager. Je suis allé jusqu'à la plage, à Playa Del Rey, et j'ai terminé le boulot pendant qu'un avion passait au-dessus. Après, je suis allé dans un endroit que je connaissais à Benedict et je les ai jetés. Ils méritaient de crever.

Il fit tournoyer la hache comme une simple canne, en mâchonnant les poils couleur paille de sa moustache.

– La police a trouvé les restes d'un autre corps là-haut, lui dis-je. Celui d'une femme.

Je laissai la question suspendue en l'air.

Il sourit.

– Je sais ce que vous pensez, mais non. J'aurais bien aimé y balancer maman, mais elle m'a fait le sale coup d'avoir une attaque et de mourir dans son lit il y a deux ans. J'étais furieux, parce que je préparais mon affaire depuis un bon moment… il y a une concession spéciale de réservée pour mon vieux et il l'occupera un jour. Mais elle, elle y a échappé. Puis j'ai eu un coup de chance. Je faisais mon numéro, tard le soir, au Lancelot. Il y avait une nana au premier rang, une vieille que je mettais dans tous ses états. Elle me fourrait des billets de dix dans le slip, elle me léchait les chevilles. Elle était toubib, radiologue exactement. Divorcée depuis deux mois, elle sortait faire la foire. Elle est venue dans le vestiaire, ronde comme une bille, et elle a commencé à me tripoter… ce qu'elle voulait était parfaitement clair. Mais ça m'a énervé et j'étais sur le point de la virer ; c'est alors que j'ai allumé et que j'ai vu sa tête : on aurait dit la jumelle de la vieille salope. Même visage sec, même nez en trompette, mêmes manières de nana pleine aux as.

« Alors j'ai souri, je lui ai dit : "Entre donc, mon chou." Et je l'ai fait s'envoyer en l'air, sur place, dans le vestiaire. La porte n'était pas fermée à clef, n'importe qui aurait pu entrer. Elle s'en foutait, elle a juste remonté sa jupe et m'est montée dessus. Plus tard, on est allé chez elle, un super-duplex avec terrasse dans la Marina. On a recommencé et je l'ai étranglée pendant qu'elle dormait. (Il ouvrit de grands yeux innocents.) La petite concession privée avait été choisie, il fallait bien y enterrer quelqu'un.

Il appuya la hache contre la cuisinière et, de sa main libre, fouilla un des sacs de commissions. Il en retira une grosse pêche.

– Vous en voulez une ?

– Non, merci.

– Elles sont bonnes. Ça vous ferait du bien. Riches en calcium et en potassium, et pleines de vitamines A et C. Un super dernier repas.

Je hochai la tête.

– Comme vous voudrez.

Il mordit à pleines dents dans le fruit, léchant le jus qui coulait de sa moustache.

– Je ne représente aucun danger pour vous, dis-je en choisissant mes mots avec soin. Je cherche simplement à aider votre petit frère.

– Ah oui ? En lui injectant plein de poison dans le corps ? Je me suis renseigné sur toutes les saloperies qu'on voulait lui donner. C'est cette merde qui provoque le cancer.

– Je ne vais pas vous mentir et vous raconter que ces médicaments sont inoffensifs. Mais ils sont nécessaires pour tuer les tumeurs.

– Et moi, je dis que tout ça, c'est des conneries, rétorqua-t-il, la mâchoire crispée, la barbe hérissée. Elle m'a parlé des docteurs, là-bas. Qu'est-ce qui me dit que vous n'êtes pas comme eux ?

Il termina la pêche et jeta le noyau dans l'évier. Puis il prit une prune et l'avala en deux bouchées.

– Allons-y, dit-il en reprenant sa hache. Debout. Qu'on en finisse. Je regrette pour vous de ne pas vous avoir descendu tout de suite avec le fusil. Vous ne vous seriez rendu compte de rien. Maintenant vous allez forcément souffrir un peu, en attendant que ça arrive.

25

Je m'avançai jusqu'à la porte, aiguillonné dans le bas du dos par l'extrémité du canon.

– Ouvrez lentement, m'ordonna Carmichael. Et mettez les mains sur la tête et regardez devant vous.

J'obéis en tremblant. J'entendis le froissement du rideau de douche et la voix de Nona.

– C'est pas la peine de lui faire du mal, Doug.

– Rentre là-dedans. Laisse-moi régler la question.

– Mais s'il a raison ? Woody est tout brûlant et…

– J'ai dit que je m'en occupais ! lui lança-t-il en perdant tout d'un coup patience.

Je ne vis pas la réaction de Nona, mais il adoucit le ton de sa voix quand il reprit :

– Je m'excuse, frangine. La journée a été pénible et on est tous stressés. Quand j'aurai fini, on va lui donner des B12. Je vais te montrer comment faire tomber la fièvre. Dans deux semaines il sera sur pied et on se tirera. Et dans un mois, je lui apprendrai comment attaquer la vague.

– Doug, je… commença-t-elle.

Je priai le ciel qu'elle continue à plaider ma cause, en espérant que la diversion me donnerait le temps de prendre la fuite. Mais elle s'interrompit d'elle-même. Bruits de pas étouffés, froissement du rideau qui se referme.

– Avancez, me dit Carmichael, en colère devant cet embryon de rébellion et en me le faisant savoir en m'enfonçant l'acier froid dans les reins.

J'ouvris la porte et m'avançai dans le noir. Les odeurs chimiques qui empuantissaient l'air semblaient plus fortes qu'à mon arrivée et la mesa paraissait plus lugubre que jamais. Les silhouettes des machines inutilisées, carcasses géantes et rouillées, ponctuaient le terrain ravagé de leurs masses passives et maintenant silencieuses. L'endroit était bien trop hideux pour y mourir.

Carmichael me faisait avancer dans le corridor matérialisé par les piles de barils entassés. Je ne cessais de jeter des coups d'œil à droite et à gauche, à la recherche d'une faille par où m'échapper, mais les cylindres noirs formaient une haute barricade métallique sans la moindre rupture.

Quelques mètres avant la fin du passage, il se remit à parler pour me proposer le choix.

– Je peux le faire pendant que t'es debout, agenouillé ou allongé par terre, comme j'ai fait pour les Swope. Ou encore, si tu ne supportes pas l'idée d'être immobile, tu peux toujours essayer de courir… un peu d'exercice t'aidera à ne plus penser à ce qui t'attend. Pas question de te dire combien de pas d'avance je te laisserai, comme ça tu pourras croire que c'est une course normale. Tu n'auras qu'à imaginer que tu cours le marathon. Quand je cours, c'est comme si je me shootais. Ça te fera peut-être le même effet. C'est chargé avec du gros, tu ne sentiras rien. Juste une sensation violente.

J'avais les jambes en coton.

– Allez, mec. C'est pas le moment de s'effondrer, reprit-il. Un peu de classe pour tirer ta révérence.

– Me tuer ne te servira à rien. La police sait que je suis ici. Si je ne repars pas, ils vont débarquer dans tout le secteur.

– M'en fous. Dès que nous ne t'aurons plus dans les jambes, nous filons.

– Woody ne peut pas voyager dans l'état où il est. Vous allez le tuer.

Le canon s'enfonça douloureusement dans mon dos.

– J'ai pas besoin de tes conseils. Je suis capable de m'en occuper tout seul.

Nous marchâmes en silence jusqu'à l'entrée du corridor tout en métal.

– Alors? Qu'est-ce que tu choisis? Debout ou en courant?

J'avais devant moi un terrain plat et vide sur une centaine de mètres. La nuit me rendrait rapidement difficile à distinguer… mais à partir de quand ? Il pourrait toujours facilement m'avoir. Au-delà, c'était des collines de débris métalliques, poutrelles de fer, rouleaux de fil de fer, le derrick derrière lequel j'avais caché la Seville. Sacrément juste, comme sanctuaire. Mais si je réussissais à me mettre à couvert dans la décharge, j'aurais le temps de dresser un plan…

– Prenez votre temps, reprit un Carmichael magnanime qui savourait son rôle de star.

C'était une scène qu'il avait déjà jouée et il déployait beaucoup d'efforts pour paraître décontracté et maître de lui. Je ne perdais pas un instant de vue qu'il était aussi instable que de la nitroglycérine et qu'il risquait d'oublier son scénario à la moindre provocation. Le truc consistait à le distraire assez pour lui faire baisser sa garde et en profiter pour s'enfuir. Ou attaquer. C'était un pari mortel – un soudain accès de rage pouvait suffire à lui faire presser la détente. Mais je n'avais plus rien à perdre à ce stade et je trouvais des plus déplaisantes l'idée de me laisser massacrer passivement, comme du bétail.

– Alors, on s'est décidé ?

– Ton choix, c'est de la merde, Doug, et tu le sais.

– Quoi ?

– J'ai dit que t'avais rien que de la merde dans la tête.

Il grogna, me fit faire volte-face, jeta son fusil et me prit par le devant de la chemise qu'il tordit dans son poing. En brandissant la hache et la tenant en l'air.

– Bouge et je te fends en deux comme un fromage.

Il haletait de colère, le visage luisant de sueur. Il émanait une odeur fauve de cette masse de muscles.

Je lui portai un coup de genou dans l'entrejambe, de toutes mes forces. Il poussa un bêlement de douleur et, pur réflexe, lâcha ma chemise. Je m'écartai, atterris par terre et reculai à l'envers sur les fesses comme un crustacé, m'éraflant les mains. Tandis que je m'efforçais de me remettre debout, mon talon se posa sur quelque chose de rond, sans doute un gros ressort métallique. Il roula, je perdis l'équilibre et m'étalai de tout mon long sur le dos.

Carmichael chargea, hyperventilé comme un gamin qui pique une crise de colère. La lune se réfléchit un bref instant sur la lame de la hache. Silhouette noire sur le fond à peine plus clair du ciel, il me parut immense – Hulk en personne.

Je me redressai pour m'éloigner en rampant.

– T'as une grande gueule, dit-il entre deux halètements. Mais pas de classe… aucun style! Je… t'ai donné l'occasion d'en finir… paisiblement. J'ai essayé d'être correct… et tu n'as pas apprécié… Maintenant, ça va te faire mal… C'est avec ça que je vais t'achever, ajouta-t-il en brandissant la hache pour bien souligner sa menace. Mais lentement… Je vais te mettre en morceaux et faire durer le plaisir… À la fin, tu me supplieras de t'achever d'une balle.

Une silhouette se dessina entre les barils.

– Pose ça, Doug.

Le shérif Houten s'avança dans l'espace dégagé d'un pas assuré, toujours aussi impeccable. Le Colt 45 qu'il tenait devant lui donnait l'impression d'une main tendue.

– J'ai dit pose ça, répéta-t-il en pointant son arme sur la poitrine de Carmichael.

– T'occupe pas de ça, Ray. Faut toujours finir ce qu'on a commencé.

– Pas de cette façon.

– C'est la seule, insista Carmichael.

Le shérif hocha la tête.

– Je viens d'avoir un coup de téléphone d'un certain Sturgis, des Homicides de Los Angeles. Il voulait avoir des nouvelles du docteur, ajouta-t-il avec un mouvement du menton vers moi. Il semblerait qu'on lui a tiré dessus avant-hier, mais que c'est un autre qui a écopé à sa place. Ils le cherchent activement. Je me suis dit qu'il avait peut-être fini par venir ici.

– Il ne veut que détruire ma famille, Ray. C'est toi-même qui m'as averti.

– Tu mélanges tout, mon gars. Je t'ai dit qu'il s'était intéressé à la voie de service et que tu aurais peut-être intérêt à chercher une autre planque. Pas de te mettre dans l'idée de le tuer. Et maintenant laisse tomber cette hache, qu'on en parle calmement.

Le Colt resta pointé sur Doug, mais il se tourna vers moi.

– C'était vraiment stupide de votre part de vous mettre à fouiner partout comme ça.

– Ça me paraissait mieux que de rester chez moi à jouer les cibles. Sans compter qu'il y a dans ce mobil-home un petit garçon qui a besoin de soins médicaux.

Il hocha violemment la tête.

– Il va mourir, ce gosse.

– Faux, shérif. Il peut être soigné.

– C'est ce qu'ils m'ont raconté pour ma femme. Je les ai laissés l'opérer et la bourrer de leurs poisons, mais le cancer l'a bouffée tout de même… Je t'ai soutenu jusqu'à un certain point, Doug, ajouta-t-il en se tournant vers le grand blond, mais les choses sont allées trop loin. Pose cette hache.

Ils soutinrent mutuellement leurs regards. J'en profitai pour rouler hors de portée de la hache.

Carmichael me vit et brandit son outil.

Il y eut l'éclair d'un coup de feu. Carmichael fit un bond en arrière, hurla de douleur en se tenant le dessus de la main gauche tandis que du sang se mettait à couler entre ses doigts. Mais sa main droite n'avait toujours pas lâché la hache – je n'en croyais pas mes yeux.

– Tu… tu m'as tiré dessus, marmonna-t-il, incrédule.

– Juste une petite égratignure, dit Houten d'un ton égal. Tu survivras. Et maintenant, lâche cette hache, mon garçon.

Je me levai et me rapprochai discrètement du fusil à terre, en prenant soin de rester hors de portée du blond à la hache.

La porte du mobil-home s'ouvrit à ce moment-là, inondant le chemin d'une lumière blanche et froide. Nona sortit en courant.

– Doug ! Doug !

– Prend le fusil, frangine ! lui lança Carmichael.

Ordre lancé entre des mâchoires serrées par la douleur. La main qui tenait la hache tremblait. Celle que Doug serrait contre son flanc était d'un rouge brillant jusqu'au poignet ; un sang visqueux sourdait entre ses articulations avant de goutter à terre.

La jeune femme s'arrêta et écarquilla les yeux en voyant la fleur écarlate grandir sur le sol, aux pieds de Carmichael.

– Tu l'as tué ! hurla-t-elle en se jetant sur Houten et frappant au hasard.

Il la prit par un bras sans détourner un instant l'arme de la direction du blessé. Elle se débattit, mais sans lui faire de mal. Finalement il la repoussa sèchement, lui faisant perdre l'équilibre, et elle tomba.

Elle se releva aussitôt.

– Espèce de vieille ordure ! hurla-t-elle au shérif. Tu avais promis de nous aider et tu l'as tué !

Houten, regardant droit devant lui, resta de marbre. Nona se jeta aux pieds de Carmichael.

– Ne meurs pas, Doug, je t'en prie, j'ai trop besoin de toi.

– Attrape le fusil ! gronda-t-il.

Elle eut un regard d'incompréhension, puis elle se leva et se dirigea vers l'arme. Elle en était plus près que moi. Le moment était venu d'agir. Quand elle se pencha pour s'en saisir, je plongeai.

Carmichael me vit du coin de l'œil, pivota et visa mon bras avec sa hache. Je bondis en arrière. L'homme poussa un grognement de douleur, sa blessure saignant abondamment, et abattit à nouveau la hache ; il ne me manqua que de quelques centimètres.

Houten s'accroupit, le Colt à deux mains, tira sur Carmichael et l'atteignit à la nuque. La balle lui traversa le cou et sortit à la hauteur de la pomme d'Adam. Le grand blond s'agrippa la gorge, essaya de respirer, gargouilla et tomba.

Nona en profita pour s'emparer du fusil, l'épaulant comme quelqu'un qui sait s'en servir. Elle se tourna vers le grand corps qui gisait sur le sol ; ses membres se convulsaient par pur réflexe et la jeune femme regarda ce spectacle, comme fascinée, jusqu'à ce qu'il arrête de bouger. La brise nocturne soulevait ses cheveux défaits et il y avait de la peur dans ses yeux humides.

Les intestins de Carmichael se libérèrent bruyamment. Le beau visage se figea. Elle leva les yeux, braqua le fusil sur moi, hocha la tête et fit décrire une courbe à l'arme. Celle-ci pointait à présent sur le shérif.

– Tu ne vaux pas mieux que les autres, cracha-t-elle.

Sans attendre sa réaction, elle reporta son attention sur le cadavre et se mit à lui parler comme en chantonnant.

– Oui, Doug, il vaut pas mieux que les autres. Si tu savais… il ne nous a pas aidés parce qu'il était gentil, parce qu'il était de notre côté, comme tu le croyais. Il l'a fait parce que c'est qu'un putain de froussard. Il avait trop peur que je révèle ses sales secrets.

– Tais-toi, Nona, l'avertit Houten.

Elle l'ignora.

– Il m'a baisée, Doug, tout comme les autres vieux dégueulasses avec leurs queues sales et leurs couilles qui pendent. Quand je n'étais encore qu'une petite fille. Après que le monstre m'avait violé. Lui, l'homme qui représente la loi et la justice ici. (Elle ricana.) Je lui ai donné un échantillon et il a tout avalé. Il n'en avait jamais assez. C'était tous les jours. Chez lui. Dans son bahut. Il me prenait à la sortie de l'école et m'amenait dans les collines pour le faire. Alors, Doug, qu'est-ce que tu penses de notre vieil ami Ray ?

Houten se mit à lui crier de se taire. Mais sa voix manquait de conviction et il me donna l'impression de s'affaisser ; en dépit du gros Colt fumant qu'il tenait à la main, il paraissait se ratatiner sur lui-même, impuissant.

Elle continua à s'adresser au mort avec des sanglots dans la voix.

– Tu étais si bon, si confiant, Doug… Tu croyais qu'il était notre ami, qu'il nous aidait à nous cacher parce qu'il n'aimait pas les docteurs, lui non plus… Parce qu'il comprenait… Mais c'était pas ça du tout. Il nous aurait vendus tout de suite, si je l'avais pas menacé de tout dire… d'aller raconter à tout le monde qu'il me baisait. Qu'il m'a mise en cloque !

Houten regarda le Colt. Une pensée terrible lui vint à l'esprit, mais il la rejeta.

– Nona, il ne faut pas…

– Il croit être le papa de Woody, parce que c'est ce que je lui ai toujours dit. (Elle caressa le fusil et pouffa.) Évidemment, c'est peut-être la vérité, mais peut-être pas. Si ça se trouve, je ne le sais même pas. On n'a jamais fait de tests sanguins pour le savoir, pas vrai, Ray ?

– Tu es folle. On va t'enfermer… Elle est cinglée, dit-il en se tournant vers moi. Ça se voit, non ?

– Ah bon ? (Elle mit l'index sur la détente et sourit.) Je parie que tu sais tout sur la question. La question des petites filles cinglées. Comme la petite cinglée de Marla, la boulotte, toujours toute seule dans son coin, à se balancer et à écrire ses crétins de poèmes. Celle qui parlait toute seule, qui se pissait dessus et qui se comportait comme un bébé. Elle était cinglée, pas vrai, Ray ? Grosse, moche, tout le tableau.

– Tu vas fermer ta gueule, oui !

– C'est toi qui vas la fermer, espèce de vieux salopard ! hurla-t-elle. Pour qui tu te prends pour me dire ce que je dois faire ? Tu m'as baisée tous les jours et tu remettais même le couvert à la va-vite. Tu me balançais ta purée et tu m'as foutue en cloque… (Elle eut un sourire mystérieux.) Enfin, peut-être. En tout cas, c'est ce que j'ai raconté à Marla la Cinglée. T'aurais dû voir ses petits yeux porcins ! Je lui ai décrit tous les détails. Comment tu prenais ton pied, comment t'en redemandais en me suppliant. Shérif. J'ai dû la bouleverser, la pauvre petite, vu que le lendemain, elle a pris une corde et…

Houten poussa un hurlement et voulut se jeter sur elle.

Elle éclata de rire et lui tira en pleine tête.

Il s'effondra aussi mollement qu'un mouchoir en papier mouillé. Elle se plaça au-dessus de lui et appuya à nouveau sur la détente. Raffermit sa prise pour contenir le recul et tira une troisième fois. Mais le fusil de chasse ne contenait que deux cartouches.

Je détachai ses doigts crispés sur l'arme et laissai celle-ci tomber entre les deux cadavres sans qu'elle offre la moindre résistance. Elle posa la joue contre mon épaule et m'adressa un sourire ravissant.

Je la pris par un bras et partis à la recherche du véhicule du shérif. Je n'eus pas de mal à trouver la grosse Camino. Houten s'était garé juste à la hauteur du trou dans le grillage. Tout en surveillant Nona de près, je me servis de la radio de bord pour faire mes appels.

26

C'est par une fin d'après-midi paisible que je me retrouvai sur la pelouse, devant l'entrée de la Retraite, à attendre Matthias. Des vents brûlants balayant sans discontinuer le sud de l'État depuis trente-six heures, la chaleur refusait toujours de se dissiper, alors que le soleil était sur le point de se coucher. Poisseux, pris de démangeaisons et trop habillé – j'avais des jeans, une chemise de laine et un gilet en mouton retourné –, j'allais me réfugier à l'ombre des vieux chênes qui entouraient la fontaine.

L'homme sortit du bâtiment principal au milieu d'un essaim de disciples, jeta un coup d'œil dans ma direction et leur dit de s'éloigner. Ils se dirigèrent vers un monticule où ils s'assirent pour méditer. Matthias s'approcha de moi d'un pas lent mais délibéré, les yeux tournés vers le gazon comme s'il y cherchait quelque chose.

Arrivé à ma hauteur, il se laissa tomber par terre sans me saluer, s'installa dans la position du lotus et commença à se caresser la barbe.

– Je ne vois pas de poche dans votre tenue, lui dis-je. Rien où l'on pourrait mettre une forte somme en liquide. J'espère que cela ne veut pas dire que vous ne m'avez pas pris au sérieux.

Il m'ignora, fixant un point quelque part dans l'espace. Je laissai s'écouler une petite minute et fis semblant de perdre patience.

– Arrêtez votre cirque. Le numéro du saint homme ne prend pas avec moi. Il est temps de passer aux choses sérieuses.

Une mouche se posa sur son front, arpentant avec agilité le bord du cratère formé par sa cicatrice. Il n'en parut pas importuné.

– Dites donc ce que vous avez à dire.

Il avait parlé d'une voix douce.

– Je croyais avoir été clair au téléphone.

Il prit une feuille de trèfle et se mit à la faire tourner par la tige entre ses doigts.

– Sur certaines choses, oui. Vous avez admis plusieurs délits : violation de domicile, l'agression de frère Baron et un cambriolage. Mais ce qui reste à éclaircir, c'est la raison pour laquelle nous aurions une affaire à régler.

– Peut-être, mais vous êtes ici. Et vous m'écoutez.

Il sourit.

– Je me flatte d'être un esprit ouvert.

– Écoutez, dis-je en me tournant comme pour repartir. J'ai eu des moments passablement difficiles ces temps derniers et de toute façon j'ai toujours très mal supporté qu'on me raconte n'importe quoi. Ce que j'ai dit tient toujours. Vous voulez réfléchir ? Réfléchissez. Ajoutez simplement mille dollars par jour de retard.

– Asseyez-vous, dit-il.

J'obtempérai, me mettant moi aussi en tailleur. Le sol était aussi chaud qu'un moule à gaufre. J'avais une envie de plus en plus furieuse de me gratter la poitrine et le ventre. Au loin, les adeptes multipliaient les courbettes et nasillaient.

Sa main quitta sa barbe pour se mettre à caresser l'herbe d'un geste machinal.

– Vous avez mentionné une somme d'argent assez substantielle.

– Cent cinquante mille dollars. En trois versements de cinquante mille chacun. Le premier aujourd'hui, les deux autres à six mois d'intervalle.

Il prit un air amusé, non sans mal.

– Et au nom du ciel, pour quelle raison vous donnerais-je une telle somme ?

– Pour vous, c'est de la menue monnaie. Si la petite séance à laquelle j'ai assisté il y a quelques jours a lieu régulièrement, vous et vos zombies vous vous balancez l'équivalent de cette somme dans le nez en une semaine.

– Sous-entendez-vous que nous utiliserions illégalement de la drogue ? demanda-t-il d'un ton moqueur.

– Dieu m'en garde. Il ne fait aucun doute que vous avez planqué votre réserve ailleurs et que vous ne verriez aucun inconvénient à laisser la police fouiller partout. Comme la première fois que je suis venu ici. Mais j'ai une série de photos qui ferait un album porno de premier choix pour les maisons de retraite. Tous ces corps usés se frottant les uns aux autres… ces bols débordant de neige que vous sniffez à pleines narines… Sans parler de quelques clichés parfaits de la cache, sous votre bibliothèque.

– Des photos d'adultes consentants ayant des relations sexuelles, déclara-t-il en retrouvant tout d'un coup ses intonations d'avocat. Des bols sur une table contenant une substance inconnue et des sacs en plastique, voilà qui ne prouve pas grand-chose. Et qui ne vaut certainement pas cent cinquante mille dollars.

– Et combien vaut le fait d'éviter un procès pour assassinat ?

Ses yeux se réduisirent à une fente et son expression devint celle d'un prédateur en chasse. Il essaya de soutenir mon regard, mais il n'était pas de taille. La démangeaison avait atteint les limites du supportable et fixer des yeux ce masque brutal était un dérivatif agréable.

– Continuez, dit-il.

– J'ai fait trois copies du dossier, accompagnées d'une page d'interprétation, que j'ai mises en sûreté dans trois endroits différents. Avec les photos et des instructions à plusieurs avocats, au cas où il m'arriverait quelque chose. Avant de faire les photocopies, j'ai relu tout ça plusieurs fois. Fascinant.

Il avait l'air toujours aussi calme, mais sa main droite le trahissait : ses longs doigts blancs osseux s'étaient crispés sur le sol et avaient arraché une touffe d'herbe.

– Des propos aussi vagues n'ont aucune valeur, murmura-t-il d'une voix rauque. Si vous avez quelque chose de plus précis à dire, allez-y.

– Très bien. Je vous propose un petit flash-back. C'était il y a une vingtaine d'années. Bien avant que vous ne découvriez la combine du gourou. Vous êtes dans votre bureau de Camden

Drive. Un petit bout de femme du nom d'Emma est assise en face de vous. Elle a fait tout le chemin entre un trou perdu du nom de La Vista et Beverly Hills et vous a donné cent dollars pour une consultation confidentielle. Ça faisait pas mal d'argent, à l'époque.

« L'histoire d'Emma est on ne peut plus triste, même si pour vous ce n'est qu'un mélo de dernière catégorie. Prisonnière d'un mariage sans amour, elle est allée se consoler dans les bras d'un autre homme. Un homme qui lui a fait éprouver des choses qu'elle n'aurait jamais imaginées possibles. La liaison la comblait, un vrai refuge. Jusqu'au moment où elle est tombée enceinte de son amant. Paniquée, elle a dissimulé la chose le plus longtemps possible ; lorsque ça n'a plus été possible, elle a dit à son mari que l'enfant était de lui. Le cocu, fou de joie, a voulu fêter ça et a failli s'évanouir de culpabilité en faisant sauter le bouchon de champagne.

« Elle avait envisagé d'avorter, mais la peur l'en avait empêchée. Elle avait aussi prié pour une fausse couche, mais en vain. Vous lui avez demandé si elle en avait parlé à son amant et elle vous a répondu que non, horrifiée à cette seule idée. L'homme est un des principaux notables de la communauté : c'est le shérif adjoint chargé du maintien de l'ordre. De plus, il est marié et sa femme est elle aussi enceinte. Pourquoi détruire deux familles ? Sans compter que ça fait un moment qu'elle ne l'a pas vu, ce qui confirme les soupçons d'Emma : pour lui, leur relation était depuis toujours avant tout physique. Se sent-elle abandonnée ? Non. Elle a péché, à présent elle paie.

« Au fur et à mesure que se développe le fœtus dans son ventre, le poids de son secret se fait plus écrasant. Elle tient huit mois et demi, puis elle n'y résiste plus. Profitant d'une absence de son mari, elle prend le bus et la route du nord, la route de Beverly Hills.

« Et voilà qu'elle est dans votre grand bureau prétentieux, complètement hors de son élément, à quinze jours de son accouchement, au comble de la confusion, terrifiée. Elle a retourné maintes fois la situation dans sa tête au cours d'innombrables insomnies, et a pris une décision. Un divorce, rapide et facile, sans explications. Elle quittera la ville, ira accoucher quelque part en secret, peut-être au Mexique, donnera le bébé à adopter et repartira de zéro loin de l'endroit où elle a fauté. Elle a lu un article sur vous dans une revue de potins de Hollywood et elle est persuadée que vous êtes l'homme de la situation.

« Pour vous, il est clair qu'une solution rapide et facile est hors de question. L'affaire a toutes les chances d'être sordide. Ce n'est pas ce qui vous aurait empêché de l'accepter, les affaires sordides étant aussi souvent les plus juteuses. Malheureusement, Emma Swope n'appartenait pas à votre clientèle habituelle. Couleur muraille, allure archiprovinciale. Mais surtout, sans le sou ou à peu près.

« Vous lui avez piqué ses cent dollars après lui avoir fait un beau discours pour la décourager de vous prendre comme avocat en lui disant qu'elle s'en sortirait mieux avec un confrère du coin. Elle vous a quitté les yeux rouges, le ventre encore plus lourd, et vous avez classé et oublié l'affaire.

« Des années plus tard, on vous tire une balle dans la tête et vous décidez de changer de carrière. Vous vous êtes fait des tas de relations parmi les gens friqués et, à Los Angeles, ça inclut les trafiquants de dope. J'ignore qui y a pensé le premier, vous ou l'un d'entre eux, mais vous décidez de tenter le jackpot comme intermédiaire dans ce commerce. Pour vous, que ce soit illégal ajoute à la séduction car vous vous considérez comme une victime, comme ayant été trahi par le système que vous serviez fidèlement. Trafiquer de la drogue est votre manière à vous de dire merde au système. Sans compter que vous ne crachez ni sur l'argent ni sur le pouvoir.

« Pour que l'entreprise réussisse, il vous faut une base proche de la frontière mexicaine et une bonne couverture. Vos associés vous suggèrent de vous installer dans un des bourgs agricoles au sud de San Diego : La Vista. Ils ont entendu parler d'un ancien monastère qui serait à vendre, juste au-delà des limites de l'agglomération. C'est un endroit discret et tranquille. Ils avaient bien envisagé de s'y installer eux-mêmes, mais il fallait trouver un moyen d'empêcher la population locale de venir mettre le nez dans leurs affaires. Vous regardez la carte et vous avez une brusque révélation. La balle n'a pas touché votre mémoire. Vous foncez consulter vos dossiers… Comment je m'en sors, jusqu'ici ?

– Continuez.

Il avait la paume humide et verdâtre à force de rouler l'herbe en boule entre ses doigts.

– Vous faites quelques recherches et vous découvrez qu'Emma Swope n'a jamais consulté d'autre avocat. La visite qu'elle vous a faite a été une initiative isolée dans son existence de femme timorée. Elle est retombée dans son apathie, a mis son secret dans sa poche avec son mouchoir par-dessus et repris sa vie étriquée, donnant naissance peu après à une ravissante petite rouquine qui est maintenant une jeune adulte quelque peu déchaînée. L'amant est toujours dans le secteur, et toujours le représentant local de la loi, mais plus comme adjoint. C'est lui le patron, à présent. Le type que tout le monde craint un peu. Puissant au point que son attitude suffit à modifier l'ambiance du patelin. Réussir à se le mettre dans la poche, c'est avoir le champ libre.

Il n'y avait plus la moindre trace de sérénité sur son visage tout en longueur et à la pilosité luxuriante. Il se toucha la barbe et la tacha de vert, porta un doigt à ses lèvres, sentit le goût de l'herbe et recracha.

– Une bande de minables, gronda-t-il, avec leurs petites intrigues puantes et tout aussi minables. Des minables qui s'imaginent que leur vie a un sens.

– Vous lui avez envoyé un exemplaire de votre dossier, en l'invitant à avoir un entretien avec vous à Beverly Hills ; vous vous attendiez à moitié à ce qu'il ne vous réponde pas ou vous envoie au diable. Au fond, quel était le pire qui puisse lui arriver ? Mise à la retraite d'office ? N'empêche, il était là le lendemain, n'est-ce pas ?

Matthias éclata d'un rire bruyant. Le bruit n'était pas agréable.

– À la première heure et en grande tenue, dit-il en hochant la tête. Sa tenue ridicule de cow-boy. Il essayait de prendre l'air macho, mais tremblait dans ses bottes… l'imbécile !

Il bichait cruellement à ce souvenir.

– Vous avez tout de suite compris que vous aviez touché quelque chose de vital. Bien entendu, ça n'a été que l'été suivant, lorsque la gamine est venue travailler au monastère, que vous avez percé le mystère; mais vous aviez mesuré sa peur et vous avez capitalisé dessus.

– C'était un vrai péquenaud. La poire idéale.

– Cet été-là a dû être sacrément intéressant pour vous, repris-je. Votre structure sociale flambant neuve menacée par les frasques d'une ado…

– Elle était un peu nympho, dit-il avec mépris. Avec un penchant pour les hommes âgés. Elle leur courait après comme une chienne en chaleur. Des rumeurs me sont rapidement parvenues aux oreilles. Un jour, je l'ai surprise en train de faire un pompier à un type de soixante ans dans la resserre. Je l'ai sortie de là et j'ai appelé Houten. La manière dont ils se sont regardés, tous les deux, m'a renseigné sur la raison qui l'avait fait se liquéfier devant le dossier. Il avait baisé sa propre fille sans le savoir. À partir de ce moment-là, je savais que je le tenais par les couilles. Pour toujours. Et je l'ai aussitôt enrôlé. De force.

– Voilà qui devait être rudement pratique.

– On ne peut plus, admit-il avec un sourire. Avant les élections, quand les douaniers faisaient du zèle sur la frontière, il allait lui-même au Mexique prendre le chargement pour nous. Rien ne vaut une escorte de police personnelle.

– Pour un bon plan, c'est un bon plan. Ça vaut bien la peine d'être protégé, hein? À votre place, j'estimerais que cent cinquante mille dollars, c'est une bonne affaire.

Il changea de position. J'en fis autant, car j'avais des fourmis dans les jambes et un pied qui commençait à s'ankyloser. Je le secouai pour rétablir la circulation.

– C'est une bien belle histoire, répondit-il froidement, mais tout cela n'est que pure spéculation, jusqu'ici. Ça ne vaut pas un sou.

– Ce n'est pas tout. Parlons un peu du Dr Auguste Valcroix. Un soixante-huitard très attardé et à la morale professionnelle des plus élastiques. Je ne sais pas très bien comment vous êtes entrés en contact, mais il avait sans doute traficoté au Canada et devait connaître un de vos associés. Il est devenu l'un de vos revendeurs, avec l'hôpital pour territoire. Quelle meilleure couverture, en effet, qu'un titre de médecin?

« À la manière dont je vois les choses, il pouvait prendre livraison de deux façons : soit il venait ici sous le prétexte d'assister à un de vos séminaires, soit, si ce n'était pas possible, vous lui faisiez parvenir la marchandise à Los Angeles. Ce qui explique la présence de Graffius et Delilah dans la ville et leur visite à l'hôpital ce jour-là. Ils n'ont rien eu à voir avec le peu d'enthousiasme des Swope à faire soigner Woody ou avec son enlèvement en dépit des soupçons de Melendez-Lynch.

« Valcroix n'était pas ce qu'on fait de mieux en matière d'être humain, mais il savait écouter ses patientes et leur faire déballer leurs petits secrets. Il se servait de ce talent pour les séduire et parfois même pour les soigner. Il a établi de bons rapports avec Emma Swope – il est le seul à l'avoir décrite comme autre chose qu'une femme insignifiante, disant au contraire qu'elle était forte. Parce qu'il savait quelque chose que tout le monde ignorait.

« Diagnostiquer un cancer chez un enfant peut mettre une famille en péril, détruire le mode établi de relations entre ses membres. Pour les Swope, le stress était écrasant ; il a fait de Garland un bouffon prétentieux, tandis qu'Emma restait assise dans son coin à ruminer le passé. Il ne fait pas de doute que Valcroix l'a cueillie dans un moment de grande vulnérabilité. Les événements avaient ravivé sa culpabilité et elle lui a tout avoué, tant il paraissait faire preuve de compassion.

« Tout autre que le Canadien n'aurait vu là qu'une triste histoire de plus et l'aurait gardée pour lui. Mais, pour Valcroix, l'information présentait des implications plus vastes. Il avait dû observer Houten et s'étonner de sa docilité à votre égard. Maintenant, il savait pourquoi. J'ai déjà dit que son sens moral était des plus élastiques. La notion de confidentialité ne signifiait rien à ses yeux. Son avenir de médecin étant en péril, il est venu ici et, fort de ce qu'il avait appris, a exigé une plus grosse part du gâteau. Vous avez fait semblant de lui céder, vous l'avez bourré de dope jusqu'à ce qu'il tombe raide et l'un de vos fidèles l'a conduit dans sa voiture jusqu'au port de Wilmington, à mi-chemin de Los Angeles. La technique est assez simple. On coince une planche entre le siège et l'accélérateur…

– Vous n'êtes pas loin. Une branche. Une branche de pommier.

Organique. Il est rentré dans le mur à quatre-vingts à l'heure, à peu près. Barry nous a raconté qu'après on aurait dit une omelette à la tomate. (Il se passa la langue sur la moustache et m'adressa un regard peu amène.) C'était un porc qui ne reculait devant rien.

– Si vous me racontez tout ça pour me faire peur, inutile de vous fatiguer. Cent cinquante mille. Non négociable.

Le gourou soupira.

– En soi, ces cent cinquante mille dollars feraient tout de même un trou. Un trou non négligeable. Mais qui me dit que vous n'allez pas devenir gourmand ? Je me suis renseigné sur vous, Delaware. Vous étiez un grand spécialiste dans votre domaine, mais vous ne travaillez plus que de manière irrégulière. En dépit de votre indolence apparente, vous aimez la bonne vie. Voilà qui m'inquiète. Rien n'ouvre autant l'appétit qu'un décalage trop grand entre ce qu'on désire et ce qu'on a. Une nouvelle voiture, des vacances dans des endroits ultra-chics, l'apport personnel pour l'achat d'un appartement dans une copropriété de standing… et il ne reste plus rien. Je vous vois déjà revenir en tendant la main.

– Je ne suis pas insatiable, Matthews, simplement avisé. Si vous aviez un peu mieux fait vos recherches, vous auriez appris que j'ai fait un certain nombre d'excellents investissements et qu'ils continuent à me rapporter. J'ai trente-cinq ans, je mène une existence tranquille et j'ai très bien vécu jusqu'ici sans votre argent… et pourrais le faire indéfiniment. Mais j'aime bien l'idée d'escroquer un maître escroc. Juste une fois. Quand j'aurai touché mes cent cinquante mille, je vous promets que vous n'entendrez plus jamais parler de moi.

Il devint songeur.

– Deux cent mille en coke… qu'est-ce que vous en pensez ?

– Jamais de la vie. Pas question de toucher à ce truc-là. En liquide.

Il fit la moue et fronça les sourcils.

– Vous êtes un salaud et un coriace, docteur. Vous avez un véritable instinct de tueur, ce qui ferait mon admiration dans d'autres circonstances. Barry s'est trompé sur votre compte. Il m'a affirmé que vous étiez du genre scrupuleux, voire pointilleux à gerber. En réalité, vous êtes un chacal.

– Comme psychologue, il a toujours été nul. Il ne comprenait rien aux gens.

– Tout comme vous, apparemment.

Il se leva brusquement et adressa un geste à ses fidèles restés regroupés au même endroit. Ils se levèrent comme un seul homme et s'avancèrent, tel un bataillon habillé de blanc.

Je bondis sur mes pieds.

– Vous commettez une grosse erreur, Matthews. J'ai pris toutes mes précautions précisément au cas où vous réagiriez ainsi. Si je ne suis pas de retour à vingt heures à Los Angeles, les dossiers seront ouverts. L'un après l'autre.

– Vous êtes un âne, Delaware, rétorqua-t-il. Quand j'étais avocat, je ne faisais qu'une bouchée des gens comme vous. Les psys sont les plus faciles à terroriser. J'ai même réussi à en faire pisser un dans son froc à la barre. Un maître de conférences, rien de moins. Votre tentative de chantage à la petite semaine est grotesque. Il ne me faudra que quelques minutes pour savoir où sont les dossiers en question. Barry se fera un plaisir de procéder à votre interrogatoire. C'est même une excellente idée : il ne rêve que de se venger. C'est une petite ordure, il sera parfait pour le boulot. Vous allez en baver, Delaware. Et lorsque j'aurai mes informations, on vous liquidera. Encore un accident malheureux.

Les adeptes continuaient d'avancer en rangs serrés, semblables à des robots à la mine sinistre.

– Renvoyez-les, Matthews. Ne vous enfoncez pas plus.

– Vous allez en chier, répéta-t-il en leur faisant signe de se rapprocher.

Ils se disposèrent en cercle autour de nous. Des visages plus tout jeunes, dépourvus d'expression. Petites bouches serrées. Esprits vides…

Matthias me tourna le dos.

– Je ne vous ai pas parlé de tous les exemplaires que j'en ai tirés, lui lançai-je.

– Au revoir, docteur, me renvoya-t-il avec mépris en franchissant le cercle.

Ils le laissèrent repasser et reformèrent immédiatement leurs rangs. Je repérai Graffius. Sa petite silhouette chétive tremblait d'excitation. De la salive débordait de sa lèvre inférieure, laquelle s'étira en une expression haineuse quand nos regards se croisèrent.

– Attrapez-le ! ordonna-t-il.

Le géant barbu s'avança vers moi et me saisit par un bras. Un deuxième adepte, genre costaud un peu trop enveloppé, aux dents très écartées, me prit par l'autre. Sur un signal de Graffius, ils m'entraînèrent vers le bâtiment principal, suivis par deux douzaines de fidèles marmonnant une mélopée funèbre sans paroles.

Graffius accourut à ma hauteur et me gifla en guise de hors-d'œuvre. Caquetant de jubilation, il se mit à me parler de la soirée qu'ils avaient organisée en mon honneur.

– Nous avons un nouvel hallucinogène cousu main à côté duquel l'acide est comme de l'aspirine, Alex. Je t'en injecterai une bonne dose avec un peu de méthédrine en prime. Tu auras l'impression de plonger et replonger en enfer, mec.

Il avait bien d'autres choses à me raconter, mais son discours fut brusquement interrompu par une soudaine et brève rafale d'arme à feu qui rompit le silence comme un concert de crapauds-buffles géants. La seconde rafale fut plus longue, le bruit étant cette fois incontestablement celui d'une arme lourde.

– Qu'est-ce que c'est que ce bordel ? s'exclama Graffius, les poils clairsemés qui lui pendaient du menton tremblant comme des fils électriques en surtension.

La procession s'arrêta.

À partir de ce moment, tout parut se dérouler en accéléré.

Un bruit de tonnerre emplit le ciel. Un tournoiement de pales et des lumières clignotantes se lancèrent à l'assaut du crépuscule. Deux hélicoptères vinrent se poster en vol stationnaire au-dessus du monastère, une voix de stentor amplifiée grondant de l'un d'eux.

– Ici le lieutenant Siegel, de la Federal Drug Enforcement Agency, dit-il. Ces coups de feu étaient une semonce. Vous êtes cernés. Relâchez le Dr Delaware et allongez-vous à plat ventre.

Il répéta le message, une fois, deux fois.

Graffius se mit à pousser des hurlements inintelligibles. Les autres adeptes restèrent figés sur place, tête tournée vers le ciel, aussi médusés que des primitifs découvrant un nouveau dieu.

Les hélicoptères descendirent de quelques mètres, agitant le sommet des arbres.

Le lieutenant Siegel continua de réitérer ses ordres. Les adeptes n'y obéirent pas, non pas par défi, mais parce qu'ils étaient trop choqués.

L'un des hélicos braqua un puissant projecteur sur notre groupe. La lumière était aveuglante. Tout le monde s'abrita les yeux et l'invasion commença.

Des dizaines d'hommes en gilet pare-balles et équipés d'armes automatiques convergèrent vers la pelouse avec l'efficacité silencieuse de fourmis soldats.

Un deuxième groupe fit son apparition de l'autre côté du pont ; quelques secondes plus tard, un autre surgissait de derrière le bâtiment principal, escortant un troupeau d'adeptes menottés qui faisaient grise mine. Un dernier, arrivant des champs, prit l'église d'assaut.

J'essayai de me libérer, mais Barbe-Noire et Dents-de-râteau m'agrippaient comme s'ils étaient atteints de catatonie. Graffius agita son index dans ma direction, jacassant comme un singe shooté à la cocaïne. Puis il courut sur moi, brandissant le poing, mais j'eus le temps de lui porter un solide coup de pied directement dans la rotule. Il poussa un hurlement et se lança dans une danse de la pluie sur une patte. Les deux costauds se regardaient d'un air idiot, ne sachant comment réagir. En quelques secondes, ils n'eurent plus le choix.

Nous étions cernés. Les hommes surgis du pont s'étaient déployés en un deuxième cercle autour des Toucheurs. Il y avait parmi eux non seulement des agents de la DEA, mais aussi de la police d'État, des shérifs du comté et au moins un inspecteur de la police de Los Angeles que je reconnus ; ils se coordonnaient cependant avec l'aisance d'une machine bien huilée.

Un policier hispanique portant une moustache à la Zapata aboya un ordre – « Tout le monde allongé ! » – d'un tel ton que les adeptes y obéirent immédiatement. Les deux costauds me lâchèrent comme sous le coup d'une décharge électrique. Je m'éloignai et regardai la suite des événements.

Les hommes de la police, à deux par prisonnier, obligèrent les membres de la secte à écarter les jambes et les fouillèrent. Ils étaient ensuite menottés et retirés du groupe un à un, comme les perles d'un fil; on leur lisait leurs droits, on les mettait en état d'arrestation et on les conduisait jusqu'aux fourgons sous la menace d'une arme.

À l'exception de Graffius, qui se débattit et tenta de donner des coups de pied pendant qu'on l'entraînait *manu militari*, les hommes et les femmes de la secte n'offrirent aucune résistance. Hébétés tant par la peur que parce qu'ils étaient soudain perdus, ils se soumirent passivement aux procédures de la police, traînant du pied dans une procession pitoyable qu'éclairaient par intermittence les projecteurs des hélicoptères dont le ballet n'avait pas cessé.

Les lourdes portes du bâtiment principal s'ouvrirent en grand et régurgitèrent un nouveau contingent de captifs escortés de policiers. Le dernier à sortir fut Matthias, solidement encadré par quatre ou cinq hommes. Il marchait d'un pas raide, sa bouche s'agitant avec un débit frénétique. De loin, on aurait dit qu'il s'était lancé dans une péroraison fulgurante, mais le vacarme des hélicos empêchait de l'entendre. Sans compter que personne ne l'écoutait.

Je suivis sa sortie et, quand le calme fut revenu, devins de nouveau conscient de la chaleur. J'enlevai mon gilet en mouton retourné et le jetai par terre. J'étais en train de déboutonner ma chemise lorsque Milo s'avança vers moi en compagnie d'un homme aux traits taillés à la hache et dont la barbe bleuissait le menton. Il portait un costume gris, une chemise blanche et une cravate sombre sous son gilet pare-balles et avait une démarche de militaire. Le matin même, je l'avais trouvé peu enclin à l'humour, mais tout à fait rassurant. C'était le patron des hommes de la DEA, Severin Fleming.

– Tu nous as fait un numéro sensationnel, Alex, me lança Milo en me tapant sur l'épaule.

– Laissez-moi vous débarrasser de ça, docteur, dit Fleming en détachant le magnétophone Nagra de ma poitrine. J'espère que ce n'était pas trop inconfortable.

– Pour tout vous dire, ça me démangeait affreusement.

– Désolé, vous devez avoir la peau sensible.

– C'est un type très sensible, Sev.

Fleming voulut bien esquisser un sourire et vérifia attentivement l'appareil.

– Tout paraît en ordre, dit-il en glissant le magnétophone dans son étui. La réception était excellente dans le van, et l'enregistrement est de premier choix. Nous avions une substitut du procureur avec nous et elle estime que nous avons largement matière à poursuivre. Encore une fois merci, docteur. À bientôt, Milo.

Il nous serra la main, fit un petit salut et s'éloigna en tenant le Nagra comme un nouveau-né.

– Eh bien, dit Milo, tu n'arrêtes pas de révéler des talents nouveaux. Hollywood va t'ouvrir les bras !

– Sûrement, répondis-je en me frottant la poitrine. Appelle mon agent. On prendra rendez-vous au Polo Lounge.

Il éclata de rire et enleva son gilet pare-balles.

– On a l'impression d'être le bonhomme Michelin dans ce truc.

– Tu serais trop mignon.

Nous nous dirigeâmes vers le pont. Avec la tombée de la nuit, le ciel était devenu noir et calme. Au-delà du portail, des moteurs démarraient. Les pierres du pont étaient fraîches sous nos pieds. Milo attira une branche de la treille à lui en passant et cueillit un raisin, dans lequel il mordit avidement.

– Ce que tu as fait change tout, Alex, reprit-il. On aurait fini par l'avoir pour le trafic de drogue, mais c'est l'assassinat de Valcroix qui permettra de le mettre à l'ombre. Si j'ajoute que nous avons réussi à coincer Chie-dans-l'froc, je dirai que la semaine a été bonne pour les forces du bien…

– Génial, répondis-je d'un ton fatigué.

Nous parcourûmes quelques mètres en silence.

– Quelque chose ne va pas, vieux ?

– Si, si. Ça va aller.

– Tu penses au gosse ?

Je m'arrêtai et le regardai.

– Dois-tu absolument rentrer tout de suite à Los Angeles ?

Il passa un bras puissant autour de mes épaules, sourit et hocha la tête.

– Ce serait pour me retrouver plongé dans un océan de paperasse. Ça peut attendre.

27

Je me tins à quelque distance et regardai à travers la paroi de plastique.

Le petit garçon gisait sur le lit, immobile, mais réveillé. Sa mère était assise à ses côtés, rendue presque anonyme par la tenue spatiale, les gants et le masque. Ses yeux noirs errèrent autour de la pièce, s'arrêtant un instant sur le petit visage, puis sur le livre d'histoires que l'enfant tenait entre les mains. Ce dernier se redressa péniblement et dit quelque chose à quoi elle acquiesça; elle porta alors un verre d'eau aux lèvres de son fils. Boire l'épuisant rapidement, il se laissa retomber sur les oreillers.

– Il est mignon, ce gosse, dit Milo. Quelle chance a-t-il de s'en sortir, d'après le toubib?

– Il est gravement infecté. Mais on lui injecte des antibiotiques à forte dose par intraveineuse et ils estiment qu'ils en viendront à bout. Quant à la tumeur, elle a encore grossi et appuie sur le diaphragme, ce qui n'est pas bon. Mais il ne semble pas qu'il y ait de nouvelles lésions. On doit commencer la chimio demain. Dans l'ensemble le pronostic est encore bon.

Il acquiesça et retourna dans le bureau des infirmières.

Le garçon s'était endormi. Sa mère l'embrassa sur le front, remonta ses couvertures et regarda de nouveau le livre. Elle en tourna quelques pages, le posa et entreprit de ranger l'intérieur de la bulle. Cela fait, elle retourna s'asseoir à côté du lit et se mit à attendre, immobile, mains croisées sur les genoux.

Les deux officiers de police sortirent du bureau des infirmières. L'homme était d'âge moyen, bedonnant, la femme petite et teinte en blond.

– C'est l'heure, dit le policier à sa coéquipière en consultant sa montre.

La femme alla jusqu'à la bulle et tapa sur le plastique.

Nona leva les yeux.

– C'est l'heure.

La jeune femme hésita, se pencha sur l'enfant endormi et l'embrassa avec une soudaine intensité. Il poussa un petit cri et changea de position. Le mouvement fit osciller la potence du goutte-à-goutte, et le flacon se mit à se balancer. Nona l'arrêta, puis caressa les cheveux de son fils.

– Allez, venez, mon petit, lui dit la policière.

Nona se raidit et sortit du module d'une démarche embarrassée. Elle enleva son masque et ses gants et laissa la combinaison tomber à ses pieds. Dessous, elle portait un sarrau de coton dans le dos duquel on pouvait lire : PROPRIÉTÉ DE LA MAISON D'ARRÊT DU COMTÉ DE SAN DIEGO, avec un numéro matricule. Sa chevelure cuivrée était attachée en queue-de-cheval. On lui avait retiré ses boucles d'oreilles en or. Son visage paraissait plus émacié, plus vieux, ses pommettes ressortaient davantage, ses yeux étaient plus profondément enfoncés dans leurs orbites. La pâleur carcérale avait commencé à atténuer l'éclat de sa peau. Elle était toujours belle, mais belle comme une rose à la fin de la journée.

Les policiers la menottèrent – avec douceur, apparemment – et l'entraînèrent vers la porte. Elle passa à côté de moi et nos regards se croisèrent. Les iris d'ébène parurent s'humidifier et s'adoucir. Puis elle reprit son expression dure et redressa la tête pour sortir.

28

Je trouvai Raoul dans son labo, assis devant un écran d'ordinateur sur lequel s'affichaient des colonnes de polynômes, au-dessus d'un graphique aux courbes multicolores. Il marmonnait en espagnol, examinait la page, puis en faisait venir une autre à l'écran en quelques frappes rapides. À chaque nouvelle apparition de données, la hauteur des courbes changeait sur le graphique. Le laboratoire, mal aéré, était rempli de miasmes âcres. Des appareils high-tech dernier cri cliquetaient et bourdonnaient au fond.

Je tirai un tabouret à côté de lui, m'assis et le saluai.

Il me répondit par un mouvement vers le bas de sa moustache, sans s'interrompre dans son travail. Les ecchymoses, sur son visage, se réduisaient maintenant à des marques violettes tirant sur le verdâtre.

– Vous êtes au courant, dit-il.

– Oui, elle me l'a dit.

Il frappa quelques touches, trop fort. Le graphique fut pris de convulsions.

– En matière de morale, je ne vaux pas mieux que Valcroix. Elle est arrivée ici dans une robe qui lui collait à la peau et en a administré la preuve.

J'étais venu au labo avec l'intention de le réconforter. J'aurais pu lui dire certaines choses. Que Nona avait été métamorphosée en arme, en un instrument de vengeance, maltraitée et déformée jusqu'à ce que sexe et rage soient inextricablement emmêlés en elle, puis lancée sur un monde d'hommes faibles, tel un missile à capteur thermique. Qu'il avait commis une erreur de jugement, mais que cela n'annulait pas pour autant tout le bien qu'il avait fait. Qu'avec le temps, cela guérirait.

Mes paroles, cependant, auraient sonné creux. C'était un homme fier qui avait perdu toute fierté sous mes yeux. Je l'avais vu en haillons et à demi fou dans une cellule puante, maladivement obsédé par l'idée de retrouver son patient. La culpabilité avait déclenché cette quête insensée, la conviction erronée que son péché – ces minutes d'une jouissance aveuglante pendant laquelle Nona avait été agenouillée devant lui, vorace – était la raison pour laquelle on avait enlevé l'enfant et arrêté le traitement.

J'avais commis une erreur en venant le voir. Ce qu'il y avait pu avoir d'amitié entre nous n'existait plus et, sans elle, je n'avais plus aucun pouvoir pour le rasséréner.

Si le salut existait, il allait devoir le trouver tout seul.

Je posai la main sur son bras et lui souhaitai bonne chance. Il haussa les épaules en continuant à fixer l'écran.

Je le laissai, le nez plongé dans un océan de chiffres, jurant à voix haute devant quelque mystérieuse aberration présentée par certains.

Je roulais lentement dans Sunset, en direction de l'est, en pensant aux familles. Milo m'avait dit un jour qu'intervenir dans les disputes de famille était l'une des missions les plus détestables aux yeux d'un policier, car elles avaient toutes les chances de se traduire par une explosion de violence soudaine et meurtrière, d'une intensité terrifiante. J'avais consacré une bonne partie de ma vie à rétablir des communications brouillées, à traiter des situations rongées par une hostilité latente et des sentiments paralysés – tout ce qui caractérise des familles en pleine tourmente.

Il était facile de croire qu'on ne pouvait rien y faire. Que les liens du sang étranglaient l'âme.

Je savais cependant que la vision qu'un flic avait de la réalité était déformée par son combat quotidien contre le mal ; que celle du psychothérapeute l'était par de trop nombreuses confrontations avec la folie.

Il y avait des familles où l'on s'entendait bien, des familles qui prenaient soin de leurs membres, où ceux-ci étaient aimés. Des lieux du cœur où une âme pouvait trouver refuge.

J'allais bientôt retrouver une femme très belle sur une île tropicale. Nous en parlerions.

DU MÊME AUTEUR

Double Miroir
Plon, 1994
« Pocket », n° 10016

Terreurs nocturnes
Plon, 1995
« Pocket », n° 10088

La Valse du diable
Plon, 1996
« Pocket », n° 10282

Le Nid de l'araignée
Archipel, 1997
« Pocket », n° 10219

La Clinique
Seuil, 1998
et « Points », n° P 636

La Sourde
Seuil, 1999
et « Points », n° P 755

Billy Straight
Seuil, 2000
et « Points », n° P 834

Le Monstre
Seuil, 2001
et « Points », n° P 1003

Dr la Mort
Seuil, 2002
et « Points », n° P 1100

Chair et Sang
Seuil, 2003
et « Points », n° P 1228

Le Rameau brisé
Seuil, 2003
et « Points », n° P 1251

Qu'elle repose en paix
Seuil, 2004
et « Points », n° P 1407

La Dernière Note
Seuil, 2005

RÉALISATION : PAO ÉDITIONS DU SEUIL
IMPRESSION : IMPRIMERIE FIRMIN-DIDOT AU MESNIL-SUR-L'ESTRÉE (EURE)
DÉPÔT LÉGAL : JANVIER 2006. N° 87119 (77508)
IMPRIMÉ EN FRANCE